DAVID LINDSEY

Der Kuss der Rache

D1849425

Buch

Der arrivierte Bildhauer Ross Marteau kehrt nach mehreren Jahren in Paris schließlich in seine texanische Heimat zurück, um über eine unglückliche Liebe hinwegzukommen. In dem ehemaligen Missionsstädtchen San Rafael will er in ein geregeltes Leben zurückfinden. Dort begegnet Ross der höchst attraktiven Céleste, und obwohl Céleste verheiratet ist, beginnen die beiden eine stürmische Affäre. Als Céleste Ross darum bittet, eine Skulptur ihrer Schwester Leda anzufertigen, ist er zunächst begeistert: Leda erscheint auf Fotos als ausnehmende Schönheit, doch eine kranke Hüfte und ein Buckel haben sie zur Außenseiterin gemacht. Es stellt sich jedoch heraus, dass Leda und Céleste noch eine dritte Schwester namens Sylvie haben – jene Sylvie, die Ross' große Jugendliebe war. Dies scheinen einige Zufälle zuviel, und Freunde warnen den Künstler. Als die beiden ihn allerdings um Hilfe bitten, ist er zur Stelle. Célestes Ehemann Michel liegt blutüberströmt am Boden. Nun sind die drei Komplizen in einem Mordfall. Ross muss erkennen, dass er in ein Gespinst aus Lügen und Intrigen geraten ist ...

Autor

David L. Lindsey, gebürtiger Texaner, ist der Autor von elf höchst erfolgreichen Romanen. Nach Literaturstudium und verschiedenen Tätigkeiten in Verlagen gelang ihm mit dem Thriller »Abgründig« der internationale Durchbruch – »dem heißesten Thriller des Jahres«, wie die *Frankfurter Rundschau* bei Erscheinen jubelte. Lindsey lebt heute mit seiner Frau in Austin, Texas.

Von David Lindsey außerdem bei Goldmann lierferbar:

Abgründig. Roman (42097)
Dunkles Leuchten. Roman (42979)
Die Farbe der Dunkelheit. Roman (41657)
Kalter Amok. Roman (41045)
Teuflisch. Roman (41480)
Todesspirale. Roman (09908)
Requiem für ein Herz aus Glas. Roman (44562)
Kalter Amok/Sog der Gewalt. Zwei Romane in einem Band (13144)

David Lindsey

Der Kuss der Rache

Roman

Aus dem Amerikanischen
von Jutta-Maria Piechulek

GOLDMANN

Die Originalausgabe erschien 2001
unter dem Titel »Animosity«
bei Warner Books, New York

Umwelthinweis:
Alle bedruckten Materialien dieses Taschenbuches
sind chlorfrei und umweltschonend.

Deutsche Erstausgabe Dezember 2001
Copyright © der Originalausgabe 2001 by David L. Lindsey
Copyright © der deutschsprachigen Ausgabe 2001
by Wilhelm Goldmann Verlag, München,
in der Verlagsgruppe Random House GmbH
Umschlaggestaltung: Design Team München
Umschlagfoto: Premium/Janek
Satz: deutsch-türkischer fotosatz, Berlin
Druck: Elsnerdruck, Berlin
Verlagsnummer: 45121
Redaktion: Andrea Längst
TH · Herstellung: Sebastian Strohmaier
Made in Germany
ISBN 3-442-45121-3
www.goldmann-verlag.de

3 5 7 9 10 8 6 4 2

FÜR JOYCE,

meiner von Gott geschenkten
zweiten Hälfte.

KAPITEL 1

Von seinem Fenster im zweiten Stock aus sah er zu, wie der Regen auf die nächtliche Straße herabfiel. Es war nur ein Sprühregen, der sich auf den breiten Blättern der Linden sammelte, die die schmale Straße säumten, bis die Blätter unter dem Gewicht nachgaben und riesige Tropfen herabklatschen ließen. Der Winter in Paris war kalt gewesen, doch der Frühling begann früh und feucht.

Ross Marteau drehte sich um und ging zu einer Werkbank in seinem Studio hinüber. Er nahm das letzte Stück Apfel von dem Teller, auf dem er ihn mit einem Schälmesser zerschnitten hatte, und schob es sich in den Mund, während er sich umsah. Die Bronzeskulptur einer nackten Frau, die in einer Pose des Weggehens und des gleichzeitigen Zurückschauens erstarrt war, war verschwunden. Doch überall standen noch kleine Tonmodelle von ihr herum. Zwei Wochen zuvor hatte er das Aufstellen der Skulptur überwacht, die er *›Die sich umdrehende Frau‹* genannt hatte. Der Kunde war begeistert gewesen. Er hatte eine Party in dem eleganten Wintergarten seines Hauses in St.-Germain-des-Prés gegeben, in dem die Skulptur im Mittelpunkt des Interesses gestanden hatte. Champagner. Freunde und Schleimer gurrten vor Bewunderung. Alles, worauf ihr Ehemann stolz war, ihr straffer Körper und ihre feste Muskulatur (seine), ihre hoch angesetzten Brüste (seine), ihre gesamte, großartig zur Schau gestellte Anatomie (seine), war für immer festgehalten worden. In dreißig Jahren, wenn die Menschen sie vergessen hatten oder sie nie gekannt hatten, konnten sie in das üppige Licht des Wintergartens blicken und sehen, wie edel sie einst ausgesehen hatte.

Nun lag das Studio brach. Die Arbeit war getan. Der Staub hatte sich endgültig niedergelassen. Die Werkzeuge und das gesamte Sortiment an Tonmodellen lagen überall herum und warteten darauf, sortiert und aufgeräumt zu werden. Das konnte warten. Der Raum musste wieder mal gekehrt werden. Es war Wochen her, seit er sich zuletzt damit abgegeben hatte. Die Kanne mit dem kalten Morgenkaffee stand hinten im Studio auf einer Heizplatte. Dort befanden sich auch eine offene Dusche, eine Toilette hinter einem Musselinvorhang und ein mit Rostflecken besprenkeltes Waschbecken.

Er kaute auf dem Apfelstück herum, ging zum Fenster zurück, lehnte sich an den Rahmen und schaute wieder hinaus. Und dort war sie. Unter ihrem Regenschirm glitt sie unter den tropfenden Linden dahin, in einem glänzenden Regenmantel und mit ihrem festen und schnellen Schritt. Sie bog, ohne sich umzudrehen, ab und überquerte die nasse Straße zu dem Bürgersteig unter ihm, bevor sie unten im Eingangsbereich verschwand.

Er schaute zur Tür und wartete. Er hörte sie die Wendeltreppe mit schnellen ungeduldigen Schritten heraufkommen. Kein Zögern auf dem Treppenabsatz, als sie die letzte Stufe erreichte. Dann flog die Studiotür auf. Dort blieb sie stehen, mit dem tropfenden Schirm in der Hand und mit ihrem samtenen Gesicht und dem kastanienfarbenen Haar, das sie sich zu einer Seite gekämmt hatte und das ihr über eine Schulter nach vorn fiel, was sie aussehen ließ, als sei sie hier der einzige Farbtupfer, eine pastellfarbene Frau in einer schwarzweißen Welt.

»Verdammt noch mal«, sagte sie. »Du Mistkerl.«

Sie sah sich im Studio um, und ihr Blick glitt durch den Raum, bis sie seine Sachen entdeckte, die sich in einer Ecke des Studios auftürmten.

»Gott«, sagte sie und betrachtete seine Kleidungsstücke, die an einer behelfsmäßigen Stange unter dem langen schrägen Oberlicht hingen.

»Du wusstest, dass ich gehen würde«, sagte er. »Du wusstest es.«

»Wir haben darüber gesprochen.«

»Das stimmt. Genau.«

»Du hast nicht gesagt, wann. Du hast nichts von heute gesagt.« Sie war wütend.

»Das musste ich ja auch nicht, oder?«

»Wir haben uns nicht darauf geeinigt, dass es endgültig war.«

»Geeinigt? Lieber Gott, Marian, wir haben uns seit mindestens einem Jahr auf rein gar nichts mehr geeinigt. Und was die Endgültigkeit angeht, es ist schon seit einem halben Jahr endgültig. Wir hatten nur nie den Nerv, uns das gegenseitig einzugestehen.«

Sie zitterte.

Sie ließ den Regenschirm fallen, kämpfte sich aus ihrem Regenmantel und warf ihn über eines der Modelle. Sie war wie hineingegossen in ihre hautengen schwarzen Hosen und trug eine weiße Bluse mit einer plissierten Vorderfront, deren lange Schöße unter ihrem Brustkorb zusammengerafft und verknotet waren. Ihre Sandalen waren nass. Ihre Hände waren nass, und sie wischte sie sich an ihrer Bluse trocken. Strähnen ihres kastanienbraunen Haars wippten aufgeregt um ihr Gesicht herum. Sie atmete schwer nach dem schnellen Gang von ihrer Wohnung in der Nähe der Metrostation Raspail bis hierher.

Sie presste eine ihrer langen Hände gegen ihre Hüfte und sah sich um, während sie nach einer weiteren Äußerung suchte, dann kehrte ihr Blick blitzartig zu ihm zurück.

»Das ist … gemein«, sagte sie.

Gemein. Sie benutzte das Wort gern. Mit ironischem Unterton.

»Es ist vorbei.« Er schwieg einen Moment lang. »Für mich ist es vorbei.«

Sie starrte ihn an. Er stellte sich ihr Haar vor, wie es vor Wut so heiß wurde wie die Heizschlangen seiner Kochplatte in der Ecke dort drüben. Er stellte sich vor, wie die kastanienfarbenen Strähnen zu glühen begannen.

Abrupt drehte sie ihm, die Hand noch immer auf der Hüfte, den Rücken zu und umfasste mit der anderen ihre Stirn in einer Geste entsetzlicher Qual. Er betrachtete ihren straffen Hintern, als sie mit angewinkeltem Knie dastand. Die Frau hatte einen herrlichen Körper, das musste man ihr einfach lassen. Er schämte sich, zugeben zu müssen, dass es für ihn schwieriger war, einen solchen Körper zu verlassen als einen, der weniger überwältigend war. Wie lange hatte er nur ihres Körpers wegen an ihr festgehalten?

Sie wirbelte herum.

»Was … werden wir jetzt machen?«

»Ich bin hier fertig«, sagte er. »Ich gehe nach Hause zurück.«

Sie sah ihn an, als hätte er sie geschlagen. Mit diesen scheinbar harmlosen Worten hatte er sie aus seinem Heim ausgeschlossen und auch aus seinem Leben.

»Nein«, sagte sie.

»Marian, ich kann das nicht mehr ertragen. Das vergangene Jahr war unerträglich. Es ist nichts übrig geblieben … zwischen uns.« Pause. »Von meiner Seite aus jedenfalls nicht.«

»Glaubst du wirklich, dass ich dich nach drei Jahren einfach so gehen lasse?«

»Fast.«

»Was?«

»Fast drei Jahre.«

»Verdammt noch mal! Das waren auch drei Jahre *meines* Lebens.«

»Hör mal, wir haben unser Bestes versucht …«

»Versucht! Nennst du so drei Jahre Zusammensein … einen ›Versuch‹?«

»Nein, eigentlich nicht, du hast Recht. Aber ich kann so nicht weitermachen. Ich habe keine Lust mehr auf Beschimpfungen und Klagen und keine Lust mehr auf Vorwürfe über eingebildete oder tatsächliche Verfehlungen.«

»Und keine Lust mehr auf mich.«

Er erwiderte nichts, sondern fiel in ein beleidigendes Schweigen.

»Was ist dein Beziehungsrekord, Ross? Das hier? Drei Jahre? Wahrscheinlich schon. War es auch immer ihr Fehler, Ross? Hast du ihnen auch eine Standpauke gehalten … und ihnen gesagt, dass du es mit ihnen nicht mehr aushältst? Hast du ihnen gesagt, wie wenig Lust du hattest … auf sie? Du arroganter Mistkerl!«

Er war erschöpft. Sie hatten zwei Tage mit diesen Diskussionen hinter sich. Einen Marathon verbaler Feindseligkeiten, die ihre Seelen mit Blut befleckt und den kleinen Rest an Zugehörigkeit getötet hatten, der vielleicht noch zwischen ihnen übrig geblieben war. In jenen achtundvierzig Stunden war alles zwischen ihnen ausgesprochen worden, Worte, die sie lange unter Verschluss gehalten hatten, Worte, die sie schon oft wiederholt hatten, und Worte, die ihnen niemals über ihre Lippen hätten kommen oder sogar niemals die schäbigen Bereiche ihrer Herzen hätten verlassen dürfen.

»Ich kann nicht mehr mit dir zusammen sein«, sagte er, »und ich will es auch nicht mehr.«

Verzweifelt sah sie ihn an, ihr Gesicht verzerrt, und dieser Anblick schockierte ihn. Das war wirklich das Ende für sie beide. Und genau in diesem Augenblick wusste sie es auch.

In der Nähe der Tür standen ein paar Holzregale als Raumteiler, auf denen er den Plunder hortete, den er im vergangenen Jahr auf den Flohmärkten zusammengekauft hatte. Er war ein unheilbarer Sammler von wertlosem Zeug, und wenn er irgendwohin reiste und sich dort längere Zeit aufhielt, trug er Unschätzbares und Wertloses zusammen, ohne sich auch nur im Mindesten für den Verkaufswert dessen, was er besitzen wollte, zu interessieren.

Marian sprang auf das Regal zu und griff sich eine Vase. Es war eine getöpferte Vase mit einer krakelierten türkisfarbenen Glasur, die Marian im ersten Jahr ihrer Beziehung angefertigt hatte. Er liebte das Stück und hatte es überallhin mitgenommen, wann immer er für eine Zeit lang irgendwohin ziehen musste. Dann hatte er es immer auf ein Regalbrett oder einen Kaminsims oder ein Fensterbrett gestellt, und all die anderen Dinge, die er zusammengetragen hatte, während er dort lebte, waren nach und nach von dieser Vase angezogen worden, als sei sie der magnetische Sammelpunkt für die Sammlung gewesen.

Mit einer heftigen Drehung ihres Körpers schleuderte sie die Vase mit aller Kraft gegen das größte Modell der ›sich umdrehenden Frau‹. Die Vase explodierte und blies grüne Scherben wie ein türkisfarbenes Feuerwerk in die Luft. Er hörte die Teile um sich herum wie Hagel herabprasseln und sah sie über den rauen Holzfußboden schlittern.

Marian war so wütend, dass sie hyperventilierte. Er sah, was als Nächstes geschah, noch bevor es geschah, als ob er sich ein Theaterstück anschaute, in dem er schon einmal gewesen war. Er kannte den Ablauf und sah ihn in einem einzigen Augenblick in voller Gänze vor sich, und dennoch war er unfähig, etwas dagegen zu unternehmen.

Mit vor Zorn hervorquellenden Augen hechtete Marian zu dem Tisch hinüber, an dem er den Apfel gegessen hatte, und griff nach dem Schälmesser. In diesem Moment sah er ihre Haltung, als hätte er sie selbst geformt: Ihr langer Körper reckte sich, ihr rechter Arm streckte sich nach dem Schälmesser aus, und eines ihrer von schwarzem Stoff umspannten Beine streckte sich nach hinten. Das zweite Bein war als Stütze angewinkelt, ihr Hintern angespannt, und eine Flamme ihres kastanienbraunen Haars fiel ihr über das rechte Auge. Sie war zur personifizierten Aggression geworden.

Er bekam nicht mehr mit, wie sie ihr Gleichgewicht zurückgewann, um das Messer zu werfen, doch er sah noch ihre Hand, die in seine Richtung zeigte, fast als griffe sie nach ihm. Doch sie griff nach gar nichts. Sie hatte das Messer losgelassen. Es trudelte durch die Luft auf ihn zu, weil sie gar nicht wusste, was sie tat, es auch gar nicht richtig geworfen, sondern es nur vage in seine Richtung geschleudert hatte. Er wusste, dass es wissenschaftliche Wahrscheinlichkeitsrechnungen über das Trudeln von Gegenständen gab. Wenn das Messer ihn erreichte, wie groß wäre die Wahrscheinlichkeit, dass es ihn zuerst mit dem Griff oder mit der Klinge traf?

Er hob die Hände und drehte sich seitlich weg.

Die Klinge drang gerade und glatt wie eine Kugel in seinen rechten Deltamuskel ein. Und sie blieb bis zum Griff stecken.

KAPITEL 2

Er fuhr mit dem Taxi zum Val de Grâce, einem Krankenhaus, das sich in der Nähe vom Boulevard Saint Michel befand. Er hatte das Schälmesser in seiner Schulter gelassen, weil er sich überlegt hatte, dass sie sich im Krankenhaus ein besseres Bild von dem inneren Schaden machen konnten, wenn sie es selber herauszögen. Er wusste, dass kein großer Schaden entstanden war, doch als er im Krankenhaus ankam, hatte er schon höllische Schmerzen, und ihm war ein wenig übel. Er hatte sich ein Sportjackett über die Schulter geworfen, um das verdammte Ding zu verstecken.

Als Marian sich von dem Schock über das, was sie getan hatte, erholt und festgestellt hatte, dass sie ihn nicht getötet hatte, brandete ihre Wut wieder hoch, und sie packte ihren Regenmantel und den Schirm und stürmte aus dem Studio. Sie schrie, sie wünschte, das Messer wäre in seinem Hals gelandet.

Er war überrascht, wie lange er mit einem Messer in der Schulter im Krankenhaus warten musste. Schließlich brachten sie ihn in einen Notfallraum, entfernten das Messer, säuberten die Wunde, nähten sie mit vier Stichen zusammen und gaben ihm ein Schmerzmittel. Sie sagten, dass er starke Schmerzen haben würde, weil die Wunde so tief sei. Außerdem bestünde die Gefahr einer Infektion. Sie wollten ihn am nächsten Abend wieder sehen.

Eine der Schwestern erkannte ihn aufgrund eines Artikels, der vor zwei Monaten in der *Paris Match* erschienen war. Das war peinlich, weil der Artikel eine dieser kurzen ›Personalien‹ gewesen war, in der von den ständigen Gerüchten über seine ziemlich lärmige Trennung von Marian berichtet wurde. Die Klatschmitteilung war von zwei Fotos begleitet gewesen, auf denen er und Marian vor der Brasserie Femme eines Nachts den Fußgängerstrom angehalten hatten, als sie sich mit verzerrten Gesichtern laut und schamlos stritten.

Die Schwester zeigte viel zu viel Interesse, und Ross vermutete, dass sie sofort zum Telefon stürzen würde, wenn er fort war. Ein weiterer Leckerbissen für die Medien.

Als er gegen Mitternacht in sein Studio zurückkehrte, schluckte er eine der Tabletten, die der Arzt ihm mitgegeben hatte, machte das Licht aus und legte sich aufs Bett. Der Lichterschein der Stadt schien zum Oberlicht herein, und er konnte die dahinziehenden Nebelschwaden sehen.

Er hatte vergessen, den Arzt zu fragen, ob ihn die Schmerztabletten müde machen würden, doch er blieb einfach liegen, starrte an die Decke und wartete auf das Gefühl der einsetzenden Müdigkeit. Aber er war nicht müde. Viel zu viel Adrenalin im Blut.

Ross Marteau hatte seit fast zwanzig Jahren ein angenehmes Leben als Bildhauer geführt. Er hatte die ganze Welt bereist, außergewöhnliche Menschen kennen gelernt und sich einen ansehnlichen Ruf geschaffen. Als Bildhauer war ihm der Beifall der Kritiker bisher versagt geblieben und das würde sich auch nicht mehr ändern, doch das galt nicht für den Erfolg, den er gehabt hatte. Er arbeitete hart und diszipliniert, um das zu vollenden, was seine Fähigkeiten hergaben.

Doch er ließ sich bei der Ausübung seiner Kunst nicht zu der seelenzerreißenden Angst hinreißen, von der sich große Männer seiner Erfahrung nach schon oft hatten antreiben lassen. Er war ein begeisterter Bildhauer und hielt sich selbst für einen Handwerker, ja sogar für einen meisterlichen Handwerker, doch er hatte sich in den Erfolg verliebt, sobald ihm dieser als junger Bildhauer zum ersten Mal begegnet war. Die Folge war, dass er sich von seinen frühen Idealen losgesagt und seine Karriere auf den kitschigen Akten und Büsten reicher Frauen und der Ehefrauen und Geliebten reicher Männer aufgebaut hatte. Ein Marteau-Akt bestand aus perfekter klassischer Technik, geschaffen von jemandem, der über ein scharfes Auge für die Anatomie verfügte und eine ausgefeilte Balance zwischen annähernder Genialität und Schmeichelei zu halten vermochte. Mit seiner Gabe der subtilen Schmeichelei schaffte er es, dass seine Auftragsbücher immer gefüllt blieben. Und es war seine *annähernde* Genialität – die feige Entscheidung, sich lieber für viel Geld zu verkaufen, als sich voll Leidenschaft in den tiefen Brunnen seiner verborgenen Fähigkeiten zu stürzen –, die ihn dazu veranlasste, seinen Selbsthass hinter einer Schicht aus Zynismus und ruheloser Unzufriedenheit zu verbergen.

Und so war auch seine Integrität, einer einzigen Frau die Treue zu halten, nicht größer als die, die Verantwortung für sein vernachlässigtes Talent zu übernehmen, wie Marian so früh schon festgestellt hatte. In den vergangenen paar Monaten, als ihm klar geworden war, dass sich seine Beziehung zu Marian so verschlechtert hatte, dass sie nicht mehr zu kitten war, hatte er angefangen, darüber nachzudenken, dass er nie geheiratet oder eine dauerhafte Beziehung geführt hatte. Doch diese Tatsache machte ihn weniger besorgt, als dass sie ihn wunderte.

Er war immer eine Art Serien-Monogamist gewesen. Er war nicht gern allein. Oder eher, er war lieber mit jemandem allein. Seine Arbeit erforderte ein gewisses Maß an Alleinsein, unterbrochen von gelegentlichen Ausbrüchen von Geselligkeit, doch auf lange Sicht wollte er die Gesellschaft einer Frau genießen. Aber nicht irgendeiner Frau. So war es bei ihm nie gewesen. Na ja, als er jünger gewesen war, hatte es eine Zeit gegeben, als er nicht genug bekommen konnte von den Modellen, die durch seine Studios marschierten, doch diese Tage waren lange vorbei und gehörten einer anderen Welt an. Und die Modelle waren eine Welt für sich, wie er sehr bald erfahren hatte.

Er wachte mitten in der Nacht mit einem Schmerz in der Schulter auf, der so stark war, dass er ihn in seiner gesamten rechten Körperhälfte spürte. Er quälte sich hoch, setzte sich auf die Bettkante und stellte fest, dass er noch angezogen war. Müde zog er sich seine Kleider aus. Ohne sich durch einen Blick auf die Uhr zu vergewissern, ob es schon zulässig war, eine weitere Tablette zu nehmen, öffnete er die bernsteinfarbene Plastikflasche, nahm eine Tablette heraus und schluckte sie hinab. Dann legte er sich wieder hin und verlor das Bewusstsein.

Er flog nicht sofort nach Hause zurück. In Paris war Frühling, die schönste Jahreszeit in der schönsten aller Städte, und er hasste es, sie zu verlassen. Eine Woche lang verbrachte er damit, fieberhaft das Studio zu reinigen, das er für ein Jahr gemietet hatte. Seine Schulter erwies sich als eine größere Behinderung, als er erwartet hatte. Schließlich musste er sich noch zwei Männer zu Hilfe holen. Als er seine Werkzeuge eingepackt und die Modelle in Holzkisten sicher verstaut hatte, schickte er alles per Schiff nach Hause. Er rechnete mit dem Vermieter ab und zog aus. Marian hatte sich seit dem Messerstich nicht mehr bei ihm gemeldet, doch er wusste, dass sie das noch tun würde. Er wollte nichts mehr mit ihr zu tun haben.

Er zog auf die andere Seite der Seine nach St.-Germain-des-Prés um. Er bekam eine Suite in dem kleinen, verschwiegenen Hotel *Relais Geneviève* in der Nähe der Seine und überredete die Hotelleitung, ihn unter einem falschen Namen dort wohnen zu lassen. Er verschlief fast die gesamten beiden nächsten Tage.

Die folgenden Wochen waren die ersten echten Ferien, die er sich seit Jahren gegönnt hatte. Obwohl er noch nie zuvor darüber nachgedacht hatte, wurde ihm nun klar, dass er seit fast acht Jahren ohne Unterbrechung einen Auftrag nach dem anderen ausgeführt hatte. Er kam zu dem Schluss, dass es jetzt Zeit wurde, dieses hektische Tempo zu unterbrechen, wenn er sein Leben wirklich verändern wollte.

Er rief Gerald Beach an, seinen Kunden in San Francisco, der ihm den Auftrag für einen weiteren Akt erteilt hatte. Ständig neue junge Frauen für ältere Männer. Lieber Gott, der Stolz und das Verlangen nahmen ja kein Ende. Er sagte Beach, dass es eine Verzögerung von ein paar Monaten geben würde, ehe er beginnen konnte, doch er versprach ihm, dass er immer noch genügend Zeit haben würde, um das Projekt pünktlich abzuschließen.

Dann überließ er sich ganz bewusst dem Müßiggang.

Er wühlte sich durch die Bücherläden auf dem linken Seineufer und kaufte alles, was seine Neugierde erregte. Bücher über die Antike, über Psychologie und Religion. Einen Ratgeber über die Errichtung von Steinmauern, die Biografie einer lesbischen Äbtissin im Florenz der Renaissance, das dichterische Gesamtwerk von E. E. Cummings und ein Wort über die Grundlagen illuminierter Manuskripte.

Ohne sein Zutun glitt er in eine gewisse Routine. Seine Vormittage verbrachte er an einem Tisch, den er einfach im Garten des Hotels in Besitz nahm. Die Küche bereitete ihm ein leichtes Mittagessen zu. Und an den Nachmittagen durchstreifte er St.-Germain-des-Prés, stöberte in den Antiquitätenläden herum und machte Halt in Cafés und Weinstuben, wann immer ihm danach war. Und bei all dem war er sorgsam darauf bedacht, jede Art von Disziplin zu vermeiden.

Ein Monat verging auf diese Weise. Seine Schulter heilte ganz gut, doch ihm fiel auf, wie lange es dauerte, bis er sie wieder richtig gebrauchen konnte. Sein Körper befreite sich von der

Wunde nicht mit der gleichen Leichtigkeit, mit der er sie akzeptiert hatte. Seine Muskeln protestierten und erlaubten ihm nicht, das zu ignorieren, was ihnen zugefügt worden war. Er hatte einen kräftigen Oberkörper. Sein breiter Brustkorb und die muskulösen Schultern waren Erbstücke, die er immer als selbstverständlich angesehen hatte. Diese kurze Bekanntschaft mit einer Behinderung, so geringfügig sie auch gewesen war, war etwas Neues für ihn.

Ein weiterer Monat des Faulenzens ging vorüber, ehe er langsam daran zu denken begann, nach Hause zurückzukehren. So heilsam diese beiden vertrödelten Monate auch gewesen waren, war er doch nicht für ein solch untätiges Leben geeignet. Der Beach-Auftrag begann, sich in seine Tagträume einzuschleichen, und er besetzte immer öfter seine Gedanken, bis er schließlich zugeben musste, dass er darauf brannte, damit anzufangen. Er musste in sein eigenes Studio zurückkehren, in dem er von all dem Durcheinander von Dingen umgeben war, die ihm das Leben angenehm machten.

Er rief Beach in San Francisco an und vereinbarte mit ihm, dass er dessen Ehefrau von der Frau fotografieren ließ, die ihn nun schon seit Jahren mit den speziellen Fotos seiner Modelle versorgte, die er für seine Arbeit benötigte. Sie waren der erste Schritt zum Beginn eines neues Auftrags. Wenn er nach Hause zurückkam, würden die Fotografien schon auf ihn warten. Nachdem er sie ein paar Wochen lang studiert hatte, würde er Beach bitten, mit seiner Frau nach San Rafael zu kommen, damit sie ihm ein paar Wochen lang als lebendes Modell zur Verfügung stand.

Auf den Tag genau zweieinhalb Monate nach seinem letzten Zusammentreffen mit Marian flog er nach Hause.

KAPITEL 3

Texas Er landete auf dem Bergstrom International Airport in Austin, nahm ein Taxi zu den Charter-Hangaren, mietete sich einen kleinen Flieger und flog nach Westen. Statt direkt nach San Rafael zu fliegen, bat er den Piloten, eine halbe Stunde lang nach Süden zu fliegen, dann wieder nach Norden und sich durch das herrlich zerklüftete Gebiet des Balcones Escarpment zu schlängeln. Dieses Gebiet nannten die Texaner liebevoll das Hügelland, weil es geprägt war von hohen, welligen Hügeln, die mit Eichen und Wacholderbüschen – von den Einheimischen Zedern genannt – und mit Berglorbeer und Mesquitebäumen bewachsen und von vielen kleinen kreidehaltigen jadegrünen Flüsschen wie von Adern durchzogen waren.

Als sie im Tiefflug durch die Täler flogen, konnte er deutlich die Kalksteinschichten der Felsenriffe aus dem Mesozoikum erkennen, die in einem unregelmäßigen Kurs von Südwesten nach Nordosten verliefen und deren strahlend graue Vorsprünge sich als gigantischer Kamm an den Schultern der Hügel entlangzogen. Als die ersten Spanier ins Innere von Texas kamen und dort ihr Netzwerk aus Straßen bauten, die als *caminos reales* bekannt sind, fanden sie, dass die alten Kalkstein-Schichtstufen den Balkonen der spanischen Architektur glichen, und nannten die Gegend *los balcónes.*

Aus der Luft betrachtet, sah die explosionsartige Fülle der Blumen, die in jedem Frühjahr Karawanen von Touristen ins Hügelland zog, wie pastellfarbener Puder aus, der über die Abhänge der Hügel, die Wiesen und die Straßenränder gestreut worden war und zu einem leuchtenden Teppich aus Korallenrot, Gelb und Blassviolett, Schattierungen von Orange, Weiß und Creme, Amethyst und Scharlachrot wurde. Es war ein überwältigender Anblick von dem tief fliegenden Flugzeug herab, ein unerwartetes und farbenfrohes »Willkommen daheim«.

Schließlich nickte er dem Piloten zu, worauf sie über einer weiteren Hügelkette und einer weiteren Reihe von Tälern kehrtmachten und unter den strahlend weißen Federwolken dahinbrummten. Als sie höher flogen, um eine Hügelkette zu überqueren, tauchte plötzlich San Rafael unter ihnen auf. Dunkle Schattenflecke der Wolken besprenkelten die Stadt, die sich rechts und links an dem grünen Durchfluss des Río Encinal entlangzog und sich aus dem lang gestreckten engen Tal auf den sie umgebenden bewaldeten Hügelhängen ausgebreitet hatte.

San Rafael war ein Juwel. Es war im achtzehnten Jahrhundert von spanischen Mönchen als Missionsstation gegründet worden und war langsam gewachsen, als sich eine Gemeinde um die Missionsstation scharte. In der zweiten Hälfte des neunzehnten Jahrhunderts blühte sie dann mehr und mehr auf, als an den Straßen der Hügelhänge eine Zeile viktorianischer Häuser nach der anderen gebaut wurde.

Bei Ausbruch des Ersten Weltkriegs verließ das Glück die Stadt, und San Rafael lag Jahrzehnte darnieder und entwickelte sich fast zu einer Geisterstadt, für die die Zeit nahezu jede Bedeutung verloren hatte.

Doch Anfang der siebziger Jahre entdeckten Besucher aus Austin plötzlich, welch ein architektonisches Kleinod diese alte und historisch bedeutsame Stadt war, und man begann, sich über ihre Zukunft Gedanken zu machen.

Bald schon gründeten ernsthafte Denkmalschützer die Historische Gesellschaft von San Rafael, die damit begann, die Architektur der Gemeinde zu dokumentieren. Gleichzeitig wurde eine Reihe strikter Bebauungsbeschränkungen durchgesetzt. Die Hippie-Sippen, die in den sechziger Jahren in die Stadt geströmt waren, wurden nach und nach von Künstlern, Schriftstellern und Kunsthandwerkern verdrängt, die von San Rafaels Geschichte, seiner Schönheit und seiner Abgeschiedenheit angezogen wurden, ebenso wie von den anfänglich günstigen Grundstückspreisen.

Die Stadt wuchs nicht im gleichen Maß, wie sie sich verjüngte. Das Bauen neuer Häuser war extrem eingeschränkt und geregelt. Jedes alte Gebäude wurde zu einem erhaltenswerten Objekt erklärt, wie bescheiden oder heruntergekommen es auch immer sein mochte. Das Alte wurde von innen heraus erneuert, und alles Neue musste sich an die architektonische Umgebung anpassen, die schon vorhanden war. Der Zugang zu San Rafael wurde bewusst so eingeschränkt belassen wie zuvor. Der Highway, über den die Stadt erreichbar war, blieb die gleiche schmale, gepflasterte Straße, die sich schon in den dreißiger Jahren durch die Täler des Hügellandes geschlängelt hatte.

Als Ross seinen Besitz gekauft hatte, war das neue San Rafael noch dabei, herauszufinden, zu was es sich entwickeln wollte. Im Laufe der folgenden zwanzig Jahre jedoch hatte sich die Stadt nicht nur gefunden, sondern war auch wiedergeboren worden: Sie entwickelte sich, florierte und wurde zu einem Rückzugsort für Kunstkenner. Und dann wurde sie, wie durch ein Wunder, plötzlich schick. Kunstgalerien und Antiquitätengeschäfte zogen in die historischen Gebäude ein, die Reichen und Berühmten kauften sich Sommerhäuser, ein Kurort schmiegte sich an einen ihrer Hügelhänge, und in einem Nachbartal entstand ein Amphitheater. Elegante und intime Restaurants servierten mit viel Tamtam südwestliche Gerichte in einer rustikalen, aber gut ausgestatteten Umgebung. Die Grundstückspreise waren mittlerweile ins Utopische gestiegen, und wenn man nicht schon Anwohner war, musste man sich in die Schlange derer einreihen, die es werden wollten.

Doch San Rafael war auch noch immer eine kleine Stadt, und in ihren ruhigen Straßen gab es nach wie vor all die einfachen Freuden einer Kleinstadt, die gemütlichen und altmodischen Cafés und die schummerigen ruhigen Bars. Das wahre Leben existierte noch immer dort, nur war es in den Hintergrund gedrängt worden.

Während das Flugzeug zu dem kleinen Abfertigungsgebäude

der Landebahn im Süden der Stadt rollte, betrachtete Ross die Privatmaschinen der Sommergesellschaft, die mit den Nasen in den neuen Hangaren entlang der Asphaltrollbahn standen. Es schienen mehr zu sein als jemals zuvor. Und jedes Jahr waren es noch mehr denn je.

Das Taxi fuhr durch das schmiedeeiserne Tor auf seinen Besitz und kroch über die mit Kies bestreute Auffahrt, die zum Haus führte. Er kurbelte sein Fenster herunter und atmete die warme Frühlingsluft tief ein. Der harzige Geruch der Zedern hing wie Moschus in der ansteigenden Nachmittagshitze, und das ratschende Schnarren der Zikaden bebte sonor und ähnelte dem tiefen Summen tibetanischer Mönche.

Seit Jahren schon kümmerte sich ein altes deutsches Ehepaar um Haus und Grundstück, während er auf Reisen war, und als das Taxi sich dem niedrigen Haus im spanischen Stil mit den dicken Steinwänden und dem bunten Ziegeldach näherte, sah er, dass sie das Haus schon aufgeschlossen und die Fenster geöffnet hatten.

Der Taxifahrer half ihm, sein Gepäck auszuladen, bevor er davonfuhr und ihn auf der *galería* stehen ließ, die sich an der gesamten Länge des Hauses entlangzog. Der Rasen vor ihm, der einzige ›gepflegte‹ Teil des Anwesens, breitete sich vor dem Haus wie ein unregelmäßiger grüner Teich aus und lag im Schatten alter Eichen, die auf einem großen Teil des 12 000 Quadratmeter großen Geländes standen. Jenseits des Rasens hatte er das einheimische Gebüsch dicht und natürlich um das gesamte Anwesen herum wachsen lassen, das von einer Steinmauer aus dem späten achtzehnten Jahrhundert eingefriedet war.

Er drehte sich um und stellte die geöffnete Gittertür mit einem Stein fest, der an der Kante der Veranda lag, und trug seine Taschen ins Haus. Die niedrigen Decken und die dicken, getünchten Steinwände bewahrten bis spät am Tag eine überraschende Kühle und außerdem einen schwachen süßen Duft des Mesquite-Holzes, das er in den milden Wintern des Südwestens in den Kaminen verbrannte. Langsam schlenderte er durch die stillen Räume und machte sich wieder mit der Form und Farbe aller Dinge vertraut, mit der Art, wie das Licht durch die tiefen Fensterflügel ins Haus fiel und auf den bräunlichen Wänden spielte. Hier und da hielt er inne, bemerkte kleine Dinge, die er vergessen hatte, und sah, dass Dinge, die er vermisst hatte, noch vorhanden waren.

Er ging in die Küche, in der es süß nach den frischen, reifen Pfirsichen aus Mrs. Scherzes Obstgarten duftete, die sie in einer Steingutschale mitten auf dem Küchentisch als Willkommensgeschenk aufgehäuft hatte. Er nahm eine der prallen Früchte und ging durch die hintere Gittertür hinaus in den Innenhof. Die Spottdrossel hörte er als Erstes. Sie saß noch immer auf ihrem sicheren Platz ganz oben in einer prächtigen Bougainvillea, deren kirschrote Deckblätter über den Lebensbaum herabhingen, der den Hof begrenzte. Er biss in den Pfirsich und ging quer durch den Innenhof zu einem Pfad, der durch das Gebüsch hindurch zu seinem Studio führte, das sich ein Stück entfernt befand.

Als er das Anwesen mit den drei zerfallenen Steingebäuden im ältesten und historischen Teil der Stadt gekauft hatte, hatten Nachforschungen ergeben, dass das Land einst Teil der Missionsstation San Rafael gewesen war, die noch immer ein zwanzigtausend Quadratmeter großes umfriedetes Gelände besaß. Dieses Gelände grenzte an seinen Besitz an und war von seinem Anwesen durch eine gemeinsame Mauer getrennt. Es war ihm nicht gelungen, die ursprüngliche Nutzung der Ruinen zu ergründen, die er gekauft hatte, doch das größte der drei Gebäude wurde sein Studio.

Ein alter Mesquite-Baum mit rauer Rinde warf einen spitzigen Schatten über den Hof vor dem Studio und die schwere Holztür, neben der sich zur Linken eine Nische in der Steinmauer befand, wo eine Ringelblume in einem Tontopf wuchs. Er holte einen Schlüssel hinter dem Topf hervor und schloss die Tür auf.

Das Haus war still, lag im Schatten und roch leicht muffig. Seine große höhlenartige Höhe und die dicken Wände ließen jedes kleinste Geräusch widerhallen, und das Echo seiner eigenen Schritte blieb in dem hohen freien Raum über ihm hängen. Grobe, aus unbehandeltem Musselin gefertigte Vorhänge verdeckten die hohen Fenster zu beiden Seiten des Raums, und Ross ging zu dem ersten Fenster zu seiner Linken und zog die Vorhänge zurück. Ein jäher Lichtstrahl stürzte sich auf den Kalksteinboden in plötzlicher gleißender Stille, und Staub von den lange geschlossenen Vorhängen schwebte und wirbelte in der Helligkeit herum. Er ging durch den Raum und zog die Vorhänge an jedem der acht hohen Fenster zurück.

Als der Raum nun hell war, ging er langsam von einem Ende des Studios zum anderen, aß dabei den Pfirsich und betrachtete die Unordnung, die er ein Jahr zuvor hinterlassen hatte, und genoss die seltsame Freude, nach langer Abwesenheit heimzukommen. Erst als er zur Eingangstür zurückkehrte, bemerkte er die Holzkisten, die er aus Paris hierher geschickt hatte. Es gab noch viel zu tun, ehe er auch nur an den neuen Auftrag denken konnte.

Gleich am nächsten Tag nach seiner Ankunft erhielt er eine E-Mail von Marian, in der sie ihn aufforderte, ihr alles, was sie bei ihm zurückgelassen hatte, zusammenzupacken und ihr umgehend zu schicken. Er war erleichtert darüber, dass sie nicht darauf bestanden hatte, zu kommen und sich die Sachen selbst abzuholen.

Also verbrachte er fast die ganze erste Woche damit, nach den Überbleibseln von Marians Anwesenheit zu suchen. Es war wie das Säubern von zerborstenem Glas. Da alles so lange gemeinsam benutzt worden war, war es leicht, Dinge zu übersehen, die allein ihr gehörten. Immer wieder ging er die Zimmer durch und fand Stücke aus Marians Leben, die sich weiter hartnäckig vor seinem Blick verbergen wollten.

Als das erledigt war und die Kisten verschifft waren, begann er mit dem Studio. Mrs. Scherz hatte das Haus gut in Schuss gehalten, doch das Studio war verschlossen geblieben und hatte auf ihn gewartet. Also machte er sich energisch daran, alles zu ordnen und gleichzeitig die Kisten aus Paris auszupacken, was weitere drei Tage in Anspruch nahm. Nachdem all das erledigt war, gönnte er sich zwei Tage, in denen er auf dem Gelände umherschlenderte und nach dem Rechten sah.

Obwohl er erleichtert darüber war, dass er sich von Marian befreit hatte, musste er überrascht feststellen, dass das Haus und das Studio ihm anders vorkamen als zu dem Zeitpunkt, als er sie verlassen hatte. Da war ein Gefühl, ja fast ein Geruch von Abwesenheit, der nie zuvor spürbar gewesen war. Er versuchte, diesen Gedanken beiseite zu schieben.

Eines Nachmittags ging er zum Telefon und rief Amado an, um sich bei ihm zurückzumelden.

KAPITEL 4

Franz Graber, dessen Familie in der Mitte des neunzehnten Jahrhunderts mit einer der großen Einwanderungswellen der Deutschen ins Land gekommen war, um sich im Hügelland von Texas niederzulassen, hatte seinem Gasthaus am Fluss den sentimentalen deutschen Namen *Mein Paradies* gegeben. Doch niemand hatte es je so genannt. Es war nur als *Graber's* bekannt. Es befand sich in einem Steingebäude in einer ruhigen Straße, die von hohen Pekannussbäumen geschützt wurde, die einen tiefen ungebrochenen Schatten in den langen texanischen Sommern spendeten.

Es war früher Abend, als Ross sich dem Gasthaus auf dem zerfallenen Bürgersteig näherte. Ein kleines grünes Neonschild, auf dem der verschmähte Name neben einem Kaktus und einer Palme stand, hing über der Eingangstür und warf einen unruhigen Farbfleck auf die steinerne Fassade. Zwanzig Schritte entfernt führte eine breite Betontreppe zu dem schmalen Río Encinal hinunter, der träge durch das Zentrum von San Rafael floss und dessen Ufer von alten Zypressen verdunkelt wurde, die sich düster am Uferweg erhoben. Ein wenig weiter entfernt am Fluss warf eine unregelmäßige Ansammlung von Restaurants und Bars farbige Lichter auf das Wasser. Sie gehörten zum modernen Teil der Stadt. *Graber's* stammte noch aus den vierziger Jahren. Es hatte sich im Laufe der Jahrzehnte so wenig verändert, dass es noch immer von neuen Generationen von Gästen wiederentdeckt wurde, die eine liebevolle Treue zu diesem Gasthaus entwickelten.

Er wartete an der Bar in dem gut gefüllten Vorraum, während Nata, *Graber's* älteste mexikanische Bedienung, in den Innenhof hinausging, um nachzuschauen, ob in Kürze Tische frei wurden. Er bekam ein Pacífico, sein Lieblingsbier, von dem Barmädchen und hatte sich gerade erst umgedreht, um sich in der Menge umzusehen, als er sah, dass Nata quer durch den Raum das Kinn in seine Richtung hob. Sie stand an der Tür, die zu dem Innenhof hinausführte.

Alle Stühle und Tische im Garten waren besetzt, und die Zinnlaternen, die zwischen den Palmen und Pekannussbäumen und Eichen aufgehängt waren, warfen gelbe Lichtinseln in den Innenhof. Tagsüber wimmelte der Innenhof von Sittichen und Papageien, die kreischend und pfeifend in den Bäumen und Kletterpflanzen herumspazierten und sich das Gefieder putzten. Doch jetzt in der Dunkelheit waren sie ruhig.

Er setzte sich an einen Marmortisch und atmete die Abendluft mit tiefen Zügen ein. Sie roch leicht nach dem Fluss und hatte zusätzlich einen Hauch von dem Duft des Geißblatts, das an der zwanzig Meter entfernten Steinmauer emporwucherte.

Er schaute sich im Innenhof um, nickte ein paar vertrauten Gesichtern zu und trank sein Bier. Als sein Blick wieder zur Hintertür des Gasthauses zurückkehrte, stand Amado dort und schaute in das Dämmerlicht des Innenhofs. Ross hob eine Hand, worauf Amado ihn entdeckte und grinsend zu ihm kam.

Amado Mateos war ein eleganter Mann, der eine ruhige Art hatte, die man inzwischen kaum noch antraf. In einem Zeitalter, in dem niemand mehr genügend Zeit hatte, schien Amado mehr als genug davon zu besitzen. Er trug seine teure Kleidung mit der Lässigkeit eines Kavaliers, und in den glühend heißen Sommern in San Rafael trug er meist tropisches Leinen in Schattierungen zwischen Creme und Elfenbein, die sein ziemlich langes dunkles Haar hervorhoben, das mittlerweile an den Schläfen ziemlich grau wurde.

»Ross!« Amado kam an seinen Tisch, schüttelte Ross die Hand und gab ihm einen freundschaftlichen Klaps auf den Rücken. »Willkommen daheim«, sagte er, zog sich einen Stuhl heran und setzte sich. Er deutete auf das Bier. »Das erste Pacífico, seit du in die Neue Welt zurückgekehrt bist, was?«

»Wohl kaum.«

Amado lachte.

Die beiden Männer waren befreundet, seit sie sich als Studenten in Paris kennen gelernt hatten. Der Mexikaner Amado hatte sein gesamtes Leben in Europa verbracht, wo sein Vater Repräsentant eines mexikanischen Unternehmens gewesen war. Jetzt pendelte er zwischen seiner Hauptwohnung in London, wo seine Romane veröffentlicht wurden, seinem Familiensitz in Mexico City und San Rafael hin und her.

In der folgenden halben Stunde brachten sie sich gegenseitig auf den neuesten Stand dessen, was sich in den vergangenen sechs Monaten in ihrer beider Leben ereignet hatte, seit sie sich zuletzt in London getroffen hatten. Als Amado nach Marian fragte, sagte Ross: »Das ist eine lange Geschichte.« Amado nickte und ließ es dabei bewenden. Er konnte sehr geduldig sein.

Nata kam, um ihre Bestellung aufzunehmen, und sie beide entschieden sich für eines von *Graber's* richtigen mexikanischen

Gerichten. Obwohl sie immer gut schmeckten, waren sie immer unberechenbar. Grabers Köche waren allesamt Mexikaner, und ihre Versionen der angebotenen Gerichte konnten ausgesprochen seltsam sein und besaßen mitunter wenig Ähnlichkeit mit den Beschreibungen auf der Karte. Wer keine Überraschungen liebte, bestellte sich bei *Graber's* kein Essen.

Sie aßen langsam und unterhielten sich weiter, während sich die Tische um sie herum leerten und wieder füllten. Schließlich waren sie fertig, ihre Teller wurden abgetragen und sie bestellten sich noch ein Bier. Amado wickelte eine Zigarre aus und zündete sie sich mit einem Streichholz an. Als er einmal kräftig daran zog, wogte der Rauch auf, der scharfe Zigarrengeruch überdeckte den leichten Duft des Geißblatts, und die Stimmung des Abends änderte sich.

Schließlich erzählte Ross ihm doch von Marian.

»Herrgott noch mal«, sagte Amado leise und musterte Ross über den Tisch hinweg. »Also … verdammt noch mal …«

Amado kannte Marian fast so gut wie jeder andere außer Ross, und ihm war klar, dass ihre Wutausbrüche immer nur einen Lidschlag entfernt gewesen waren.

»Weißt du«, sagte Amado nach einer nachdenklichen Pause, »wenn ein Mann und eine Frau hoffen, dass zwischen ihnen eine gewisse Magie erhalten bleibt, müssen sie gewillt sein, gegenseitig ein wenig blind zu sein.« Er hielt inne und zog an der Zigarre. »Aber leider bringt das auch automatisch Kummer in die Beziehung. Tja, das ist ein wunderbares Paradoxon.«

Er schüttelte den Kopf und rauchte und betrachtete Ross mit trägem Blick. »Marian war hübsch, aber lieber Gott, sie war auch eine wilde, leidenschaftliche Frau.« Wieder hielt er inne. »Du hast eine Vorliebe für wilde Frauen.«

»Das scheint tatsächlich so zu sein, verdammt noch mal.«

»Ich meine es ernst.«

»Vielleicht.«

»Das ist eine Ironie des Schicksals.«

»Ich weiß es nicht.«

»Doch, weil du überhaupt nicht in der Lage bist, mit solch einer Frau umzugehen.«

»*Überhaupt* nicht.«

»Du bist viel zu egozentrisch«, meinte Amado entschieden.

Er sah Amado an.

»Das ist nichts Neues für dich, Ross«, beharrte Amado. »Du bist dir selber gegenüber doch geradezu brutal ehrlich, oder nicht? Zumindest über die meisten Dinge. Das ist dein Markenzeichen. Aber in dieser speziellen Hinsicht betrügst du dich selbst. Du möchtest dich damit nicht beschäftigen.«

»Vielleicht solltest du dich auch nicht damit beschäftigen«, sagte Ross scharf.

Amado überging diese Bemerkung. »Wie oft haben wir schon diese Art Unterhaltung über den Leichnam einer deiner Beziehungen geführt? Wunderst du dich denn nicht über dich selbst, dass du – metaphorisch gesprochen – schon bei so vielen Beerdigungen von Frauen gewesen bist?«

»Nein«, log er.

Amado betete Frauen an, alle Frauen und jede Art von Frauen. Er war der einzige Mann, den Ross kannte, der sich noch nie in despektierlicher Weise über irgendeine Frau geäußert hatte und der beinahe in klinischer Art über sie sprechen konnte, doch ohne einen Hauch von Obszönität. Er war Frauen gegenüber von einer unerschrockenen Romantik, und wenn er von einer Frau enttäuscht oder schlecht behandelt wurde – was höchst selten vorkam –, dann schob er das auf die moralische Schwäche der menschlichen Natur und nicht auf die Schwächen ihres Geschlechts.

»Ach, und da wir gerade von einer Frau sprechen«, sagte Amado und deutete nickend zur Hintertür des Gasthauses hinüber.

Zwei Frauen betraten gerade den Innenhof und folgten der untersetzten, ernsten Nata, die die beiden zu ihrem Tisch brachte. Ross erkannte Anita Beaton, die aus Los Angeles kam und zeitweilig in San Rafael lebte, eine dünne, kantige Frau, die ihre krallenartigen Finger ständig auf dem Puls der lokalen Künstlergemeinde hatte, in der sie in den oberen Rängen mitmischte. Sie war genau die Art Frau, zu der Ross mit Leichtigkeit unhöflich sein konnte. Ihr einziges Lebensinteresse bestand in der Pflege und Verbreitung von Klatsch. Sie zog durch die Gasthäuser, die schicken Restaurants und Dinnerparties der Sommergesellschaft von San Rafael und erfand und verbreitete Skandale oder Gerüchte über Skandale. Sie war ganz und gar wie der Geier, dem sie ähnelte.

Doch Amado hatte die Frau gemeint, die Anita begleitete, und die so eindrucksvoll war, dass sie die gesamte Aufmerksamkeit von Anita abzog und sie zu einem bloßen Anhängsel ihrer selbst degradierte.

Man hätte sie als groß bezeichnen können, und sie besaß einen olivefarbenen Teint, der in dem diffusen Licht der Laternen noch dunkler erschien. Ihr Haar war dunkel und dick, und sie trug es einfach offen in Schulterlänge. Sie wich den Blicken sämtlicher Gäste aus, als sie neben Anita herging, die sich krampfhaft bemühte, so viele Blicke wie möglich auf sich zu ziehen. Als Anita stehen blieb, um sich mit einer Schauspielerin zu unterhalten, deren kürzlicher Kassenerfolg ihrer angeschlagenen Karriere, die sie fast in der Versenkung hatte verschwinden lassen, einen Aufwärtsschwung verliehen hatte, ging die dunkle Frau einfach weiter und folgte Nata zu ihrem Tisch, obwohl Anita sie eindeutig hatte bekannt machen wollen.

»Céleste Lacan«, erklärte Amado. »Sie ist vor ungefähr einem Monat hier mit einer Empfehlung für Anita aufgetaucht. Du weißt ja, eine dieser flüchtigen Begegnungen, mit denen man in ein anderes Land reist. Anita kann etwas Gutes schon erkennen und hat Céleste unter ihre knochigen Fittiche genommen.«

»Woher kommt sie?«

»Aus deiner Stadt – aus Paris.«

»Wirklich? Was macht sie denn hier?«

Amado beobachtete sie noch immer mit einem anerkennenden Lächeln. »Sie sucht ein Sommerhaus.«

Er sah Amado skeptisch an.

»Laut Anita«, fuhr Amado fort, »kommt sie ursprünglich aus Mexico City. Ihr Vater war Schotte, der in den vierziger Jahren dorthin ging, um für Petroleos Mexicanos zu arbeiten. Ihre Mutter war Mexikanerin, eine ehrgeizige Schauspielerin, die auch tatsächlich ein paar Filme gedreht hat. Céleste war das einzige Kind, und sie wurde als junges Mädchen zur Ausbildung nach London geschickt. Als sie neunzehn war, wurde sie plötzlich nach Hause zurückgeholt, weil ihr Vater von Guerillas gekidnappt worden war. Er wurde umgebracht, weil die Ölgesellschaft zu lange um die Höhe des Lösegelds gefeilscht hat. Mama war finanziell versorgt. Sie und Céleste zogen nach Europa um … und lebten in verschiedenen Großstädten. Ich schätze mal, Mama war bis zu einem gewissen Grad ein Freigeist. Ein verrücktes kleines Ding. Ich denke, dass Céleste die vernünftigere war und mit Mama alle Hände voll zu tun hatte. Mama starb vor drei Jahren. Céleste heiratete kurz danach einen Mr. Lacan … die Ehe ging bald danach in die Brüche … Entfremdung … getrennte Wohnungen.«

Ross schaute zu ihr hinüber, als sie sich bei Nata etwas zu trinken bestellte.

»Du hast sie kennen gelernt?«

Amado sog nachdenklich an seiner dunklen, starken Zigarre.

»Stell dir vor, du schaust dir den neuen Mond an«, sagte er. »Dort ist die scharfe helle Sichel … und gleich daneben und quälend unerreichbar für dich, aber schwach sichtbar, steht der größere, von Schatten verhüllte Mond. Das ist Céleste Lacan. Wenn du mit ihr sprichst und sie ansiehst, weißt du, dass der größere Teil von ihr, der höchst faszinierende Teil, auch … einfach dort ist … verschwommen sichtbar und von Schatten verhüllt.«

»Das klingt dramatisch.«

»Und zutreffend.«

Ross sah sie durch die Inseln des Laternenlichts wieder an. Anita war wieder bei ihr und erzählte ihr etwas. Céleste hörte ihr zu. Ihr Rücken war gerade, als sie sich leicht nach vorne lehnte. Sie stützte den Ellbogen auf dem Tisch ab und fuhr sich mit den Fingern ruhig durch das Haar. Der andere Arm lag auf ihrem Schoß, und ihre Brüste ruhten auf der Marmorplatte des Tisches.

Sie hörte höflich zu, wenn auch ohne echtes Interesse. Sie hatte nicht die polierte Attraktivität eines Filmstars, doch wenn man den Blick durch den Garten über sie hinweg schweifen ließ, kehrte der Blick automatisch zu ihr zurück, um sie näher zu betrachten. Und es würde einem nicht sofort in den Sinn kommen, sie als hübsch zu bezeichnen.

»Sie hat hier einige Aufmerksamkeit erregt«, sagte Amado. »Anita hat es ganz gut in den Kram gepasst, mit ihr befreundet zu sein und sie überall bekannt zu machen. Doch ich vermute, dass Ms. Lacan es bald netter finden wird, ohne Begleitung durch die Stadt zu gehen.«

Amado lächelte.

»Jedenfalls ist sie bisher die Attraktion der Saison«, sagte er, »doch ich glaube auch, dass es ein langer Sommer werden wird. Es scheint so, als wären in diesem Jahr viel mehr Schwalben hierher gekommen.«

KAPITEL 5

Ross fiel schnell in seine übliche Routine zurück, wenn er in San Rafael war. Vor Jahren schon hatte er beschlossen, seine tägliche Routine von den Angelus-Glocken bestimmen zu lassen, die das tägliche Leben der Missionsstation regelten. Er arrangierte bewusst seinen Arbeitstag um ihr Läuten herum.

Sie weckten ihn um sechs Uhr morgens. Er stand auf, machte sich Kaffee und holte sich die Zeitung vom Tor. Wenn er zurückkam, bereitete er sich ein leichtes Frühstück zu und nahm es in den Innenhof mit. Dort setzte er sich auf die tiefe Bank in der Laube und las die Zeitung, während er sein Frühstück unter der Bougainvillea zu sich nahm. Um halb neun brachte er alles in die Küche zurück, räumte das Geschirr weg, füllte eine Thermoskanne mit Kaffee und ging durch den Wald ins Studio hinüber.

In den nächsten paar Stunden studierte er die Fotografien von Mrs. Beach, die auf ihn gewartet hatten, als er aus Paris zurückgekehrt war. Als die Glocken mittags läuteten, ging er zum Haus zurück, aß ein kaltes Mittagessen, hörte sich eine neue CD von der Tangogruppe Tosca an und kehrte anschließend wieder ins Studio zurück.

Am Nachmittag begann er, Zeichnungen nach den Fotos anzufertigen. Während der Arbeit hörte er keine Musik, sondern lieber die Geräusche, die durch die Tür und die Fenster hereindrangen, die er immer offen hielt: das Raspeln der Zikaden, das fast ohrenbetäubend laut sein konnte im heißesten Teil des Sommers und das durchsetzt war von dem einschläfernden Gurren der Trauertauben und den geschwätzigen stimmlichen Höhenflügen einer einzigen Spottdrossel.

Wenn die Glocken um sechs Uhr abends wieder läuteten, schloss er das Studio ab, kletterte in seinen Jeep und fuhr auf der Las Lomitas, der schmalen Straße, die ihn an der vorderen Mauer seines Anwesens entlang und in einer Serie von Kurven in die Stadt hinunter führte, davon. Er fuhr durch den Denegre Park, einen Grüngürtel mit Jogging-Pfaden, die im Schatten von Eichen und Platanen angelegt worden waren, und der den Río Encinal flankierte und dem Flusslauf fast anderthalb Kilometer weit stromaufwärts folgte, bevor er in eine kleinere Straße einbog, die zum *Graber's* führte.

Im Gasthaus holte er sich an der Bar seine erste Flasche Pacífico-Bier, ehe er nach hinten in den Innenhof ging.

Er war nicht sehr gesellig, doch er beobachtete gern die Menschen und hörte ihnen beim Sprechen zu. Und er liebte die Papageien, die Graber in seinem dschungelähnlichen Innenhof herumspazieren ließ. Für Ross stellte diese Zeit am Spätnachmittag einfach die Gelegenheit dar, sich ein paar Stunden lang von seinen eigenen Gedanken dadurch zu befreien, dass er seine Aufmerksamkeit anderen Menschen zuwandte.

Nur ungefähr die Hälfte der Tische in dem weitläufigen Innenhof waren besetzt, als er zu einem Tisch in der Nähe der Steinmauer direkt über dem Fluss ging. Er setzte sich, hielt Ausschau nach den Papageien und entdeckte ein Pärchen, das unter einer kleinen Palme thronte. Der eine starrte nur dumm vor sich hin und saß so still da wie ein angemalter Stein, während sich der andere auf seinem Platz wie ein hilfloses Landtier benahm. Er ließ sich nach unten fallen und versuchte dann, sich mit Hilfe seines kräftigen Schnabels wieder aufzurichten. Dabei zeterte er und kreischte und schlug mit seinen breiten scharlachroten Schwingen wie wild flatternde Fahnen.

»Sie sind recht hübsch, nicht wahr?«

Er sah sich um, überrascht, die Frau vor sich zu haben, die er hier einige Abende zuvor zusammen mit Anita Beaton gesehen hatte.

»Sie können einen garstigen Charakter haben«, sagte er zu ihrem Profil. Sie betrachtete die Vögel.

»Ich habe gehört, dass sie sehr alt werden können.«

»Manchmal«, meinte er und musterte sie. Dann wandte sie sich ihm zu. »Fünfzig, sechzig Jahre alt«, sagte er.

»Ich bin Céleste Lacan.« Sie reichte ihm die Hand über den Tisch hinweg, und sie begrüßten sich mit einem Händedruck.

»Ross Marteau«, sagte er. Ihre Hand war kühl und feucht von der Bierflasche, die sie gehalten hatte. Sie blieb mit einem Gesichtsausdruck stehen, der nicht ganz ein Lächeln war, aber so aussah, als könnte er eines werden.

»Sind Sie hier mit jemandem verabredet?«, fragte er.

»Nein, ich bin einfach nur hierher …« Ihre Stimme verlor sich, als sie sich umsah.

»Möchten Sie sich zu mir setzen?«

Sie schaute auf den Tisch.

Er öffnete die Hände. »Ich bin allein hier.«

Er dachte schon, dass sie sich mit einer Ausrede entschuldigen würde, doch dann neigte sie einwilligend den Kopf.

»Danke«, sagte sie, und noch ehe er aufstehen konnte, zog sie sich einen der Stühle heran und setzte sich. Sie war so groß, wie er sie an jenem Abend eingeschätzt hatte, als er sie zum ersten Mal gesehen hatte, mit hohen Hüften und fast breiten Schultern. Sie war keine zarte Frau. Er dachte an ihren schottischen Vater, und er konnte das Blut ihrer Mutter in ihrer Hautfarbe und in ihrer Gesichtsform erkennen.

»Ich habe Sie doch neulich hier zusammen mit Amado Mateos gesehen, oder?«, fragte sie.

»Kann schon sein.«

»Er ist ein sehr kultivierter Mann. Ich mag ihn.«

Er nickte und nahm einen Schluck aus seiner Flasche. Er starrte sie an, doch das waren die meisten gut aussehenden Frauen gewöhnt, und er bezweifelte, dass sie in dieser Hinsicht eine Ausnahme darstellte. Sie hatte ein festes Kinn und hohe Wangenknochen. Ihre Augenbrauen waren markant und dunkel, und am äußeren Rand der linken saß ein kleiner Leberfleck. Sie trug kein Make-up, hatte sich aber vielleicht die Wimpern ein wenig getuscht.

»Das ist ein stilles Eckchen«, sagte sie und sah sich im Innenhof um, »und gut geeignet für einen stillen Mann, denke ich.«

Im Profil betrachtet, wich ihre Stirn bis zu einem niedrigen Haaransatz leicht zurück – ein weiteres Zeichen für ihre indianische Abstammung.

»Ein stiller Mann?«, fragte er.

Sie drehte sich ihm wieder zu. »Das ist nur so ein Gefühl.«

»Eigentlich ist es nur ein guter Platz, um Menschen zu beobachten, ohne dass man sich mit ihnen einlassen muss. Es ist ein guter Beobachtungsposten.«

»Also sitzen Sie hier … und beobachten nur.«

»Nun ja, ich habe das nie als eine ›Nur‹-Tätigkeit angesehen.«

Seine Antwort entlockte ihr ein Lächeln, und er bemerkte ein Netz aus Linien an den äußeren Winkeln ihrer braunen Augen. Sie war eine Frau, die auf Anfang vierzig zuging und das wirklich sehr gut machte.

»Ich habe den Eindruck gewonnen, dass das Beobachten anderer Menschen in dieser Stadt eine Hauptbeschäftigung ist.«

»Na ja, San Rafael ist eine Kleinstadt, in der Fremde und die berühmten Sommergäste viel Aufmerksamkeit erregen. Wir sind leicht zu unterhalten.«

Sie saß ziemlich gerade da, genauso wie in jener ersten Nacht, und ihre Unterarme lagen auf der Tischplatte auf, da sie ihre Flasche mit beiden Händen umfasste. Sie schaute ihn an.

»Aber sind Sie selbst denn nicht auch solch eine Berühmtheit?«, fragte sie.

»Wir befinden uns hier in San Rafael, Texas.« Er lächelte. »Ein Bildhauer haut hier niemanden vor Begeisterung um.«

»Aber das trifft doch auch auf andere Leute zu, die hier den Sommer verbringen. Anita sagt, dass Sie ein berühmter Einzelgänger seien … und von berühmter Zurückhaltung.«

»Anita wird sich in ihrer Sorge um anderer Leute Angelegenheiten noch ganz und gar erschöpfen.«

»Ich habe über Sie gelesen«, sagte sie. Er hatte das Gefühl, dass sie auf seine Reaktion wartete. Ihre Stimme war weich und eher tief. Und sie hatte einen Akzent, dessen Vokale und Flexionen allerdings verwirrende Hinweise auf britisches Englisch, Französisch und Spanisch gaben. Er hörte sich gut an, war jedoch nicht zu identifizieren.

»Sie haben über mich gelesen?«

»Ja, im *ARTjournal*, im *American Artist*, in *Art International …*«

»Ach, die Kritiker«, sagte er, neigte den Kopf in ihre Richtung und fragte sich, warum sie in diesen speziellen Wunden herumstochern wollte. »Nun, ich werde ihnen nicht widersprechen.«

Sie sah ihn mit einem verwirrten Stirnrunzeln an.

»Überrascht Sie das?«

»Sie meinen doch die nicht immer positiven Kritiken?«, fragte sie.

»Die nicht immer positiven, ja, genau die.«

»Was meinen Sie damit, dass Sie ihnen nicht widersprechen würden?«

Er nahm einen großen Schluck Bier, um den sauren Geschmack loszuwerden, den dieses Thema immer in seinem Mund hinterließ. Er beschloss, sich ihr gegenüber diesem Thema zu stellen.

»Ich habe immer angenommen«, sagte er, »dass sich ein Kunstmagazin nur dann mit meiner Arbeit beschäftigt, wenn es seinen Lesern damit eine Geschichte ästhetischer Moral präsentieren wollte. Sie wissen schon, eine Art Erinnerung daran, wie es aussieht, wenn sich jemand verkauft. Die sind da ziemlich unbeirrbar: Üblicherweise erwähnen sie als Erstes ›das enorme Potenzial seiner frühen Jahre‹, und dann lassen sie sich über die Mittelmäßigkeit meiner Arbeit aus, und schließlich verlieren sie ein paar geringschätzige Worte über die hohen Honorare, die ich ›verlange‹. Und oft schließen sie ihre Betrachtungen mit einem philosophischen Lamento über ein vergeudetes Talent.«

Noch ein Schluck Bier.

»Nach all diesen jahrelangen Berichten«, fuhr er fort, »habe ich beschlossen, mir gegenüber ehrlich zu sein und meine Karriere sehr eingehend und genau zu betrachten. Ich begann zu denken: Also, da muss doch wohl ein Körnchen Wahrheit sein und vielleicht sogar mehr als nur ein Körnchen. Ich habe doch Kompromisse geschlossen, oder nicht? Ja, klar. Ich habe doch nur aus reiner Geldgier Kompromisse geschlossen, auch wenn ich von Anfang an wusste, dass der Kunde etwas wirklich Kitschiges haben wollte? Ja, natürlich habe ich das getan.«

Er wusste gar nicht, warum er ihr diese Antwort gab, statt einfach mit einem Achselzucken und einer schnodderigen Bemerkung darüber hinweg zu gehen, wie er es sich vor Jahren schon angewöhnt hatte.

»Dann musste ich mir eingestehen, dass ich mich wirklich eher verkauft habe, als zu meinen Maßstäben zu stehen. Tja, ich habe das so lange getan, dass ich mir schließlich eingestehen musste, dass die verdammten Magazine mir gar nicht übel wollten. Sie haben die Dinge einfach so dargestellt, wie sie waren.«

Sie starrte ihn neugierig an. Er konnte das von ihrem Gesicht ablesen. Sie schien zu versuchen, sich über etwas klar zu werden. Hatte sie etwas überrascht? Seine eiskalte Selbsteinschätzung? Sein Mangel an Stolz? Seine Feigheit, auch nur den Versuch zu unternehmen, den Verlauf seiner Karriere zu verändern? Was?

»Hören Sie«, sagte er, »ich entschuldige mich nicht für meine Arbeit. Und ich tue auch nicht so, als hätte man mich missverstanden«, fügte er hinzu. »Ich habe meine Wahl mit offenen Augen getroffen. Ich tue, was ich tue. Und sie schreiben, was sie schreiben.«

Einer der Papageien schrie, und Céleste zuckte zusammen. Ein Tumult aus Kreischen und Pfeifen und Piepsen brach in den oberen Zweigen der Bäume aus, als die Aras ihre Meinungen zu dem Kommentar des Papageien beisteuerten. Als der Lärm erstarb, blieb eine unbehagliche Stille zwischen ihnen zurück, und die gemurmelten Unterhaltungen an den umstehenden Tischen drangen wieder in dieses Vakuum, das er mit seinen Worten geschaffen hatte. Er hörte jemanden lachen und roch den scharfen Geruch einer Zigarette.

Sie starrte ihn an, und ihr Mund war leicht zu einer Seite verzogen, weil sie nachdenklich an der Innenseite ihrer Unterlippe herumknabberte. Wer wusste schon, was sie dachte und was sie bewogen hatte, diese wenig schmeichelhaften Artikel zu erwähnen? Doch nichts an ihr ließ ihn darauf schließen, dass sie es in aller Unschuld getan hatte. Und doch schien sie seltsam betroffen zu sein von seiner Reaktion. Zur Hölle damit. Er wollte einfach weitersprechen.

»Dann sind Sie wohl geschäftlich hier?«, fragte er.

»Meinen Sie das Kunstgeschäft?«

»Ja. Haben Sie sich deshalb über mich informiert?«

Sie schüttelte den Kopf. »Oh nein, überhaupt nicht. Ich habe als Expertin für Christie's in London gearbeitet. Das ist ja mein Beruf. Ich habe Kunstgeschichte studiert.«

»Aber das machen Sie ja nun nicht mehr, oder?«

»Nicht mehr, seit ich vor ein paar Jahren geheiratet habe. Aber ich halte mich trotzdem nebenbei darüber auf dem Laufenden, was so los ist. Da ich vorhatte, den Sommer hier zu verbringen – ich habe im vergangenen Jahr in den Pariser Zeitungen über Sie gelesen und wusste, dass Sie hier zu Hause sind –, habe ich eine Menge weiterer Artikel über Sie gelesen.«

»Ja, ich vermute, dass manche Leute das machen«, sagte er.

Sie trank den ersten Schluck aus der langhalsigen Flasche, seit sie sich zu ihm gesetzt hatte. Er vermutete, dass sie Bier gar nicht wirklich mochte und es nur trank, um sich dem örtlichen Trinkgeschmack anzupassen.

»Wissen Sie«, sagte sie, »ich habe wirklich nicht gewusst ... wie Sie zu diesen Artikeln standen. Ich habe angenommen, dass Sie als Künstler diese Sachen einfach mit einem Achselzucken abtun würden.«

Aus irgendeinem Grund wollte er ihr glauben. So, wie er alles glauben wollte, was sie sagte. Warum? Wenn sie über den Kunstmarkt wirklich so genau Bescheid wusste, wie sie behauptete, dann sollte sie doch ... Ach, zum Teufel damit.

»Vergessen Sie es«, sagte er. »Ich jedenfalls werde das tun.«

Sie sah ihn an, als glaubte sie ihm nicht. Zumindest glaubte er, dass sie das dachte.

»Wie sind Sie denn auf *Graber's* gestoßen?«, fragte er.
»Durch Anita.«
»Waren Sie neulich Abend zum ersten Mal hier?«
»Oh nein. Ich bin schon ein paar Mal zuvor hier gewesen.«
Sie sahen sich an, und plötzlich war da ein eigenartiger und unerwarteter Augenblick der Klarheit, in dem er das Gefühl hatte, in ihren Kopf sehen zu können und dort das Wesen, wenn nicht sogar die Essenz dessen zu verstehen, was sie dachte: Sie hatte Zweifel. Ihn betreffend. Allerdings hatte er keine Ahnung von ihrer ursprünglichen Meinung über ihn. Obwohl er nicht daran zweifelte, dass sie gerade dabei war, ein Vorurteil zu berichtigen, wusste er nicht, ob das gut oder schlecht war.
»Ich frage mich gerade«, sagte sie, während sie ihn noch immer anschaute, »ob es Ihnen etwas ausmachen würde, wenn ich mir Ihr Studio irgendwann einmal ansehe?«
Er hatte nicht erwartet, das von ihr zu hören.
»Natürlich nicht«, sagte er. »Jederzeit.«
»Ich würde es mir gern anschauen.«
»Klar. Aber rufen Sie mich vorher an. Vielleicht brauchen Sie eine Wegbeschreibung … und wollen sich vergewissern, dass ich da bin.«
Er zog einen Füllhalter aus der Tasche, nahm seine Flasche von dem runden Bierdeckel, auf dem sie gestanden hatte, und schrieb seine Telefonnummer um den Rand des Bierdeckels herum, wobei er sich von dem nassen Kreis fernhielt, den die Flasche hinterlassen hatte. Er gab ihn ihr.
»Danke«, sagte sie. Sie zögerte, als wollte sie noch etwas sagen, das bereits in ihrem Gesicht stand und nichts mit dem zu tun hatte, worüber sie gesprochen hatten. Doch der Augenblick verging, und ihre Miene entspannte sich. »Also … es war sehr nett von Ihnen, mich an Ihren Tisch zu bitten«, sagte sie. Sie sah zuerst die Telefonnummer auf dem Bierdeckel, dann wieder ihn an. »Ich werde Sie jetzt wieder Ihren Beobachtungen überlassen.«

»Bis dann«, sagte er.

Sie stand auf und ging davon, an dem Geißblatt und den Papageien vorbei, an den wahllos aufgestellten Tischen der anderen Gäste vorbei, durch den sonnendurchwirkten Schatten des Gartens. Er sah ihr so lange nach, bis sie im Gasthaus verschwand.

Bei Einbruch der Dunkelheit bestellte er sich ein halbes Grillhähnchen, schwarze Bohnen, gegrillte grüne Zwiebeln und frische Mais-Tortillas. Als er mit dem Essen fertig war, war es dunkel. Die Papageien waren längst verstummt, und das Gemurmel menschlicher Stimmen war an ihre Stelle getreten.

Als er drinnen an der Bar innehielt, um seine Rechnung zu begleichen, hatte Nata eine Information für ihn.

»Wie ich gesehen habe, hat sie Sie endlich gefunden«, sagte sie, als sie sein Geld entgegennahm und das Wechselgeld aus der Kasse abzählte.

»Wie bitte?«

»Diese Frau – sie hat etwas Mexikanisches an sich, finden Sie nicht auch?«

Nata selbst war eine kleine drahtige Indianerin aus Sonora, die kein Liebhaber oder Beichtvater jemals ohne ihre silbernen Ohrringe gesehen hatte, kleine Hände, an deren Fingerspitzen ovale Medaillen mit eingravierten Skorpionen hingen.

»Was meinen Sie damit, dass sie mich endlich gefunden hat?«

Nata zählte ihm grinsend das Wechselgeld in die Hand. Sie stützte sich mit verschränkten Armen auf die Bar und beugte sich ihm entgegen.

»Seit einem Monat kommt sie jetzt vier- oder fünfmal in der Woche hierher. Immer zur gleichen Zeit. Zu Ihrer Zeit. Sie hat sich immer nur ein Bier bestellt. Ich weiß gar nicht, warum sie es sich überhaupt bestellt. Sie scheint es gar nicht zu mögen. Sie hat mit niemandem gesprochen. Sie sind der erste Mensch, zu dem sie überhaupt *irgendetwas* gesagt hat.« Nata grinste noch immer. »Ich glaube, dass diese Frau auf Sie gewartet hat.«

KAPITEL 6

Er verbrachte die nächsten Tage damit, sich auf Mrs. Gerald Beachs Körper zu konzentrieren. Sie hieß Lily, eine altmodische Verniedlichung für eine durch und durch moderne Frau mit einem durch und durch modernen Körper.

Die Fotos, die die Fotografin ihm geschickt hatte, waren von klinischer Genauigkeit. Sie wusste genau, was er wollte. Wenn seine Kundin zu den Zeichensitzungen auftauchte, wollte er ihren Körperbau so genau kennen, als hätte er ihn selbst konstruiert. Wenn in ihrer Leistengegend eine seltsame Falte war, dann wollte er, dass die Fotografin sie ihm zeigte. Wenn ihre Taille ein wenig dicklich war, wollte er das sehen, und er wollte wissen, wie sie sich verhielt, wenn sie in die Hocke ging. Wenn ihre Pobacken unterschiedlich waren, wollte er wissen, wie sehr und wie sie aussahen, wenn sie einen Schritt machte oder sich in der Taille umdrehte. Wenn ihre Brüste nicht übereinstimmten, wollte er auch das wissen, damit er entscheiden konnte, welche Posen sie am besten zur Geltung brachten.

Je mehr er über den Körper seines Modells wusste, ehe es zu den Zeichensitzungen zu ihm kam, desto weniger Zeit würden die Sitzungen erfordern. Und umso perfekter würde er am Ende jedes Tages erscheinen, wenn sie unweigerlich sehen wollte, was er vollbracht hatte. Er konnte zwar ein wenig herumpfuschen, doch das musste er schlau anfangen. Diese Frauen wussten sehr genau, wie sie aussahen, und seine Schmeichelei musste so raffiniert angelegt sein, dass er von vornherein jede Verlegenheit darüber umging, dass das, was er zeichnete, nicht dem entsprach, was er oder sie sahen.

Lily Beach hatte jedoch, genetisch gesehen, Glück gehabt und war zu jung, um sich Sorgen machen zu müssen über eine eventuelle Disharmonie in ihrem Muskelgewebe. Nachdem er mehrere Tage lang einzelne Körperteile von ihr nach den Fotos gezeichnet hatte, auf denen sie stehend, sitzend, kniend, vorgebeugt, zurückgelehnt, geneigt, hockend, gestreckt, mit gereckten Armen und sich räkelnd posiert hatte, auf sechs verschiedene Arten ausgeleuchtet gewesen und aus einem Dutzend unterschiedlichen Winkeln aufgenommen worden war, erfasste er schließlich die tatsächlichen Besonderheiten ihres Körperbaus.

Mehr als einmal in diesen Tagen wanderten seine Gedanken zu Céleste Lacan. Ihre Erscheinung und vermutlich auch ihre Persönlichkeit waren Welten von Lily Beach entfernt. Sie brach völlig ungebeten in seine Gedanken ein – mit ihrem einfühlsamen Gesichtsausdruck, als ihr klar geworden war, dass sie einen wunden Punkt mit den Kritiken berührt hatte, mit ihrer besonderen Art, sich mit geradem Rücken hinzusetzen und mit dem sekundenschnellen Zögern in ihren Augen und ihrer Entscheidung, nicht zu sagen, was sie hatte sagen wollen, ehe sie aufstand und ging. Er dachte an sie, und er wunderte sich über sie, und darüber vergaß er mitunter völlig die ausgesprochen delikate Muskulatur von Gerald Beachs Frau.

Eines Nachmittags, als das mittägliche Angelusläuten ihn erlöst hatte, fuhr er mit dem Jeep in die Stadt zu einem Schuhladen in der Morelos Street hinunter, wo er ein Paar seiner alten Lieblingsarbeitsschuhe abgab, die er neu besohlt haben wollte. Auf dem Rückweg hielt er an einem Taco-Stand in Rincón an und holte sich ein paar Tacos, die er sofort an Ort und Stelle im Schatten eines Mesquite-Baums und in seinem Jeep sitzend aß.

Um halb zwei war er zurück im Studio, saß in seinem alten Ledersessel, hatte die Füße auf eine abgewetzte Ottomane gelegt und sein Skizzenbuch gegen seine schräg gestellten Oberschenkel gelehnt. Lily Beachs Fotos waren rund um ihn verstreut, während er sich bemühte, in einer seiner Zeichnungen den exakten Winkel ihres Halses zu erfassen. Er hatte sich damit schon etwas mehr als eine Stunde beschäftigt, als er Schritte auf den Steinen des Hofes hörte. Er sah in dem Moment auf, als Céleste Lacan durch die offene Tür trat.

»Hallo«, sagte sie einfach. Das Licht, das zur Tür hereinfiel, beleuchtete nur das rechte Drittel ihres Körpers, der Rest befand sich im Schatten.

»Sie scheinen ja gar keine Wegbeschreibung gebraucht zu haben«, sagte er, als er die Füße von der Ottomane nahm und aufstand. Wieder einmal hatte sie ihn überrascht. Konnte sie ihn denn in dieser relativen Dunkelheit überhaupt sehen? Er schloss den Skizzenblock und warf ihn auf den Sessel.

»Ich weiß, Sie sagten, dass ich anrufen soll«, sagte sie, als sie durch einen der Lichtstrahlen auf ihn zukam. »Es tut mir Leid. Ich bin einfach auf gut Glück hergekommen.« Sie blieb auf halbem Weg stehen. »Wenn ich jetzt ungelegen komme, würde ich verstehen …«

»Nein, nein«, unterbrach er sie. »Sie kommen überhaupt nicht ungelegen. Ich kann eine Pause gebrauchen.«

»Ich habe mich nicht an das gehalten, was ich versprochen habe, also …«

»Nein, wirklich. Glauben Sie mir, ich würde es Ihnen schon sagen, wenn das ein Problem für mich wäre.«

»Also gut.« Lächelnd kam sie auf ihn zu und sah sich dabei im Studio um. Sie trug einen langen, dunklen Rock mit einer braunen, kurzärmeligen Bluse, die sie sich in den Rockbund geschoben hatte. Das Haar hatte sie nur hastig im Nacken zu einem lockeren Knoten zusammengerafft. Sie hielt einen Eichenzweig in der Hand, der noch Blätter hatte und den sie wohl auf dem Weg vom Haus von einem der Bäume abgepflückt hatte.

Sie blieb vor ihm stehen, doch sie schaute zur hohen Decke hinauf, während sie langsam und tief einatmete. »Ich liebe den Geruch der Steine.« Ihre Blicke wanderten durch das Studio. »Das ist ein altes Haus, nicht wahr?«

In kurzen Worten erzählte er ihr ein wenig über das Anwesen – was es früher gewesen war, wie er es erworben hatte und was er daran getan hatte. Als er geendet hatte, begann sie ziellos herumzuwandern und blieb immer wieder stehen, um sich die alten Modelle früherer Aufträge anzusehen, die in diversen Größen herumlagen, ein verstaubtes Affenskelett, das an einem Draht von einem Holzgestell hing, und die Modelle eines Arms oder eines Fußes. Sie blieb lächelnd vor einer Vitrine stehen, in der sich eine Sammlung von ausgebreiteten Vogelschwingen befand, und sie betrachtete eine Weile den Ausstellungskasten mit den aus Obsidianstein geschnitzten Insekten.

»Sie sind ein Anhäufer«, sagte sie mit dem Rücken zu ihm, während sie forschend ein Brett betrachtete, auf dem sich federleichte Zikadenhüllen befanden, die in diagonalen Reihen angeordnet waren. Kein Sammler, sondern ein Anhäufer. Das war ein hübscher Unterschied. Und diese Vorstellung schien ihr zu gefallen.

»Ich liebe Krempel«, sagte er. »Manchmal kann man ihn einfach auflesen, wundervollen Krempel, und manchmal muss man dafür bezahlen. Doch es ist alles interessant … und trotzdem ist alles … nur Krempel.«

Er sah, dass sie vor sich hin lächelte, als sie sich umdrehte und weiterging, und er begleitete sie und beobachtete sie dabei. Sie sagte nichts mehr zu ihm, und er war zufrieden damit, sie schweigend betrachten zu können, während sie weiter zwischen seinen Arbeitsbänken und seinen überhäuften Tischen herumstreifte. Er wusste, was sie da machte, weil auch er das in den Studios anderer Künstler getan hatte. Sie erlaubte sich eine Art von intellektuellem Voyeurismus, mit dem sie die genauen Einzelheiten der Nebensächlichkeiten erforschte, mit denen er sich gern täglich neu umgab, weil sie wissen wollte, ob diese geheimen Eigentümlichkeiten ihr etwas über seine Persönlichkeit verraten könnten, das sie auf keine andere Weise erfahren konnte. Das war für ihn in Ordnung. Er hatte das Gefühl – das sich nur auf seinen Instinkt gründete –, dass diese Frau weit mehr aus dem schließen würde, was sie sah, als die meisten anderen Menschen. Er war seltsam aufgewühlt, als ließe er es zu, dass sie ihn durch den engen Spalt einer nicht ganz angelehnten Tür nackt sah.

Plötzlich ging ihm auf, wie seltsam es war, dass sie zusammen schweigend durch das Studio schlenderten. Doch es gefiel ihm, dass sie es taten, und es freute ihn auch, dass sie sich nicht verpflichtet fühlte, die Stille zu durchbrechen. Sie schien sich zwischen den Dingen wohl zu fühlen, die ihm ebenfalls Wohlbefinden gaben, und insgeheim war er glücklich darüber, dass sie stehen blieb und mit offenkundiger Anerkennung einige kleine Sachen musterte, die er nur deshalb erworben hatte, weil sie ihm auf einfache oder unerklärbare Weise Freude bereiteten. Während er sie begleitete und zusah, wie sie bei irgendeinem alten Werkzeug oder einer unbedeutenden Kleinigkeit anhielt – und oft war er überrascht, welche der Einzelheiten ihre Aufmerksamkeit erregten –, empfand er eine wachsende Aufgeschlossenheit ihr gegenüber. Es war leicht zu erklären: Wie fast alle Menschen fand er ihren Geschmack und ihre Neugierde höchst attraktiv, wenn sie seine eigenen bestätigten oder mit ihnen übereinstimmten.

Gelegentlich fing er den Hauch eines schwachen Duftes auf. Es war kein Parfum.

Irgendwann blieb sie stehen und betrachtete schweigend das Holzpodium, das zum Modellsitzen gebaut worden war und mitten im Studio stand. Es war sechzig Zentimeter hoch, gut dreieinhalb Meter im Quadrat und bot damit Platz genug für mehrere Modelle zur gleichen Zeit. Nur eine Art unbedeckte Chaiselongue und ein Stuhl mit geradem Rücken standen auf den nackten Brettern. Die leere Bühne stand in scharfem Kontrast zu dem Rest des unordentlichen Studios, und doch widmete sie der kahlen Plattform mehr Zeit als allem anderen. Sie stand still da und betrachtete sie gedankenverloren. Dann ging sie ohne eine Bemerkung weiter.

Als sie wieder bei dem Sessel angekommen war, auf dem er gesessen hatte, beugte sie sich hinab und hob zwei von Lily

Beachs Fotografien auf. Sie hielt in jeder Hand eine, betrachtete sie und nahm den gesamten langen, blassen und privilegierten Körper seiner Kundin in sich auf. Sie verweilte länger bei den Bildern, als er erwartet hätte – und dieses Mal wünschte er wirklich, er wüsste genau, was sie dachte –, dann beugte sie sich wieder hinab und ließ sie dort auf den Boden fallen, wo sie sie vorgefunden hatte. Forschend betrachtete sie die anderen Bilder von ihrem Standort aus, und als sie sich abwandte, sah er, dass sie den Skizzenblock auf dem Sessel entdeckt hatte.

»Schön«, sagte sie zu ihm, doch er wusste nicht, ob sie das Studio meinte oder Lily Beach. Sie ließ den Blick noch einmal durch das Studio schweifen, bevor sie ihn ansah.

»Haben Sie … ein wenig Zeit, um mit mir zu reden?«, fragte sie.

Sie setzte sich auf einen der hohen Holzhocker, hakte die Absätze ihrer Sandalen um die untere Sprosse, wobei ihr Rücken fast die Bank berührte. Er setzte sich ihr gegenüber auf ein Holzschränkchen, das schmale Ordner enthielt. Sie sah fast so aus, als wollte sie ihm etwas anvertrauen.

Das Sonnenlicht wurde von dem tiefen steinernen Fensterrahmen neben ihr zurückgeworfen und flutete zwischen ihnen in den Raum. Sie sahen sich über einen breiten Streifen Helligkeit hinweg an, in den sich eine vereinzelte Mücke schwankend verirrte und wie ein zum Leben erwecktes Sonnenstäubchen aussah.

»Ich muss Ihnen etwas gestehen«, sagte sie, hob die Hand und schob sich eine Haarsträhne hinter das Ohr. »Ich wäre schon früher zu Ihnen gekommen, aber da ich wusste, dass ich das tun musste, habe ich mich … nun ja … nicht unbedingt darauf gefreut.«

Ihr war unbehaglich zumute, vielleicht war sie sogar verlegen, aber nicht bestürzt. Er wartete.

»Ich bin nicht aus reiner Neugierde hier«, begann sie, »sondern aus einem anderen Grund.«

»Und der wäre ...«

»Ich möchte Sie damit beauftragen, eine Skulptur anzufertigen.«

Er wartete einen Herzschlag lang, um das in sich aufzunehmen.

»Heißt das, dass Sie nach San Rafael gekommen sind, um mich deswegen aufzusuchen?«

»Ja.«

»Und Sie haben keine Sommerwohnung gesucht?«

»Nein.«

Das war ziemlich ungewöhnlich, erklärte ihm jedoch eine Menge.

»Warum haben Sie mir das nicht neulich einfach bei *Graber's* gesagt?«

»Es geht um die Skulptur meiner Schwester«, sagte sie, seiner Frage ausweichend.

Ihre Schwester?

»Welche Art Skulptur?«

Sie warf einen schnellen Blick zu Lily Beachs Fotos hinüber. »Einen lebensgroßen Akt.«

Dann war die Schwester also wohl jünger? Und um wie viele Jahre jünger?

Als wüsste sie, was er dachte, griff sie in die Tasche ihres Rocks und zog eine Fotografie heraus, betrachtete sie erst und reichte sie ihm dann.

»Das ist Leda«, sagte sie.

Es handelte sich um einen Schnappschuss in Farbe von einer jungen Frau, die an einem Tisch auf einer Terrasse saß. Ein Teil der Terrassenbrüstung war im Hintergrund zu sehen und jenseits davon unverkennbar das Mittelmeer. Wenn Céleste eine Anziehungskraft besaß, mit der sich manche Menschen nicht leicht anfreunden konnten, dann war die Schönheit ihrer Schwester unbestreitbar. Und diese Schönheit war – gemäß der abgedroschenen Phrase – von der Art, mit der Karrieren gemacht und Leben zerstört wurden. Er hatte schon eine Menge schöner Frauen gesehen, doch diese Frau hier war, selbst nach allgemein hohen Maßstäben, umwerfend schön. Das Einzige, was an ihrem Aussehen schwer fallen würde, war, sich von ihr abzuwenden. Ihr dunkles Haar fiel ihr über die Schultern, und ihr Teint war von dem gleichen kräftigen Oliv wie bei Céleste. Doch was sein geschultes Auge sofort in Bann schlug, war die Form ihres Gesichts: Es war bestürzend symmetrisch und so ausgewogen, dass die Spiegelbilder beider Gesichtshälften exakt deckungsgleich waren. Eine seltene Erscheinung. Ihre Gesichtszüge waren absolut makellos, und Ross war überzeugt davon, dass kein Mensch je etwas daran verbessern könnte.

»Sie ist schön«, sagte er.

»Ja«, stimmte sie zu, »doch Leda ist … mit keiner anderen schönen Frau zu vergleichen, die Sie je gesehen haben.«

Die Enttäuschung über diese Bemerkung durchfuhr ihn wie ein Schmerz. Im Laufe der Jahre hatte er das schon in allen Varianten und so oft gehört, dass es für ihn leer und dumm klang. Schöne Menschen und die Menschen, die sie liebten, dachten immer, dass sie etwas Besonderes seien. Selbst wenn sie genügend gesunden Menschenverstand besaßen, um diesen Dünkel zu verbergen, war er noch immer tief in ihnen verankert, nährte ihre Selbstachtung und durchdrang ihren eigenen Glauben an den Zauber eines genetischen Unfalls. Doch er hatte nicht die Erfahrung gemacht, dass sie wirklich etwas Besonderes waren. Toll aussehende Frauen, und vor allem jene, die ihre Körper gern als Skulpturen verewigen lassen wollten, waren sich alle entsetzlich ähnlich.

»Das muss für Sie banal geklungen haben«, sagte sie ohne die Spur einer Entschuldigung.

»Warum sagen Sie so etwas?«

Sie hielt seinen Blick fest. »Sie glauben doch wohl nicht, dass Sie der einzige Mensch sind, der andere Menschen einschätzen kann?«

»Bin ich so leicht durchschaubar?«

»Ich bin so aufmerksam«, sagte sie.

Diese Antwort überraschte ihn, und er spürte einen ungewohnten Anflug von Unsicherheit in sich.

»Mir ist klar, dass Sie eine Menge schöner Frauen im Laufe Ihrer Karriere gesehen haben«, fuhr sie fort, »und ich vermute, dass Sie sich ein paar recht feste Vorstellungen darüber zurechtgelegt haben, was ›typisch‹ für schöne Frauen ist. Schöne Frauen müssen Sie inzwischen langweilen.« Sie hielt inne. »Ich bezweifle, dass Sie noch etwas Besonderes in ihnen sehen.«

»Etwas Besonderes«, sagte er, nachdem er sich wieder gesammelt hatte. »Das ist eine Vorstellung, die wohl unter gewissen Umständen leicht an Bedeutung verliert, oder etwa nicht?«

»Wirklich?«

Er wollte ihr seinen Standpunkt klarmachen, ohne hämisch zu klingen.

»Stellen Sie sich vor«, sagte er, »tausend Frauen haben sich in einem Raum versammelt, deren Schönheit sie ausgezeichnet und zu etwas Besonderem gemacht hat. In Bezug auf diese Gruppe beginnt ›das Besondere‹ doch an Bedeutung zu verlieren. Weil alle etwas Besonderes sind, hörte jede Einzelne von ihnen auf, etwas Besonderes zu sein. Um ›etwas Besonderes‹ in diesem Raum zu sein, muss eine Frau eine Eigenschaft besitzen, die nach völlig anderen Kriterien definiert sein muss.«

Darüber dachte sie einen Moment lang nach. Sie betrachtete den Zweig, den sie zwischen ihren Fingern drehte. Als sie den Kopf wieder hob, sahen sie sich gegenseitig durch den Lichtstrahl von Schatten zu Schatten an.

»In diesem Raum«, sagte sie, »würde Leda nicht nur Ihrer neuen Definition von ›etwas Besonderem‹ entsprechen, sondern sich sogar mit Leichtigkeit als außergewöhnlich qualifizieren. Als eine Rarität, genauer gesagt.«

KAPITEL 7

Eine bemerkenswerte Äußerung, und sie musste seine skeptische Miene gesehen haben.

»Ist es schwer für Sie, das zu glauben?«, fragte sie.

»Das weckt natürlich verdammt hohe Erwartungen«, sagte er.

Die Form ihrer Augen veränderte sich leicht, als sie innerlich lächelte.

»Was wäre, wenn ich Ihnen sagte«, meinte sie, »dass Sie noch immer etwas Neues über die Schönheit lernen können.«

»Etwas, das Sie mich lehren können?«

»Nein, eher etwas, das Sie von Leda lernen können.«

»Dann würde ich sagen, dass ich es nicht erwarten kann, sie kennen zu lernen.«

Der Zweig in ihrer Hand kam zur Ruhe, sie wandte ihren Blick von ihm ab und zum Fenster. In einer der nahen Eichen schnatterte eine Spottdrossel mit tiefer, nachdenklicher Stimme vor sich hin. Er studierte Célestes Profil. Obwohl sie im Schatten saß, fiel durch das nächste Fenster hinter ihr eine schräge, verschwommene Helligkeit herein. Sie schien plötzlich von enormer Intelligenz zu sein, als besäße sie ein mächtiges Geheimnis und versuchte gerade zu entscheiden, wie sie es einem uneingeweihten Verstand sanft übermitteln könnte.

»Sie gehen zynisch damit um«, sagte sie, noch immer aus dem Fenster sehend. »Mit der Schönheit, meine ich.« Ihr Ton war weder herausfordernd noch anklagend. Er war nachdenklich – und sogar fast verständnisvoll.

»Ich gehe nicht zynisch damit um«, widersprach er. »Man kann eine so amoralische Sache gar nicht zynisch behandeln. Sie existiert einfach, ganz aus sich selbst heraus. Die Tatsache, dass wir sie in dieser Sache oder jenem Menschen entdecken und nicht in jener Sache oder einem anderen Menschen, ist auch amoralisch. Es geschieht einfach. Wie ein Unwetter. Die Gründe dafür, die tieferen Gründe – jenseits von atmosphärischen Bedingungen oder einer DNA – werden immer ein Geheimnis bleiben. Ich habe großen Respekt vor dem Geheimnis, und ich gehe nicht zynisch damit um.«

Draußen brannte die Sonne von einem wolkenlosen Himmel herab, und die breite Tiefe der Fensterbank hatte jetzt durch den Einfallswinkel der Sonne die höchste Helligkeit erreicht. Im Gegensatz zu dem scharfen Licht saßen sie im tiefsten Schatten. Der warme Atem des Nachmittags wehte durch die geöffneten Fenster herein und verdrängte gelegentlich die Kühle von den Steinmauern.

Sie wandte sich ihm zu. »Aber da ist etwas Lächerliches in Ihrer Haltung gegenüber ...«

»Der menschlichen Natur, nicht der Schönheit gegenüber.«

Sie wartete. Und plötzlich sah er sie wie in einer ungewöhnlichen Scharfeinstellung, selbst durch den Schatten hindurch. Er konnte die Feuchtigkeit in ihren Augen sehen, nicht von Tränen, sondern die zähflüssige Umgebung ihres Blickes.

»Und Sie beziehen sich in diese harte Beurteilung mit ein?«, fragte sie scharf.

»Vor allem mich selbst.«

Das schien für sie ein ganz neuer Gedanke zu sein. Obwohl sie bisher ihm gegenüber hellsichtig und sogar von unheimlicher Intuition gewesen war, hatte sie nicht erwartet, dass er auch sich selbst in seine zynische Philosophie einbeziehen würde.

»Dann sollten Sie mit Leda sprechen«, sagte sie und kehrte damit abrupt zu ihrer Schwester und zum Anlass des Auftrags zurück.

»Sicher. Ist sie auch hier in San Rafael?«

»Sie kommt in ein paar Tagen. Sie wird den Sommer über bei mir bleiben.«

Sie zögerte, und dieses Mal konnte er erkennen, dass sie sorgsam abwog, was sie als Nächstes sagen wollte.

»Leda und ich haben verschiedene Väter«, sagte sie. »Als Eva – meine Mutter – und ich nach dem Tod meines Vaters nach Europa übersiedelten, war ich alt genug, um allein klarzukommen. Ich kehrte nach London zurück, wo ich schon zur Schule gegangen war. Eva ließ sich schließlich in Rom nieder.« Sie machte eine Pause. »Eva war eine exotisch aussehende Frau. Dramatisch. Sie war für eine gewisse Sorte Männer wie Nektar. Aber immer die falsche Sorte Männer.«

Ihr hastig zusammengesteckter Knoten begann sich zu lösen, und sie griff mit einer Hand abwesend nach oben und schob ihn wieder mit Fingern zurecht, die instinktiv wussten, was sie zu tun hatten. Es war ein gedankenloser Reflex und eine durch und durch weibliche Geste.

»Eines Tages bin ich nach Rom gefahren, um dort Urlaub zu machen, und entdeckte, dass Eva ein Baby geboren hatte. Es war erst ein paar Monate alt. Leda. Eva hatte eine Kinderschwester angestellt und ihr Leben so weitergeführt wie zuvor. Ich glaube nicht, dass sie überhaupt wusste, wer der Vater war.«

Céleste schaute nachdenklich auf ihre Hände hinab, die in ihrem Schoß lagen. Er fragte sich, nach welchen Kriterien sie entschied, was sie ihm erzählen wollte und was nicht. Warum wählte sie ein Wort anstelle eines anderen, warum diesen Satz und nicht den anderen?

»Ich hatte keinerlei Beziehung zu diesem Kind«, sagte sie, sah auf und ihm in die Augen. »Und auch keine Zuneigung. Und ich wollte auch keinen Anteil an diesem Leben haben, das es verkörperte. Ich floh nach London zurück, und damit war der Fall erledigt. In den folgenden zwölf Jahren habe ich sie nur selten gesehen. Das war für Eva in Ordnung, denn sie wollte keine jüngere Frau – und potenzielle Rivalin – um sich haben, die ihre Affären hätte komplizieren können.

Als Leda fünfzehn war, schickte Eva sie genauso zur Ausbildung fort, wie sie es mit mir getan hatte. In die Schweiz. Als Leda die Schule beendet hatte, blieb sie in Genf und ging dort zur Universität. Eva suggerierte ihr, dass sie ebenso wenig in Rom willkommen war wie ich, und sie war froh, dafür bezahlen zu können, dass sie ihr fernblieb. Als sie in ihrem letzten Jahr auf der Universität war – das ist jetzt ungefähr drei Jahre her –, beschloss Eva, in die Schweiz zu reisen, um sie während der Weihnachtsferien zu besuchen. Sie und der Mann, den sie mitgenommen hatte, sind beide bei einem Autounfall in Norditalien ums Leben gekommen.«

Wieder fiel der Knoten langsam auseinander. Irritiert löste sie ihn, während sie weitersprach, entfernte die Haarnadeln und fuhr sich mit den Fingern durch das herabfallende Haar.

»Als Evas Testament eröffnet wurde, stellte ich erstaunt fest, dass sie mich zu Ledas gesetzmäßigem Vormund bestimmt hatte. Danach würde ich diese Verantwortung weitere vier Jahre übernehmen müssen. Das war eine Situation, die uns beiden nicht gefiel.«

Céleste hielt inne und spielte mit ihren Haarnadeln herum.

Er hatte keine Ahnung, wohin das alles führen würde, doch ihm fiel auf, dass er lieber Céleste betrachten und ihr zuhören wollte als fast alles andere, was ihm hätte einfallen können. Ihr Akzent war auf entzückende Weise interessant und angenehm.

»Haben Sie jemals selbst als Modell gearbeitet?«, fragte sie plötzlich.

Er schüttelte den Kopf. »Na ja, ein paar Mal vielleicht, für Freunde. Vor Jahren in der Schule.«

»Für Büsten. Porträts.«

»Ja, klar. Wir alle haben das gegenseitig gemacht, als wir uns noch keine Modelle leisten konnten.«

»Aber Sie haben sich niemals ganz ausgezogen.«

»Nein, nie.«

»Aber das ist ja auch eine ganz andere Sache, oder?«

»Ich denke schon. Sie sagen das, als hätten Sie das schon häufiger getan.«

»Ja, das habe ich.«

»Aber Sie haben es nicht sehr gemocht.«

»Oh doch. Es hat mir sehr gefallen.«

»Was wollen Sie damit sagen?«

»Es war befriedigend.« Sie zögerte einen Herzschlag lang. »Das ist keine unwichtige Tätigkeit.«

Sie sprach, als sei etwas Mystisches damit verbunden. Er hatte im Laufe der Jahre eine Menge Modelle gesehen, doch er hatte ganz sicher nichts Mystisches an ihnen entdeckt, verdammt noch mal. Denn die meisten von ihnen waren ziemlich materiell orientierte Frauen gewesen.

»Der Punkt ist«, fuhr Céleste fort, »dass Leda es mehr als alles andere in der Welt tun möchte, ich aber ernste Vorbehalte dagegen habe.«

»Warum?«

An einem ihrer Mundwinkel bildeten sich ein paar Fältchen, während sie nachdachte, doch der Ausdruck ihrer Augen war unergründlich.

»Sagen Sie«, fragte sie, »haben Sie schon jemals etwas getan, dessen Sie sich zutiefst geschämt haben?«

Himmel. Sie konnte das Thema wirklich sehr abrupt wechseln. Er kannte niemanden, der über eine solche Mischung aus Freimütigkeit und Überraschung verfügte.

»Ach, jeder hat doch schon irgendwann in seinem Leben etwas getan, dessen …«

»Nein, nein«, unterbrach sie, »nichts Oberflächliches. Das meine ich nicht. Ich sagte ›zutiefst‹ schämen.«

Was für eine teuflische Frage.

»Ich würde sagen nein.«

»Sie ›würden sagen‹ …«

»Das ist nur eine Redensart«, sagte er. »Nein, ich glaube nicht, dass ich jemals etwas getan habe, dessen ich mich zutiefst hätte schämen müssen.«

Sie bedachte ihn mit einem beunruhigenden Lächeln, als hätte sie ihn bei einer Lüge ertappt. Dann zuckte sie die Achseln, als wollte sie das ganze Thema fallen lassen, und wechselte erstaunt die Richtung.

»Mr. Marteau ...«

»Lassen Sie uns *damit* aufhören, ja?«

Sie hielt inne, bevor sie fortfuhr, ohne jedoch seinen Namen noch einmal auszusprechen. »Leda kann sich gar nicht richtig vorstellen, auf was sie sich da einlässt, und meiner Ansicht nach könnte sie einen schweren Fehler machen.«

»Ich dachte, dass Sie das alles für sie arrangieren wollten?«

»Sie wird das entweder mit meiner ›Hilfe‹ oder ohne sie machen. Ich werde den Scheck unterschreiben. Das ist meine Aufgabe. Aber ich sehe trotzdem nicht ein, warum man die Risiken ignorieren sollte.«

»Worüber machen Sie sich Sorgen?«

»Nicht darüber, nackt Modell zu stehen, nein.« Ihre Augen waren dunkel, und die Pupille verschwamm förmlich mit der Iris. »Meine Befürchtung ist, dass Leda niemals nackt sein wird. Sie wird immer entblößt sein – in Ihren Augen und auch in ihren eigenen Augen. Und ganz sicher in den Augen aller, die die Skulptur betrachten werden.«

Er begann zu begreifen, dass Céleste alles durch eine Linse betrachtete, die ihr eine Perspektive gab, die nicht nur ihre ureigene war, sondern die sich auch völlig von den gängigen Verhaltensnormen absetzte. Er würde einen Fehler begehen, wenn er jemals zu glauben wagte, voraussagen zu können, wie sie über irgendetwas dachte.

»Ich versuche nicht, die Dinge zu verwirren oder ihnen auszuweichen«, sagte sie. »Im Grunde ist mein Problem, dass ich mehr sagen möchte, als ich sollte.«

In dieser letzten Bemerkung schwang Traurigkeit mit oder ein Bedauern oder sogar eine Sehnsucht. Er wusste es wirklich nicht zu sagen, doch eine gewisse Unzufriedenheit war unüberhörbar. Die Beziehung zwischen den beiden Schwestern war nicht einfach.

»Ich kann mir vorstellen, dass Sie schon mehr über uns erfahren haben, als Sie überhaupt wissen wollten.«

»Aber das sind doch Dinge, die Sie mich wissen lassen wollten, oder nicht?«

Er wollte die Unterhaltung gern auf eine andere Basis stellen. Er begann zu spüren, dass er manipuliert wurde, doch er wusste nicht genau, wie und mit welchem Ziel. Und das gefiel ihm nicht besonders.

»So muss es Ihnen vorkommen«, sagte sie.

»Ja, das tut es.«

»Also, machen Sie sich nicht allzu viele Gedanken darüber«, sagte sie. »Manchmal rede ich einfach zu viel.«

»Das bezweifle ich. Ich glaube nicht, dass Sie jemals mehr sagen, als Sie wirklich sagen wollen.«

Das Licht zwischen ihnen wurde weicher. Ihr Gesicht war jetzt düster, was er seltsam fand. Es war, als bereite sie eine Beerdigung vor.

Sie streckte den Arm durch den Lichtstrahl aus und legte den Eichenzweig auf die breite Fensterbank.

»Dann rufe ich Sie einfach an«, sagte sie, »wenn Leda zum Sprechen bereit ist.«

Es war später Nachmittag, als sie an diesem Punkt schließlich angelangt waren, und er fragte sie, ob sie nicht auf einen Drink bleiben wolle. Sie lehnte mit einer Ausrede ab, die tatsächlich auch wie eine Ausrede klang, und sie machte sich nicht die Mühe, es als etwas anderes klingen zu lassen. Er begleitete sie zu ihrem Wagen, und sie fuhr davon.

Nachdem er an diesem Abend gegessen und die Küche aufgeräumt hatte, ging er in den Wintergarten und legte eine CD von Miles Davis auf. Er löschte das Licht, legte sich aufs Sofa und schleuderte die Schuhe von seinen Füßen. Während er aus der Dunkelheit auf die kleinen Lichter um den Innenhof herum schaute, wanderten seine Gedanken zu Céleste. Noch nie war ihm jemand so unterhaltsam ausgewichen. Doch letztendlich fühlte er sich überhaupt nicht mehr manipuliert. Oder vielleicht doch, aber es machte ihm einfach nichts aus.

Als er erwachte, war es still im Raum. Es war nach zwei Uhr morgens. Die Zeitschaltuhr hatte die Innenhoflampen ausgeschaltet, und alles um ihn herum war blauschwarz mit indigoblauen Glanzpunkten. Er stand auf, schaltete den CD-Player aus und ging den Flur hinunter zu seinem Schlafzimmer. Er zog sich aus und ging zu Bett. Und er versuchte, nicht mehr an sie zu denken.

KAPITEL 8

In den nächsten drei Tagen arbeitete er ununterbrochen an dem Beach-Projekt und füllte mehrere Skizzenbücher mit Studien verschiedener Posen. Dabei arbeitete er sich langsam an die Entscheidung heran, wie er Mrs. Beachs wundervolle Proportionen am besten zur Geltung bringen konnte.

Amado war für eine Woche nach New York gefahren mit einer Freundin, die ›einen schönen Rücken‹ hatte, deshalb hatte Ross ihn nicht mehr gesehen, seit Céleste erst bei *Graber's* und dann in seinem Studio aufgetaucht war.

Nach der Arbeit im Studio verbrachte er die Nachmittage auf dem Gelände. Er schnitt tote Zweige aus den Bäumen heraus und bündelte sie für den Abtransport zu ordentlichen Stapeln. Abends blätterte er in seinen Kunstbüchern herum. Er hatte sie in dem Jahr, das er in Paris verbracht hatte, vermisst und freute sich, seine alten Lieblingswerke wieder zu sehen.

Und jeden Abend widerstand er aufs Neue der Versuchung, Céleste anzurufen.

Am Morgen des vierten Tages machte er die Feinarbeiten an einer Zeichnung, die er auf dem Zeichenbrett befestigt hatte, als das Telefon klingelte. Es war Céleste.

Nachdem sie ein paar Höflichkeiten ausgetauscht hatten, sagte sie: »Leda ist gestern am frühen Morgen angekommen. Sie ist noch mitten im Jetlag und ganz wild darauf, Sie kennen zu lernen. Wann würde es Ihnen am besten passen?«

»Das überlasse ich ganz Ihnen«, sagte er.

»Heute Nachmittag?«

»Klar.«

»Um drei Uhr?«

»Schön.«

Der Nachmittag war hell und warm und ruhig. Die Zikaden lärmten in dem Waldstück, das das Studio umgab. Er hatte sich eine kleine Ladung Kalksteinblöcke bei einem Steinbruch nördlich von Austin bestellt, weil er sich an ein paar kleinen Skulpturen versuchen wollte, einfach nur, um mit der Steinarbeit in Übung zu bleiben. Die Steinblöcke waren an diesem Morgen eingetroffen – doch nur eine Teillieferung, und der Rest würde in ein paar Tagen nachgeliefert werden – und lagen unter einer Eiche zwischen dem Studio und der Brennofenhütte aufgestapelt.

Er war hinausgegangen, um sie zu begutachten, und hatte gerade erst wieder das Studio betreten, als er Schritte auf den Steinen im Hof hörte. Er drehte sich zur offenen Tür um, als die Silhouetten zweier Frauen im Licht auftauchten.

»Ross?«

»Ja, kommen Sie herein«, sagte er und wischte sich den Kalkstaub mit einem Lappen von den Händen, den er von einem der Arbeitstische genommen hatte. Er blinzelte in das helle Licht hinter den Silhouetten der näher kommenden Frauen.

»Das ist Leda«, sagte Céleste, als das Mädchen ihm die Hand entgegenstreckte. Er konzentrierte sich auf ihr Gesicht, weil er die symmetrischen Gesichtszüge erwartete, die er auf dem Foto gesehen hatte. Und sie waren auch da und zeigten sich ihm, als seine Augen sich an das kontrastierende Licht angepasst hatten. Die Wirklichkeit übertraf das Foto bei weitem. Sie war auserlesen.

Als er Ledas Hand nahm, sagte sie: »Ich freue mich, Sie kennen zu lernen«, mit dem gleichen, von einem weichen Akzent begleiteten britischen Englisch wie Céleste. Trotzdem fühlte er, dass etwas auf seltsame Weise aus dem Gleichgewicht zu sein schien, als sie sich die Hände schüttelten. Leda lächelte ihn an, doch er spürte sofort, dass es ein kompliziertes Lächeln war, hinter dem mehr steckte als nur einfache Freundlichkeit. Ihr Blick war durchdringend und abwartend, und ihm fiel auf, dass sie auf seine Reaktion wartete. Und dann erkannte er das, was sein Verstand noch nicht erfassen konnte: Diese wunderschöne junge Frau vor ihm war nicht völlig perfekt.

Er spürte, dass auch Céleste ihn anschaute, doch er wandte den Blick nicht von Leda ab. Noch während er ihre Hand hielt, drehte sie leicht die Schulter, sodass er die konvexe Geschwulst in der Kurve ihrer Wirbelsäule sehen konnte, diesen höckerartigen Buckel.

Himmel.

»Es war meine Idee«, sagte Leda schnell, »Ihnen das vorzuenthalten. Ich hatte Angst, dass Sie nicht einmal mit mir sprechen würden, wenn Sie es wüssten.«

Wie gelähmt hielt er noch immer ihre Hand fest. Und plötzlich war er wütend darüber, dass sie ihn zur Zielscheibe ihres Betrugs gemacht hatten.

»Wir haben viel zu besprechen«, sagte Leda mit der entschiedenen Sachlichkeit von jemandem, der mit der radikalen Reaktion umzugehen gelernt hatte, die durch sein Aussehen bei anderen Menschen hervorgerufen wird.

Als sie ihre Hand zurückzuziehen versuchte, hielt er sie fest. Noch einmal versuchte sie, sie ihm zu entziehen, doch er hielt sie noch immer fest. Sie zog die Stirn kraus, zuerst unsicher, dann vor Angst.

Der Ausdruck auf ihrem Gesicht erschütterte ihn wieder und riss seine Reaktion in die Gegenrichtung, als ihm mit einem Mal klar wurde, wie sehr sein Schock und seine Sprachlosigkeit sie verletzen mussten und ihre Missbildung noch mehr betonten. Seine Wut schlug urplötzlich in Verlegenheit um. Und in Faszination.

Dann ließ er ihre Hand viel zu abrupt los.

»Entschuldigung«, sagte er. Er zögerte. »Also gut ... Sie möchten mit mir reden. Dann sollten wir dort drüben Platz nehmen.«

Er deutete zu dem alten Ledersessel und einer unbequemen viktorianischen Sitzbank mit fadenscheiniger Polsterung hinüber. Er konnte sich nicht vorstellen, was sie zu sagen hatte, doch er erinnerte sich an Célestes Besorgnis. Himmel, jetzt endlich verstand er sie. Ihre Ängste darüber, wie Ledas Skulptur angesehen würde, waren fraglos berechtigt. Ein Akt dieser jungen Frau würde mit großer Wahrscheinlichkeit in dem Betrachter eine Neugierde erregen, die derjenigen nicht unähnlich sein würde, die Menschen in eine Schaubude auf einem Volksfest zog.

»Ich weiß, dass es eine Überraschung ist«, sagte Leda und wandte sich der Sitzbank zu.

Als sie an ihm vorbeiging, sah er, dass sich der Buckel zu einer Seite neigte, überraschend spitz war und sich scharf aus der horizontalen Mittellinie zwischen ihren Schultern erhob. Er bemerkte, dass auch ihr Becken etwas schräg war, obwohl ihr das Herumlaufen und die Bewegung keinerlei Probleme zu bereiten schienen. Andererseits muteten manche ihrer Bewegungen fast krabbenhaft an, was seiner Ansicht nach von der Bemühung herrührte, ständig ihr Gleichgewicht halten zu müssen.

»Céleste hat mich gewarnt, dass das ein Fehler sein würde«, sagte sie, als sie sich auf der Sitzbank niederließ. Sie konnte nur auf der vorderen Hälfte der Bank sitzen und schob schnell und geschickt die Beine seitwärts und überkreuzte die Knöchel, um so eine gewisse Grazie zu erreichen – das Ergebnis von Jahren der Notwendigkeit und Übung.

»Es tut mir Leid, wenn ich ... linkisch gewesen bin«, sagte er, während er darauf wartete, dass Céleste neben Leda Platz nahm, ehe er sich in den alten ledernen Clubsessel setzte.

Die beiden Schwestern nebeneinander sitzen zu sehen war ungewöhnlich. Céleste räkelte sich in ihrer Ecke der Sitzbank, ihre langen Beine übereinander geschlagen, was sie optisch noch länger erscheinen ließ. Ihre gesamte Erscheinung und ihr Verhalten standen in krassem Gegensatz zu der plump kauernden Haltung ihrer Schwester.

Er musste zugeben, dass die Disharmonie zwischen Ledas phänomenalem Gesicht und ihrem entstellten Körper ein weiteres, nicht deckungsgleiches Bild in dieser Zweierbeziehung war, was auf morbide Weise faszinierend war. Ihr Gesicht allein würde immer jeden Menschen zweimal hinschauen lassen. Und dann die Erkenntnis, dass dieses außergewöhnliche Gesicht mit einem schwer entstellten Körper verbunden war, der allein schon starrende Blicke auf sich zog und zu einem zweimaligen Hinschauen ganz anderer Art führte.

Fast gleichzeitig überfiel ihn die Erkenntnis, was für eine beunruhigende Wirkung diese ästhetische Verwirrung auf das Leben dieser jungen Frau gehabt haben musste. Der psychologische Aufruhr musste unbeschreiblich gewesen sein, wenn er nicht sogar noch immer anhielt.

»Es gibt eigentlich gar nicht so vieles, über das wir eingehender sprechen müssen«, begann Leda. Ihre Stimme hatte die Klarheit der Jugend. »Einfach gesagt: ich möchte eine nackte Skulptur meines Körpers haben. Ich möchte, dass sie ein naturgetreues Abbild von mir ist. Keine Beschönigungen, nur eine Wiedergabe dessen, was Sie vor sich sehen.«

Er warf einen Blick zu Céleste hinüber. Sie war ruhig, ihre Miene offen und abwartend. Sein Blick kehrte zu Leda zurück.

»Ich werde Sie nicht beleidigen, indem ich Sie frage, ob Sie sich das auch wirklich gut überlegt haben«, sagte er, »aber könnten Sie mich wohl ein wenig genauer ins Bild setzen?«

»Worüber?«

»Warum Sie das tun wollen.«

»Warum?«, fragte sie. »Spielt das eine Rolle?«

»Wenn ich es tun werde, spielt es eine ziemlich große Rolle.«

»Für Sie.«

»Ja.«

»Und wenn ich Ihnen nichts erzähle?«

»Das ist keine Herausforderung, sondern nur eine Frage.«

»Und wenn ich Sie anlüge?«

»Das würde ich ja gar nicht wissen, oder?«

Sie starrte ihn einen Moment lang an, als überlegte sie, ob er ihr für eine weitergehende Erklärung würdig genug war. Es war offenkundig, dass Leda kein geringes Selbstbewusstsein besaß. Er musste nicht lange nachdenken, um zu erfassen, dass das Leben mit dem so entstellten einmaligen Körper einen immensen Einfluss auf ihre Persönlichkeitsbildung gehabt hatte. Das, und das Leben mit – oder eher mit der Zurückweisung von – der extrem egoistischen Eva. Ob sie nun vorzeitig erwachsen geworden oder nur vorzeitig verbittert war, blieb abzuwarten.

»Ich bin mir meiner Fremdartigkeit«, begann sie langsam, »nur allzu bewusst und auch der Wirkung, die dieser Körper auf andere Menschen ausübt.«

Sie hielt inne, aber nicht aus Unsicherheit. Sie ging eher entspannt damit um, wenn auch mit einer gewissen leicht entzündbaren Leidenschaft.

»Jeden Tag meines Lebens«, sagte sie, »verbringe ich in dem Bewusstsein der Reaktion anderer Menschen auf mich. Ich werde damit durch jedes Gesicht konfrontiert, das ich sehe. Ohne Ausnahme. Immer. Wie reagieren Menschen auf Sie? Sie merken doch überhaupt nicht, wie die Menschen auf Sie reagieren, oder? Ich jedoch kann diese Art der Selbstvergessenheit nie genießen. Ich sehe, wie sie mir verstohlene Blicke zuwerfen und sich dann abwenden, wenn sich unsere Blicke treffen. Wenn jemand *gezwungen* ist, mir gegenüberzustehen – zum Beispiel ein Verkäufer –, dann bemüht er sich so sehr, meinen Buckel *nicht* anzusehen, dass sein Blick sich buchstäblich in meine Augen bohrt, damit er ihm ja nicht aus Versehen entgleitet. Es ist so idiotisch.«

Sie starrte einen Augenblick lang ins Leere, während sie über etwas nachzudenken schien.

»Wissen Sie«, fuhr sie fort, »ich habe Artikel gelesen, feministische Schimpfkanonaden über die Erniedrigung des ›männlichen Blicks‹.« Sie sah zu Céleste hinüber. »Wir haben beide Kunstgeschichte studiert. Wir haben auch überwiegend unnütze Examen abgelegt, aber das Studium selbst ist gut für den Intellekt, und man lernt so kulturell wichtige Dinge kennen wie ›den männlichen Blick‹. Da ich so etwas wie eine Expertin für ›den Blick‹ bin, kann ich nur sagen …«, ihr schöner Mund verzog sich zu einem sarkastischen Grinsen, »ich nehme den männlichen Blick hin. Oh ja, bitte, ich erleide ihn. Und sie können den Blick haben, der *mir* vertraut ist – den Blick voll abweisender Neugierde und das unwillkürliche Starren, das den seltsam Verunstalteten vorbehalten bleibt.« Sie hielt inne. »Es gibt entwürdigende Blicke«, sagte sie, »und dann gibt es noch grausame Blicke.«

Er warf einen Blick zu Céleste hinüber und sah, dass auch sie ihn mit einem leeren Ausdruck anstarrte, der überhaupt nichts preisgab. Als er Leda wieder anschaute, hatte sie schon auf ihn gewartet.

»Also … Sie sehen«, fuhr sie wie eine Lehrerin fort, die sich an einen Schüler wendet, auf dessen Aufmerksamkeit sie nach einem vorübergehenden Tagtraum gewartet hatte, »Tatsache ist, ich weiß, dass die Menschen sich fragen, wie ich unter meiner Kleidung aussehe. ›Wie sieht sie *dort* aus? Ist sie *hier* … ›normal‹?‹ Deshalb möchte ich, dass Sie es ihnen zeigen. Ich möchte, dass Sie mich mit deren Augen sehen.«

Was, zur Hölle, sollte er jetzt sagen? Was konnte man überhaupt zu solch einer Idee sagen?

»Und es gibt auch noch einen anderen Grund«, fügte sie hinzu. »Ich möchte es auch tun, weil *ich* selbst mich dreidimensional sehen möchte statt in der einen Dimension, die ich in Spiegeln sehe. Ich möchte mich selbst an den Stellen berühren, die ich jetzt nicht berühren kann. Ich möchte das sehen, was die anderen sehen.«

Sie hielt inne und streckte ihm die Hände mit nach oben gedrehten Handflächen entgegen, und als sie wieder sprach, tat sie das langsam mit einer Stimme, die ungeheuer sanft und lieblich und verführerisch war.

»Ich möchte um mich selber herumgehen und meine Hände auf dieses gottverdammte Ding legen … und es befühlen, seine ganze … hässliche … Masse.«

Sie endete mit einem heiseren Flüstern, als hätte sie einen zärtlichen Vortrag über die Liebe gehalten.

Stille.

Dann plötzlich bewegte sie die Schultern mit einem leichten Zittern wie eine Schauspielerin, die ruckartig aus einem Trancezustand erwachte, in den sie gefallen war, als sie sich in einen langen Monolog versenkt hatte.

»Na, was halten Sie von dieser Antwort?«, fragte sie munter, während ein unschuldiges Lächeln ihren schönen Mund umspielte.

War das wirklich ihre Antwort gewesen oder nur eine superkluge Vorstellung von ihr? Er hatte keine Ahnung, was sie denken oder fühlen mochte, sondern wurde von einem Dutzend unterschiedlicher Gedanken zur gleichen Zeit überollt. Was für einen unglaublichen Vorschlag machte sie ihm. Es war verrückt. Für fast jeden würde die fertige Skulptur umstritten sein. Manche würden die Schönheit sehen, manche das bittere Rätsel von Ledas einzigartiger Wirklichkeit, und manche würden nur das Groteske bemerken. Es gab keinen Zweifel daran, dass die Skulptur beunruhigend wäre. Und sie konnte sowohl ihn als auch Leda gefühlsmäßig völlig aus der Bahn werfen. Was würde er enthüllen, buchstäblich und psychologisch und vielleicht sogar seelisch? Er schaute sie an, ihr junges, außergewöhnliches

Gesicht, das auf seine Antwort wartete, mit einem matten, engelsgleichen Lächeln der Vorahnung. War sie seelisch labil? Und wenn ja, würde das eine Rolle spielen?

Als sie sah, dass er nichts erwidern würde, ergriff sie wieder das Wort.

»Diese Idee hat mich schon sehr lange beschäftigt, Ross«, sagte sie, und sie fürchtete sich auch offenbar nicht vor der Vertrautheit, die ihre Schwester so sorgsam vermieden hatte. »Ich *werde* es tun.« Sie schwieg nachdrücklich. »Ich brauche Sie dafür. Ganz besonders Sie.«

»Ganz besonders mich?«

Leda hob eine Hand in die Nähe ihres Gesichtes, um seine Aufmerksamkeit festzuhalten. Es war eine schöne Hand, stellte er nun fest, und er erinnerte sich daran, wie schmal sie sich in seiner Hand angefühlt hatte.

»Bitte«, sagte sie. »Céleste hat mich immer zurückgehalten und mich davon überzeugt, so lange zu warten, bis wir den richtigen Bildhauer gefunden haben. Nicht jeder x-beliebige Bildhauer, sagte sie, sollte das machen. Sie hat sich in Paris und in London mit anderen unterhalten. Ehrlich gesagt, sind Sie der erste Künstler, mit dem sie mich sprechen lässt.«

Céleste schien mehr in diesen Vorgang eingebunden zu sein, als sie ihn hatte glauben lassen. Er wollte etwas dazu sagen, doch es erschien ihm zu pingelig zu sein. Hier ging es um einen bizarren Auftrag, und er konnte verstehen, dass die beiden Schwestern nervös waren. Er fühlte sich sogar ein wenig geschmeichelt, dass man ihn ›erwählt‹ hatte, nach welchen verdammten Kriterien auch immer, und vor allem, dass Céleste die Entscheidung getroffen hatte. Aus dem Augenwinkel heraus konnte er sie sehen, ruhig wie ein Basilisk, und offenbar fühlte sie sich nicht dazu bemüßigt, die Unterschiede in ihrer beider Darstellung zu glätten.

Augenblicklich wusste er, dass er den Auftrag annehmen würde.

KAPITEL 9

»Das wird keine leichte Sache werden«, sagte er. »Für uns beide nicht. Das wird viele Stunden erfordern. Und dabei kann der Körper völlig taub werden.«

»Das weiß ich.«

»Und es wird intim werden«, sagte er. »Ich werde Sie mit einer Schublehre exakt vermessen müssen.«

»Ich habe Ihnen doch gesagt, dass ich es gewöhnt bin, dass man mich ansieht.«

Céleste senkte den Blick, als wüsste sie, was als Nächstes kam. Leda fuhr fort.

»Bis jetzt«, sagte sie, »hatten nur Kinder die Unschuld, mich lange anzustarren. Sie werden der allererste Erwachsene sein – abgesehen von Ärzten –, der mich so sieht, wie ich bin, der alles an mir sehen wird und so viel Sie wollen. Gott, es wird eine Erleichterung für mich sein, wenn Sie sich Zeit mit mir nehmen.«

Diese letzten Worte waren mit einer Leidenschaft ausgesprochen worden, die ihm unbehaglich war. Sie hatte sie nicht in Bitterkeit geäußert, sondern mit einer Begeisterung, die unangemessen erschien. Hätte er von ihr lieber Bitterkeit gehört? Hätte er es lieber, wenn sie seelisch genauso entstellt wäre wie körperlich? Was erwartete er von ihr?

»Was erwarten Sie sich eigentlich davon?«, fragte er. »Ich meine, letzten Endes, wenn die Skulptur fertig ist und die Menschen das tun können, was Sie selbst möchten: zu berühren, zu spüren und aus jedem nur möglichen Winkel zu betrachten. Was wird Ihrer Erwartung nach geschehen?«

»Sie meinen, dass ich erwarte, dass es wie eine Teufelsaustreibung wirken wird?« Sie senkte das Kinn und runzelte die Stirn in theatralischem Ernst. »Eine Entlastung von den … ›seelischen Qualen dieses Körpers‹?«

Ihr Selbstspott war bissig, doch zur gleichen Zeit meinte er zu spüren, dass eine Teufelsaustreibung genau das war, was sie sich von diesem Prozess erhoffte. Doch sie gab ihm eine schnelle Antwort.

»Hören Sie, ich möchte es einfach tun. Und ich möchte es nicht weiter analysieren.«

»Ihr Körper ist auch mit der Seele verbunden«, sagte er. »Mich interessiert es nicht, einfach nur die Knochen und Muskeln zu formen. Idealerweise gibt es noch etwas, das darüber hinausgeht.«

»Ohhhhh«, schnurrte sie, »wie schrecklich anspruchsvoll. Konnten Sie auch die Seele der Frau einfangen, deren Skulptur Sie zuletzt in Paris geschaffen haben?«

Wäre Ross zehn Jahre jünger gewesen, hätte ihn diese Unverschämtheit erröten lassen. Aber er hatte sich ein dickes Fell zugelegt. Da musste man schon härter zuschlagen.

»Haben Sie die Skulptur gesehen?«, fragte er.

»Ja, in der Tat. Ich bin dorthin gegangen und habe sie mir angesehen.«

»Ihr Mann wollte nicht mehr sehen, als er bekommen hat«, sagte er.

»Dann war er wohl nicht enttäuscht, oder?«

»Nein.«

»Ich möchte auch nicht mehr sehen als das.«

»Aber ich«, sagte er.

Sie zuckte gleichgültig die Achseln.

»In Ihrem Fall«, sagte er und zahlte Leda damit ihre Grobheit zurück, »haben wir es mit einer Mischung zu tun. Schönheit ist nicht das Einzige, mit dem wir uns befassen müssen. Da gibt es ja noch etwas anderes. Und das wird unweigerlich zu Kontroversen führen. Ich kann gut ohne den Disput leben, der davon wahrscheinlich heraufbeschworen werden wird. Wenn ich mich damit abfinden muss, möchte ich es so machen, dass es sich für mich lohnt. Für mich wird das mehr sein als nur ein weiterer Auftrag.«

Er hielt inne, um seine Worte wirken zu lassen, bevor er hinzufügte: »Wenn ich es nicht so machen kann, wie ich es möchte, werde ich es überhaupt nicht tun.«

Er konnte sehen, dass es in ihr brodelte. Er war in eine verwirrende Sackgasse hineingeraten. Schließlich hatte er ihr ja nur eine relativ harmlose Frage gestellt, mit der er versucht hatte, ihre Gefühle ihrem Körper gegenüber ein wenig besser zu verstehen. Ihre Reaktion hätte sich ganz verschieden zeigen können, doch sie hatte beschlossen, mit ihm auf Konfrontation zu gehen.

Céleste hatte sich nicht bewegt. Nie und nimmer hätte er ihre Gedanken erraten können. Er sah Leda weiter an.

»In Ordnung«, lenkte sie zwar ein, obwohl sie offenkundig verärgert war. »Ich werde mich darauf einlassen, aber können wir das auf später verschieben? Ich werde Ihnen genügend Einblick verschaffen, wenn es das ist, was Sie wollen.«

»Schön.«

»Dann werden Sie es machen?«

»Ja, wenn wir alle anderen Dinge auch lösen können.«

»Können wir sofort beginnen?«

»Nein, das ist nicht möglich.«

»Warum nicht?«, stieß sie hervor, noch ehe er eine Erklärung abgeben konnte. »War all das aufgeblasene Gerede etwa nur Angeberei?«

Hätte er bis zu diesem Zeitpunkt noch irgendwelche Zweifel gehabt, dann wären sie von dieser letzten spöttischen Bemerkung beiseite gewischt worden. Leda war eine zutiefst verbitterte Frau, und die Arbeit mit ihr würde eine Geduld erfordern, die er seinen oft verwöhnten Kunden normalerweise nicht zugestand. Ledas Schädigungen gingen weit über die körperlichen hinaus.

Er überging ihre witzig gemeinte Bemerkung und erzählte ihr von dem Beach-Auftrag, dem Abgabetermin und seiner Pflicht, diesen Vertrag erfüllen zu müssen.

»Also gut, vielleicht könnten wir ja einen Kompromiss schließen«, bot Leda an. »Ich kann verstehen, dass Sie meinetwegen nicht einfach alles stehen und liegen lassen können, aber ich bleibe hier nur ein paar Monate und muss dann nach Paris zurück. Es wäre doch schade, wenn wir diese Zeit ungenutzt verstreichen ließen. Ich weiß, dass Sie eigentlich immer mit Fotografien beginnen, doch da ich ja ohnehin hier in San Rafael bin, warum fangen Sie nicht einfach damit an, mich zu zeichnen, quasi als Ablenkung von Ihrem anderen Auftrag? Schließlich können Sie ja an dieser anderen Sache nicht *ununterbrochen* arbeiten, oder?«

Als er die beiden Frauen betrachtete, die ihm gegenübersaßen, fiel ihm auf, wie dramatisch sie sich von seinen üblichen Kunden unterschieden. Die meisten Menschen suchten ihn auf, weil sie etwas Schönes haben wollten, etwas, das auf Anhieb als schön erkennbar war und keine mühsame Interpretation durch den Betrachter erforderte. Nicht so hier. Hier ging es auch nicht einmal um Eitelkeit. Keine der beiden erwartete die Zustimmung oder Anerkennung durch bestimmte Kreise. Statt einfach nur eine Trophäe zu wollen, von der sie hofften, dass sie zudem von einer gewissen Aura des Anspruchsvollen umgeben wäre, fühlte Leda sich leidenschaftlich mit diesem Auftrag verbunden, auch wenn sie es hasste, das zuzugeben.

Leda wollte etwas Ehrliches – jedenfalls hatte sie das gesagt, ehe sie es dementiert hatte. Und während sie ihr Ziel beharrlich verfolgte, gab sie ihm die Möglichkeit, ja, sogar die Chance, etwas Tieferes und Größeres zu erschaffen als nur eine oberflächliche Kopie eines schönen Körpers.

»In Ordnung«, sagte er, »Sie haben Recht. So können wir das sicherlich regeln.«

Ihr Gesicht wurde augenblicklich von einem wunderschönen, strahlenden Lächeln erhellt, und sie wand sich buchstäblich auf der Sitzbank.

»Ich verspreche Ihnen«, sagte sie dankbar, »dass Sie das bedauern werden.«

Sie war so aufgeregt, dass sie nicht einmal bemerkte, dass sie das Gegenteil von dem gesagt hatte, was sie hatte sagen wollen. Und dann bestürmte sie ihn mit der Frage, wann sie anfangen würden. Schließlich stimmte er zu, am nächsten Morgen zu beginnen. Dazu müsste sie um zehn Uhr im Studio sein.

»Dann ist das ja geklärt«, sagte Céleste, nahm ihr übergeschlagenes Bein vom anderen und setzte sich auf. »Jetzt müssen Ross und ich uns noch über die finanzielle Seite dieser Vereinbarung verständigen. Du kannst bleiben oder auch nicht.«

Es schien ein unnötig abrupter Wechsel in ihrer Unterhaltung zu sein, doch Leda bemerkte es offenbar nicht.

»Nein, dafür möchte ich nicht hier bleiben«, sagte sie, plötzlich desinteressiert.

»Du kannst mit dem Wagen zurückfahren«, schlug Céleste vor. »Ross kann mich ja nach Hause fahren, wenn wir fertig sind.«

Leda sah ihn an.

»Kein Problem«, meinte er. »Ich mache das gern.«

Leda streckte die Hand nach den Wagenschlüsseln aus, und Céleste gab sie ihr. Ein paar Minuten lang besprachen sie ihre Fahrtroute zurück zu Célestes Haus in Palm Heights. Als sie alles verstanden hatte, stand Leda auf und wich seinem Blick aus, weil sie sich mit einer umständlichen Bewegung erhob. Ihr buckliger Rücken stach so sehr hervor, dass er sich darüber wunderte, dass er ihn nicht sofort bei ihrer Ankunft gesehen hatte. Er stand ebenfalls auf, und sie verabschiedete sich und ging zur Tür.

Obwohl sie sich stark und sicher bewegte, waren ihre Hüften deutlich so schräg, dass er ihren Schwerpunkt nur mit großer Mühe ausfindig machen konnte. Der Buckel ließ sie kleiner erscheinen und dicker und merkwürdigerweise sogar kraftvoller. Sie verließ das Studio, ohne sich umzudrehen oder noch etwas zu sagen.

Nachdem sie den Innenhof überquert hatte, sah er zu Céleste hinüber, die jetzt aufrecht auf der Sitzbank saß, ihre Beine eng nebeneinander gestellt hatte, sich mit den Unterarmen auf den Knien abstützte und ihn anschaute.

»Nun wissen Sie es also«, sagte sie.

»Ich hätte sie nicht so unter Druck setzen sollen«, meinte er, als er sich wieder setzte. »Sie hatte sowieso schon mehr gesagt, als sie wollte.«

»Sie werden keine Probleme haben, mehr über sie herauszufinden«, versicherte Céleste ihm.

»Macht sie sich Sorgen darüber, sich auszuziehen?«

»Darüber hat sie mir nichts gesagt.«

»Glauben Sie, dass es so sein könnte?«

»Ehrlich gesagt, bezweifle ich das.« Sie seufzte. »Lassen Sie uns jetzt den geschäftlichen Kram erledigen. Wenn Sie morgen anfangen, sollten wir alles unter Dach und Fach haben.«

»Da gibt es nichts zu regeln«, erwiderte er. »Wir werden das alles später erledigen. Wir betrachten die ersten Sitzungen einfach als Sondierungsversuche. Wir werden schon sehen, wie es läuft.«

Sie nickte und sah ihn an. »Sie wollten es in dem Moment tun, als Sie sich von dem Schock ihres Anblicks erholt hatten, nicht wahr?«, bemerkte sie.

»Wie wäre es mit einem Glas Wein?«, fragte er.

Er holte eine Flasche Barbera d'Asti aus dem kühlen Verschlag in der Steinmauer hinten im Studio und brachte zwei Gläser mit. Sie stand an einem seiner diversen Arbeitstische und betrachtete ein Modell, einen zurückgelehnten Akt. Er stellte die Gläser auf den Tisch und begann, die Flasche zu öffnen.

»Was hat sie für eine Geschichte? Sie sieht aus, als stammte sie aus dem Mittleren Osten.«

»Aus Ägypten. Ich bin über dieses erste Modell nie hinausgekommen.«

»Warum nicht?«

»Ach, das war eine seltsame Geschichte«, sagte er, schenkte

den Wein ein und reichte ihr ein Glas. »Ihr Ehemann hat mir den Auftrag erteilt. Er war ein Geschäftsmann aus Alexandria. Die Frau starb bei einem Badeunfall, kurz nachdem ich das hier fertig gestellt hatte. Er war am Boden zerstört. Er wollte nicht, dass die Bronzeskulptur hergestellt wurde. Nachdem er mich bezahlt hatte, bot ich ihm an, ihm das Modell zu schicken, doch das wollte er auch nicht. Er nahm mir das Versprechen ab, es zu zerstören. Ich habe es ihm versprochen.«

Sie war überrascht. »So gut gefällt es Ihnen?«

Er betrachtete das Modell, von dem er sich jeden einzelnen Millimeter eingeprägt hatte und das er mit geschlossenen Augen ohne Probleme wieder hätte anfertigen können.

»Sie hat mir so gut gefallen«, sagte er.

Sie schaute ihn über den Rand ihres Glases hinweg an, als sie den ersten Schluck Wein trank. »Es hat Ihnen nichts ausgemacht, dass Sie ihn belogen haben?«

»Er war in Trauer«, sagte er nüchtern. »Er wusste gar nicht, was er sagte. Es wäre ein Fehler gewesen.«

»Können Sie so etwas entscheiden?«

»Ich habe es entschieden.«

Sie drehte sich wieder zu dem Modell um. Es war von halber Lebensgröße und nahm das gesamte Ende des Tisches ein. Sie legte die Handfläche auf die Hüfte der Frau und ertastete ihre Form mit den Fingern. Dann ließ sie die Hand über ihre Hüften bis zur Taille der Frau hinaufgleiten.

»Außerdem spielte die Lüge für ihn ja sowieso keine Rolle, oder?«, fragte sie.

»Nein«, sagte er und schaute in sein Glas. »Ganz bestimmt nicht.«

KAPITEL 10

Sie besaß die unheimliche Fähigkeit, sofort zum Kern der Dinge zu kommen. Mehr noch, denn außerdem schien sie zu wissen, womit sie es zu tun hatte. Was hatte es mit diesem speziellen Modell auf sich, für das sie sich interessiert hatte? Überall im Studio gab es Aktmodelle und Skulpturen, und Saleh war nun schon seit fast sechs Jahren tot. Er hatte schon vor langer Zeit gelernt, seine Gefühle unter Verschluss zu halten und die schweren Gewissensbisse zu verbergen. Und da war noch das schmerzvolle Kapitel mit Marian, über das er ebenfalls den Mantel des Schweigens gebreitet hatte. Doch Céleste hatte es, mit welchen Sinnen auch immer, erfasst, ja, sie hatte es gewusst.

Doch als er zugegeben hatte, dass ihre Intuition korrekt war, ließ sie das Thema fallen. Sie hatte einfach nur eine Bestätigung haben wollen. Er fragte sich, was sie getan hätte, wenn er jede Verbindung geleugnet hätte, die über die normale Beziehung zwischen Auftraggeber und Bildhauer hinausging.

Sie wandte sich von dem Modell ab und ging zum anderen Ende des Arbeitstisches und ließ ihr Glas mit einem letzten Schluck Wein neben Salehs Oberschenkel zurück. Sie lehnte sich mit den Hüften gegen den schweren Tisch und legte die Hände auf die Tischkante. Sie schaute zur Tür hinüber, wo das Nachmittagslicht den Schatten des Studios über den Innenhof bewegt hatte, und starrte hinaus in das kupferne Licht des späten Nachmittags.

»Als ich neulich hierher kam«, sagte sie, »war Ihr Haus offen. Ich klopfte und ging hinein.«

»Und haben sich umgesehen.«

»Ja«, sagte sie ohne jede Verlegenheit, »doch ich fand dort keine Anzeichen für eine Frau, abgesehen von Gemälden und Skulpturen. Ich habe nichts gesehen von der Frau, die Sie in Paris verlassen haben.«

»Woher wissen Sie, dass ich sie in Paris ›verlassen‹ habe?«

»Weil ich nichts von ihr gesehen habe.«

In knappen Worten erzählte er ihr von Marian, über ihren gemeinsamen Kampf, das am Leben zu erhalten, was sie gehabt hatten, und über ihr gemeinsames Scheitern. Er erzählte ihr sogar, wie es geendet hatte. Sie hörte zu, während ihr Blick in dem sterbenden Licht versank.

»Dann waren Sie nicht verheiratet?«

»Nein.« Er wollte es schon dabei belassen, doch dann besann er sich anders. »Als ich jünger war, hat mein Ehrgeiz das verhindert. Dann stand mir mein Egoismus im Weg. Und später war es entweder Pech oder Dummheit. Die einzige Frau, die all diese Ausflüchte hätte in Luft auflösen lassen können, war schon verheiratet.«

Er trank seinen Wein aus und stellte sein Glas neben Célestes. Dann ging er hinüber, stellte sich neben sie, ebenfalls gegen den Tisch gelehnt. Er verschränkte die Arme, und sie beide sahen nun zur geöffneten Studiotür hinüber und in das ständig wechselnde Licht.

»Haben Sie sich jemals Gedanken darüber gemacht, auf diese Art alt zu werden?«

»Ja.«

Sie sah ihn an. »Und was halten Sie davon?«

»Manchmal gefällt mir die Vorstellung nicht besonders.«

»Und zu anderen Zeiten?«

»Zu anderen Zeiten scheint es so am besten zu sein.«

»Warum?«

»Nun, es mag einsam sein, aber möglicherweise auch weniger kummervoll.«

»Und weniger freudig.«

»Schon möglich.«

»Ich bin mir nicht sicher, ob ich die beiden Varianten einfach auseinander halten kann«, sagte sie. »Den Kummer und die Einsamkeit.«

»Was war denn mit Ihrer Ehe?«, fragte er, weil er nicht länger ausweichen wollte. »Was ist schief gelaufen?«

Sie reagierte nicht sofort, doch er spürte, dass sie plötzlich eine gewisse Kühle ausstrahlte. Er beobachtete sie, als sie sich dazu zwang, sich innerlich zurückzuziehen und zu versuchen, wenigstens so offen über sich selbst zu sprechen, wie er es getan hatte. Es schien nicht leicht für sie zu sein.

Das Licht draußen wurde nun rasch schwächer, und die im Studio durch den höhlenartigen Innenraum ohnehin schon zarten Farben schwanden mit dem Licht dahin.

»Ich weiß nicht, warum ich ihn geheiratet habe«, sagte sie. »Ich hatte nicht einmal die Entschuldigung des Jungseins. Ich war auch nicht ›blind‹ vor Liebe. Ich schwöre Ihnen, ich kann es mir bis heute nicht erklären.«

»Vielleicht hatten Sie so große Angst.«

»Einsamkeit«, sagte sie. »Das ist zwar jämmerlich, aber es könnte stimmen.«

»Warum haben Sie die Sache nicht beendet?«

»Ach«, sagte sie tonlos, »das ist noch viel komplizierter.«

Sie machte keinen Versuch, das näher zu erklären, und er hatte genügend Verstand, sie nicht unter Druck zu setzen. Er wartete einfach ab, und kurz darauf sprach sie weiter.

»Letztendlich«, sagte sie, »habe ich mich in meinen schwächsten Momenten manchmal gefragt, ob ich nicht mehr von Eva in mir habe, als ich glauben wollte. Ich habe immer die Gefühle und das Temperament meines Vaters für mich in Anspruch genommen. Ich habe gesehen, wie verheerend Eva durchs Leben gestürzt ist, und mir gesagt, dass mein Vater und ich viel klüger waren. Ich sagte mir, dass er und ich Dimensionen des Lebens kannten, von deren Existenz sie nicht einmal etwas ahnte. Wenn sich in unserem Leben ein Abgrund auftat, dann kalkulierten wir die Risiken und traten zurück. Nicht jedoch Eva. Sie sprang hinüber, einfach um der Erregung des möglichen Falles willen. Sie und Leda.«

Pause.

»Ich benutzte den Glauben, wie mein Vater zu sein, wie einen Talisman, um diese schwachen Momente abzuwehren, in denen ich fürchtete, wie sie zu sein. Das hat mich so manche harte Zeit überstehen lassen, doch manchmal frage ich mich, ob ich mich nur selbst betrogen habe.«

»Können Sie nicht einfach zugeben, dass die Ehe ein Fehler war, und sich von ihr lösen?«

»Oh, ich gebe diesen Fehler ja zu.«

Sie ließ den zweiten Teil seiner Frage unbeantwortet im Raum stehen. Dieses Mal wollte er ihr das nicht durchgehen lassen.

»Und was ist mit einer Trennung?«

Das Licht jenseits der Tür hatte jetzt die Farben des Sonnenuntergangs.

»Es ist ... einfach kompliziert«, wiederholte sie, unwillig oder vielleicht unfähig, weiter darauf einzugehen.

Plötzlich erkannte er, dass Entschiedenheit und echte Qual in ihr miteinander kämpften. Er konnte erkennen, dass sie entschlossen war, nicht den Eindruck einer Märtyrerin zu erwecken. Er wusste nicht, worum es ging, doch er vermutete, dass sie sich in einer miserablen, wenn nicht sogar entsetzlichen Lage befand und dass sie ihm lieber einen falschen Eindruck vermitteln wollte, als ihm zu gestatten, auch nur einen flüchtigen Blick auf ihr so sorgsam beschütztes Verlangen nach einer einfachen Kameradschaft zu werfen. Es tat ihm Leid, dass er so achtlos mit ihren Gefühlen umgegangen war und dass es so leicht für ihn gewesen war, gefühllos zu sein.

»Ich kenne mich mit Kompliziertheiten aus«, sagte er.

»Wirklich?«

»Ich weiß ... dass Kompliziertes nicht immer Sinn hat. Ich weiß, dass es eine hypnotische Wirkung haben kann ... dass man mehr erdulden kann, als man je gedacht hätte, und aus Gründen, die man sich nie hätte vorstellen können.«

Er nahm die Arme herunter und drehte sich ihr zu.

»Ich weiß«, sagte er, »dass die Einsamkeit kompliziert ist.« Er streckte die Hand aus, legte sie auf ihren nackten Arm und ließ die Finger sacht über die weiche Haut gleiten. Sie ließ seine Berührung zu, und dann wandte sie den Blick von der Tür ab und betrachtete die Hand auf ihrem Arm. Anfangs sah sie zu, wie er sie streichelte, als würde es mit jemand anderem geschehen. Er hatte den Eindruck, dass sie ihre eigenen Gefühle schon so lange negiert hatte, dass sie daran gewöhnt war, sich von ihnen zu distanzieren.

Doch dann wandte sie sich ihm zu und legte ihre Hand flach auf seine Brust. Langsam, als sei sie sich der Folgen nicht sicher, legte sie sanft das Gesicht neben die Hand. Er empfand es als völlig natürlich, sie in die Arme zu nehmen. Er konnte ihre Brüste spüren, ihr Heben und Senken fühlen, als sie atmete, und durch den dünnen Sommerbaumwollstoff ihre Wärme erahnen. Er stellte sich ihre Form vor, die Form ihrer Brustwarzen und ihre Farbe.

Er hielt sie einen ruhigen Moment lang umarmt, dann ließ er seine Hände langsam seitlich an ihrem Körper hinuntergleiten, wobei er nur seine Finger bewegte, die nach und nach den Rock ihres Kleides hochzuraffen begannen. Sie hielt ihn nicht auf. Er beugte sich hinab und drückte seine Lippen seitlich an ihren Hals, den sie zur Seite neigte, um seinen Kuss zu empfangen. Er spürte, wie sich ihr Magen anspannte. Sie küssten sich zögernd und sanft.

Als er den Rock ganz um ihre Taille hochgerafft hatte, hob er sie auf den Arbeitstisch, streifte ihren Slip von ihren Hüften und an ihren langen Beinen hinab. Sie sah ihm mit offenen Augen zu und ließ sich auf den Tisch sinken, als das restliche bernsteinfarbene Licht in einem engen Winkel durch das tiefe Fenster und quer über ihren Bauch fiel. Er küsste sie dort, unterhalb ihres Bauchnabels und ließ seine Lippen tiefer hinabgleiten und hinein in den vergoldeten Faltenwurf ihres Unterleibs.

Was sie taten, war eigensinnig und rücksichtslos, auf beiden Seiten belastet durch die Verstrickungen, die sie weder gelöst noch vergessen hatten. Selbst als es geschah, wusste er, dass das, was sie gerade begannen, so zerbrechlich und schwach war wie das schwindende Licht um sie herum.

Sein Schlafzimmer ragte über das ursprüngliche, aus Stein und Stuck bestehende Haus hinaus wie ein langer fünfeckiger Fußabdruck, der von dem ausladenden Baldachin der alten Eichen geschützt wurde. Das Bett stand am äußersten Ende des Anbaus und war umgeben von deckenhohen, mit feinen Gittern versehenen Wänden, durch die die schräg einfallende Brise aus südöstlicher Richtung über das Bett hinwegstreichen konnte.

Sie sprachen ziellos über Kunst und über sich selbst, über Menschen, die sie gekannt hatten, und Orte, an denen sie gewesen waren, und über verschiedene Erinnerungen, die ihnen zufällig in den Sinn kamen, ausgelöst von einem Wort oder einem Gedanken, den der andere ausgesprochen hatte. Sie waren nackt und schwitzten leicht, und jeder kühle Hauch der Brise prickelte auf ihrer Haut.

»Mich erinnert diese Art Hitze an Mexiko«, sagte sie dicht neben ihm liegend. »Ich habe eine Weile in Yucatán gelebt, und in den Nächten war es genauso wie jetzt.«

»Denkwürdig.«

»Himmel, ich werde sie nie vergessen. Ich war so jung … und die Nächte waren so … alt. Es war perfekt, und ich wusste, dass es perfekt war, und ich wusste auch, dass es nicht ewig währen würde.«

Sie teilten sich ein großes Glas mit Gin Tonic auf Eis. Ein Teller mit Limonenscheiben stand auf seinem Bauch, die sie aßen, während sie sprachen.

»Was ist geschehen?«

»Ach … nichts Dramatisches. Das Leben eben. Ich habe zum ersten Mal begriffen – ja, *gewusst* –, dass wirklich besondere

Dinge im Leben nicht für immer andauern würden. Das war eine so erwachsene Erkenntnis für ein kleines Mädchen.«

In der Stille zwischen ihren Gedanken und ihren Worten klopften und surrten die Zikaden und Grillen in einer Mischung ihrer verschiedenen Rhythmen, während auf der anderen Seite der Gitter Glühwürmchen wie Funken in der dunklen Hitze auf und ab schwebten.

Sie nahm mehrere der Limonenscheiben in eine Hand, hielt die Hand über sich und quetschte den Saft über ihren Brüsten und ihrem Bauch aus. Er hörte sie nach Luft schnappen, und dann roch er den reinen Zitronenduft.

Sie tranken den Gin aus, dösten ein und erwachten irgendwann in der langen Dunkelheit, und er begann zärtlich, den Saft von ihren Brüsten und ihrem Bauch zu lecken, bis sie schließlich noch einmal von hektischer Leidenschaft erfasst wurden. Später schliefen sie erschöpft wieder ein.

Als er das nächste Mal aufwachte, war sie nicht im Bett. Er hörte das Wasser im Bad laufen und leise im Waschbecken spritzen. Er wartete, doch als sie in der Dunkelheit zurückkehrte, kam sie nicht ins Bett zurück. Sie ging zu einer der vergitterten Wände hinüber und schaute hinaus. Einen Moment lang betrachtete er ihre dunkle Silhouette, und dann glaubte er, sie weinen zu hören. Er setzte sich auf.

»Céleste?«

Seine Stimme erschreckte sie; sie schwieg.

»Geht es dir gut?«

Sie räusperte sich. »Mir geht es prima.«

»Was ist los?«

Wieder räusperte sie sich. »Nur ein böser Traum.«

Er erhob sich langsam aus dem Bett.

»Bitte«, sagte sie, »ich bin in einer Minute wieder da.«

Er wartete und betrachtete ihre Gestalt gegen die schieferblaue Dunkelheit. Nach einer Weile kam sie zurück und kroch ins Bett. Sie legte sich dicht neben ihn, legte den Arm um ihn und schmiegte sich an ihn. Sie küsste ihn sanft auf den Hals und schwieg.

Und er starrte in das hinein, was von der stillen Stunde vor dem Morgengrauen noch übrig war.

KAPITEL 11

Das Morgenlicht fiel ihm schräg über ein Auge, und er fühlte die Wärme auf seinem Gesicht. Als Erstes war er überrascht, dass er eingeschlafen war. Er schaute zu Céleste hinüber, die auf dem Bauch und so lag, dass er nur die Konturen ihrer Wange und ihres Kinns sehen konnte. Ein Sonnenschimmer ließ Silbersträhnchen in ihren haselnussfarbenen Locken aufblitzen. Das tiefe Gurren der Trauertauben wurde mit einer sanften Brise durch die vergitterten Wände hereingetragen.

Vorsichtig stieg er aus dem Bett, schlüpfte in eine Hose und ging in die Küche. Als er mit zwei Tassen frisch gebrühtem Kaffee ins Schlafzimmer zurückkehrte, war das Bett leer. Die Badezimmertür stand offen, und er konnte das schwache Geräusch spritzenden Wassers hören.

Er ging mit dem Kaffee in das große quadratische weiße Badezimmer, das lichtdurchflutet war, und sah, dass die Tür nach draußen offen war. Unmittelbar vor der Außentür des Badezimmers hatte er eine Außendusche gebaut, einen großzügig gekachelten Alkoven, in dem er sich fast das ganze Jahr über duschte. Céleste stand mit dem Rücken zu ihm unter dem Wasserstrahl. Er blieb stehen und betrachtete sie durch die Gittertür. Eine kecke kirschrote Bougainvillea hing über der gekachelten Wand über ihr. Es war ein wundervoller Anblick, der es wert war, bewahrt zu werden.

Und dann sah er die Blutergüsse auf ihrem Rücken, zwei deutlich sichtbare Striemen oberhalb ihrer Nieren, einen auf ihrer rechten Hinterbacke und einen weiteren darunter, auf der Außenseite ihres Oberschenkels.

Sie drehte das Wasser ab, wandte sich um und sah ihn dort stehen.

Ihre Blicke trafen sich und hielten sich fest, und er sah die stille Resignation in ihrem Blick, das Wasser, das von ihrem Gesicht abperlte, und ihre Hände, die flach auf ihren Schläfen verharrten, mit denen sie sich gerade das Haar aus dem Gesicht streichen wollte.

»Kaffee«, sagte er und brach damit den Bann.

»Großartig«, sagte sie, führte die Bewegung ihrer Arme zu Ende und griff nach dem Handtuch, das an der Kachelwand hing. Sie trocknete sich das Gesicht ab, frottierte ihr Haar und wickelte schließlich das Handtuch um sich. Er reichte ihr eine der Kaffeetassen.

»Setzen wir uns unter den Baum«, sagte er.

Sie gingen um die Ecke der Dusche in den Innenhof und setzten sich auf die Holzbank, die sich dem Bogen des Baumes anpasste. Zehn oder fünfzehn Minuten lang plauderten sie miteinander, doch was er eben in der Dusche gesehen hatte – und sie wusste, dass er es gesehen hatte –, stand zwischen ihnen wie eine düstere Wolke, die vor dem Mond vorbeischwebt.

»Du wirst Make-up auf dem Bettzeug entdecken«, sagte sie schließlich. »Damit decke ich sie ab.«

Er drängte sie nicht.

»Mein Mann hatte kein Interesse mehr an mir«, sagte sie schlicht. »Dann hat er sich selbst und auch mich neu definiert, er hat mich ganz und gar neu entdeckt. Diese Striemen sind die Farben dieser neuen Beziehung.«

»Lieber Gott. Ich dachte, ihr hättet euch entfremdet.«

»Ich würde das durchaus Entfremdung nennen, du nicht?«

»Wie lange geht das schon so?«

»Es fing vor einem Jahr an. Ich weiß es nicht so genau. Aber ich sehe ihn nicht oft. Wir leben ja tatsächlich getrennt.«

»Einige der Striemen sind frisch.«

Sie erwiderte nichts. Etwas an ihren nackten Schultern ließ ihn an ein Mädchen denken und nicht an eine Frau. Er wusste zwar nicht, warum, aber sie sah einfach jung aus, wie sie dort mit dem umgeschlungenen Handtuch dasaß. Die Spottdrossel begann in der Bougainvillea über ihnen zu schnattern, und ihre kräftige klare Stimme war die schmerzvolle Beigabe eines Bilderbuchmorgens zu einer deprimierenden Wirklichkeit.

»Ich habe dir doch gesagt, es sei kompliziert«, sagte sie und wich noch immer seinem Blick aus. Sie stellte die Kaffeetasse auf der Bank ab, neigte den Kopf zur Seite und wrang Wasser aus ihrem Haar.

»Magst du es?« Die Worte waren draußen, noch ehe er überhaupt wusste, dass er sie aussprechen wollte, und er bedauerte sie schon, noch ehe seine Stimme verklang.

Sie erstarrte und wandte ihr Gesicht ab, senkte den Kopf mit den tropfenden Haaren in den Händen.

»Oh Gott ...« Sie stieß einen müden und enttäuschten Seufzer aus.

»Es tut mir Leid«, sagte er sofort, »das war ... das war blöd von mir.« Er kam sich wie ein Idiot vor.

Ohne ihn anzusehen, richtete sie sich wieder auf.

»Ich muss jetzt gehen«, sagte sie. »Es ist schon spät.«

»Warte ...« Er streckte die Hand aus und berührte ihre nackte Schulter. »Céleste, schau mich bitte an.« Sie drehte sich zu ihm um. »Ich bedaure es wirklich. Es tut mir Leid, dass mir das überhaupt in den Sinn gekommen ist und dass ich so dumm war.«

Der trostlose Blick in ihren Augen war herzzerreißend, und er hatte das Gefühl, dass seine brutale Bemerkung ihr weitere Striemen zugefügt hatte, Striemen, die nicht so leicht heilen würden wie die auf ihrem Körper.

»Ach, das macht doch nichts«, sagte sie sanft. »Ich verstehe das schon.«

Nachdem sie sich angezogen hatte, gab er ihr die Schlüssel für seinen Wagen und ging mit ihr durchs Haus und auf dem überdachten Verbindungsweg entlang zur Garage. Er musste den Jeep wegfahren, und als er zum Auto zurückkam, gab sie ihm einen sanften, doch bedrückten Abschiedskuss, nach dem sie seinem Blick auswich. Dann stieg sie in den Wagen und fuhr die mit Kies bestreute Auffahrt hinunter.

Zwischen ihnen blieb eine Traurigkeit, eine störende Unstimmigkeit, die er mit seiner gefühllosen Frage heraufbeschworen hatte. Das Wort *Bedauern* konnte kaum das beschreiben, was er angesichts seines Verhaltens empfand.

KAPITEL 12

Als Leda eine halbe Stunde später allein im Studio ankam, trug sie ein zweiteiliges limonengelbes Kleid, dessen modischer Schnitt eine Maßanfertigung für sie erfordert hatte. Ihr üppiges Haar trug sie offen, und eine dunkle Welle fiel ihr, wie bei einer Schauspielerin, über ein Auge, was durch den Anflug von Sexappeal zwar pubertär wirkte, aber gleichzeitig auch seltsam attraktiv.

Er hatte bewusst nichts für die Sitzung vorbereitet, weil er es für entspannter hielt, wenn sie sich miteinander unterhielten und er dabei seine Materialien zusammensuchte.

»Ich hoffe, Sie haben heute Nacht gut geschlafen«, sagte er und holte seinen Zeichenhocker aus einer Ecke des Raumes herüber.

»Offenbar habe ich mehr Schlaf abbekommen als Céleste«, erwiderte sie anzüglich.

Er überging die Bemerkung, holte sich einen neuen Skizzenblock aus dem Schrank und suchte sich eine Reihe verschiedener Bleistifte aus den Schubladen.

»Wir werden heute nicht allzu lange arbeiten«, sagte er und brachte alles zu dem Podium hinüber, auf dem sie ihm Modell sitzen würde.

»Wollen Sie mich dort haben?«, fragte sie und betrachtete das Podium und die Bettcouch, die er mit einer zinnoberroten Damastdecke abgedeckt hatte.

»Ja, nachher.«

Der Platz um das Podium herum war frei, sodass er seine kleine Bank rundherum bewegen konnte und damit unendlich viele verschiedene Winkel für seine Zeichnungen auswählen konnte. Er setzte sich rittlings auf die kurze Bank, legte die Bleistifte auf das Holztablett und befestigte den Skizzenblock an einer Staffelei, die an einem Ende der Bank angebracht worden war.

»Sie können sich zu Anfang die Position auswählen, die Ihnen gefällt«, sagte er und begann, die Bleistifte anzuspitzen. »Ich kann dieses Ding hier ganz um Sie herum bewegen, um aus einem anderen Blickwinkel zu zeichnen. Daher müssen Sie nicht so oft die Position ändern. Das ist weniger ermüdend.«

»Ich brauche keine Sonderbehandlung«, sagte sie.

»So arbeite ich mit allen meinen Modellen. Es ist immer der gleiche Arbeitsablauf.«

Sie umrundete langsam das Podium. Er beschäftigte sich weiter mit den Bleistiften und konzentrierte sich bewusst auf das Anspitzen, ohne sie anzuschauen. Er hatte das Gefühl, dass sie ihn mehrmals ansah, während sie lässig um die kleine Bühne herumging, das Bett und den Stuhl betrachtete, die mitten darauf standen. Schließlich kehrte sie wieder zu ihrem Ausgangspunkt zurück.

Sie ließ ihre Umhängetasche auf den Rand des Podiums gleiten, setzte sich daneben und stellte beide Füße auf den Boden. Eine Reihe weißer Perlmuttknöpfe in der Größe von 25-Cent-Münzen liefen in der Mitte ihres gelben Kleids vom Saum bis zur Taille hinauf.

»Haben Sie gestern über mich gesprochen, als ich fort war?«, fragte sie.

»Nein«, log er.

Sie lächelte ein ›Ich weiß verdammt genau, dass ihr das getan habt‹-Lächeln, ging jedoch nicht weiter darauf ein.

»Waren Sie neugierig auf das, was Sie sehen würden, wenn ich mich ausziehe?«

»Natürlich.« Er schnitzte dem letzten Bleistift noch eine Spitze, und sein Schoß war übersät mit Spitzabfällen. »Warum?«

»Ich wollte einfach nur herausfinden, ob Sie mich auch damit belügen würden.«

»Ich suche mir meine Lügen sehr sorgfältig aus«, sagte er und warf den letzten Bleistift auf das Tablett vor sich. Er verschränkte die Arme und sah sie an. »Wir sollten uns jetzt darüber unterhalten, wie wir anfangen.«

»Ich ziehe mich aus.«

»Dort hinten ist ein Wandschirm«, sagte er und deutete mit einem Nicken in die Richtung. »Da sind auch Bügel für Ihre Kleider, ein Bad und ein neuer Bademantel.«

Sie drehte sich um und schaute zu dem Bett in der Mitte des Podiums.

»Warum kann ich mich nicht einfach hier ausziehen?«, fragte sie, während sie sich wieder zu ihm umdrehte. »Ich möchte, dass Sie mir beim Ausziehen zusehen.«

»Das ist nicht nötig.«

»Ich glaube, doch. Ich möchte, dass Sie es sehen, wenn ich mich bewege und wie ich mich bewege. Und warum ich mich so bewege, wie ich es tue. Ich möchte, dass Sie die Mechanismen meiner Bewegungen verstehen und meinen Schwerpunkt herausfinden.«

Das war ein bemerkenswert fachmännischer Vorschlag. Irgendwann hätte er das alles sowieso erbitten müssen und aus genau den Gründen, die sie genannt hatte. Schließlich würde sie das alles wieder und wieder tun müssen. Offenbar wusste sie das. Sie wollte nicht einfach nur hingenommen werden. Er hatte das Gefühl, dass sie seit Jahren auf diesen Augenblick gewartet hatte, und sie wollte gleich anfangen.

»Schön«, sagte er. »Ich brauche im Moment noch nichts Spezielles.«

»Gut. Dann können wir ja anfangen.«

Sie nahm ihre Umhängetasche, stand auf und ging zu der Ecke des Podiums, an der sich eine Stufe befand. Vorsichtig stieg sie die Stufe hoch und ging zum Bett. Sie stellte die Handtasche auf den Stuhl, nahm ein Gummiband heraus, zog ihr dickes Haar nach hinten und fasste es dort mit dem Gummiband zusammen.

»Ich möchte, dass Sie meinen Hals sehen«, erklärte sie.

Neun von zehn Frauen begannen mit ihrer Bluse, wenn sie sich auszogen. Nicht jedoch Leda. Sie setzte sich mit dem Blick zu ihm auf das Bett, schleuderte ihre Sandalen weg, beugte sich vor, nahm den Saum ihres Rocks hoch und begann mit dem untersten Knopf. In dieser Stellung trat der Buckel noch mehr hervor, und er hatte den Eindruck, dass sie es aus diesem Grund tat, damit er ihn in einem möglichst grotesken Winkel sah.

Als sie ihren Schritt erreichte, schlug sie die beiden Seiten des Rocks zur Seite und enthüllte ihre nackten Beine und ihren hellgelben Slip. Er war überrascht von dessen Farbe, seinem eleganten Schnitt und den Spitzeneinsätzen. Ihre Haut war eine Nuance heller als Célestes. Sie zog ihren Bauch ein, um die Knöpfe in der Taille zu öffnen, dann stand sie auf und zog den Rock beiseite. Als sie sich seitwärts drehte, um ihn über den Stuhl zu legen, konnte er die merkwürdige schiefe Stellung ihrer Hüften erkennen.

Er nahm an, dass sie mit ihrer Bluse weitermachen würde, doch stattdessen ließ sie die Finger in ihren Slip gleiten, zog ihn hinunter, bis er zu Boden fiel, und hielt sich dann am Bett fest, als sie aus ihm herausstieg.

»Ich kann ganz normale Slips tragen«, sagte sie, als sie sich ihm zudrehte. Ihr Schamhaar war kurz geschnitten, und ihre Vulva war deutlich sichtbar.

Als Nächstes begann sie, den untersten Knopf ihrer Bluse zu öffnen und sich dann schnell weiter nach oben vorzuarbeiten. Um die Bluse auszuziehen, musste sie mit einem Arm aus einem Ärmel schlüpfen und dann den losen Stoff, den sie nun zur Verfügung hatte, mit einer kurzen Bewegung über ihren Buckel werfen und dann den anderen Arm herausziehen. Wieder drehte sie sich seitwärts und legte die Bluse über den Stuhl, und als sie sich ein Stück hinabbeugte, sah er ihren nackten Buckel zum ersten Mal ganz deutlich. Er sah riesig aus, viel größer als in bekleidetem Zustand. Die Steigung, mit der er sich über ihrem Körper erhob, war wesentlich spitzer, als er sich vorgestellt hatte, und die Haut, die ihn bedeckte, war so gespannt, dass sie kurz vor dem Zerreißen zu sein schien. Er konnte auf den ersten Blick erkennen, dass sie ihn bei jeder Bewegung ausgleichen musste, um wenigstens eine gewisse Würde in ihren Bewegungen beibehalten zu können.

Sie trug keinen Büstenhalter, der ohnehin hätte maßgeschneidert werden müssen, um sich dem Buckel anzupassen, und der sicherlich ein mittelalterlich anmutendes Ding gewesen wäre. Doch sie benötigte auch kaum einen BH. Ihre Brüste hatten die klassische Form der Venus von Esquilin, hoch angesetzt, völlig konisch ohne die kugelige Rundung an den Unterseiten, die Warzen genau in der Mitte und nach vorne zeigend.

»Nur der Form halber«, sagte sie, während sie sich einmal langsam für ihn wie ein Model ein Mal um die eigene Achse drehte, »ich leide an Morbus Scheuermann oder kyphosis dorsalis juvenilis oder einfach nur an Kyphosis, was das griechische Wort für Buckel ist. Ich habe die schwere Form. Und hier« – sie legte ihre schönen Hände seitlich auf ihre Hüften, deren rechte Hälfte etwa zwanzig Grad höher stand als die linke – »habe ich etwas, für das es gar keinen offiziellen Namen gibt. Zumindest keinen Namen für das medizinische Symptom. Mein Kreuzbein ist auf der linken Seite breiig. Das behindert meinen Gang nicht, wenn ich darauf achte. Und wenn ich richtig stehe und angezogen bin, merkt man es gar nicht. Gegen den Buckel allerdings« ... sie drehte sich wieder ins Profil, was sie wie ein aufgerichteter weiblicher Büffel aussehen ließ ... »kann natürlich überhaupt nichts getan werden.«

So im Profil betrachtet, war ihre Erscheinung schockierend. Er war überrascht von seiner eigenen Reaktion, und obwohl er wusste, dass er seine Gefühle verbergen konnte, beunruhigten sie ihn trotzdem.

Sie wandte sich ihm wieder ganz zu. »Alles funktioniert blendend. Nur das Gebären ist problematisch. Das heißt, es wäre problematisch, wenn die Empfängnis nicht schon problematisch wäre. Da ist natürlich das Problem der Sexualästhetik. Es gibt nicht viele junge Männer, die scharf darauf sind, sich mit einem nackten Buckel abzugeben.«

Das war eine grausame Bemerkung.

Sie stand ruhig vor ihm. Ihre Hüften und ihr Becken waren recht hübsch, ebenso ihre Beine. Ihr Hinterteil hatte durch die Schrägstellung des Beckens nicht gelitten, obwohl die eine Hälfte immer straffer als die andere war, je nachdem, wie sie gerade stand. Er vermutete, dass dieses ›normale‹ Aussehen sich relativ frühzeitig verändern würde. Vieles an ihrem Körperbau war dank ihrer Jugend attraktiv – ihre Brüste, zum Beispiel –, doch das würde sich schnell ändern durch die Überbeanspruchung, die ihre Behinderung natürlicherweise verursachte, da ganze Muskelgruppen ständig damit beschäftigt waren, einen statischen Ausgleich zu schaffen.

Er war überrascht, dass ihre Haltung nicht allzu gebeugt war. Die Krümmung ihrer Wirbelsäule war jedoch hoch oben, sodass der Buckel eher auf ihren Schultern saß als in der Mitte ihres Rückens, was ihr den gebeugten Rücken einer alten Frau ersparte. Sie stand mehr oder weniger aufrecht. Doch auch das würde sich im Laufe der Jahre ändern.

»Welche Haltung haben Sie sich denn für diese Skulptur vorgestellt«, fragte er, als er von seiner Bank aufstand und langsam um sie herum zu gehen begann.

»Nackt«, sagte sie. »Alles andere ist mir völlig egal. Ich möchte rauchen.«

»Nur zu.«

Er beobachtete sie, wie sie zu ihrer Tasche ging und sich hinabbeugte, um ihre Zigaretten herauszuholen. Mit dem Rücken zu ihm zündete sie sich eine Zigarette an, doch er sah, dass ihre Hand zitterte. Ihre Rückansicht war nicht entstellt, da sich der Buckel innerhalb der Breite ihrer Schultern befand. Die leichte Schrägstellung ihrer Hüften wurde einfach durch die altersunabhängige Haltung verborgen, die Menschen einnehmen, wenn sie das Gewicht auf ein Bein stützen, was die entgegengesetzte Hüfte senkt und die höhere Hüfte in einem Bogen in Richtung Brust kippen lässt. Das Bein, auf dem kein Gewicht lastet, ist leicht gebeugt, was zu einem anmutigen Hüftschwung führt. *Déhanchement* nannten die Franzosen diese Haltung. Leda war dieser Kunstgriff offenbar bestens vertraut. Er vermutete, dass sie viel Zeit vor Spiegeln zugebracht hatte.

Sie drehte sich zu ihm um, legte eine Hand auf die Hüfte und ließ sich von ihm betrachten, während sie rauchte.

Sie sagte: »Insgesamt sind mein Rücken und mein Hals gar nicht so schlecht. Wenn ich in den Spiegel schaue, denke ich: wenn ich doch nur diesen Buckel an der normalen Rückenlinie entlang abschneiden könnte, wäre alles in Ordnung. Mit dem Kreuzbein würde ich mich schon abfinden können.«

Er erwiderte nichts darauf, sondern umrundete sie weiter. Als er sich aus ihrem Gesichtsfeld entfernte, bemerkte er ihre leichte Anspannung. Das hatte er erwartet. Es war leichter für sie, sich von ihm ansehen zu lassen, während auch sie ihn ansah. Wenn sie ihn anschaute, konnte sie herausfordernd sein: Nur zu, ich gebe dir die Erlaubnis, sieh mich an, wie du willst, das macht mir nichts aus. Es war ihre eigene freche Entscheidung.

Doch wenn er aus ihrem Gesichtsfeld verschwand, verlor sie jede Kontrolle über ihn. Wo schaute er jetzt hin? Auf eine hängende Pobacke? Auf den straffen Knorpel des Buckels? Auf das seltsame Achselgelenk und die abfallende Seite des Buckels?

Er blieb einen Moment lang reglos hinter ihr stehen, um zu sehen, wie sie reagieren würde. Sie rauchte, die eine Hand noch immer auf der Hüfte. Sie legte den Kopf leicht in den Nacken und schaute nach oben. Das Gelenk der anderen Hand war abgeknickt, und sie hielt die Zigarette zwischen Zeige- und Mittelfinger fest. Doch sie war hartnäckig. Außer dem leichten Zittern ihrer Hand ließ sie sich keine Nervosität anmerken. Sie verlor weder die Kontrolle, noch platzte sie damit heraus, warum er sich nicht beeilte oder ob er sie nicht schon lange genug angesehen habe, um seine Neugierde zu befriedigen. Sie ließ ihn einfach schauen.

Er trat wieder vor sie und setzte sich erneut rittlings auf die Bank.

»Also gut, dann wollen wir mal anfangen«, sagte er.

KAPITEL 13

Er versuchte, sie überhaupt nicht posieren zu lassen. Er bat sie nur, sich zu entspannen und zu versuchen, ihre Posen ein paar Minuten lang beizubehalten, während er eine Reihe von schnellen Skizzen anfertigte. Das wäre ein guter Anfang.

Er nahm sein Skizzenbuch von der Staffelei an seiner Bank herunter und umkreiste das Podium, während Leda begann, verschiedene Posen zu halten. Sie war recht gut darin, und nach einer Weile ließ sie sich nieder. Das veränderte die Auswahl ihrer Posen, und viel früher, als er erwartet hatte, schien sie sich unbekleidet recht wohl zu fühlen. Gegen Ende der Sitzung kam es ihm so vor, als ob sie sich nicht nur wohl fühlte, sondern die ganze Sache regelrecht genoss.

Für ihn jedoch waren die schnellen Skizzen nicht so einfach, wie er erwartet hatte. Sobald er dachte, er hätte die Beziehung zwischen der Masse des Buckels auf ihren Schultern und der Asymmetrie ihrer Hüften in Bezug auf ihren Schwerpunkt erfasst, nahm er einen anderen Winkel ein und stellte fest, dass er sich verschätzt hatte. Mitunter erschienen Ledas Deformationen schwerwiegender zu sein, als er ursprünglich gedacht hatte, und aus gewissen Winkeln betrachtet sogar entsetzlich grotesk. Und dann wieder schienen sie kaum eine Rolle zu spielen.

Ihre Beine waren wohlgeformt, sehr attraktiv und lang unter einer hohen Taille. Ihr Bauch war flach und nicht deformiert, deshalb war die Verformung ihres linken Darmbeins in einigen Posen nicht einmal erkennbar. Trotz des spitzen Winkels des Buckels waren ihr Brustkorb und die Brüste nicht betroffen, was sie wirklich zu einer aufregenden Erscheinung machte, wenn man sie von vorn und in einem Winkel betrachtete, bei dem die Vorwölbung verborgen blieb.

Doch das erforderte ein sorgsames Posieren. Die meiste Zeit über konnte man sie nicht anschauen, ohne dass der Buckel die Sichtweise beeinflusste. Aus manchen Winkeln heraus, wenn das Becken und der Buckel am deutlichsten zu sehen waren und sie ihr Gesicht abgewandt hatte, hatte ihre Erscheinung etwas lähmend Verrücktes. In diesen Momenten wurde ihm klar, wie viel Mut sie aufbringen musste, um das zu ertragen. Sie wusste, dass er sie früher oder später genauso sehen würde – als abstoßend nach den meisten Maßstäben. Und wenn dieses Projekt zu seinem beabsichtigten Ende kam, würde es unvermeidlich sein, dass die fertige Skulptur diesen Blickwinkel auch für jeden Betrachter öffnen würde. Ungeachtet dessen, was sie als Gründe dafür angegeben hatte, diese Sache zu machen, wusste er doch, dass sie den wahren Grund vor sich selbst vertuscht hatte. Die Gründe für das, was sie tun wollte, waren wohl auch für sie sicherlich sehr kompliziert, wenn nicht sogar unergründlich.

»Das war's«, sagte er nach fast einer Stunde und warf sein Skizzenbuch aufs Podium. »Ein guter Anfang für den ersten Tag.«

Leda lag auf der Seite auf dem Bett, hatte sich auf einen Ellbogen gestützt und ihr linkes Bein so hochgezogen, dass ihr Fuß sich auf der Innenseite des Knies des anderen ausgestreckten Beins abstützte. Sie griff nach dem Stuhl, doch statt nach ihren Kleidern zu greifen, nahm sie sich eine weitere Zigarette aus der Tasche und zündete sie an. Er erkannte, dass diese Position für sie bequem war, weil der Buckel als eine Art eingebaute Säule diente, gegen die sie sich lehnen konnte.

Diese Erkenntnis ließ ein seltsames Gefühl in ihm aufsteigen. Irgendwie entmenschlichte sie das. Ihre Anpassung an ihre Missbildung hatte etwas Animalisches. Er dachte an den massigen grauen Körper einer brahmanischen Kuh, die auf der Seite lag und deren Höcker sich über ihre Schultern erhob. Ihr schwerer Körper fühlte sich wohl mit der Sonderbarkeit seiner bizarren Form, weil das der einzige Körper war, den sie je gekannt hatte.

»Wie war es denn?«, fragte sie auf ihren Ellbogen gestützt und lächelte über die sexuelle Zweideutigkeit.

»Ich glaube, ich habe ein paar gute Skizzen«, sagte er und ging zu ihr. Gegen Ende der Stunde hatte er an ihren Füßen gestanden und die gesamte Länge ihres Körpers perspektivisch skizziert.

»Ich meine, wie war es, mich anzuschauen? Was haben Sie dabei gedacht?«

»Es ist mir schwer gefallen, Ihren Schwerpunkt zu erwischen …«

»Nein, gefühlsmäßig … wie haben Sie reagiert?«

Er sah sie an. Er wusste, dass er ihr nicht ausweichen konnte. Sie würde früher oder später wissen wollen, ob er sie attraktiv finden könnte. Entweder würde es klappen oder nicht, und sie war offenbar bemüht, all diese Dinge gleich zu Beginn auszuräumen. Er setzte sich auf die Kante des Podiums. Sie war nur eine Armeslänge von ihm entfernt.

»Ob ich Sie körperlich attraktiv finde?«, fragte er. »Natürlich tue ich das.« Als er das sagte und versuchte, es ehrlich und unbekümmert klingen zu lassen, wurde ihm klar, dass er nicht einmal log. Sie war körperlich attraktiv. Und sie war es auch wieder nicht. Und er wusste, dass genau diese Wahrheit sie verrückt machte: die paradoxe Wirkung, die all ihre merkwürdigen Körperteile in ihrer Einheit auf andere Menschen hatten.

»Sie finden mich attraktiv«, sagte sie, »und Sie finden mich auch wieder nicht attraktiv.«

Sie drehte die Beine und schob sie seitlich aus dem Bett, setzte sich ihm, nach einem kleinen Kampf, aufrecht gegenüber und stellte die Füße auf den Boden. Sie rauchte und ließ dann langsam, mit einer Gleichgültigkeit, die sie schlicht nicht haben konnte, ihre Beine langsam auseinander fallen. Solange er denken konnte, hatte er bei professionellen Modellen gesehen, dass sie in dieser Weise dagesessen hatten, mit der Freimütigkeit erfahrener Frauen, die ihm immer wieder all das gezeigt hatten, was sie besaßen, und denen das nichts mehr ausmachte. Er war unsichtbar für sie, ein Nichts, bei dem Schamhaftigkeit nicht mehr nötig war.

Doch Leda tat es aus anderen Gründen und ging dabei von einer Psychologie aus, die ihm noch völlig verschlossen war.

»Wie viele nackte Menschen haben Sie bisher gesehen?«, fragte er.

Sie zuckte mit den Schultern und zog an ihrer Zigarette.

»Ich habe Hunderte gesehen«, sagte er. »Ich habe sie bis ins kleinste Detail studiert und aus jedem nur erdenklichen Winkel. Und aus großer Nähe. Köpfe, Brüste, Oberschenkel, Hintern, Achselhöhlen, Bäuche, Ellbogen, Hälse und Knie. Ich versuche, aus ihnen schlau zu werden … und ihre Mathematik zu verstehen. Jeder Mensch besitzt seine eigene körperliche Gleichungsformel. Das mache ich nun schon seit dreißig Jahren. Lassen Sie mich Ihnen versichern, dass jeder – auch der ›schöne Mensch‹ – irgendwo unattraktiv ist. Das ist die eigentliche Wahrheit über den menschlichen Körper: vor allem anderen steht die Unvollkommenheit.«

»Ach wirklich?« Sarkasmus. Schließlich kannte sie sich mit der Unvollkommenheit aus.

»Ihr Gesicht ist sehr ungewöhnlich«, sagte er, und für den Bruchteil einer Sekunde sah er Angst in ihren Augen. Ihr Gesicht war etwas an ihr, das sie ohne Vorbehalte akzeptierte, der Teil ihres Körpers, auf den sie berechtigterweise stolz war; vielleicht sogar eitel. Sie wollte nichts Negatives darüber hören.

»Sie wissen, dass es schön ist«, fuhr er fort. »Sie haben es selbst gesagt. Aber da ist noch etwas, was Sie vielleicht nicht bemerkt haben … es ist symmetrisch.«

Sie schluckte, antwortete jedoch nicht.

Er erklärte ihr das ungewöhnliche Phänomen eines perfekten Gesichts. Sie ließ keine Reaktion erkennen, sondern sah ihn nur ausdruckslos an.

»Na, das ist ja fabelhaft«, meinte sie nüchtern. »Ich bin … ganz aufgeregt.«

Sie sahen sich schweigend an.

»Hören Sie«, sagte er nach einem Augenblick, »ich werde Sie nicht mit irgendwelcher Populärpsychologie beleidigen, wenn Sie mir die Rolle des ›verbitterten Opfers‹ ersparen. Ich weiß zwar nicht, wie Ihr Leben ist, aber Sarkasmus ist wohl auch nicht dazu angetan, mich zu erhellen.« Er stand auf. »Schließen Sie Ihre Beine und ziehen Sie sich an.«

Sie beugte sich vor und drückte die Zigarette in einem Glasaschenbecher aus, der auf dem Boden neben dem Bett stand. Noch immer vorgebeugt, hob sie ihr schönes Gesicht zu ihm hoch und sagte: »Sie haben Recht. Das bringt uns überhaupt nichts.« Sie richtete sich auf, indem sie sich mit den Händen auf ihren Oberschenkeln abstützte. »Ich bin noch immer, hm, ein wenig nervös.«

Sie sah beschämt aus, und plötzlich fühlte er Reue in sich aufsteigen. Er hätte diese Sache nicht nur anders anpacken können, sondern auch sollen.

»Schwamm drüber«, sagte er, hob sein Skizzenbuch auf und hantierte mit den Bleistiften herum. »Also, es ist jetzt Mittagszeit. Ich mache mir normalerweise einen Teller mit Obst, etwas kaltem Fleisch und Käse zurecht und trinke Weißwein dazu. Möchten Sie nicht einen Happen mit mir essen, ehe Sie gehen?«

»Nein«, sagte sie, während sie auf unsicheren Beinen nach ihren Kleidern griff. »Ich kann nicht bleiben. Ich habe das jetzt getan. Mehr musste ich nicht tun, um herauszufinden, ob ich es kann.«

Er blieb stehen und drehte sich um, als sie sich anzuziehen begann. Das Anziehen war noch langweiliger als das Ausziehen. Die Augenblicke der Anspannung und Erwartung waren vergangen. Alles war anders, und er wollte sie den Unterschied nicht spüren lassen, nicht nach den Gesprächen, die sie gerade miteinander geführt hatten. Er blätterte in seinem Skizzenbuch herum. Er wusste, dass sie ihn ansah. Das war etwas, was ihm bei ihr aufgefallen war. Sie beobachtete ihn genauso, wie er sie beobachtete.

Nachdem sie sich angezogen hatte, stieg sie vom Podium herab und kam zum Zeichenbrett, an dem er die Skizzen durchgesehen hatte. Sie blieb seitlich hinter ihm stehen, und er kehrte zur ersten Seite zurück und blätterte langsam Skizze für Skizze auf, während sie ihm über die Schulter sah. Manche Seiten waren mit etlichen Studien bedeckt, andere wiederum mit nur einer einzigen großen Skizze. Er war schon immer gut bei schnellen Studien gewesen, und er hatte heute eine ganz ordentliche Strecke zurückgelegt.

Als sie die letzte Zeichnung angeschaut hatten und er Anstalten machte, das Buch zu schließen, griff sie um ihn herum und hielt ihn auf. Sie blätterte ein paar Seiten zurück und starrte auf eine der Skizzen.

»So sehe ich also aus.«

Das war keine Frage.

»Als ich jünger war«, fuhr sie fort, »habe ich viel Zeit nackt vor dem Spiegel verbracht. Ich konnte es nicht fassen. Ich bin nämlich nicht so zur Welt gekommen, sondern es hat sich erst nach und nach so entwickelt, zwischen meinem zwölften und fünfzehnten Lebensjahr. Es war ein Albtraum. Ich wurde verfolgt von dem, was mit meinem Körper passierte. Ich konnte einfach nicht genug von dem sehen, was mit mir geschah. Ich habe zwei Spiegel verwendet, manchmal auch drei.«

Sie hielt inne.

»Ich habe meinen Körper aus Winkeln und Perspektiven angesehen, über die die meisten Frauen sich ihr Leben lang keine Gedanken machen geschweige denn jemals ansehen würden.«

Wieder schwieg sie.

»Aber ich habe mich noch nie so gesehen.«

Er hätte nicht sagen können, ob sie wütend, schockiert oder verletzt war … oder alles zugleich.

Sie streckte vorsichtig die Hand aus, berührte eine der Bleistiftskizzen und verschmierte sie ein wenig.

»Was sehen Sie, was Sie nie zuvor gesehen haben?«, fragte er.

»Ich sehe das, was Sie sehen. Vorher habe ich immer das gesehen, was ich sah.«

Er wollte sie fragen, was sie dachte, doch etwas hielt ihn zurück. Er wollte sich gern umdrehen und sie anschauen, doch auch davon hielt ihn etwas zurück.

Ein langes Schweigen entstand zwischen ihnen.

»Also«, sagte sie schließlich, trat vom Tisch zurück und ging um ihn herum, »morgen wieder? Zur gleichen Zeit?«

»Wenn Ihnen das passt.«

»Es passt mir«, sagte sie. Sie war schon auf dem Weg zur Tür.

Er sah zu, wie sie das Studio durchquerte und sich der Tür

näherte, die nach draußen führte. Als sie sich leicht drehte, um in den Hof hinauszutreten, wurde das gelbe Kleid zu einer schwarzen Silhouette vor der Helligkeit, und der Buckel auf ihrem Rücken, den er nun in einem Dreiviertelprofil sah, füllte die gesamte Türöffnung. Ein bestürzender Anblick. Einen Moment lang war sie keine Frau, sondern ein Tier.

Er saß am Küchentisch. Seinen leeren Teller hatte er zur Seite geschoben und das Skizzenbuch gegen die schwere Tonschale mit Pfirsichen gelehnt. Er hatte die Seiten wieder und wieder vor und zurück durchgeblättert, die Zeichnungen studiert und staunte über die außergewöhnliche Idee, die ihm eingefallen war. Er war aufgeregt, weit aufgeregter, als er den Schwestern mitteilen würde, und kein bisschen besorgt über die Aussichten, sich mit einer so seltsamen Figur auseinander zu setzen.

Seine Sorge war rein technischer Natur, doch das war nicht die Herausforderung, die ihn am meisten beschäftigte. Weit beunruhigender war das Problem, wie er Leda dem Betrachter präsentieren würde. Wie, in Gottes Namen, sollte er sie posieren lassen? Er teilte all die Sorgen, die Céleste ihm gegenüber geäußert hatte, und machte sich noch etliche mehr. Wenn er vorsichtig war, wenn er sehr akribisch war, wenn er genügend besessen war, konnte die fertige Skulptur zu einem brisanten Ereignis seiner Karriere werden. Es war nicht zu früh, sich über die Fülle der Variablen Gedanken zu machen, die alle berücksichtigt, erwogen und überprüft werden mussten. Und er hatte keinerlei Zweifel, dass die fertige Skulptur all das rechtfertigen würde, was er an Arbeit investiert hatte.

KAPITEL 14

»Danke, dass du mir deinen Wagen geliehen hast«, sagte sie.

Sie stand in der Tür zum Studio, und das helle Licht hinter ihr ließ ihr Kleid durchsichtig erscheinen. Sein Blick folgte dem sich verjüngenden Spalt zwischen ihren Beinen von den Knöcheln bis hinauf zu ihrem Schritt. Der hauchdünne Stoff bewegte sich nur einen Millimeter von ihren Hüften entfernt um sie herum.

»Nichts zu danken«, sagte er und drehte sich von dem Zeichenbrett weg, an dem er sich halbherzig mit seinen Skizzen von den Beach-Fotos beschäftigt hatte. Er hatte inzwischen Mühe, irgendwelche Begeisterung für sie aufzubringen. Nach seiner Sitzung mit Leda heute Morgen kam ihm Lily Beachs Körper nichts sagend und in all seinen Proportionen vorhersagbar vor, ein vorbestimmter Rahmen ohne Abwechslung und Überraschungen.

»Woran arbeitest du?«, fragte sie, als sie zu ihm an den Tisch trat. Sie trug ein Hemdblusenkleid aus einem leichten Baumwollstoff mit kurzen Ärmeln und einem Kragen, ein Stil, den sie sehr zu mögen schien, wahrscheinlich, weil er ihr gut stand.

Er musterte ihr Gesicht und suchte darin nach Spuren des Unmuts, den sie über seine Beleidigung am Morgen empfunden hatte. Er konnte nichts entdecken. Sie wollte wohl so tun, als sei es nicht passiert.

Sie blieb neben dem Tisch stehen, während er seine Skizzen durchblätterte. Er zeigte ihr, was er gerade tat, welche Probleme er hatte und auf welche Weise er sie zu lösen hoffte. Sie schien ehrlich interessiert zu sein und stellte ihm kluge Fragen. Sie wusste, wovon sie sprach. Er fing ihren Duft auf. Es war kein Parfumgeruch, sondern etwas Sanfteres, wie von Unterwäsche, die zusammen mit einem Duftkissen aufbewahrt worden war.

Als sie die Skizzen durchgesprochen hatten – sie hatte sich

mit keinem Wort über Lily Beachs makellosen Körper geäußert –, schlenderte sie zum Podium hinüber, wo sie mit dem Rücken zu ihm stehen blieb und das Bett betrachtete, auf dem Leda an diesem Morgen zum ersten Mal posiert hatte.

»Wie ging es denn?«, fragte sie im Umdrehen.

»Prima, soweit es mich betrifft.«

»Hast du etwas dagegen, wenn ich mir die Skizzen anschaue?«

Er nahm das Skizzenbuch und brachte es ihr. Sie setzte sich auf das Podium und öffnete das Buch. Sie starrte auf die erste Skizze. Es war ein flüchtiges Bild. Sie ging das ganze Buch Seite für Seite durch und ließ sich Zeit dabei.

Während er sie beobachtete, wie sie, ein Bein über das andere geschlagen, das Skizzenbuch auf ihrem Oberschenkel liegen hatte und sich auf die Zeichnungen konzentrierte, kam ihm der Gedanke, dass sie Leda vielleicht noch nie nackt gesehen hatte, und er erinnerte sich an die seltsame und komplizierte Beziehung zwischen den beiden Schwestern. Nichts bei den beiden war leicht zu verstehen, doch er fühlte sich zu ihnen hingezogen, zu jeder von ihnen, aus sehr unterschiedlichen Gründen.

Er empfand eine unerklärliche Vertrautheit zu Céleste, aufgrund derer er gern mit ihr zusammen war. Ihm war, als sei sie ein Teil von ihm, das er so lange nicht vermisst hatte, bis er sie kennen gelernt hatte. Als ihm das klar wurde, fühlte er sich noch schuldbewusster, dass er ihr an diesem Morgen wehgetan hatte.

Nachdem sie das Skizzenbuch geschlossen hatte, legte sie es auf das Podium neben sich und stand auf. Sie verschränkte ihre nackten Arme und machte eine paar Schritte auf ihn zu.

»Was hat sie von ihnen gehalten?«, fragte sie.

Er berichtete ihr von Ledas Reaktion, und sie hörte ihm aufmerksam zu, als ob sie jeden Satz und jede Floskel nach einer Meinung durchsuchte, die unter seinen Worten verborgen lag.

»Was hast du gedacht, als du sie gezeichnet hast?«

Das war eine seltsame und unerwartete Frage, doch nachdem er heute Morgen so vorschnell zu seiner katastrophalen Schlussfolgerung gekommen war, beschloss er, die Frage geradeheraus zu beantworten, ohne irgendwelche Andeutung aus ihr herauszulesen.

»Die meiste Zeit über habe ich darüber nachgedacht, wie ich sie zu Papier bringen und wie ich ihren Schwerpunkt feststellen kann, was nicht leicht war.«

Sie schien mit seiner Antwort nicht zufrieden zu sein und musterte ihn, als ob sie nach etwas Verborgenem in dem suchte, was er gerade gesagt hatte.

»Ist dir irgendetwas aufgefallen – was nichts mit ihrer Entstellung zu tun hat – irgendetwas über sie, was du schon mal gesehen hast?«

»Was ich schon mal gesehen habe?« Worauf wollte sie denn hinaus?

Sie sah einen Moment lang weg, sammelte sich und wandte sich ihm dann mit resignierter Miene wieder zu.

»Es gibt etwas, Ross, das dich bestürzen wird, das du aber wissen solltest. Leda und ich sind Sylvie Verrets Schwestern.«

Einen Augenblick lang sagte ihm der Name gar nichts. Dann plötzlich tauchte Sylvies Gesicht aus der dunklen Tiefe der Vergangenheit vor ihm auf. Guter Gott. Was, zum Teufel, ging hier vor? Misstrauen breitete sich in ihm aus wie ein Farbtropfen, der in klares Wasser fiel.

Als er sie anstarrte, konnte er tatsächlich die Ähnlichkeit nach all den Jahren erkennen, der Mund war fester, das Kinn schwerer, die Augen – noch immer warm, noch immer verführerisch – trauriger. Ja, er sah Sylvie, und in seiner halb betäubten Überraschung schob sich Sylvies Gesicht langsam über Célestes Gesicht, bis sie keine von beiden und beide zugleich war und eine ganz neue Frau. Was für eine unglaubliche Wendung der Ereignisse.

»Du lieber … Himmel«, sagte er leise.

Er hatte mit Sylvie in Paris zusammengelebt, als er ein junger Bildhauer von Ende zwanzig gewesen war. Erst war sie sein Modell gewesen, dann auch seine Geliebte. Das war eine Kombination gewesen, die er zu vermeiden gelernt hatte, als er älter wurde und vernünftiger, doch Sylvie war seine erste große Lektion über die Gefahren gewesen, wenn man zwei Rollen durcheinander brachte.

Sylvie war eine ruhige junge Frau mit einem herrlichen Körper und olivfarbener Haut gewesen. Sie war von einer unerschrockenen und gleichzeitig grüblerischen Sinnlichkeit gewesen. Vielen Dingen, ja sogar fast allen Dingen gegenüber, empfand sie leidenschaftlich, doch sie ließ sich ihre Gefühle niemandem gegenüber anmerken. Da sie immer ruhig war, äußerte sich ihre Leidenschaft nur in ihrer Sexualität. Bei allen anderen Gelegenheiten blieben ihre Gefühle in ihr verschlossen und wurden von ihr streng kontrolliert.

Doch Sylvies Reserviertheit, die anfangs von fast magnetischer Anziehungskraft gewesen war, stellte sich als Gegengewicht heraus, mit dem sie eine schwelende Wut in Schach hielt. In Gesellschaft anderer Menschen verlor sie nie ihre Zurückhaltung, doch wenn sie allein war, explodierte sie. Als ihre Affäre sich aufzulösen begann, konnte es vorkommen, dass er in sein Studio zurückkam und seine Modelle zertrümmert waren, seine Zeichnungen zerrissen und ihr gemeinsames Apartment zerstört.

Als er sie zur Rede stellte, fiel sie in ein störrisches Schweigen. Niemals gab sie zu, was sie getan hatte, und niemals bekannte sie sich zu den heimlichen Ausbrüchen ihrer Zerstörungswut. Wenn sie mit den von ihr verursachten Schäden konfrontiert wurde, starrte sie sie einfach nur stumm an.

Und nachts kam sie dann mit sexuellen Angeboten zu ihm, die mit stillschweigenden Entschuldigungen und Reuegefühlen beladen waren. Es war eine tornadoartige Beziehung mit schrecklichen und schließlich katastrophalen Gefühlsstürmen.

Sie endete für sie beide schlimm, die erste wirklich beunruhigende Trennung seines Lebens.

»Was geht hier eigentlich vor?«, fragte er. Er konnte es nicht fassen.

»Ich weiß, dass das verdächtig aussieht«, sagte sie, »doch wenn du die Dinge aus unserer Sicht betrachtest, ist es gar nicht so mysteriös. In den Jahren nach eurer Trennung, als du bekannt geworden warst, hat Sylvie oft über dich gesprochen. Du weißt schon, was hätte sein können ... wenn die Dinge zwischen euch anders verlaufen wären. Leda und ich haben eine Menge über dich gehört.«

»Wo ist sie?«

»Sylvie ist tot. Zu viel Kokain, letztendlich. Vor drei Jahren.«

Es bestürzte ihn, dass sie nicht mehr lebte.

»Ehrlich gesagt, ich bin überrascht, dass sie so lange überlebt hat.«

»Ich auch.«

Sylvie tat ihm Leid. Das arme schöne Mädchen war die geborene Tragödin gewesen.

»Vor drei Jahren«, sagte er. »Ist damals nicht auch deine Mutter umgekommen?«

»Ja, ein paar Monate vorher. Diese paar Monate wären traumatisch gewesen, wenn wir etwas füreinander empfunden hätten. So war diese Zeit nur von Bitterkeit und Unannehmlichkeiten erfüllt.«

Er dachte einen Moment lang nach. »Du sagst, sie hat viel von mir gesprochen?«

»Ja.«

»Wann?«

Sie sah ihn ausdruckslos an. »Wie bitte?«

»Ich dachte, ihr vier hattet euch entfremdet. Eure Mutter führte ihr eigenes Leben in Rom, Leda hielt sich allein in der Schweiz auf und du warst in London. Trotzdem sagst du, dass Sylvie in dieser Zeit mit dir und Leda viel über mich gesprochen hat.«

»Ja ...« Sie zögerte.

War ihre Miene abweisend? Oder verwirrt? Er sah sie stirnrunzelnd an.

»Sylvie … sie war … sie hat immer Kontakt mit uns gehalten«, stammelte sie. »Sie war wohl so etwas wie eine Nomadin. Immer kam sie von irgendwoher oder war nach irgendwo unterwegs. Sie hat uns alle von Zeit zu Zeit besucht. Sie war wirklich die Einzige, die uns in jenen Jahren zusammengehalten hat.«

Das klang gar nicht nach der Sylvie, an die er sich erinnerte. Die Sylvie, die er gekannt hatte, war eine Einzelgängerin gewesen und bestimmt nicht die Art Frau, die zerbrochene Beziehungen pflegte und als Bindeglied einer Familie fungierte. Sie war zu einer derartigen Stabilität einfach nicht fähig.

Noch ehe er dem nachgehen konnte, sprach Céleste schnell weiter.

»Jedenfalls wussten wir immer über deine Karriere Bescheid und haben deinen Werdegang verfolgt. Es waren immer Sylvies wenige Jahre, die sie mit dir verbracht hatte, die uns dazu veranlassten, besonders aufmerksam zu sein, wenn du in den Zeitungen erwähnt wurdest oder Artikel über dich in Zeitschriften erschienen.«

»Himmel, warum hast du mir das denn nicht von Anfang an erzählt?«

»Ich denke aus dem gleichen Grund, warum Leda nicht wollte, dass ich dir etwas von ihrer Entstellung erzähle. Wir hatten Angst, dass du nie mit uns auch nur gesprochen hättest.«

Er sah sie an. »Also, ich bin … ach, ich weiß auch nicht … es ist unglaublich.« Er schwieg einen Moment lang. »Jetzt sehe ich die Ähnlichkeiten natürlich. Aber ich bin vorher nicht auf die Idee gekommen.«

»Ich dachte, du würdest die Ähnlichkeit bei Leda sehen, sobald du mit ihr arbeiten würdest. Sie sieht Sylvie viel ähnlicher als ich.«

»Es ist schon so lange her.«

Stille.

»Nach der letzten Nacht dachte ich ...« Sie hielt inne, als hätte sie beschlossen, nicht so zu tun, als sei nichts geschehen. »Wegen dem, was letzte Nacht war – ich hätte nie gedacht, dass so etwas passieren würde. Niemals. Ich hatte das nie vorgehabt.«

Bevor er etwas sagen konnte, sprach sie weiter. »Allerdings dachte ich nach letzter Nacht, dass du es wissen müsstest.«

Er nickte. Seiner Überraschung, die er noch immer spürte, hatte er nichts mehr hinzuzufügen. Natürlich machte es einen Unterschied, verdammt noch mal, doch welchen Unterschied, das wusste er nicht.

Céleste ging die paar Schritte zu Salehs Modell hinüber. Sie legte die Hand auf den Bauch des Modells und ließ die Finger über die glatte Oberfläche gleiten. Da war noch etwas im Busch.

»Ich habe kein gutes Gefühl wegen letzter Nacht«, sagte sie.

»Es war mein Fehler«, sagte er, zögerte dann und fügte hinzu: »Aber ehrlich gesagt, möchte ich es nicht ungeschehen machen.« Er schwieg kurz. »Ich hoffe, du bedauerst es nicht. Wenn doch, dann würde mir das Leid tun.«

»Nein, das nicht und auch nicht so, wie du es meinst.«

»Also würdest du es doch gern ungeschehen machen.«

»Nur weil ...« Sie schloss die Augen und atmete langsam und tief ein. »Nur weil ich glaube, dass wir beide es später bereuen werden.«

»Warum?«

»Ich ... ich weiß es nicht«, sagte sie ungeduldig. »Der Punkt ist doch, dass es hier nicht um mich geht, sondern um Leda.«

Die Art und Weise, wie sie das sagte, und die Tatsache, dass sie sich bemüßigt fühlte, das zu sagen, waren eine Enttäuschung für ihn.

»Ich habe mir keine Gedanken darüber gemacht, um wen es ging«, sagte er. »Es hatte mit niemand anderem zu tun.«

Sie schaute auf das Modell herab und zog ihre Hand fort.

»Ich denke, mehr sollte ich nicht dazu sagen.«

»Was genau meinst du denn damit?«

»Ich meine …«, sagte sie plötzlich gereizt, »ich meine … dass …« Sie war aufgeregt. »Ich …«

Sie schienen das Ganze falsch anzupacken. In der vergangenen Nacht hatten sie die tiefsten Gefühle des anderen verstanden, ohne viele Worte darum zu machen. Nun sprachen sie zu viel und sagten zu wenig.

»Céleste, hör mal …« Er wollte sie berühren, doch er hielt sich zurück, weil er Angst hatte, dass er alles nur noch schlimmer machen könnte. »Lass uns doch das alles nicht so kompliziert machen.«

Gott, was für eine Untertreibung. Es könnte ja kaum komplizierter sein. Trotzdem machte er weiter.

»Das, was letzte Nacht geschah, war eine ehrliche Sache«, sagte er. »Zumindest von meiner Seite aus.«

Sie schwieg, doch sie schaute ihn gespannt und mit ängstlicher Miene an, die ihm signalisierte, dass sie Probleme mit dem hatte, was sie getan hatten, die weiter über das hinausgingen als alles, worüber sie gesprochen hatten oder worüber sie zu sprechen bereit gewesen war.

»Mich hat das nicht verwirrt«, sagte sie, schluckte und befeuchtete ihre Lippen mit der Zunge. Sie hob an, etwas zu sagen, unterließ es dann jedoch. Sie sahen sich an, und er war bestürzt darüber, wie entnervt sie war, als ob in den letzten paar Minuten etwas Unheimliches geschehen war, was er einfach übersehen hatte.

»Céleste …«

»Wenn« – sie ging an ihm vorbei – »du mich jetzt bitte nach Hause bringen könntest.«

Er fuhr sie mit dem Mercedes nach Hause. Sie sprach kaum ein Wort außer den knappen Wegbeschreibungen und saß die meiste Zeit mit abgewandtem Kopf da und starrte aus dem Fenster. Sie wohnte auf der von Palmen gesäumten Santa Elena Avenue im exklusiven Palm-Heights-Viertel, ein ursprüngliches Viertel mit viktorianischen Häusern in den Vorbergen im

Westen der Stadt. Sie hatte ein zweigeschossiges Haus gemietet, das sich von der Straße zurückgesetzt an einem Abhang erhob, sodass die Zufahrt und der Bürgersteig von der Straße aus bis zur Höhe von zwei Terrassen hinaufführten. Die Vorderseite des Hauses lag im Schatten eines riesigen Magnolienbaums.

Er fuhr in die Zufahrt hinein und hielt am Bürgersteig an.

Sie legte die Hand an den Türgriff, doch ehe sie die Tür öffnete, sah sie ihn an. Sie schien ihre Gefühle nun wieder unter Kontrolle zu haben.

»Wir wissen gar nicht, was wir hier tun«, sagte sie. »Wir nehmen Risiken in Kauf und haben nicht einmal ausreichend Verstand, um uns vor ihnen zu fürchten.«

Diese düsteren Worte überraschten ihn. Wovon sprach sie eigentlich? Risiken? Angst? Warum brachte sie solche Worte mit einer Nacht voller Leidenschaft in Verbindung? Bevor er die rechten Worte für eine Erwiderung fand, öffnete sie die Tür und stieg aus. Sie schaute sich nicht mehr nach ihm um, als sie auf dem Bürgersteig davoneilte, der zum Haus hinaufführte. Und schließlich verschwand sie im tiefen Schatten der Magnolie.

KAPITEL 15

»Was?« Amado sah ihn über den Tisch hinweg mit gerunzelter Stirn an. »Das ist ja unglaublich.«

Es war schon später Abend, und sie saßen im *Graber's*. Die Sonne war bereits hinter den Zypressen untergegangen, doch am Himmel war noch ein zarter pfirsichfarbener Lichtschimmer, der schnell verging. Die Laternen hatten sich gerade angeschaltet, und hier und da begannen die Leute schon, sich das Abendessen zu bestellen.

Amados heiteres Gemüt wurde nicht oft beeinträchtigt, doch die Enthüllung, dass Céleste eine so ungewöhnliche Schwester hatte und dass diese beiden Frauen die Schwestern von Sylvie Verret waren und dass Leda eine Skulptur von sich selbst haben wollte, schien ihm zu unglaublich zu sein.

Seine Überraschung riss ihn aus seiner typischen entspannten Haltung heraus. Er setzte sich auf seinem Stuhl gerade auf, legte die Unterarme rechts und links neben seine Flasche Pacífico und hielt seine Zigarre in der rechten Hand. Er trug ein locker sitzendes weißes Leinenhemd und sah sehr elegant und sehr tropisch aus.

»Du denkst doch wohl nicht ernsthaft daran, das zu machen?«

»Wir hatten heute Morgen unsere erste Sitzung.«

Amado sah ihn entgeistert an. »Aber was ist mit deinem Auftrag?«

»Den erledige ich schon noch.«

Amado starrte ihn mit offenem Mund an. »Warum?«

»Warum bist du so überrascht darüber?«

»Ohhh« – Amado warf ihm einen verblüfften und ungläubigen Blick zu – »komm schon, Ross. Warum tust du so, als sei das die normalste Sache der Welt? Es ist bizarr! Du machst eine nackte Skulptur von einer verunstalteten Frau, die die Schwester einer Frau ist, die dich fast ruiniert hat?«

»Das ist fünfundzwanzig Jahre her, Amado.«

»Nicht lange genug, schätze ich. Außerdem wird das ungeheuer umstritten sein, und das weißt du auch.«

»Himmel, die Situation des Mädchens ist wirklich qualvoll. Kannst du dir vorstellen, wie es ist, in ihrem Körper zu stecken? Kannst du dir vorstellen, einfach … verdammt, einfach in einem Restaurant zu sitzen und den Blick irgendeines Mannes aufzufangen, dem das Wasser im Mund zusammenläuft wegen deines unglaublich schönen Gesichts – und gleichzeitig zu *wissen,* was als Nächstes kommt? Denn es kommt ja immer wieder diese unvermeidbare ›andere‹ Reaktion. Sie muss solche Situationen ständig fürchten. Ich meine, jede einzige Begegnung, die sie mit einem Mann hat, muss ihr doch das Herz brechen.«

»Und was ist mit Sylvie? Siehst du Sylvie in diesem Mädchen?«

»Ich sehe die Ähnlichkeiten, die Haut, den Mund. Ihre Augen. Ihr Körper ist, bis auf die Verunstaltung, Sylvies Körper. Aber Leda ist viel schöner als Sylvie und auch schöner als Céleste. Das Mädchen ist außergewöhnlich.«

»Aber du hast nicht an Sylvie gedacht, als du sie zum ersten Mal gesehen hast?«

»Nein, um Himmels willen. Leda hat den gleichen Körper wie Sylvie, doch den besitzen auch Millionen anderer Frauen. Ich habe Sylvies Körper unzählige Male gesehen. Und Céleste hat die gleiche Hautfarbe wie Sylvie und etwas von ihren Gesichtszügen, doch die sind auch bei Millionen anderer Frauen zu finden. Man bringt das doch nicht automatisch mit einer einzigen Frau in Verbindung und vor allem nicht mit einer Frau, die man mehr als zwei Jahrzehnte lang nicht gesehen hat.«

»Doch jemandem zu ähneln ist doch etwas anderes.«

»Ja«, gab er zu. Amado hatte Recht. »Ich habe keine Ahnung, warum mir das nicht aufgefallen ist. Vielleicht hat mich die Entstellung zu sehr abgelenkt.«

Amado musterte ihn durch eine neue Wolke Zigarrenrauch. »Wie ging es mit ihr bei den Skizzen?«

Er dachte einen Augenblick nach. »Sie hat ständig ihre Form gewechselt.«

Amado war überrascht.

»In einem Moment war sie einfach eine normale, schöne junge Frau. Und im nächsten war sie … unwirklich. Und seltsamerweise verwandelten sich diese beiden Anblicke vor meinen Augen. Was ich sah, wenn ich um sie herumging, veränderte sich, und manchmal überraschte mich das. Was mich wiederum überraschte.«

Amado hörte zu und nickte. »Und deshalb willst du dem auf den Grund gehen, ist es das?«

»Ich habe es hier mit echten ästhetischen Überlegungen zu

tun, verstehst du«, sagte er. Er war ein wenig irritiert, weil Amado ihn so unter Druck setzte, und er fühlte sich ein wenig unbehaglich, weil er das Gefühl hatte, als müsse er seine Entscheidung verteidigen, wogegen er sich seit Jahren hartnäckig gewehrt hatte.

»Ästhetische Überlegungen?«

»Ja«, beharrte er, »solche Sachen wie zum Beispiel unsere Einstellung zur Schönheit ... und unsere Abscheu. Wie kann Leda mit beidem in ein und demselben Körper leben? Wie leben *wir* damit? Wie geht die Gesellschaft mit Menschen um, deren Aussehen dramatisch von der Norm abweicht? Machen wir es ihnen unmöglich, glücklich zu sein? Wo enden die Bedingungen der Gesellschaft, jemanden zu akzeptieren? Lieber Gott, ich weiß es nicht, Amado. Sind diese Fragen es nicht wert, sich mit ihnen zu befassen?«

»Du hast es fertig gebracht, dich diesen Fragen dreißig Jahre lang zu entziehen.«

»Was soll denn das nun wieder, verdammt noch mal? Ich kann mich daran erinnern, dass du mich ein paar Mal im Laufe der Jahre darauf aufmerksam gemacht hast, dass ich zu schnell den leichten Weg gewählt habe – und das gute Geld –, dass ich mein Talent nicht ernst genommen und nicht mit meinen Dämonen gekämpft habe.«

»Erstens«, sagte Amado steif, »habe ich solche Sachen nie mit dir diskutiert, es sei denn, du hast mich um meine Meinung gebeten. Und dann habe ich dir meine ehrliche Antwort gegeben.«

»Aber hast du denn nicht über die gleichen Dinge gesprochen und mich mit den essenziellen Fragen der Ästhetik und der Kunst konfrontiert?«

Amado erwiderte seinen starren Blick, während der Rauch seiner Zigarre zwischen ihnen kreiselte.

»Darüber könnte man streiten«, sagte er, »aber glaubst du wirklich, dass es das ist, was du hier tust?«

»Was denn sonst, verdammt noch mal?«

»Das klingt überhaupt nicht nach dir, Ross. Ich glaube, dass du eher einen Vorwand suchst, um es zu tun. Du weißt doch selbst ganz genau, dass diese ›Fragen‹, mit denen du dich beschäftigen willst, nicht mit einer einzigen Skulptur beantwortet werden können. Was denkst du dir überhaupt? Wenn du deine Karriere und deine lebenslange Bildhauertätigkeit vielleicht diesen Fragen gewidmet hättest ... vielleicht würde es dann einen Sinn ergeben, so darüber zu sprechen. Doch mit einer einzigen Arbeit? Komm schon ... worum geht es hier eigentlich?«

In Amados Stimme klang leichter Spott, und Ross war peinlich berührt. Er fühlte sich, als hätte man ihn bei einem Betrug erwischt. Amado quälte ihn nicht länger.

»Was ist mit Céleste?«, fragte Amado.

»Céleste? Meinst du, ob ich sie genauso verführerisch gefunden habe wie du?«

»Meiner Ansicht nach hast du diese Frage schon beantwortet, obwohl ich nicht glaube, dass du es schon gemerkt hast.«

Wieder fühlte er sich unbehaglich.

»Weißt du, woran mich das hier erinnert?«, fragte Amado nachdenklich. Er nickte gedankenverloren, als passte diese Idee genau zu ihrem Gespräch. »Es gibt ein Zitat von Flaubert, ich kann mich nur nicht daran erinnern, ob es aus einem Brief oder aus etwas anderem stammt, aber ich finde, es beschreibt genau die Art, wie du über Frauen denkst. Er sagte« – Amado neigte sein Gesicht der Dunkelheit zu und versuchte, sich zu erinnern – »›Die Betrachtung einer nackten Frau lässt mich an ihr Skelett denken.‹« Er schaute Ross wieder an und hob die Augenbrauen. »Ergibt das für dich einen Sinn?«

»Nicht den geringsten. Für dich etwa?«

»Ross, du versuchst bewusst, mir auszuweichen. Hör mal, du und ich nähern uns Frauen auf ganz verschiedene Art«, fuhr Amado fort. »Ich reagiere sofort und emotional. Du hingegen gehst mehr mit dem Kopf an die Sache heran. Ich bin hin und weg von der Schönheit oder dem besonderen undefinierbaren

Etwas einer bestimmten Frau. Du bist neugierig. Ich sehe die Sexualität. Du siehst die Anatomie.« Er kniff die Augen zusammen, während er nachdachte. »Du gehst wohl von außen heran, wie Flaubert.«

»Hat er das getan?«

»Flaubert hat nicht gesagt, dass er an eine Romanze oder an Sternenstaub oder an die Geheimnisse ihrer weichen Körperteile dachte, wenn er eine nackte Frau sah ... er dachte an ihr *Skelett.*«

»Ich weiß nicht, was ich dazu sagen soll.«

»Er erfasst eine Frau nicht intuitiv, sondern er will sie wie ein mathematisches Problem begreifen.«

»Okay ...«

»Also, hier bist du mit dieser außergewöhnlichen jungen Frau – mit diesen beiden außergewöhnlichen Frauen – konfrontiert, und du hast das alles schon in eine analytische Aufgabe umgewandelt. Du willst sie begreifen, und du beginnst mit ihren Körpern. Was du siehst, wenn du eine Frau siehst, ist ein mathematisches Problem.«

»Na schön. Und was ist daran so falsch?«

»Falsch? Hier geht es nicht um falsch oder richtig. Tatsache ist, dass du diese Frau siehst, und dann gibt es da noch die Frau, die du nicht siehst, *la mujer al dentro,* die innere Frau. Das ist die Frau, die ihr Geheimnis für sich behält. Du hast dich schon immer auf die Frau konzentriert, die du siehst, doch es ist die Frau, die du nicht siehst, die das Magische verkörpert. Magie ist nicht vernünftig. Und Mathematik ist nicht Magie.«

»Quatsch, Amado. Und was siehst du, wenn du eine Frau das erste Mal siehst?«

»Ich kann dir versichern, als ich Céleste zum ersten Mal gesehen habe, habe ich *nicht* an ihr Skelett gedacht.«

Plötzlich hatte er keine Lust mehr, sich Amados emotionale – oder anatomische – Reaktionen anzuhören, als er Céleste zum ersten Mal gesehen hatte.

»Worum geht es hier eigentlich?«

Amado schaute sich um, machte eine der Bedienungen am anderen Ende des Innenhofs auf sich aufmerksam, hob seine leere Flasche Pacífico hoch und bedeutete ihr mit einem Handzeichen, dass sie beide noch eine Flasche haben wollten. Dann drehte er sich wieder um, um die Frage zu beantworten.

»Ich versuche dir wirklich nur zu erklären, dass ich glaube … dass dein üblicher Umgang mit Frauen der falsche Umgang bei *dieser* Frau ist.«

Amado hielt inne und beschäftigte sich mit seiner Zigarre.

Manchmal verlor Ross die Geduld mit Amados vagem, intuitivem Zugang zum Leben, doch er musste zugeben, dass er tief in seinem Inneren fühlte, dass Amado im Hinblick auf Céleste Recht hatte. Außerdem musste er eingestehen, dass er – aus welchen Gründen auch immer, und er konnte wirklich nicht den Finger auf etwas Spezielles legen – nicht länger über sie sprechen wollte.

»Lass uns damit aufhören, Amado«, sagte er.

Rücksichtsvoll nickte Amado ihm zu, musterte ihn einen Moment lang und schaute dann um sich und betrachtete die Menschen, die sich in dem Hof versammelt hatten.

Keiner von ihnen sprach in der kurzen Zeit, in der sie auf ihre Getränke warteten, die kurz danach von einer jungen Mexikanerin gebracht wurden, deren Gesicht zu dick und deren Unterkiefer zu kräftig war. Sie mochte Amado und behandelte ihn mit besonderem Respekt, wischte den kleinen feuchten Kreis fort, den seine leere Bierflasche hinterlassen hatte, stellte seine neue schwitzende Flasche auf eine quadratische weiße Serviette statt auf den üblichen Bierdeckel, wischte imaginäre Aschereste und nicht vorhandene Krümel von seiner Tischseite fort. Sie leerte seinen Aschenbecher, der nur einen einzigen ordentlichen Aschekegel enthielt. Er dankte ihr mit der gleichen Höflichkeit und dem gleichen Respekt. Er äußerte sich nie zu ihrer eifrigen Aufmerksamkeit, zwinkerte Ross nie zu oder machte sich über die Fürsorge des Mädchens für ihn lustig. Das Verhalten der Bedienung war angesichts dessen, was zwischen ihnen vor sich ging – oder auch nicht vor sich ging –, reichlich seriös.

»Ross«, sagte Amado, hob seine Flasche hoch und streckte sie ihm über den Tisch hinweg entgegen. Sie stießen mit den Flaschenhälsen an und Amado sagte: »*Salud*«, was eine Art Waffenstillstand zwischen ihnen herstellte.

Amado musterte ihn hinter seiner Zigarre hervor. Er hatte wieder seine übliche lockere Haltung angenommen, seinen privilegierten Aussichtspunkt, von dem aus er meist die Welt um sich betrachtete. Und er setzte seine wertungsfreieste Miene auf.

Ross lag im Bett, die Lampen waren aus, die Decken zurückgeschlagen, und die Luft fächelte über ihn hinweg. Im nahen Wald durchdrang eine kleine Kreischeule die nächtlichen Geräusche mit ihrem sanft ansteigenden und abfallenden Tremolo. Er dachte an Ledas unerwartete Begeisterung, nackt für ihn zu posieren. Die Sitzungen würden für sie keine Tortur darstellen, zumindest nicht im herkömmlichen Sinn. Er dachte an Célestes verwirrende Angst über die Nacht, die sie zusammen verbracht hatten. Was vermutete sie hinter all dem, dass sie von derartigen Befürchtungen geplagt wurde?

Vielleicht war doch etwas an Amados überzogenen Bemerkungen über die Art seines Verständnisses von Frauen. Was war, wenn er hier nur deshalb schlaflos in der Dunkelheit lag und verwirrt war über Célestes Verhalten, weil er tatsächlich sein Leben damit verbracht hatte, sich nur in das Fleisch und den Ton von Frauen zu versenken und sich nie damit aufgehalten hatte, irgendetwas anderes zu verstehen? War er wirklich blind für alles andere als das, was er berühren konnte? Er konnte es nicht glauben … aber er begann, sich Fragen darüber zu stellen.

KAPITEL 16

Als Leda am zweiten Morgen kam, brachte sie eine Kuchenschachtel von *Kirchner's Bakery* am Fluss mit.

»Ich dachte, wir könnten mit ein paar Mandelcroissants beginnen«, sagte sie etwas schnippisch und ließ die Schachtel auf einen der Arbeitstische plumpsen.

»Haben die Sie gebeten, sie mir mitzubringen?«, fragte er, als er mit seiner Tasse Kaffee neben sie trat.

»Nein, warum?«

»Ich bin ihr größter Abnehmer von Mandelcroissants.«

»Wollen Sie mich auf den Arm nehmen?« Sie warf ihre Tasche auf das Podium.

Er öffnete die Schachtel, die noch immer warm war, und der intensive Duft stieg zu ihm auf. »Gott, wie ich diese Dinger liebe.«

»Gibt es noch mehr davon?«, fragte sie und deutete auf seinen Kaffee.

»Ja, klar, in der Thermoskanne dort hinten.« Er wies zu der Ecke im hinteren Teil des Studios, während er sich eines der weichen Croissants aus der Schachtel nahm. »Auf dem Brett darüber sind auch ein paar Tassen.«

»Ist es egal, welche Tasse ich nehme?«, rief sie ihm zu.

»Klar. Sie sind bestimmt staubig. Spülen Sie sie einfach aus.«

»Oh«, stieß sie hervor, »sind die dreckig.«

Er hörte Wasser ins Becken laufen. Nach einer Minute kam sie mit einer Tasse Kaffee zurück und nahm sich ebenfalls ein warmes Croissant aus der Schachtel. Sie setzten sich auf das Podium und aßen gemeinsam das mit Creme gefüllte Gebäck.

»Oh, die sind ja himmlisch«, sagte sie mit vollem Mund. »Was halten Sie nun, am Morgen danach, davon?«

Er sah sie an.

»Von den Zeichnungen«, sagte sie. »Sind sie nützlich?«

»Oh ja. Sie sind ein guter Anfang.«

»Und was machen wir heute?«

»Dasselbe wie gestern. Immer weiter und weiter.«

»So geht das also vor sich?«

»Ja, so wird es gemacht.«

»Der Kaffee ist auch gut«, sagte sie. »Trotz der Tasse.«

Nachdem sie die Croissants aufgegessen hatten, blieben sie noch einen Moment sitzen und tranken Kaffee. Leda hatte ein lockeres Hemdkleid an, das vorne genauso durchgeknöpft war wie das Kleid, das sie am Vortag getragen hatte. Das war wahrscheinlich die Kleiderform, mit der sie am leichtesten zurechtkam. Als sie startbereit waren, holte er sein Skizzenbuch und die Bleistifte, während sie aufs Podium stieg, das Kleid aufknöpfte und herausschlüpfte. Dieses Mal trug sie keinen Slip. Das Hemdkleid war alles, was sie getragen hatte.

Er begann zu zeichnen, und sie arbeiteten fast eine Stunde lang ununterbrochen, in der er sich um sie herum bewegte. Sie wählte sich nun geschicktere Posen aus, in denen sie bequem verharren konnte, und nur gelegentlich musste er sie bitten, einen Arm oder ein Bein zu bewegen oder ihr Gewicht zu verlagern. Es ging alles sehr gut, doch ihm fiel auf, dass sie in den Posen leicht ermüdete, bei denen sie den massigen Buckel nicht so einfach ausbalancieren konnte.

Jedes Modell hatte seine eigene Art, es sich bequem zu machen, während es so intensiv betrachtet wurde. Manche schwiegen und zogen sich in ihre eigene innere Welt zurück, andere wollten Musik hören. Wieder andere mussten sprechen. Leda hatte sehr schnell gespürt, dass er lieber still arbeitete, und sich ihm angepasst, indem sie selbst schweigend ihren Gedanken nachhing. Er glaubte sogar, dass sie sich ebenfalls von den Sommergeräuschen verzaubern ließ, die durch die Fenster hereindrangen: von dem unentrinnbaren Brummen der Zikaden, dem einschläfernden Murmeln der Trauertauben und dem sich überschlagenden Tirilieren der Spottdrosseln.

Doch schließlich wollte Leda aufhören und rauchen. Und sprechen.

»Was halten Sie von Céleste?«, fragte sie und lehnte sich auf der roten Damastdecke zurück, die auf dem Bett lag. Es wurde ihm immer klarer, dass sie keine Probleme mit ihrer Nacktheit hatte. Einmal mehr benutzte sie ihren hervortretenden Rücken als Stütze. Das war ein seltsamer Anblick, als habe er einen Minotaurus zu Besuch.

»Also gestern hat sie mich völlig überrumpelt.« Er arbeitete an einer der Skizzen. Er schaute auf. Ledas Gesichtsausdruck war voll neugieriger Erwartung.

»Wirklich?« In ihrer Stimme schwang eine gereizte Schärfe mit.

»Sie hat mir erzählt, wer ihr seid.«

»Wirklich?«

»Dann haben Sie also nicht gewusst, dass sie es mir erzählen wollte?«

»Nein.«

»Was wollten Sie denn tun, es einfach als Geheimnis bewahren?«

»Ich weiß es nicht. Vielleicht, ja.«

»Ihr beide seid voller Überraschungen.«

»Wenn das so weitergeht, werden wir das nicht mehr lange bleiben«, meinte sie, noch immer leicht verstimmt.

Céleste war nicht die einzige Schwester, die mehr für sich behalten wollte, als dass sie preisgab. Das hatten sie beide mit Sylvie gemein, verdammt noch mal.

»Sie haben meine Frage über Céleste noch nicht beantwortet«, sagte sie.

»Das ist eine weit reichende Frage.«

»Versuchen Sie es doch wenigstens«, sagte sie mit spöttischem Wohlwollen.

»Ich versuche, meine Ansichten über Menschen für mich zu behalten.«

»Wirklich? Schaffen Sie das immer?«

»Normalerweise schon.«

Leda zog an ihrer Zigarette. »Sie hat es in den letzten paar Jahren nicht leicht gehabt.«

»Ihr Ehemann?«

»Ja«, meinte sie säuerlich. »Lacan.«

»Was ist mit ihm?«

»Ich habe *keine* Ahnung. Als Céleste mich ›geerbt‹ hat, war es zwischen ihr und Lacan schon vorbei. Sie hatte ihn verlassen.«

Sie hielt inne, rauchte und betrachtete ihn mit einem berechnenden Blick, als würde sie abwägen, ob es klug war, weiterzusprechen. Sie schien anzunehmen, dass er schon von Célestes Vormundschaft wusste.

»Ich wette, Sie fragen sich, warum sie sich das gefallen lässt?«

»Was, die schlechte Ehe? Sicher …«

»Nein, nicht *nur* die Ehe.« Pause. »Ich wäre dumm, wenn ich nicht wüsste, dass Sie von ihrem Körper genauso viel gesehen haben wie von meinem.«

Er hörte auf zu zeichnen und schaute sie an.

»Möchten Sie darüber mit mir sprechen?«, fragte er und verschränkte die Arme.

»Nein. Das geht mich nichts an«, sagte sie und bewegte sich auf dem Bett, »aber Sie wollen doch nicht behaupten, Sie hätten die blauen Flecken nicht gesehen.«

Er gab ihr keine Antwort.

»Ja, das dachte ich mir«, sagte sie. »Also, das meinte ich eigentlich … warum sie sich *das* gefallen lässt.«

Er wartete. Klar fragte er sich das, doch er wollte dieses Spiel nicht mit ihr spielen. Andererseits wollte er aber von ihr hören, was sie ihm zu sagen hatte.

»Also«, sagte Leda, »ich fühle mich hier ein bisschen im Nachteil. Sie und Céleste haben genügend Zeit für Gespräche gehabt. Sie hat Ihnen ja wohl eine ganze Menge über mich erzählt?«

»Ich wette eine Menge Geld, dass es weniger ist, als Sie glauben.«

Sie lachte. Es war ein wunderschönes Lachen, und ihr Gesicht strahlte dabei.

»Na ja, also gut.« Sie drückte ihre Zigarette aus, und er dachte, sie sei nun bereit, zum Zeichnen zurückzukehren. Doch stattdessen nahm sie sich eine weitere Zigarette und zündete sie sich an. »Aber sie hat Ihnen doch sicherlich erzählt, wie Eva gestorben ist und dass sie mich ihr zur Beaufsichtigung hinterlassen und mich sehr spärlich mit Geld versorgt hat.«

Wieder wartete er schweigend ab, ohne ihre Vermutungen zu bestätigen. Sie lächelte breit über seine Zurückhaltung, und er hatte das Gefühl, dass sie ihn für amüsant durchschaubar hielt.

»Die Wahrheit ist, dass Eva jeden Pfennig ausgegeben hatte, als sie starb«, sagte Leda mit bitterem Unterton. »Jeden .. einzelnen … Pfennig … ihres Geldes.« Sie rauchte und beobachtete ihn. »Natürlich hat sie uns nichts davon erzählt. Sie und ihr Geld gehörten zusammen. Und sie hat wie üblich den Zeitpunkt perfekt gewählt. Céleste ›verwaltet‹ heiße Luft. Das einzige Geld, das sie zur Verfügung hat, ist ein beleidigend großzügiges Entgelt, das Lacan uns gibt.«

»Und deshalb bleibt sie bei ihm?«

»Genau.«

»Du lieber Gott.«

»Aber« – Leda lächelte zynisch – »da steckt noch mehr dahinter.« Sie zog eine ihrer schönen dunklen Augenbrauen hoch. »Es steckt ja immer mehr dahinter.« Pause. »Es geht gar nicht darum … ›ausgehalten‹ zu werden. Als Céleste mich erbte, hat sie auch … ein paar Schwierigkeiten mit mir geerbt.«

Sie setzte sich unbehaglich auf der Bettkante auf, als ob ihr Rücken schmerzte, und gleichzeitig schien es, als sei auch das etwas, woran sie gewöhnt war.

»Ich werde ein paar Operationen machen lassen müssen«, sagte sie. »Teure. Und ich habe laufende Arztkosten.« Sie versuchte ein sarkastisches Lächeln, was ihr jedoch nicht sehr gut gelang. »Ich bin eine teure Frau. Monsieur Lacan hat sich höchst großzügig erboten, alle Arztrechnungen zu übernehmen und uns mit einem Geldbetrag zu versorgen. Höchst großzügig.«

»Im Austausch gegen ...«

»Ja. Und dann hat er diese ... diese *abartige* Neigung entwickelt ...« Sie hielt inne. Schweigen. Sie starrte gedankenverloren vor sich hin.

Er wartete, beobachtete sie. Sie verharrte so lange in dieser Haltung, dass es ihm schließlich recht seltsam vorkam. Die Minuten vergingen. Die Geräusche drangen von draußen herein, und sie verharrte noch immer. Diese plötzliche und völlige Erstarrung quälte ihn, und plötzlich erfasste ihn ein Missbehagen, und er begann zu fürchten, dass es sich bei ihrer Reglosigkeit wirklich um eine echte Lähmung oder eine seltsame Form von Krampfanfall handelte.

Gerade als er etwas sagen wollte, seufzte sie leise und langsam und bewegte sich, als erholte sie sich nach und nach, dann stand sie müde auf.

»Also«, sagte sie rau, »schauen Sie mich noch ein wenig an, Mr. Marteau. Weiden Sie sich ruhig an mir.«

Leda hatte ihre schäbige Geschichte über Céleste und Lacan mit ungezwungener Miene vorgetragen, wodurch dieser grässliche Bericht einen widerlichen Nachgeschmack zurückließ. Je länger er darüber nachdachte, desto schlimmer wurde er für ihn.

Noch ehe sie mit ihrer Arbeit fortfahren konnten, klingelte das Telefon. Die noch ausstehenden Kalksteinblöcke, deren erster Teil vor zwei Tagen geliefert worden war, standen vor dem vorderen Tor bereit. Die Leute wollten wissen, wo sie die Steine abladen sollten.

»Das wird mindestens eine halbe Stunde dauern«, sagte er zu Leda, die nackt auf der Bettcouch saß. »Sie können sich also ruhig anziehen. Wir haben heute sowieso genug getan.«

»Nur noch eins«, sagte sie vom Bett aus, als er das Studio gerade verlassen wollte. »Ich erzähle immer mehr, als ich sollte. Ich bin viel impulsiver als Céleste, wie Sie sicherlich schon bemerkt haben. Mit dem, was ich Ihnen vorhin erzählt habe, wäre sie bestimmt nicht einverstanden. Sie wäre sicherlich entsetzlich beschämt, wenn sie wüsste, dass Sie etwas davon wissen.«

Sie schaute ihn vom Bett aus an, so fremdartig wie die sagenhafte Sphinx.

»Verraten Sie ihr nicht, dass ich Ihnen das erzählt habe. Wenn Sie darüber mit ihr sprechen wollen, geht mich das nichts an. Aber ziehen Sie mich nicht mit hinein.« Pause. »Und bitte, gehen Sie geschickt dabei vor.«

Diese letzte Bemerkung hatte sie in einem so herablassenden Ton geäußert, der fast an Impertinenz grenzte. Ihm wurde klar, dass Leda dazu fähig war und diesbezüglich auch nie unter irgendwelchen Gewissensbissen litt. Das sagte eine Menge über sie aus und das Leben, das sie geführt hatte. Zwar eine Menge, aber längst nicht genug. Seine wachsende Neugierde auf die beiden Schwestern verdrängte immer mehr seine Konzentrationsfähigkeit auf den Beach-Auftrag.

»Ich werde nichts erwähnen«, sagte er, machte kehrt, verließ das Studio und ließ sie allein auf dem Bett zurück.

Er ging durch den Wald zum Haus hinüber und von dort die Auffahrt hinunter zum Tor. Er sagte dem Fahrer, er wolle die Ladung überprüfen, ehe er seinen Lastwagen zur Rückseite des Anwesens manövrierte, und kletterte am Seitengeländer hinauf und schaute hinein. Die Blöcke hatten die falsche Größe. Die Blöcke, die er bestellt hatte, hatten eine Sondergröße, und die Leute vom Steinbruch versuchten ständig, ihm eine annähernde Größe zu schicken, die eigentlich einer Normgröße entsprach, die auch zum Hausbau verwendet wurde.

Frustriert stieg der Fahrer aus, und gemeinsam maßen sie die Blöcke nach. Nachdem er den Fehler bestätigt hatte, stieg der Fahrer wieder in den Lastwagen, setzte sich per Funk mit dem Vorarbeiter des Steinbruchs in Verbindung und stritt sich mit ihm herum. Dann legte er krachend den Rückwärtsgang ein, fuhr den Lastwagen auf die Las Lomitas zurück und verschwand den Hügel hinunter. Ross ging zurück zum Studio.

Er nahm eine Abkürzung durch den Wald und näherte sich dem Studio von der Seite, auf der der Brennofen stand, statt über den Weg, der vom Haus zur Vorderseite des Studios führte. Als er an dem Brennofen vorbeikam, fiel ihm der unverkennbare Lichtblitz eines Lichtstrahls auf, der von einem Spiegel auf die tiefe Fensterbank eines der hohen Fenster zurückgeworfen wurde.

Als ihm klar war, was für ein Lichtblitz das war, verlangsamte er instinktiv sein Tempo. Spiegel? Der Lichtblitz war zu stark gewesen, um von einem Handspiegel herzurühren, den Leda vielleicht in ihrer Handtasche gehabt hatte. Der einzige Spiegel im Studio befand sich im Bad … und – ach ja – da standen ja auch noch zwei alte hohe Spiegel auf wackligen Ständern an der hinteren Wand des Studios, nicht weit von der Rückseite des Podiums entfernt.

Impulsiv gab er der kindlichen Neugierde nach, ein bisschen hinter ihr her zu spionieren.

Er ging vor dem Studiogebäude vorbei, hinüber zu den Fenstern, die sich gegenüber der Seite befanden, wo er die Spiegelung gesehen hatte. Er wusste, durch welches Fenster er schauen konnte, ohne von den Spiegeln eingefangen zu werden.

Obwohl er sich genauso albern vorkam, wie er ausgesehen hätte, wenn man ihn erwischt hätte, gab er seiner Neugierde nach und näherte sich vorsichtig den geöffneten Fenstern.

Leda war nicht schwer ausfindig zu machen in dem dämmrigen Raum. Sie hatte die beiden Spiegel so ausgerichtet, dass einer das Sonnenlicht von einem nahen Fenster einfing und es als

Scheinwerfer auf ihren noch immer nackten Körper warf, was sie in dem dämmrigen Studioraum wie von Laserlampen angestrahlt erscheinen ließ. Sie hatte die Spiegel so aufgestellt, dass sie sich in beiden gleichzeitig sehen konnte, in einem ihre Vorderseite, im anderen ihren Rücken. Obwohl ihr Spiegelbild hell war, sah sie sich selbst durch einen kalkigen und fleckigen Schleier aus Schmutz und Staub, der die lange nicht benutzten Spiegel bedeckte.

Sie stand reglos da, und ihre Blicke bewegten sich über das schöne und fremdartige Gelände ihres Körpers, als ob sie eine Karte mit fasziniertem Interesse studierte. Sie war aufmerksam und ernst und in einem ähnlichen Zustand wie vorhin während ihres krampfartigen Anfalls. Doch er war sicher, dass er und sie nicht die gleichen Bilder in diesen Spiegeln sahen.

Nach ein paar Augenblicken äußerster Konzentration hob sie die Arme, griff nach hinten und umfasste ihren Buckel mit beiden Händen. Sie hielt ihn mit gespreizten Fingern fest, und er konnte den Druck erkennen, den sie auf ihren Rücken ausübte, als ihre Finger sich heftig bogen und krümmten und zu knochigen Klauen wurden.

Gerade als er dachte, dass sie gleich ihre Fingernägel in ihr eigenes Fleisch pressen würde, lockerte sie sich, indem sie ruckartig die Arme hob und sie hoch über ihren Kopf hielt. Sie streckte die Hände weit nach oben, über die Reichweite des Laserlichts hinaus und in den Schatten hinein, sodass sie wie amputiert aussah mit den Armen, die oberhalb der Ellbogen verschwunden waren. Sie musterte sich selbst.

Dann senkte sie langsam die Arme und drehte sich so, dass sie sich im Profil betrachten konnte. Langsam beugte sie sich nach vorn, verschränkte die Arme und versteckte sie unter sich, wodurch sie wieder diesen amputierten Anblick schuf. Der Buckel auf ihren Schultern erhob sich scharf im Profil und verschwamm mit ihrem restlichen Rücken bis hinunter zu der Spalte zwischen ihren Hinterbacken. Jetzt ging ihre Ruhe über in eine nervöse, aber beherrschte Aufregung, und er konnte sehen, wie ihre Blicke über ihren Körper schossen und sie ihr Bild verschlang, während sie die nicht erkennbare Form prüfte, zu der sie durch diese verzerrte Pose geworden war.

Als er sie so sah, erinnerte sie ihn an eine monströse, bucklige schwarze Fliege, die im Sonnenlicht erstarrt war, gedankenlos, kaum noch Insekt. Ihr Gesicht, das von ihrem pechschwarzen Haar umrahmt war, war nicht zu erkennen, weil das gleißend helle Licht ihre Gesichtszüge einfach ausgelöscht hatte. Während sie diese Pose angespannt hielt und sich mit völliger Besessenheit auf sich selbst konzentrierte, verlor sie jede Ähnlichkeit mit einem Menschen. Sie wurde zu einem gekrümmten, gesichtslosen Etwas, das sich jeder Einordnung in die biologischen Tierfamilien widersetzte.

Entsetzt wandte er sich ab.

KAPITEL 17

»Ich würde sie gern kennen lernen«, sagte Amado. »Wann wäre es denn am günstigsten?«

»Leda?«

»Ja, Leda.«

Das hatte er nicht erwartet, und er zögerte und blickte mit gerunzelter Stirn zu dem entfernten Sommerhimmel über dem Tal hinauf, das sich unter ihnen ausbreitete.

Sie saßen draußen an einem Tisch in La Residencia, dem Kurbad, das sich am östlichen Abhang der Hügel befand, die sich über San Rafael erhoben. Amado hatte vorgeschlagen, sich dort zum Mittagessen zu treffen statt im *Graber's*, weil er sich um drei Uhr dort mit einem Freund verabredet hatte.

Ross mochte den Ort nicht besonders. Er war der modernste Wirtschaftsbetrieb in San Rafael, und auch wenn er sich, von außen betrachtet, harmonisch mit dem Charakter der Stadt verband, troff er im Innern von großspuriger Genuss-Sucht. Auch wenn er nichts gegen die Genuss-Sucht vorbringen konnte – immerhin frönte er seinen eigenen Formen davon –, hatte er verdammt viele Einwände gegen die allgemeinen Eitelkeiten.

Der Kurbetrieb war groß. Hinter dem Hauptgebäude, das von beiden Seiten eingefasst war von etlichen abgeschiedenen Bungalows, die sich an dem bewaldeten Berghang versteckten, erstreckte sich ein Rasen, der sich oberhalb von San Rafael in sanften Terrassen zu dem Tal unterhalb der Stadt absenkte. Kleine Patios lagen verstreut entlang der Terrassen, und in jedem standen ein oder zwei Tische im Schatten von Bäumen, Palmen und Sonnenschirmen. In den Patios wurden die Mahlzeiten rund um die Uhr serviert.

»Was ist denn los?«, fragte Amado.

Ross hatte seine Mahlzeit bereits beendet, doch Amado aß noch die letzten Reste seiner Mangotorte und trank Kaffee dazu.

»Ich weiß nicht, was sie davon halten würde«, sagte er.

»Oh.«

Er hörte den schnellen Rückzug aus Amados einsilbiger Antwort heraus. Das war neu. Amado war auf der Hut.

»Ich kenne sie nicht gut genug, um zu wissen, wie sie dazu steht, Menschen kennen zu lernen.«

»Ist sie eine Einsiedlerin?«

»Ich habe sie gerade erst kennen gelernt, Amado.«

Amado schob die letzten Bissen seiner Torte von sich und zog den Kaffee näher zu sich heran. »Also, dann ist dieses ... Ding *wirklich* ihr Leben.«

»Ich glaube schon. Aber bei ihr kann man nie sicher sein.«

»Wie ist sie so?«

»Lebhaft. Launisch. Sympathisch. Aber sie kann auch gemein sein.« Und unglaublich seltsam, dachte er bei sich. Er war noch immer verstört von dem, was er ein paar Stunden zuvor gesehen hatte.

Er schaute den Wolken nach, die über dem Tal in nordwestliche Richtung schwebten. Der Tag hatte etwas Sommerliches an sich.

»Es ist schwer zu erklären«, sagte er, »ehrlich gesagt, habe ich Ledas Erscheinung weit … verwirrender empfunden, als ich mir vorgestellt hatte.«

»Was meinst du damit?«

»Nun, als sie sich zum ersten Mal auszog, dachte ich: Oh, das ist gar nicht so ungewöhnlich. Ich kann das tun. Doch in Wirklichkeit hat sich das … Seltsame ihres Körpers mit der Entblößung immer mehr verstärkt. Manchmal schaue ich sie an, zeichne sie und überprüfe einen Winkel, und plötzlich ist es, als ob … als könnte ich die Form überhaupt nicht erkennen. Das ist so, als ob man ein ganz normales Wort liest, und urplötzlich sieht es nicht mehr richtig aus … es sieht aus, als sei es falsch geschrieben… und plötzlich kommt es einem nur noch entfernt vertraut vor.«

Amado schwieg einen Moment lang. Dann trank er seinen Kaffee aus.

»Na ja, vielleicht später mal«, sagte er. »Vielleicht wird sie dir später etwas natürlicher vorkommen, und ich kann sie dann kennen lernen.«

»Ja, lass uns ein wenig Zeit.«

Die Wahrheit war, dass er überhaupt nicht abschätzen konnte, was Leda in Amados Gegenwart sagen oder sogar tun würde. Bei Céleste konnte man darauf vertrauen, dass sie taktvoll war, doch Leda war unberechenbar. Er und Amado hatten in all den Jahren über Frauen gesprochen, doch sie hatten sich niemals über die Frauen unterhalten, mit denen sie zusammengelebt hatten, und schon gar nicht über ihre intimen Beziehungen.

Doch nun stellte er fest, dass er nichts preisgeben wollte von seiner sich vertiefenden Beziehung zu Leda und Céleste. Er hatte das starke Gefühl, dass diese beiden Frauen am Rande von etwas lebten, am Rande von etwas Bedrohlichem. Er konnte nicht erklären, warum er so empfand, doch er hatte sogar das Gefühl, dass seine Beziehung zu ihnen etwas Illegales an sich hatte. Er konnte diese Sache jederzeit beenden, sagte er sich selbst, aber noch nicht sofort. Und bis dahin wollte er verhindern, dass all das, was sich zwischen ihm und diesen beiden seltsamen Frauen noch abspielen mochte, ihren Kreis verließ.

»Und was ist mit Céleste? Wie ist sie?«

»Robust. Einsichtsvoll.« Er sah Amado an. »Zurückhaltend und kaum fähig, die Dinge zusammenzuhalten.«

»Ach, also davor würde ich mich fürchten.«

»Ich denke, ›robust‹ wäre die treffendere Beschreibung«, sagte er. »Während sie den Eindruck erweckt, dass sie die Dinge kaum zusammenhalten kann, scheint sie gleichzeitig fähig zu sein, bis zur Unendlichkeit durchhalten zu können.«

»Nein, das meinte ich nicht«, sagte Amado und schüttelte den Kopf. »Ich meinte, dass ich mich vor den Dingen fürchten würde, die sie zusammenzuhalten versucht.«

KAPITEL 18

Als er von La Residencia nach Hause zurückkam, zog er sich alte Jeans und ein abgewetztes kakifarbenes Hemd an und ging den Weg zu dem Brennofen-Schuppen hinunter, der sich neben dem Studio befand. Er wollte über das Gespräch nachdenken, das er gerade mit Amado geführt hatte.

Es war fast vier Uhr, als er schließlich zum Schuppen kam. Die heißeste Zeit des Tages stand kurz bevor, doch da der Schuppen in Richtung Osten stand, lag seine Vorderseite, wo er arbeiten musste, schon im Schatten.

Der Brennofen war riesig, aus Ziegelsteinen gebaut, und stand neben dem Studio. Zwischen beiden Gebäuden befand sich ein Schuppen, in dem Arbeitstische standen, an denen er seine Steine hauptsächlich bearbeitete. Hier hatte er seine kleineren Modelle gebrannt und Marian ihre Töpfereien, einschließlich der türkisfarbenen Vase, die sie in Paris vor ein paar Monaten zertrümmert hatte. Ein Brennofen musste in regelmäßigen Abständen gereinigt werden, und diese Arbeit kam einem Ausmisten gleich. Als er vor über einem Jahr nach Paris gefahren war, hatte er den Reinigungszeitpunkt schon überschritten gehabt. Doch nun war ein guter Zeitpunkt, es zu erledigen.

Der Brennofen war eine Sonderanfertigung für ihn gewesen. Er hatte Schienen, die in seiner gesamten Länge verlegt worden waren und drei Meter weit aus der Tür herausragten. Ein flacher Förderkorb aus Eisen stand auf den Schienen. Er konnte komplett aus dem Brennofen herausgerollt, mit einem Modell oder Töpferwaren beladen und zurück in die Mitte des Brennofens gerollt werden, sodass die Tür geschlossen und zum Brennen verriegelt werden konnte. Das Brennen war ein schmutziger Prozess, bei dem eine Menge Schutt entstand, der das häufige Reinigen erforderlich machte.

Er hatte fast zwei Stunden lang gearbeitet und war im Begriff aufzuhören. Er schloss die Brennofentür gerade zum letzten Mal, als er aufschaute und Céleste entdeckte. Sie saß knapp zwanzig Meter entfernt auf einem großen Mühlstein, der im Schatten einer Palme am Rand des Waldstücks lag. Sie hatte ihre Beine ausgestreckt, die Knöchel überkreuzt und stützte sich mit den Händen auf der Oberfläche des Steins ab. Sie trug Sandalen und hatte ihre Füße in die Sonne gestreckt.

Keiner von ihnen sprach, als sie sich ansahen. Schweiß lief ihm über das Gesicht. Er hatte sein Hemd ausgezogen und war mit von Schweiß durchzogenem Staub und Asche bedeckt.

»Wie lange bist du schon hier?«, fragte er. Sie schien in Gedanken verloren zu sein, als ob sie ihn nur deshalb anschaute, weil er dort vor ihr stand.

»Noch nicht lange«, sagte sie. »Mach deine Arbeit ruhig fertig.«

»Das war's schon«, sagte er. »Ich bin fertig.« Er griff nach seinem Hemd, das an einer Ecke des Brennofens hing, und sah sie an, während er sich das Gesicht damit abwischte. Irgendetwas sagte ihm, dass sie nicht gekommen war, um sich nur die Zeichnungen anzusehen, die er von Leda am Morgen gemacht hatte.

»Lass uns ins Haus gehen. Ich muss mich frisch machen«, sagte er, als er zu ihr ging. »Ich mache uns Eistee.«

Er wusch sich unter der Außendusche und zog sich frische Sachen an. Als er in die Küche kam, war Céleste schon da, und zwei Gläser mit Eistee, auf dem Limonenscheiben schwammen, standen vor ihr auf dem Tisch. Sie schnitt gerade einen der dicken Pfirsiche auf und legte die kleinen keilförmigen Stücke auf einen in leuchtenden Farben bemalten mexikanischen Keramikteller.

»Sie sahen so gut aus«, sagte sie.

Sie schob den Teller zu ihm hinüber, als er sich setzte, und gemeinsam aßen sie den Pfirsich in einem Schweigen, das nur von dem sanften Gurren einer Trauertaube unterbrochen wurde, das durch die Gittertür hereinschwebte. Was immer sie vorhatte, er würde sie es so tun lassen, wie sie es wollte. Er wollte die Unterhaltung nicht beginnen. Er sah zu, wie sie die halbmondförmigen Scheiben in den Mund schob und dabei abwesend das bunte Muster des kleinen Tellers betrachtete. Sie schien dorthin zu gehören, ihm gegenüber am Tisch, als hätten sie das schon an tausend Nachmittagen zuvor getan. Obwohl sie in Gedanken versunken war, schien sie doch entspannt zu sein; die Unruhe des gestrigen Nachmittags war verschwunden. Denoch war sie von einer Ernsthaftigkeit erfüllt, auf deren Bedeutung er neugierig war.

Nachdem sie den Pfirsich aufgegessen hatten, stand sie auf, spülte den Teller und das Messer ab, ließ sie auf dem Ablaufbrett neben dem Spülstein zurück und wusch sich die Hände. Er betrachtete ihren Rücken und ihren Bauch, der sich gegen das Spülbecken presste, als sie aus dem Fenster schaute und sich die Hände abtrocknete.

»Könnten wir uns draußen unter den Lebensbaum setzen?«, fragte sie, als sie sich zu ihm umdrehte.

Sie nahmen ihre Eisteegläser und gingen durch die Gittertür hinaus in den Innenhof.

Die Bank unter dem Lebensbaum war von Schattenflecken besprenkelt, und er lehnte sich gegen eine der Steinsäulen, die die Baumzweige abstützten, und legte die Beine übereinander. Céleste saß in der Nähe der nächsten Säule mit dem Profil zu ihm, das sich vor den Steinen abhob. Das Eis machte angenehm kühle Geräusche, als sie aus ihren Gläsern tranken.

»Ich war mir nicht sicher, ob ich dich wiedersehen wollte«, sagte sie nach einem Moment. Sie hielt ihr Glas auf ihrem Schoß fest und ihr Blick heftete sich auf einen mit Geranien bepflanzten Tontopf, der am Rand des Sonnenlichts stand.

Er war überrascht. Hatte seine Bemerkung sie so getroffen? »Was meinst du damit?«

Sie erwiderte nichts.

»Céleste?«

»Ich denke, wir haben uns beide hinreißen lassen«, sagte sie und ließ ihren Mittelfinger über den Rand ihres Glases gleiten.

»Mir kam das alles ganz natürlich vor.«

»Ja, ich fürchte, mir ging es genauso.«

»Du ›fürchtest‹? Ich verstehe nicht, warum du so … ich weiß gar nicht, wie ich es sagen soll, so besorgt bist über das, was geschehen ist. Vielleicht hätten wir es nicht tun sollen. Ich habe dir gesagt, dass es mir Leid täte, wenn … wenn es dir jetzt falsch vorkommen sollte, doch ich ver …«

»Neulich Nacht«, unterbrach sie ihn und konzentrierte sich weiter auf den Rand ihres Glases, auf dem ihr Finger sich immer weiter rundherum bewegte, »war sehr seltsam … seltsam, weil ich zu spüren begann, dass ich dich schon früher gekannt habe. Es war, als wären wir seit ewigen Jahren getrennt gewesen und schließlich« – sie sah zu ihm auf – »waren wir … wieder vereint.«

Es war unglaublich, wie ähnlich ihre Gefühle in Bezug auf diese Nacht gewesen waren, wie ähnlich sie aufeinander reagiert hatten.

Ihr Blick kehrte zu ihrem Glas zurück.

»Das war ein unglaublich lebendiges Gefühl«, sagte sie, »sogar verwirrend lebendig. Ich fühlte mich verwirrt und hilflos. Als du aufgewacht bist und mich in der Dunkelheit am Fenster stehen sahst, habe ich versucht, mich zu beruhigen und zu verstehen, was geschehen war.«

Gott, er konnte kaum glauben, was sie sagte.

»Doch später«, fuhr sie fort, »als ich ein wenig Zeit und ein bisschen Abstand von allem hatte und nachdenken konnte, wurde mir klar … dass ich mich wie ein Schulmädchen einfach hatte mitreißen lassen. Es ist wohl sehr lange her, dass ich mich so gefühlt habe … Ich habe einfach nicht erkannt, was los war.« Sie hielt inne. »Und da merkte ich, dass wir die Dinge überstürzt haben. Das war ein schrecklicher Fehler.«

»Ich weiß gar nicht, wovon du sprichst.«

»Wir haben etwas begonnen, was nicht funktionieren wird. Bei dieser ganzen Sache kommt nichts Gutes heraus. Es ist eine Illusion.«

»Ich verstehe einfach nicht, warum du so pessimistisch bist wegen dem, was sich hier zwischen uns abspielt«, sagte er frustriert. »Vielleicht haben wir wirklich ein wenig übereilt gehandelt und hätten es langsamer angehen lassen sollen. Das akzeptiere ich. Wir hätten es anders machen können. Aber ich verstehe trotzdem nicht, warum du das, was geschehen ist, in so düsteren Farben zeichnest. Vielleicht war es ein Fehler, vielleicht ist es auch zu schnell passiert, aber das macht es doch noch nicht zu einer Tragödie.«

»Deine … impulsive Frage, Ross«, sagte sie und schaute ihn dabei an. »Du hast mich gefragt: ›Magst du es?‹, und es war draußen, noch ehe du überhaupt wusstest, dass du es sagen würdest. So war es doch, oder nicht?«

Sie wollte keine Antwort darauf haben.

»Also, diese Frage ist die Schlange im Garten«, fuhr sie fort. »Sie wird nie ungeschehen gemacht werden können, und sie wird am Ende diese ganze Illusion zerstören. Es war alles von Anfang an ungewöhnlich, wunderbar, aber auch fremdartig. Doch jetzt wird es immer komplizierter werden ... weil du niemals diese Blutergüsse vergessen wirst ... und auch nicht, wie ich zu ihnen gekommen bin. Du wirst feststellen, dass du unmöglich damit leben kannst. Und ich werde feststellen, dass ich *damit* nicht leben kann.«

Er wusste, dass sie Recht hatte. Trotzdem wollte er es nicht glauben.

»So muss es aber doch gar nicht werden«, meinte er. »Es ist doch keine unausweichliche Tatsache, lieber Gott.«

Sie schüttelte den Kopf und starrte zu Boden. Als sie sprach, war ihre Stimme von eisigem Fatalismus erfüllt.

»Du weißt doch gar nicht«, sagte sie, »was in meinem Leben unausweichlich ist. Vielleicht nicht einmal in deinem Leben.«

Diese außerordentlich deutliche Feststellung traf ihn wie ein Schlag und durchdrang die Finsternis, in die seine eigenen Gedanken in den letzten zehn Tagen abzugleiten begonnen hatten. Sie machte ihm bewusst, dass er irgendwie seinen eigenen berühmten Zynismus aus den Augen verloren hatte. Sie waren beide zu praktisch veranlagt, um an romantischen Schnickschnack zu glauben, mit dem das, was zwischen ihnen geschah, erklärt werden konnte. Doch keiner von ihnen konnte leugnen, dass etwas zwischen ihnen geschah. Trotzdem unterschied sich die Art und Weise, wie jeder von ihnen es verstand, dramatisch.

Er zögerte, weil er nicht wusste, was er sagen sollte.

Sie warf ihm einen wissenden Blick zu, wandte sich ab und starrte in die Schatten, die sich vom Lebensbaum bis in den Innenhof ausbreiteten.

»Es spielt keine Rolle, wie ich ihn kennen gelernt habe«, begann sie. »Bei einer Ausstellung. Das war ein paar Monate, bevor Eva starb. Ich war noch nie verheiratet gewesen. Ich habe das nie in Erwägung gezogen. Dann passierte der Autounfall, und ich übernahm die Verantwortung für Leda, und … alles … veränderte sich dramatisch und blitzschnell. Ich habe ihn einfach nicht so gesehen, wie er war. Ich war kein unerfahrenes Mädchen mehr …«

Sie zuckte die Achseln.

»Es war nie eine richtige Ehe, nicht einmal in der ersten Woche. Ich werde das nicht genauer erläutern. Sein Geld stammt aus einem ererbten Familienunternehmen, das irgendwas mit Baustoffen zu tun hat. Er hat damit eigentlich nichts zu tun. Bevollmächtigte regeln alles für ihn. Er gibt einfach nur das Geld aus.«

Sie trank von ihrem Eistee, als wollte sie sich Zeit zum Nachdenken verschaffen.

»Er ist ständig auf Reisen. Er hat ein Haus in Antibes und eines in Straßburg. Ich wohne in dem Pariser Haus, und er lebt in einem Hotel in Paris. Ich sehe ihn vielleicht alle drei Wochen einmal, in unregelmäßigen Abständen. Ich weiß nie, wann er kommt. Er taucht einfach auf. Als wir frisch verheiratet waren und ich noch dumm genug war zu glauben, dass es eine Hoffnung auf Normalität gäbe, habe ich versucht, mit ihm Schritt zu halten. War er in Antibes? Oder in Paris? Doch dann wurde er wütend auf mich … Es ist peinlich, zugeben zu müssen, dass ich so dumm war… « Wieder hielt sie inne und schluckte. »Weißt du, ich kann nicht … Ich dachte, ich könnte über all das sprechen, und ich wollte es auch um deinetwillen versuchen, um dir zu helfen, das zu verstehen und es vielleicht zu akzeptieren. Aber ich kann es nicht. Ich kann es einfach … nicht tun.«

»Warum, zur Hölle, verlässt du ihn denn nicht?«

Sie wandte sich ihm zu. »Ross, nein, lass uns damit aufhören.«

»Du hast damit angefangen, Céleste.«

Ihr gequälter Blick ließ ihn innehalten. Sie hatte Recht damit, dass er *wollte,* dass sie darüber sprach. Der Gedanke daran, dass

Lacan ihr diese Blutergüsse zufügte, die Vorstellung der gesamten Szene, ihre Unterwerfung, all das war entsetzlich quälend für ihn. Er wollte diese Eiterbeule von einem kranken Arrangement so lange erforschen, bis all sein Gift und seine Zerstörung entfernt waren und Céleste einen Weg fand, sich davon zu befreien. Doch ein Blick in ihr Gesicht sagte ihm, dass für diese mörderische Unterhaltung zu viele und zu gemeine Worte nötig waren. Und er brachte es nicht übers Herz, ihr das anzutun.

Schweigend sahen sie sich an. Die langen Schatten des Spätnachmittags begannen schon, mit dem Wald um sie herum zu verschmelzen, und die Schatten unter dem Lebensbaum wurden immer dunkler. Die Sonne war untergegangen, doch der Himmel glühte noch von ihrem Widerschein und überzog die Rückseite des Hauses mit einem rötlichen Schimmer. Célestes Gesicht fing die letzten Momente der schwachen und verblassenden Farbe auf.

»Wann wirst du ihn wiedersehen?«, fragte er.

Ihre Augen funkelten plötzlich.

»Das darfst du mich nie wieder fragen.«

Er erwiderte nichts, stimmte ihr innerlich aber zu, und in diesem Augenblick glitt die Giftschlange lautlos zwischen sie beide und verharrte dort wohlig und zufrieden in ihrer beider Wärme und Schwäche.

Sie blieben noch eine Weile schweigend sitzen, während der Abend sie schon umgab, und sie beide versuchten, den Aufruhr in sich zu beruhigen. Sie wussten, dass die Nacht bald vorbei sein würde, und sie wollten gegen die Spannung ankämpfen und die Distanz zwischen ihnen auflösen, noch ehe sie sich in Bedauern verwandelte.

Nach einer Weile stand er auf, ging ins Haus, mixte zwei Gin Tonic und kam damit zurück. Sie zogen ihre Schuhe aus, lehnten sich gegen die Steinsäulen und streckten die Beine auf der Bank einander zu, bis sich ihre Füße fast berührten.

Sie begannen zu sprechen, und nach einer Weile zerschmolz

das Unbehagen zwischen ihnen in der warmen Nacht. Das Gefühl der alten Vertrautheit, das so neu für sie war, kehrte so leicht zu ihnen zurück wie ihr Atem, was ihnen so selbstverständlich zu sein schien wie die Grillen in der Dunkelheit.

Ein schief hängender Dreiviertelmond stieg über dem Ziegeldach des Hauses auf, und die Kalkplatten im Patio leuchteten in seinem fahlen Licht. Es war sogar hell genug, dass sie die kirschrote Farbe der Bougainvillea erkennen konnten.

Céleste raffte den Rock ihres Kleides in ihrem Schoß zusammen, zog die Beine hoch und legte die Füße auf den Kissen ab, die auf der Bank ausgebreitet waren. Das Mondlicht fiel durch den Lebensbaum und warf ein Netz aus Schatten über sie, und durch dieses dunkle Netz konnte er den hell leuchtenden Streifen ihres weißen Slips zwischen ihren Beinen erkennen.

Je später es wurde, desto länger wurden die Pausen in ihrer Unterhaltung.

»Möchtest du dich mit mir hinlegen?«, fragte sie.

Sie legten sich zusammen auf die breite, mit Kissen gepolsterte Bank, und sie schmiegte sich an ihn, zog seinen Arm um sich herum und hielt ihn fest. Er konnte sich nicht an ihr satt fühlen und nicht genug von der sanften Bewegung ihres Atems bekommen. Was immer sie in diesem Augenblick von ihm brauchte, wollte sie schweigend haben. Sie lauschten dem abgehackten Rhythmus der Grillen und starrten durch die Bougainvillea hindurch zu dem unvollständigen Mond hinauf.

KAPITEL 19

Leda kam mit ihrer Gebäckschachtel voll Mandelcroissants, die sie wieder zusammen mit Kaffee zu sich nahmen. Er spielte mit dem Gedanken, sie über Célestes Weigerung zu befragen, ihm zu sagen, warum sie bei Lacan blieb, doch er wollte die Zeichensitzung nicht unter einem solchen Vorzeichen beginnen, also ließ er es sein.

Sie trug ein normales Kleid statt des Hemdkleides, und sie trug auch wieder Unterwäsche. Als sie sich dieses Mal auszog, behielt sie ihren Slip an.

»Ich möchte, dass Sie eine Reihe von Zeichnungen machen, während ich mir den Slip ausziehe«, verkündete sie.

»Warum?«

»Das ist eine Frage des Gleichgewichts«, sagte sie wenig überzeugend. Sie zog den Slip aus, um ihren Standpunkt zu verdeutlichen. Natürlich gab es das Problem des Gleichgewichts, doch das schien ihm keine Serie von Zeichnungen wert zu sein. Aber das spielte eigentlich keine Rolle. Alles, was sie tat, konnte hilfreich für ihn sein.

Eine halbe Stunde lang posierte sie für ihn in verschiedenen Stadien des Ausziehens ihres Slips. Und wieder hatte er das unangenehme Gefühl, dass er sie als zwei völlig verschiedene Frauen wahrnahm. Obwohl die Wölbung ihres Rückens der schwierigste Punkt in fast jeder Stellung war, gab es auch ein paar wenige Blickwinkel, von denen aus der Buckel überhaupt keine Rolle spielte, und in dieser Situation war Leda das atemberaubendste Modell, das er je gezeichnet hatte.

Er bezweifelte, dass sie um dieses Phänomen des verschwindenden Buckels wusste. Sie war von ihrem Zustand schon so viele Jahre lang besessen, dass sie ihn wohl immer sah, wenn sie sich anschaute. Außerdem vermutete er, dass sie manchmal nichts anderes als den Buckel wahrnahm, sodass ihre Persönlichkeit und alles, was sie war, hinter dieser knorpeligen Monstrosität verschwand, bis sie schließlich zu ihrer eigenen Entstellung wurde.

Als sie eine Pause machten, ließ Leda sich auf das Bett fallen und zündete sich ihre erste Zigarette an. Die Stellungen, bei denen sie ihren Slip ausgezogen hatte, hatten sie verständlicherweise erschöpft. Während er die letzte Zeichnung weiter ausarbeitete, fragte er sie – und er versuchte, es spontan und zufällig klingen zu lassen –, ob Céleste irgendetwas unternehme, um sich aus der Situation mit Lacan zu befreien. Und was sie auf lange Sicht zu tun gedenke?

»Ach, das schon wieder«, meinte Leda mit gelangweilter Gleichgültigkeit und blies den Rauch in die Luft. »Also, ich denke, sie wird wohl das tun, was sie tun wird. Was ist denn los, finden Sie es … entsetzlich …, dass Sie sich jedes Mal, wenn Sie sie lieben, in Lacans Schleimspuren bewegen müssen?«

Das war eine unerwartet brutale Frage, die noch abstoßender wirkte durch das Körnchen Wissen, das sie enthielt. Wenn er jünger gewesen wäre, hätte er ihr das mit seiner eigenen Art zivilisierter Grausamkeit heimgezahlt. Doch er überging es, weil ihm die beiden Schwestern eher Leid taten, als dass er wütend auf sie war.

Sie musste bemerkt haben, wie sehr ihn ihre Äußerung getroffen hatte, und bedauerte es. Ihr Ton änderte sich, doch das, was sie als Nächstes sagte, war sogar noch schockierender.

»Wir haben darüber gesprochen, ihn umzubringen.«

Er schaute zwar von seinem Skizzenbuch auf, doch es fiel ihm keine Erwiderung ein.

»Ehrlich«, sagte sie und sah ihn mit ausdrucksloser Unschuld an. »Aber eigentlich hat Céleste davon gesprochen.«

Machte sie Witze?

»Sie hat über die verschiedenen Tötungsarten gesprochen«, fügte Leda hinzu.

»Wie bitte? Sie machen sich lustig über mich.«

»Nein, bestimmt nicht.«

»Wann?« Er glaubte ihr kein Wort.

»Wann sie darüber gesprochen hat? Oder wann sie es tun will?«

Er schüttelte nur den Kopf.

»Oft, ab und zu. Jederzeit.«

Er stand von der entferntesten Kante des Podiums auf, wo er

gesessen hatte, ließ das Skizzenbuch einfach fallen, ging zum nächsten Fenster hinüber und schaute, mit den Händen in den Hosentaschen, hinaus.

»Überrascht Sie das?«, fragte sie, als sei *sie* darüber überrascht, dass er überrascht war. »Wirklich? Würden Sie nicht auch daran denken, ihn zu töten, wenn Sie in ihrer Lage wären?«

Er drehte sich um. »Wann haben Sie sich zuletzt mit ihr darüber unterhalten?«

»Ach, regen Sie sich nicht auf. Vielleicht wäre es besser zu sagen, dass wir uns das zusammen ausgemalt haben.«

Was, zur Hölle, sollte das nun wieder? Sagte sie nun die Wahrheit oder nicht? Oder übertrieb sie nur so, um ihn zu provozieren?

»Das sind doch nur Gespräche, Ross«, sagte sie abweisend. »Ich gebe doch nur damit an. Ich hätte Ihnen gar nichts davon erzählt, wenn ich geahnt hätte, dass ich Sie damit *aus der Fassung* bringe.«

Sie sah ihn an und zog ein letztes Mal an ihrer Zigarette, bevor sie sie im Aschenbecher ausdrückte. Er spürte, dass sein Schweigen bei ihr genauso Wirkung zeigte, wie ihre brutalen Worte ihn getroffen hatten. Er wartete ab, was sie als Nächstes sagen würde.

»Wir sollten wieder weitermachen«, sagte sie, setzte sich auf dem Bett auf und schwang ihre Füße auf den Boden. »Hören Sie, ich habe das einfach nur so dahingeredet. Erzählen Sie Céleste um Himmels willen nicht, dass ich davon gesprochen habe. Wir haben nur mit dem Gedanken gespielt, fantasiert. Eine Menge Dinge lasten auf Céleste. Und sie ist schwach, selbst nach ihren eigenen Maßstäben. Sie würde sterben, wenn sie wüsste, dass ich Ihnen davon erzählt habe.«

Sie stand mit einiger Mühe auf. Ihm war aufgefallen, dass sie im Verlauf ihrer Sitzungen zunehmend steifer wurde.

»Die Wahrheit ist«, fuhr sie fort, »dass wir gar nicht so vertrauensselig miteinander umgehen. Und wenn sie sich mir schon mal anvertraut, und wenn es nur ein dummes Herumspinnen ist, möchte ich nicht, dass sie das Gefühl hat, das nicht tun zu können, weil ich es jemand anderem erzähle.«

Sie hielt inne und warf ihm einen Seitenblick zu.

»Sie verstehen, wie ich das meine?« Sie dachte einen Moment lang nach. »Das Gleiche trifft ja auch auf Sie und mich zu. Ich möchte gern glauben, dass ich mit Ihnen offen reden und Ihnen Dinge erzählen kann, die ... nun ja, sehr persönlich sind. Und ich möchte gerne darauf bauen können, dass wir sie vertraulich behandeln. Jeder braucht jemanden, mit dem er so offen sprechen kann. Céleste und ich, wir gehen selten – wenn überhaupt – so offen miteinander um.«

Sie ging zu dem Skizzenbuch hinüber, das am Rand des Podiums lag, und schaute auf die letzte Zeichnung, die er angefertigt hatte.

»Dämonen«, sagte sie, weder zu ihm noch zu irgendjemand anderem. »Jeder hat Dämonen.« Sie wandte den Kopf, um die Zeichnung besser erkennen zu können. »Jeder einzelne Mensch. Céleste hat die Erinnerungen an Lacan. Lacan hat sein krankes Hirn. Und ich, nun ...« Sie sah zu ihm auf. »Und Sie ...«

Er sagte nichts.

»Wirklich?« Sie tat so, als sei sie verwirrt. »Sie wissen es nicht? Aber vielleicht glauben Sie ja, dass nichts Sie belastet? Uns alle belastet irgendetwas, glauben Sie nicht auch? Etwas, mit dem wir vielleicht schon geboren worden sind. Oder etwas, das in uns steckt.«

Sie schaute wieder auf die Zeichnung hinab und betrachtete sie einen Moment lang.

»Wir müssen ständig mit ihnen kämpfen«, fuhr sie abwesend und kaum hörbar fort. »Wenn wir das nicht tun, nagen sie an uns und nagen an uns ...«

Sie streckte ein Bein aus und drehte mit ihrem Zeh das Skizzenbuch herum, um die Zeichnung aus einem anderen Winkel betrachten zu können. Sie musterte sie.

»Noch gefährlicher als unsere Dämonen«, sagte sie nachdenklich und fast flüsternd, »ist es, wenn wir nicht wahrhaben wollen, dass wir sie haben.«

Im Studio herrschte eine Stille, in der nur die Zikaden zu hören waren, die draußen in der Morgenhitze kehlig vor sich hin brummten. Sie hatte die Hände mit den Fingern nach unten hinten auf ihre Hüften gestützt und starrte weiter auf die Zeichnung.

Wieder, wie am Vortag, wurde sie von einer unheimlichen Stille erfasst. Er bemerkte es und beobachtete sie mit neuem Interesse. Ihre völlige Reglosigkeit war etwas, was er sowohl spürte als auch tatsächlich wahrnahm. Er starrte auf ihren Brustkorb, weil er das Heben und Senken ihrer Atmung sehen wollte. Da war nichts. Zu seiner Enttäuschung konnte er von seinem Standort aus ihr Gesicht nicht sehen, doch ihre Starre war mehr als nur die Abwesenheit körperlicher Bewegung. Es war, als hätte ihr Geist aufgehört zu arbeiten, jedoch nicht so, als wäre sie mit ihren Gedanken irgendwo anders, sondern als ob dieser mit einem Buckel beladene Körper vor ihm gar keinen Geist *hätte*.

Gerade als er beschlossen hatte, zu ihr hinüberzugehen, erholte sie sich langsam wieder. Das geschah in winzigen Schritten und keineswegs, als ob sie sich mit einem Ruck daraus löste. Ein Finger auf ihrer Hüfte bewegte sich leicht und zuckte, dann erwachte eine Schulter, und dann begann ihr Brustkorb, sich mit gemessenen Bewegungen wieder zu heben und zu senken, aber nicht mit der Energie, als hätte sie zuvor den Atem angehalten. Ganz zuletzt wurde ihr Gesicht wieder lebendig, und sie wandte sich ihm zu.

»Haben Sie hier Spiegel?«

Sie machte nicht den Anschein, als würde sie wissen oder zumindest ahnen, dass sie ›abwesend‹ gewesen war.

»Ja«, sagte er, »zwei.«

»Ich möchte sie für die nächste Serie der Stellungen verwenden.«

»Jetzt?«

»Nein? Möchten Sie nicht, dass ich sie verwende?«

»Doch, das geht schon in Ordnung«, sagte er. »Ich hole sie.« Jetzt war er neugierig.

Er ging zu den beiden Spiegeln, die sie am Vortag verwendet hatte – und die sie auch wieder zurückgestellt hatte. Er zog sie aus der Ecke und stellte sie auf das Podium. Leda half ihm, sie in bestimmten Winkeln zum Bett aufzustellen. Als sie so ausgerichtet waren, wie sie es wollte, erklärte sie, dass sie nun für die zweite Sitzung bereit sei.

Er verließ das Podium, nahm sein Skizzenbuch und die Bleistifte, und sie fingen an.

Mittlerweile stand das Zeichnen von Leda nicht mehr im Vordergrund seines Interesses. Er wusste nicht, ob Leda sich jetzt seltsamer verhielt als zu Beginn oder ob er sich im Laufe der Zeit ihrer Überspanntheiten bewusster geworden war. Wie auch immer es sein mochte, inzwischen war er zunehmend fasziniert von ihrem unvorhersehbaren Verhalten.

Sobald sie damit begann, vor den Spiegeln zu ›posieren‹, änderte sich die Dynamik der Sitzung komplett. Da Leda sich jetzt in die Betrachtung ihres Spiegelbilds versenkte, vergaß sie ihn mehr oder minder. Während sie sich damit beschäftigte, sich auf dem Bett mit Hilfe ihres Spiegelbildes Posen zu erarbeiten, bewegte sie sich mit der Grazie und einer Konzentration, die ihn an Tai Chi erinnerten. Genauso schnell und umfassend, wie sie sich in ihre seltsame Starre versetzt hatte, verlor sie sich nun in der Welt ihres eigenen Spiegelbildes.

Während sie sich durch die verschmutzten und staubigen Reflexionen der alten Spiegel betrachtete, driftete sie zu einem anderen Ort. Ross begann schnell zu zeichnen, was weniger eine akademische Übung war als ein vergeblicher Versuch, die verwirrende Transformation einer Insektenpuppe einzufangen.

Leda spielte vor ihrem eigenen Spiegelbild den Vamp, als tanzte sie vor Herodes. Eine maßlos übertriebene Vorführung.

Sie unternahm nicht einmal den Versuch, vorzugeben, dass sie für seine Zeichnungen posierte. Sie nahm verführerische und erotische Posen ein, bei denen sie sich selbst in die Augen schaute, manchmal rollte sie sich in wölfischer Rastlosigkeit auf dem Bett herum. Abrupt ging sie zu bewusst geschmacklosen Posen über, Haltungen, die sie – völlig reglos – mitunter minutenlang beibehielt, obwohl sie ihr deutlich Probleme bereiteten und die so extrem grotesk wirkten, gerade weil eine Frau von so außerordentlicher Schönheit sie einnahm. Und dann glitt sie genauso schnell in nüchterne klinische Stellungen hinein, ja sogar in fast gynäkologische Verrenkungen, die sicherlich ein Echo der medizinischen Untersuchungen waren, die sie seit ihrer Kindheit hatte ertragen müssen.

Das alles wurde mit einer Ernsthaftigkeit vorgeführt, die ihren früheren Posen völlig gefehlt hatte. Es war eine Aufführung, die nur für die anderen beiden Frauen bestimmt zu sein schien, die ihr aus den schmutzigen Spiegeln entgegensahen. Ungefähr eine halbe Stunde lang konzentrierte sie sich mit einer Intensität auf sich selbst, die bemerkenswert war und die ihn völlig ausschloss. Als es ihr schließlich gelang, ihre Konzentration zu durchbrechen, sie innehielt und sich ihm zuwandte, glänzte sie vor Schweiß.

In diesem Augenblick hielt er ebenfalls inne und stellte fest, dass er Seite um Seite in seinem Skizzenbuch mit schnellen, wilden Zeichnungen bedeckt hatte, von denen zahlreiche die Energie widerspiegelten, die sie in ihrem grimmigen Wechselspiel mit ihrem eigenen Spiegelbild eingesetzt hatte. Sie waren beide völlig ausgelaugt.

KAPITEL 20

Am Nachmittag fuhr er den Hügel hinunter zu *Rinser's Cellar*, dem Weinkeller in der Bodet Street, einer steil ansteigenden Straße, die nach Buena Vista über den Fluss führte. Er suchte nach einer Kiste eines speziellen Rotweins, der von einem kleinen Weingut in der Nähe von St.-Émilion stammte und den Rinser vor ein paar Monaten für ihn besorgt hatte.

Während Rinser und sein eulenhaft aussehender Sohn in das Gewirr der Gänge verschwanden, die in die Hügel gegraben worden waren, um ihre Bestände zu überprüfen, lehnte er sich an den Tresen im Verkaufsraum und schaute durch das Fenster auf den Fluss hinaus.

»Ross Marteau.«

Er erkannte ihre Stimme sofort, doch noch ehe er sich zu ihr umdrehen konnte, hakte sich Anita Beaton bei ihm unter und hielt ihn fest.

»Ist es wahr, was ich gehört habe?«, fragte sie und blieb neben ihm stehen, als wären sie zwei Spaziergänger. Sie roch intensiv nach Gardenien, ein Duft, den er hasste. Anita hatte ein Händchen dafür, ihn zu irritieren. Er war sicher, dass er sogar den Stil ihrer Unterwäsche und die Beschaffenheit ihres Frühstücksmüslis lächerlich finden würde.

»Das bezweifle ich stark«, meinte er. Er hatte keine Ahnung, warum er sich bemühte, ihr gegenüber höflich zu sein.

Als sie grinste, zogen sich ihre schmalen Lippen von ihren Zähnen zu einem unbeabsichtigten hämischen Lächeln zurück. »Ich habe gehört, dass Sie mit Céleste Lacans Schwester Leda recht gut befreundet sind.«

Das Erstaunen, mit dem er sie ansah, blieb ihr nicht verborgen.

»Himmel«, sagte er und schüttelte verärgert den Kopf.

Er wich vor ihr zurück, drehte sich um, lehnte sich an den

Walnusstresen und stützte die Ellbogen auf dem dunklen Holz ab. Er hatte den Eindruck gehabt – offenbar völlig zu Unrecht –, dass Leda ganz für sich blieb.

»Also wirklich, Ross«, sagte sie. »Was erwarten Sie denn? Wenn Sie nicht so … zurückhaltend wären – ich möchte nicht so weit gehen, es einsiedlerisch zu nennen –, würden die Leute vielleicht nicht darüber rätseln, was, zum Teufel, Sie die ganze Zeit über treiben. Und dann lassen Sie sich mit einer solchen Frau ein … mit solch einem seltsamen Mädchen, und es überrascht Sie auch noch, dass die Leute das wissen? Das kann doch nicht wahr sein.« Sie beugte ihren langen, eckigen Oberkörper ein wenig nach hinten und betrachtete ihn skeptisch. »Das kann doch wirklich nicht wahr sein.«

Sie warf ihren Köder aus. Sie vermutete etwas, wusste jedoch nichts Genaues. In einem Augenblick der Schwäche fragte er sich, wie genau ihre Informationen wohl sein mochten. Sie musterte ihn mit einem angedeuteten Lächeln.

»Was meinen Sie damit, dass ich ›mich mit ihr eingelassen‹ habe?«, fragte er.

»Das Leben in dieser Stadt ist von absurder Einfachheit«, sagte sie mit dem herablassenden Ton einer Kosmopolitin. »Die Haushaltshilfe einer Freundin von mir war neulich morgens bei Kirchner's, als Leda auch dort war. Sie verließen die Bäckerei fast gleichzeitig. Natürlich fiel Leda der Frau auf. Als Leda davonfuhr, fuhr sie in ihrem Wagen zufällig hinter ihr. Die Haushälterin arbeitet für eine Frau, die ein Stück oberhalb von Ihnen am Hang an der Las Lomitas lebt. Im Rückspiegel sah sie, dass Leda durch Ihr Tor fuhr. Natürlich hat man mich deswegen angerufen. Und genau das Gleiche ist heute Morgen wieder passiert.«

»Nur weil sie mich ein paar Mal besucht hat«, sagte er, »nehmen Sie gleich an, dass ich mich mit ihr ›eingelassen‹ habe?«

»Vielleicht hätte ich mich etwas vorsichtiger ausdrücken sollen.«

»Sehr viel vorsichtiger.«

Sie schaute zu den Gängen hinüber und an den Stapeln von Weinkisten und den Regalen mit Spirituosen vorbei, als wollte sie sich vergewissern, dass niemand ihr Gespräch mitbekam.

»Céleste hat für einigen Aufruhr gesorgt, als sie hierherkam«, sagte sie, »doch sie hat nicht *dermaßen* viel Gerede verursacht. Ich habe gehört, dass sie ein außerordentlich schönes Gesicht hat.«

Dazu sagte er nichts.

»Haben Sie die beiden Frauen in Paris kennen gelernt?«

»Nein.«

Sie sah ihn an, als versuchte sie zu spüren, dass er log.

»Wissen Sie«, sagte sie, »eine Freundin von mir in Paris hat Céleste meinen Namen gegeben. Als sie mich aufsuchte, fand ich sie bezaubernd. Sie konnte auch sehr reserviert sein, was manche Menschen ein wenig vor den Kopf stieß. Doch wenn sie sich einem zuwandte und ganz Auge und Ohr war, fühlte man sich als etwas so Besonderes, dass man ihr sofort alles verzieh. Ich habe auf der Stelle gemerkt, dass sie überhaupt nicht gesellig ist«, sagte Anita und sah sich im Laden um. »Was seltsam war, denn warum ist sie dann zu mir gekommen? Ich habe versucht, sie mit Leuten bekannt zu machen, von denen ich annahm, dass sie sie interessant finden könnte. Ich habe ihr etliche Gelegenheiten geboten, ihren Bekanntenkreis zu erweitern. Doch sie schien das gar nicht zu wollen. Ich weiß, dass sie eine Reihe von Einladungen zu Dinnerpartys abgelehnt hat. Also« – sie schaute auf eine Weinkiste neben sich herab und beugte sich hinunter, um das Etikett auf einer grünen Flasche zu untersuchen, die in einem Bett aus Stroh lag – »Sie sind der erste Mensch gewesen, auf den sie sich eingelassen hat. Sie ist doch wohl praktisch direkt auf Sie zugegangen, oder nicht?«

»So würde ich das nicht nennen. Sie war ja schon einen ganzen Monat hier, als ich zurückkehrte.«

»Céleste ist recht attraktiv, aber das ist heutzutage ja nichts Außergewöhnliches. Célestes Schönheit ist jedoch von ganz besonderer Art. In diesen Zeiten schrecklicher Gleichförmigkeit ist sie unvergleichlich.«

Er sagte noch immer nichts.

»Das werden Sie wohl an ihr mögen.«

Er schaute zu den Gängen hinüber. Wo, zur Hölle, blieb Rinser?

»Sie müssen doch zugeben, Ross, dass sich alles sehr schnell zwischen Ihnen und diesen beiden Frauen entwickelt hat. Deshalb habe ich mich gefragt, ob Sie die beiden nicht schon in Paris kennen gelernt haben.«

Wieder musterte sie ihn, und wieder schwieg er.

»In den ersten paar Wochen nach Célestes Ankunft hier«, fuhr Anita fort, »haben wir relativ viel Zeit miteinander verbracht. Ich habe mit ihr eine Stadtrundfahrt durch San Rafael gemacht und ihr all die Häuser der berühmten Leute gezeigt. Dabei hat sie ganz unschuldig gefragt: ›Wohnt der Bildhauer Ross Marteau auch hier?‹ Daraufhin sind wir an Ihrem Anwesen vorbeigefahren. Ich habe mir damals nichts dabei gedacht.«

Die Richtung, die dieses Gespräch nahm, gefiel ihm nicht. Es klang, als sei sie dabei, die Handlungen der Verdächtigen in einem Mordfall zusammenzutragen.

»Ich glaube, dass Sie sich in diese Sache zu sehr verbeißen, Anita.«

»Das ist alles sehr faszinierend«, sagte sie. »Haben die beiden Ihnen einen Auftrag für irgendetwas erteilt?«

»Nein.«

»Dann ist das nur eine freundschaftliche Sache.«

»Genau.«

Anita ging zu einer weiteren geöffneten Kiste mit Wein, die zusammen mit Weintrauben aus Plastik auf Stroh ausgestellt war.

»Ich habe mich mit meiner Freundin in Paris in Verbindung gesetzt. Einfach, um ein wenig mehr über Célestes Vergangenheit zu erfahren.«

Sie untersuchte die Etiketten wieder. Er erkannte ihre Choreografie, diesen beiläufigen Übergang zum Kern ihrer Geschichte. Sie schaute zu ihm auf.

»Es stellte sich heraus«, fasste sie mit einem leichten Heben ihrer Schulter und hochgezogenen Augenbrauen zusammen, »dass sie überhaupt nichts von ihr wusste. Auch sie hatte nur der Freundin einer Freundin einen Gefallen getan. Es scheint, dass Célestes Verbindung so weit von uns allen entfernt ist, dass niemand wirklich weiß, woher sie eigentlich gekommen ist.«

»Nein. Nichts mehr. Tut mir Leid.« Rinser stand mit den Händen auf den Hüften da. Seine verschmierte Brille saß leicht schief auf seiner Nase, und das Haarbüschel über seinem spitzen Haaransatz war zersaust. »Sie haben wirklich die letzte Kiste bekommen, Ross.«

»Tja, das war guter Wein«, sagte er. »Zu schade.«

»Karl ist schon im Internet«, fügte Rinser hinzu. »Wenn dort etwas auftaucht, rufe ich Sie an, okay?«

»Das wäre nett.«

Rinser sah Anita an und rieb sich die Hände.

»Oh, nein danke«, sagte sie und glitt zur Tür. »Ich habe mich nur … ein wenig umgesehen.« Sie starrte Ross an. »Es war nett, mit Ihnen zu plaudern.«

KAPITEL 21

Die Tage gingen in eine gewisse Routine über. Morgens kam Leda mit ihren Mandelcroissants, die sie auf dem Podium sitzend aßen und dazu Kaffee aus der Thermoskanne tranken, die er aus dem Haus mitgebracht hatte. Die Zeichensitzungen selbst wurden mehr und mehr zu einer experimentellen Veranstaltung.

Ledas bemerkenswerte Vorführung mit den Spiegeln wurde

nicht wiederholt, jedenfalls nicht auf exakt dieselbe Weise. Sie verwendete die Spiegel zwar noch immer, doch ihr Repertoire an Posen war selektiver und reduzierte sich mit jeder weiteren Sitzung, obwohl sie oft nicht weniger exzessiv waren. Sie hielt die Posen länger, betrachtete sich dabei bis zu einem Zustand völliger Losgelöstheit und verlor sich in einer Art Selbstfaszination. Häufig musste er sie daran erinnern, ihre Posen zu ändern. Es wurde immer deutlicher, dass Leda ihrem eigenen Spiegelbild völlig erlag.

Eines Tages holte er einen Glasreiniger aus der Kammer hinten im Studio, um die Spiegel zu reinigen. Doch sie hielt ihn blitzartig und voller Bestürzung davon ab. Sie wollte nicht, dass die Spiegel gesäubert wurden. Also wurden die Sitzungen wie zuvor fortgeführt, während sie sich mit sich selbst in ihrer ihr eigenen seltsamen Art unterhielt, durch den fleckigen Schleier der Vernachlässigung hindurch.

Während ihrer Pausen unterhielten sie sich weiter über das, was Leda gerade so einfiel, und bei diesen Unterhaltungen trat ihre lebhafte Natur noch deutlicher zutage. Sie war launisch, manchmal euphorisch, manchmal deprimiert und abwechselnd redselig und wortkarg.

Er wollte diese Gelegenheiten dazu nutzen, mehr über Céleste zu erfahren, doch Leda war viel zu clever, um sich in ein Gespräch über ihre Schwester manövrieren zu lassen. Wie unschuldig der Vorstoß auch immer sein mochte, jede Frage über Céleste führte nur zu einer scharfen Erwiderung von Leda und oft auch zu einer, die fast an Brutalität grenzte. Er erkannte, dass Leda die Fragen über Céleste als Ablenkung von ihrer persönlichen rechtmäßigen Eignerschaft der wenigen Stunden mit ihm zusammen ansah, während derer er ihr, ihrer Ansicht nach, seine gesamte Aufmerksamkeit zuteil werden lassen musste. Während dieser wenigen Stunden jeden Tag wollte sie seine alleinige Welt sein. Alles andere sollte für ihn unwichtig sein.

Immer häufiger setzte sich Leda nach ihren Sitzungen hin

und studierte sein Skizzenbuch. Wie gewöhnlich, bemühte er sich umso mehr bei den Skizzen, je besser er den Körper seines Modells kannte. Er fügte Schatten und Schraffierungen hinzu, isolierte kleine Einzelheiten der Anatomie und arbeitete sie sorgsam aus, indem er Feinheiten hervorhob.

Da die Zeichnungen immer besser wurden und für sie immer ›wirklichkeitsnäher‹ aussahen, bemühte Leda sich, sie noch ernster und gründlicher zu studieren. Meist hatte er ihr die Entscheidung über die Länge der Sitzungen überlassen. Da er festgestellt hatte, dass sie schnell ermüdete, überließ er es ihr, den Rhythmus zu bestimmen. Als sie sich mehr und mehr für das interessierte, was er tat, wurde sie immer ungeduldiger beim Posieren. Bis jetzt hatte er schon einige Skizzenbücher mit Zeichnungen von ihr gefüllt, und wenn ihre Tagesarbeit beendet war, nahm sie eines dieser Skizzenbücher, ließ sich in einer Ecke des Studios nieder und betrachtete die Zeichnungen noch eine halbe Stunde lang, ehe sie sich anzog und ging. Langsam nahm sie die Zeichensitzungen ernster.

Obwohl er sie immer wieder bat, zu einem leichten Mittagessen bei ihm zu bleiben, nahm sie seine Einladungen nie an. Beharrlich bestand Leda darauf, dass ihre Beziehung nur die zwischen Künstler und Modell blieb und sich ausschließlich auf sein Studio beschränkte. Nie sah er sie in einer anderen Umgebung. Und seit dem Tag, an dem Céleste sie zum ersten Mal zu ihm gebracht hatte, hatte er sie nicht mehr mit ihrer Schwester zusammen gesehen.

Die Nachmittage gehörten Céleste.

Sie kam nicht täglich, doch zumindest an den meisten Tagen und zu einem Zeitpunkt, als das helle Sommerlicht bereits zu verblassen begann. Auch sie wollte sich die letzten Bilder von Leda anschauen, und oft gingen sie zusammen die Zeichnungen im Studio durch und tranken eine Flasche Wein dazu. Sie stellte ihm Fragen: Warum hatte er bei diesem Körperteil die Zeichnung so ausgearbeitet? Warum zeichnete er so oft perspektivisch? Die Fragen waren sehr differenziert, und sie hörte sich seine Erklärungen aufmerksam an.

Doch Céleste kam nicht zu ihm, um ihm Fragen über seine Fortschritte bei den Zeichnungen von Leda zu stellen. Sie kam, weil sie beide nicht genug voneinander bekommen konnten. Manchmal liebten sie sich im Studio, landeten jedoch schließlich in seinem Bett, und immer blieb sie über Nacht bei ihm.

Von Anfang an hatte sich sein Interesse an Céleste in dem gleichen ungewöhnlichen Maß gesteigert, in dem ihm immer deutlicher zu Bewusstsein kam, wie ungewöhnlich ihre Erscheinung und ihr Verhalten waren. Zumindest für ihn war das eine Verbindung, die im gleichen Maß durchdrungen war von dem, was nicht anwesend war, und dem, was greifbar war.

Er fühlte sich ungeheuer von ihr angezogen, doch darüber hinaus spürte er eine ähnlich starke Verwandtschaft mit ihr. Dies stellte eine neue Zutat dar und etwas, was ihm in seinen anderen Beziehungen zu Frauen nie untergekommen war. In der Vergangenheit hatten die Frauen, zu denen er ernsthafte Beziehungen aufgebaut hatte, Persönlichkeiten und Charaktere gehabt, die dank ihrer Unterschiede ihn und seine Anlagen ergänzt hatten. Sie hatten oft Eigenschaften, die seine eigene Persönlichkeit ausglichen: Weiß gegen sein Schwarz, Yin gegen sein Yang, Licht gegen seinen Schatten, Weichheit gegen seine Härte, Schnelligkeit gegen seine Langsamkeit. Daher waren sie Frauen, die seinen eigenen wesentlichen Eigenschaften Widerstand entgegenbrachten und ihrer Beziehung zu einem gewissen Grad zu Gleichgewicht verhalfen.

Doch Céleste war weit davon entfernt, sein Gegenstück zu sein, sondern war ihm in so vieler Hinsicht gleich, dass es faszinierend für ihn war, mit ihr zusammen zu sein, da seine Persönlichkeit in der Konfrontation mit ihrer auf keinen nennenswerten Widerstand stieß. Er musste ihr gegenüber ebenso wenige Zugeständnisse machen wie sie offenbar ihm gegenüber. Natürlich war sie für ihn in dem Maße ein Mysterium, wie jedes menschliche Wesen ein Mysterium für ein anderes darstellt. Doch gleichzeitig waren sie verwandte Seelen, und sie brauchten beide nicht lange, um das zu spüren. Nicht die Andersartigkeit zog sie zueinander, sondern ein übernatürliches Verständnis füreinander, das sie fast wie eine Nabelschnur miteinander verband.

Während sich Leda immer mehr in sich selbst zurückzuziehen schien, als seine Zeichnungen von ihr immer realistischer wurden, vertiefte sich seine Beziehung zu Céleste auf völlig andere Weise. Sie wurde reicher, und ihr Kommen an fast jedem Tag wurde zu dem wichtigsten Ereignis in seinem Leben und zu dem Fixpunkt, um den sich alles andere für ihn drehte. Er war nur zufrieden, wenn sie bei ihm war, und die Zeit, in der sie nicht bei ihm war, wurde zu einer Art Übergangszeit, die er zwischen ihren Abschieden und ihrer Ankunft durchlebte.

Und für den Augenblick waren sie stillschweigend übereingekommen, die Präsenz der Angst zu ignorieren. Weder sprachen sie von ihr, noch gaben sie zu, dass diese Angst still und geduldig wartete.

KAPITEL 22

Es war dämmrig, und er saß allein am Küchentisch beim Abendessen. Dabei sah er durch die Gittertür in den Patio hinaus und beobachtete, wie das indigoblaue Licht des Abends sich vertiefte und der Lebensbaum und die Tontöpfe, die im Innenhof herumstanden, nach und nach von den hungrigen Schatten verschlungen wurden. Er hörte sich eine CD mit Antonio Carlos Jobims ›Insensatez‹ an.

Er hatte Céleste ein paar Tage nicht gesehen, und selbst Leda war in den letzten beiden Tagen nicht zu ihren Zeichensitzungen aufgetaucht. Zum ersten Mal hatte sie auf die tägliche Sitzung verzichtet. Er hätte sie am liebsten angerufen, um sich zu erkundigen, ob es ihnen gut ging, doch es erschien ihm irgendwie unpassend. Die strikte Trennung zwischen ihm und den beiden Schwestern war etwas, das sie offenbar gewollt hatten, und er zögerte, diese stillschweigende Vereinbarung zu durchbrechen. Wenn sie es so wollten, dann fühlte er sich nicht bemüßigt, ihre Logik zu zerstören.

Dennoch vermisste er Céleste, und er hätte gern gewusst, warum sie ihn nicht angerufen hatte. Während er noch darüber nachdachte, klingelte das Telefon. Er stand auf, ging zum Tresen hinüber und nahm den Hörer ab.

»Ross! Ross!« Das war Leda. »Oh Gott! … Gott!«

Eine Woge der Angst überflutete ihn.

»Leda? Was ist los?« Er konnte hören, dass sie nach Atem rang. Weinte sie?

»Mein Gott, Ross … kommen Sie … bitte … Oh Gott!«

»Hören Sie … Leda, hören Sie mir zu!«

»Oh … oh …«

»*Leda!*« Er konnte sie hysterisch weinen hören, und er wusste, dass sie ihm nicht zuhörte und dass sie nichts von dem mitbekommen würde, was immer er ihr auch sagen würde. Plötzlich geriet er in Panik, weil er an Céleste dachte. Warum war Céleste nicht am Telefon?

»Leda … hören Sie mir zu … Leda, sind Sie … oder Céleste verletzt?!« Er war plötzlich wütend darüber, dass sie so hysterisch war. Verdammt noch mal!

Und dann war Céleste am Telefon.

»Ross.« Ihre Stimme war flach und von eisiger Ruhe. »Komm hierher. Sofort.«

Das Telefon war tot.

Er begann, ihre Nummer zu wählen, doch dann sagte etwas in ihm, dass er das nicht tun sollte. Er riss die Schlüssel für den Jeep vom Haken neben dem Telefon und rannte aus der Haustür heraus auf die Auffahrt. Augenblicke später raste er röhrend den Kiesweg hinunter, hinaus auf die Las Lomitas und den Hügel zum Fluss hinab.

San Rafael war abends nicht sehr belebt, trotzdem herrschte einiger Verkehr auf den Straßen. Während er die kurvige Straße hinunterfuhr, die zum Fluss hinabführte, stellte er sich alle möglichen Katastrophen vor. Leda hatte sich geschnitten. Oder sie hatte so etwas Schreckliches wie eine Blutung erlitten, etwas, das mit ihrem körperlichen Zustand zu tun hatte. Aber warum hatte Leda dann selbst mit ihm gesprochen? Und warum riefen sie ihn an und nicht den Notarzt? Er zwang sich, langsamer zu fahren. Sei vorsichtig. Keine Polizei. Warum nicht?

Er überquerte den Fluss auf der Los-Ciprés-Brücke, fuhr am Encinal entlang bis *Rambach's Mill*, wo er ins Hügelgebiet auf der anderen Seite des Tals abbog. Er erreichte Palm Heights innerhalb von Minuten und fuhr vor dem alten viktorianischen Haus vor, das ein wenig über ihm und von der Straße zurückgesetzt stand.

Er zog die Handbremse, kletterte aus dem Jeep und rannte die Treppe, zwei Stufen auf einmal nehmend, vom ansteigenden Bürgersteig aus hinauf. In den vorderen Räumen des Hauses brannte, abgesehen von der Diele und dem Wohnzimmer, kein Licht. Er stürzte die Vordertreppe zur Veranda hinauf, und gerade als er die Hand nach dem Türknauf ausstreckte, öffnete sich die Tür.

Er betrat dieses Haus zum allerersten Mal. Die Besitzer, wer immer sie auch sein mochten, hatten es tadellos renoviert, was ihm jedoch nur für einen Augenblick bewusst war. Der Schock über den Anblick der beiden Schwestern löschte in der nächsten Sekunde alles andere aus.

»Jesus Christus«, sagte er.

Beide Frauen trugen Nachthemden. Leda saß auf einer Polsterbank in der Diele mit unterwürfig geschlossenen Beinen und sah ihn unter einem medusenähnlichen Gewirr schwarzen Haars an. Céleste war von der Tür zurückgewichen und lehnte am Rahmen der offenen Tür, die ins Wohnzimmer führte – mit über dem Bauch verschränkten Armen und hängenden Schultern. Beide waren über und über mit Blut verschmiert. Leda hatte nicht einmal versucht, es fortzuwischen. Es klebte wie purpurrote Sommersprossen auf ihrem Gesicht, und die Vorderseite ihres Nachthemds hatte Flecken, die wie Blutspritzer aussahen. Céleste hatte sich wenigstens des Gesicht abgewischt und auch einiges entfernen können, doch das meiste war verschmiert. Außerdem schien ihr Nachthemd viel mehr Blut abbekommen zu haben als Ledas.

Sein Blick blieb auf Céleste haften.

»Es geht uns gut«, sagte sie wie hypnotisiert. »Wir sind nicht verletzt.«

Leda sprang auf und warf sich Ross entgegen, schlang die Arme um ihn und weinte. Sie war völlig aufgelöst. Er sah Céleste in der Erwartung einer Erklärung an, doch sie starrte nur mit leerem Gesicht zurück. Ledas blutiges Gesicht lag an seinem Hals, während sie weinte, und er konnte die Tränen und den Schleim an seinem Hals spüren. Reflexartig wollte er gerade die Hand auf ihren Kopf legen, um sie zu trösten, als er etwas in ihrem Haar entdeckte, das nur Zentimeter von seinem Gesicht entfernt war. Es war ein weintraubengroßer Brocken von etwas Klebrigem und Fleischartigem, das sich in dem Gewirr ihrer Haarsträhnen verfangen hatte. Es glänzte nicht mehr, sondern war rauchgrau und sah geronnen aus.

Er riss sein Gesicht zurück – er konnte einfach nicht anders – und schnappte fluchend nach Luft. Leda hob überrascht mit einem Ruck den Kopf, sah sein Gesicht, stieß einen schrillen Schrei aus, stieß ihn von sich und entfernte sich schreiend von ihm, während sie den gesenkten Kopf wie wild schüttelte und sich schwerfällig wie ein wahnsinnig gewordener Büffel hin und her warf und wie von Sinnen auf ihr Haar einschlug.

Sofort griff Céleste nach ihr, hielt sie fest und beruhigte sie. Während sie noch mit Leda rang, warf sie ihm einen Blick zu.

»Oben – in meinem Zimmer – am Ende der Diele.« Mit Leda im Arm ging sie die Diele hinunter, wahrscheinlich in ein Badezimmer. Leda weinte und jaulte wie eine Verrückte.

Er wollte sich von ihnen entfernen, ihrem unkontrollierten Zustand, und wandte sich schnell der Treppe zu, die zu seiner Rechten von der Diele aus nach oben führte. Es war eine Holztreppe. Die Wand und das Geländer waren weiß gestrichen, und ein Treppenläufer bedeckte die dunklen Holzstufen. Als er die Hand auf den Geländerpfosten legte, griff er in etwas Klebriges. Blut. Herrgott noch mal. Er sah sich um. Es klebte überall, an der Wand, auf dem Geländer, verschmiert und streifig. Verwirbelte Abdrücke von Handflächen. Spuren von blutigen Fingerspitzen.

Er erstarrte. Er konnte sich nicht vorstellen, was er sich oben ansehen sollte. Er schaute in dem Treppenschacht hoch, nahm sein Taschentuch aus der Tasche und wischte sich die Hände ab. Dann begann er nach oben zu gehen, plötzlich entschlossen, es hinter sich zu bringen. Er konnte sich nicht vorstellen … er konnte sich nicht vorstellen … er konnte sich einfach nicht vorstellen, was dort oben war.

Oben an der Treppe befand sich die Balustrade, von der aus man in die darunter liegende Diele sehen konnte. Sie lag zu seiner Linken, während es auf der rechten Seite zwei geschlossene Türen gab, hinter denen er weitere Schlafzimmer vermutete. Vor sich, am Ende der oberen Diele, sah er eine offene Tür, die in einen dunklen Raum führte.

Er ging geradewegs darauf zu. Er griff um die Tür herum in die Dunkelheit, auf der Suche nach dem Lichtschalter an der Wand.

Die Lampen.

Das Schlafzimmer war groß. Das Bett stand in der Mitte der hinteren Wand, und alles im Raum schien zum Bett zu führen oder von ihm zu kommen: Bettzeug, das vom Bett herab in seine Richtung hing, verstreute Unterwäsche, ein Behälter, aus dem Puder verstreut worden war, ein Fleck von rotschwarzem Blut, das in den Puder gespritzt war, ein umgedrehter Pantoffel, der zum Bett hin zeigte, ein Ledergürtel, der wie eine tote Schlange dalag und dessen Schließe in seine Richtung wies. Der Körper lag auf dem Bett, ein Mann, und selbst seine Beine zeigten zur Tür. Die Sohlen besaßen das Weiß eines Fischbauches und waren in einer Linie mit seinen teigig aussehenden Hinterbacken entblößt.

Er ging zum Bett hinüber.

Alles, woran er denken konnte, war, dass übertrieben viel Blut da war. Unnötig viel. Mehr als genug.

Die weißen Laken waren hastig um den Mann geschlungen worden und gaben den Blick frei auf seinen nackten Körper in spiralförmigen Streifen, die kittfarben zwischen dem verdrehten Stoff sichtbar waren. Sein Kopf war vollständig in Tücher eingewickelt, die mit Blut durchtränkt waren. Die Konturen eines Ohrs waren durch den Stoff erkennbar. Seine Schultern waren nackt. Und haarig. Ein Stoffstreifen lag um seine Taille herum und unter ihm. Seine Kehrseite war ebenfalls nackt. Schwarze Haare zogen sich an den Innenseiten seiner Oberschenkel hinauf und bis in die Afterspalte hinein. Ein Stoffstreifen lief unter einem Bein entlang und über das andere hinweg. Seine Unterschenkel waren ebenfalls nackt. Als er diesen toten Körper ansah, fiel ihm auf, dass nichts, was er sah, ihm einen Hinweis auf das Aussehen dieses Mannes gab. Es hätte jeder x-beliebige Mann sein können. Jedermann. Der Mensch schlechthin.

In Célestes Bett. Er würgte, kämpfte dagegen an. Es gelang ihm. Er war von Kummer erfüllt. Entsetzt. Angeekelt. Über dem Kopfteil des Bettes hatte ein Blutspritzer die Wand getroffen und war nach oben geschossen, bevor das Zeug durch sein Eigengewicht heruntergetropft war. Stühle lagen umgedreht auf dem Boden. Nur der Stuhl, auf dem der Mann seine Kleider abgelegt hatte, stand noch da. Ein Nachttischradio lag auf dem

Boden, ein Bilderrahmen, ein Whisky-Glas. Im Zimmer roch es nach Schweiß, und er konnte die ranzige Süße von Blut riechen.

Er spürte, wie die Übelkeit sich tief in seinem Bauch zu entwickeln begann. Es war ein sich windendes, wühlendes Gefühl, das in ihm hochstieg. Weil er Angst hatte, sich zu übergeben, blieb er einfach stehen. Gerade als er dachte, dass ihm schlecht würde, hustete er Galle hoch. Das war alles. Sie blieb ihm in der Kehle stecken. Er schluckte und begann zu schwitzen. Er starrte den Körper an.

Der Mann war widerwärtig. Und er wusste, dass dieser Mann Michel Lacan war. Er hatte etwas Übergewicht. Über seinen Hüften saßen kleine Ausbuchtungen. Er hasste den Anblick des Hinterns dieses Kerls, doch er war dankbar dafür, dass er auf dem Bauch lag. Weit mehr hätte er es gehasst, sein Gesicht und seinen Penis zu sehen.

Er drehte sich um und sah vom Fußende des Bettes zur Tür heraus. Die verstreuten Abfälle – vor diesem Vorfall hier waren sie Dinge gewesen, die Lacan oder Céleste gehört hatten, doch in diesem postchaotischen Moment waren sie nur noch Abfälle – sahen aus diesem Blickwinkel völlig anders aus. Die geöffnete Tür und die lange leere Diele brachten die Übelkeit zurück, und er spürte, dass seine Eingeweide sich wieder zu bewegen begannen. Himmel, er *wollte* sich *nicht* übergeben.

So schnell er konnte verließ er das Zimmer, seinen Blick fest auf seine Füße gerichtet. Dabei schluckte er gegen das Heben seines Magens an, wischte sich mit der Hand über das feuchte Gesicht und hasste das Gefühl kalten Schweißes um seinen Mund.

Der Weg die Treppe hinunter kam einer Art außerkörperlicher Erfahrung sehr nahe. Sein Leben hatte sich verändert. Er sah sich selbst mit verzerrtem Gesicht in eine Welt hinuntergehen, die so ganz anders war als die, aus der er die Treppe hochgegangen war. So etwas konnte ihm doch gar nicht passieren. Er kannte niemanden, der in solche Sachen hineingeraten war, solche Sachen machte oder unter solchen Dingen litt. Dies war nicht sein Metier. Dies war nicht seine Welt. Und doch war er hier. Oder zumindest jemand, der ihm sehr ähnelte.

Das Entsetzen lastete mit solch immenser Dichte auf ihm, dass er fürchtete, er könnte ohnmächtig werden von seinem Unvermögen, genügend Luft einatmen zu können. Er umfasste das Geländer mit der rechten Hand, während er sich auf das Einatmen konzentrierte, und vergaß das Blut, das er dabei hinter sich verschmierte.

KAPITEL 23

Als er das Ende der Treppe erreichte, waren Céleste und Leda wieder zu den gleichen Plätzen zurückgekehrt, an denen sie sich befunden hatten, als er das Haus betreten hatte. Leda saß auf der Polsterbank in abwesender und angespannter Verwirrtheit, während Céleste in der Tür zum Wohnzimmer lehnte, die Arme wieder über dem Bauch verschränkt, als hätte sie Bauchschmerzen.

»Was, zur Hölle, ist denn bloß passiert?«, fragte er heiser mit einem Blick auf Céleste. In seinem Brustbein spürte er eine Art verrücktes Vibrieren, eine unterdrückte Erregung.

»Er ist einfach … vor zwei Tagen … an der Tür aufgetaucht.«

»Das ist Lacan.«

Sie nickte.

Er wartete. Sie sah ihn mit geröteten Augen an. Sie konnte nicht weitersprechen.

»Verdammt noch mal, Céleste, was ist *passiert?*«

Ledas Kopf fuhr hoch.

»Ich habe ihn getötet«, sagte sie. »Ich konnte es nicht mehr ertragen … keine Minute länger … überhaupt nicht mehr. Ich bin hineingegangen … während … während …«

Céleste drehte sich um und wandte ihnen den Rücken zu, noch immer gegen den Türrahmen gelehnt.

»Und ... und ... ich habe auf ihn eingeschlagen ...« Leda hielt inne. »Und ich habe ihn geschlagen, geschlagen, geschlagen ...« Sie sprach so rhythmisch wie ein Metronom, bevor sie mit offenem Mund innehielt. »Ich habe ihn getötet ... für alle Zeit.«

Er starrte sie ungläubig an. »Womit haben Sie ihn geschlagen?«

»Mit einem Eisenstück. Ich weiß es nicht.«

»Wo ist es?«

»Ich weiß es nicht ... irgendwo oben ...«

Er sah Céleste an. Sie hatte den Kopf gesenkt und hatte eine Hand an ihre Stirn gelegt. Er konnte nicht erkennen, ob sie weinte. Leda wischte sich eine feuchte Haarsträhne aus dem Gesicht. Sie mussten versucht haben, das Ding darin fortzuwaschen, was immer es auch gewesen sein mochte. Sie sah beängstigend aus, ihr Buckel verdrehte ihren Körper auf unheimliche Weise, Blut und Feuchtigkeit verklebten ihr Haar.

»Sehen Sie mich an«, sagte Leda. Ihr Gesicht fiel zusammen, als sie an sich hinabsah. Sie begann zu weinen. »Dieser Mistkerl«, sagte sie schluchzend. »Dieser Mistkerl.«

Sie begann zu heulen, das Gesicht in ihren Händen vergraben. Ein pathetischer Anblick. Er war wie betäubt.

»Ich muss die Polizei alarmieren«, sagte er. Er sprach keine von beiden direkt an. Er dachte einfach nur laut.

»Nein!« Das war keine Ablehnung, sondern nur ein Ausdruck von Unglauben.

Céleste drehte sich mit versteinerter Miene wieder um.

Er sah sie beide an, und beide Frauen starrten ihn mit offenen Mündern an.

»Wir müssen die Polizei alarmieren«, wiederholte er, als wollte er um ihre Bestätigung bitten. Sie *wussten* doch wohl, dass sie die Polizei rufen mussten?

»Das ist Wahnsinn«, sagte Leda.

»Leda, dort oben liegt ein toter Mann.«

Schweigen. Die beiden Schwestern starrten ihn weiter an.

»Ihr glaubt doch nicht etwa, dass wir die Polizei *nicht* rufen werden?«, fragte er.

»Das bedeutet das Ende … meines Lebens«, sagte Leda. »Er hat den Tod verdient. Das ist nicht gerecht.«

»Zu der Überzeugung werden sie ebenfalls kommen«, sagte er spontan. »Es gibt strafmildernde Umstände …«

»›Strafmildernde Umstände‹«, wiederholte Leda. »Ich weiß nicht recht … er hat mich nicht bedroht … ich habe nicht … ich habe ihn einfach getötet. Ich habe ihn *getötet* … einfach so, ich habe es einfach so getan.«

Céleste hatte sich nicht bewegt. Sie konzentrierte sich auf Leda und beobachtete sie eindringlich. Sie sah wild aus in ihrem blutbefleckten Nachthemd, den aufgelösten Haaren und den dunklen Augen, die schön waren in diesem Augenblick, da sie den Wahnsinn ihrer Lage erkannten.

Leda stand auf. Ihr Buckel sah noch grotesker aus, da die Rückseite ihres Nachthemds aufgrund der Deformation höher hing als die Vorderseite.

»Also«, sagte Leda, rieb sich nervös den Arm, während sie, den Blick auf einen Punkt am Boden gerichtet, hin und her ging. »Also, das wird nicht funktionieren … lieber Gott, das wird nicht funktionieren, niemals.«

Sie war in ihrer Welt, die sich dramatisch von seiner eigenen unterschied, wie ihm plötzlich klar wurde. Sie würde diese ganze Sache nicht in gleicher Weise betrachten wie er, weder die Tat noch die Lösung. Céleste starrte ihn an und wartete darauf, dass er etwas unternahm.

Nun verstand er, dass man ihn hierher geholt hatte, damit er sich dieser Katastrophe ›annahm‹. Die beiden Schwestern hatten nicht vor, die Polizei zu rufen.

Leda blieb vor ihm stehen, rieb sich den Arm und schaute mit geneigtem Kopf zu ihm in einer Weise auf, die ihn an eine erschreckte Katze erinnerte.

»Was ist mit Ihnen?«, platzte sie heraus. »Wenn Sie die Polizei rufen … was wird dann aus Ihnen?«

An sich selbst hatte er bisher noch gar nicht gedacht.

»Nein? Das wissen Sie nicht? Was glauben Sie, wird diese Sache für Sie bedeuten? Ein Mord-Skandal. Sie … Sie haben eine Affäre« … sie schaute erst zu Céleste hinüber, dann wieder zu ihm … »mit einer Frau, die von ihrem Ehemann in sadistischer Weise missbraucht … unterjocht wurde. Ja, gut. Und Sie *wussten* es. Und? Ja, und was haben Sie dagegen unternommen, Mr. Berühmter Bildhauer? Was denn? Was denn!? Wie krank ist denn das? Wenn Sie mal darüber nachdenken. Ja, denken Sie mal darüber nach. Wie krank ist das? Wenn alles herauskommt … alles … und es wird herauskommen … was für ein Schlamassel … die Magazine … die Zeitungen … Ihre hochwohlgeborene Kundschaft … Ihre medienverwöhnten Kunden werden … wie Schaben verschwinden.« Sie verdrehte ihre wunderschönen Augen. »Wo werden die dann sein? Wo werden *Sie* dann abbleiben? Wenn das alles herauskommt … und es wird herauskommen … Sie *wissen*, dass es herauskommen wird.«

Er war sprachlos. Du lieber Gott. Diese … Leda drohte ihm. Es war ein entsetzlicher Augenblick. Er war überwältigt von ihrer Wut und davon, wie klar und gemein sie die brutalen Tatsachen ihrer und seiner Situation festgestellt hatte. Und noch schlimmer war, dass er wusste, dass sie Recht hatte. Er wusste sehr genau, wie seine Affäre mit Céleste erscheinen würde, wenn sie in den Medien zerpflückt wurde.

Leda setzte an, um ihren Standpunkt noch weiter zu verdeutlichen.

»Mein Gott, Ross, der Mann war Abschaum«, stieß sie aufgebracht hervor. »Habe ich es verdient, den Rest meines Lebens im Gefängnis zuzubringen wegen dieses … dieses toten Dinges dort oben?«

Ihre Blicke und diese Frage bohrten sich in sein Inneres. Sie war bis zum Äußersten angespannt, was sich in ihrem Gesicht zeigte, dessen Muskeln so hart waren, dass sie fast entstellt aussah.

»Sie haben mich gefragt«, fuhr sie fort, »wie ich weiter zulassen könne, dass Céleste ... das für mich ... um meinetwillen ... tut. Also, ich konnte es nicht zulassen ... ich *konnte es nicht mehr zulassen!*«

Leda hätte ihr Argument nicht ausführlicher erklären müssen, damit er seine Situation im Licht ihrer Beweisführung erkannte. Wenn sie ihn nicht darauf aufmerksam gemacht hätte, wäre ihm seine missliche Lage ohnehin in den kommenden Stunden nach und nach klar geworden. Daher war es noch wichtiger, keine vorschnelle Entscheidung zu treffen.

Mit jedem weiteren Augenblick, der ungenutzt verstrich, wurde das alte Haus zu einer anderen Wirklichkeit. Die einfache Tatsache, dass er nicht schon längst den Telefonhörer abgenommen und die Polizei angerufen hatte, hieß, dass die Ereignisse ihn zu verschlingen begannen. Die einfache Tatsache, dass er das überhaupt dachte, dass er Ausflüchte suchte und zögerte, hieß, dass sich die Moral veränderte und Anlass zu Zweifeln und Berechnungen gab.

»Jesus Christus!«, stieß er hervor. Er hatte Angst, nicht zuletzt, weil eine feige Schwäche mit entsetzlicher Geschwindigkeit von ihm Besitz ergriff.

»Ihr müsst euch beide waschen«, brüllte er. Das war keine Lösung. Er hatte keine Lösung

»Ein anderes Schlafzimmer? Verdammt noch mal. Könnt ihr nicht in ein anderes Schlafzimmer gehen und euch richtig sauber machen?«

Ihr Anblick stieß ihn ab. Das war nicht nur eine Reaktion in seinen Eingeweiden, sondern auch in seiner Moral: ihre besudelten Nachthemden, das Blut, das sie noch immer in den Haaren hatten, in den Rillen ihrer Fingerspitzen, das Blut, das auf einer Wange klebte, an einem Hals, jeder Blutstropfen und jeder Blutfleck waren eine moralische Anklage, ein schreckliches Zugeben von Schuld, von Mittäterschaft und weiß Gott noch was alles.

Schließlich schien Céleste wieder zur Besinnung zu kommen.

»Ja, natürlich.« Sie drehte sich um, ging zu Leda und nahm sie beim Arm. Gemeinsam gingen sie in Richtung Treppe.

Er folgte ihnen, und sie fragten ihn nicht, warum er das tat.

Leda ging voran, doch Céleste war eine Stufe hinter ihr und hatte die Hand auf Ledas Rücken gelegt, als wollte sie sagen: ›Ich bin hier, alles ist in Ordnung. Ich bin hier.‹

Sie gingen in das erste Schlafzimmer zur Rechten, das sich in der Nähe des oberen Treppenabsatzes befand. Er ging ihnen nach, und wieder fragten sie nicht, warum er dort war. Céleste schaltete das Licht im Badezimmer ein, und sie gingen hinein, während er in dem dunklen Schlafzimmer zurückblieb.

Leda blieb mit dem Rücken zu ihm stehen. Als sie keine Anstalten machte, sich auszuziehen, begann Céleste, ihr bei dem Nachthemd zu helfen. Das mit Blut verkrustete Hemd musste über ihren Buckel und ihren Kopf gezogen werden. Einen Augenblick lang war sie von der Taille an nackt, ihr Oberkörper unter dem zusammengeknüllten Hemd versteckt. Dann war sie ganz nackt und stand noch immer mit von ihm abgewandtem Gesicht da. Céleste warf das besudelte Kleidungsstück in den Eingang, weil sie wusste, worauf er wartete.

Dann begann sie, ihr eigenes Hemd auszuziehen. Sie überkreuzte die Arme vor sich, raffte es bis zur Taille hoch und zog es sich über den Kopf. Wieder war auch sie einen Moment lang von der Taille abwärts nackt und ihr Kopf verhüllt. Warum er an einen Engel dachte, konnte er sich nicht erklären, doch er sah das Bild eines Engels mit vorübergehend verhüllten Flügeln, der nur seine irdische Schönheit zeigte.

Céleste blieb stehen und schaute ihn an. Dann sah er die blauen, frischen Blutergüsse und einige Stellen, die wie Brandmale von einer Zigarette aussahen. Sie weigerte sich, ihre Wunden zu verstecken oder sich schamhaft abzuwenden, um ihr Geschlecht vor ihm zu verbergen. Sie ließ ihn schauen, und, bei Gott, er sah sie an, hungrig und gleichzeitig beschämt darüber. Sie konnte es in seinem Gesicht erkennen, und das machte ihn verlegen. Sie hätte auch etwas anderes sehen sollen, eine ganze Welt anderer Gefühle, von denen keines die Selbstsucht zeigte, die sie gesehen hatte.

Während sie in erstarrter Selbsterniedrigung vor ihm stand und ihm die Möglichkeit gab, seine Ehre mit einem noch ungeahnten Tun oder Wort wiederherzustellen und ihr irgendeinen Grund zu geben, nicht zu verzweifeln, beugte er sich hinab, hob die Hemden auf, drehte sich um und verließ den Raum.

KAPITEL 24

Er hatte keinen Plan. Wie denn auch? Wie, verdammt noch mal, hätte er auch einen haben sollen? Er handelte rein instinktiv, ohne sich über Pläne oder Ziele Gedanken zu machen.

Mit den Nachthemden in der Hand kehrte er in Célestes Schlafzimmer zurück und ließ sie neben der Tür zu Boden fallen. Er blieb einen Augenblick lang stehen und betrachtete den Körper auf dem Bett. Als er ihn zum ersten Mal gesehen hatte, war sein Anblick ein Schock für ihn gewesen. Doch jetzt war er beleidigt, und er war wütend über diese plumpe Masse schlaffen Fleischs. Er dachte an Célestes frische Blutergüsse und die Brandmale. Er stellte sich vor, wie Céleste zugelassen hatte, dass er ihr das antat. Er stellte sich Leda vor, die allein in einem anderen Zimmer gewesen war und genau wusste, was geschah und warum.

Er ging zum Bett hinüber. Ein Teil der Laken hing auf den Boden herab. Mit spitzen Fingern griff er nach einer Falte des Lakens, zog daran und zerrte es so lange vom Bett weg, bis sich nichts mehr bewegte. Dann nahm er eine andere Falte und zog auch sie von dem Körper fort. Er machte eine Weile weiter, doch es war nur ein zimperliches Herumpfuschen, das zu nichts führte, weil die Laken so fest um Lacan gewickelt waren, dass sie nur immer ein Stück nachgaben, bis sie festhingen.

Voller Wut griff er nach Lacans Knöcheln, drehte ihn auf dem Bett herum und zog ihn fast völlig von der Stelle weg, auf der er gelegen hatte. Dort blieb ein flacher Abdruck in Körperlänge zurück, der durchtränkt war von gerinnendem Blut. Wie lange lag er schon da? Unter Lacans Brust schaute das Ende eines Rohrs hervor, als käme es aus seiner Achselhöhle.

Er nahm ein sauberes Stück Laken und wickelte es sich wie Handschuhe um die Hände, ehe er Lacan an der linken Schulter packte. Er zog ihn zurück und drehte ihn herum. Lacans Kopf blieb mit den Tüchern umwickelt, die inzwischen schwarz wurden. Das war zwar eine Erleichterung, doch da er nun auf dem Rücken lag, kam sein Penis zum Vorschein. Er hatte sich zu einem hellen Purpurrot verfärbt, war beschnitten und seltsam verdreht, weil er gebogen worden war, als Lacan zu Tode gekommen war. Leda hatte gesagt, dass sie ins Schlafzimmer gekommen war und ihn geschlagen hatte, »während … während«. Und so war er jetzt auch, verdreht und zum Verwesen bereit, was er wahrscheinlich auch schnell tun würde aufgrund des Blutes, das sich in ihm gesammelt hatte. Welch eine Ironie, ganz besonders in Anbetracht einer nicht vorhandenen Erektion.

Er warf das Laken über Lacans Unterleib, griff nach unten und nahm das Rohr hoch. Es war ein ganz normales, verzinktes Klempnerrohr, das aus einem circa einen Meter langen, geraden Stück bestand und einem stumpfen Krümmer, mit dem Leda Lacan den Schädel eingeschlagen hatte.

Er verließ den Raum mit dem Rohr, ging durch die Diele und die Treppe hinunter. In der unteren Diele bog er nach rechts ab, weil er vermutete, dass die Diele zur Rückseite des Hauses führte. Er trat auf die rückwärtige Veranda hinaus. In der nächtlichen Dunkelheit erkannte er einen breiten Garten, der zu hohen Hecken hinabfiel. Rechts stand Célestes Mietwagen in der Einfahrt vor der Garage.

Es war eine alte Schindelgarage mit einem Kiesboden, und sie roch alt und nach Öl und Schimmel. Er sah sich nicht einmal nach einem Lichtschalter um, weil er die Aufmerksamkeit der Nachbarn nicht erregen wollte. Mit hängenden Armen und dem Rohr in der Hand blieb er ein paar Minuten lang mitten in der Garage stehen und wartete, bis sich seine Augen an die Dunkelheit gewöhnt hatten.

Glücklicherweise gab es auf der linken Seite der Garage ein paar kleine Fenster über einer langen, ungefähr taillenhohen Werkbank. Blasses blaues Licht fiel durch die Fenster, das hell genug war, sodass er die Gefäße und Werkzeuge auf der Werkbank erkennen konnte. An der hinteren Wand der Garage befanden sich noch zwei Fenster und eine weitere Werkbank, zu der auch ein Spülstein gehörte. Er ging hinüber und drehte den Hahn auf.

Er wusch das Blut von dem Krümmer ab, ließ von der anderen Seite Wasser durch das Rohr fließen und schob die Finger in den Krümmer hinein, um das Gewinde zu reinigen. Dann ließ er das Rohr zum Trocknen im Spülstein liegen und kehrte ins Haus zurück.

Als er auf dem Weg zur rückwärtigen Veranda ging, sah er hinter dem Küchenfenster Licht, und als er durch die Hintertür trat, sah er, dass Leda und Céleste dort auf ihn warteten. Sie hatten sich eilig angezogen, und ihre Haare waren noch immer feucht. Leda saß auf einem der Küchenstühle. Céleste stand neben dem Spülbecken und lehnte mit der Hüfte am Tresen. Einen Moment lang herrschte peinliches Schweigen.

»Was haben Sie dort draußen gemacht?«, fragte Leda misstrauisch.

»Ich habe das Rohr gefunden und gereinigt.«

Schweigen. Dort. Sie verstanden.

Céleste drehte sich um, nahm ein Glas aus dem Schrank und füllte es mit Wasser. Er und Leda beobachteten sie dabei. Niemand sprach, während Céleste mit dem Rücken zu ihnen aus dem Glas trank. Dann drehte sie sich wieder um, presste sich eine Hand auf den Magen, als sei ihr schlecht, und sah zu Boden.

»Was machen wir jetzt?«, fragte Leda.

Er trat in den Raum, zog sich einen der Küchenstühle heran und setzte sich Leda gegenüber.

»Was passiert, wenn er nicht mehr auftaucht?«, fragte er und sah zwischen den beiden Schwestern hin und her.

Céleste sah auf. »Nicht mehr auftaucht? Wo denn?«

»Wo auch immer. Sag du es mir.«

Ihr wurde klar, worauf er abzielte.

»Ich weiß es nicht. Ich weiß nicht, wohin er von hier aus gehen wollte … und ob jemand ihn erwartet.«

»Du hast gesagt, dass du nie genau wusstest, wann er kommen würde.«

»Ja. Aber ich weiß nicht, ob …«

»Dann rate mal.«

»Er ist reich«, warf Leda ein. »Reiche Leute machen doch, was sie wollen, oder nicht?«

»Verdammt noch mal«, fuhr er auf. »Sag mir, wer ihn als Erstes vermissen könnte.«

»Sein Steuerberater würde als Erster Fragen stellen«, sagte Céleste. »Jedenfalls vermute ich das. Das Hotel, die Angestellten in seinem Haus in Antibes und im Straßburger Haus würden einfach auf ihn warten. Aber sein Steuerberater wird sicher irgendwann mit ihm Kontakt aufnehmen wollen.«

»Wer könnte wissen, dass er hierher kam?«

»Wahrscheinlich niemand«, sagte Leda. »Er blieb gern für sich, außer wenn er … etwas wollte. Er hat seltsame Freunde … andere Frauen …«

Céleste wurde rot.

»Aber du bist seine Frau«, sagte er zu Céleste. »Würdest du ihn nicht als Erste vermissen?«

»Vielleicht …« Sie zögerte. »Jedenfalls sollte es normalerweise so sein. Genau das würden die Leute erwarten … doch so würde es in unserer Situation nicht ablaufen.«

»Weiß sein Steuerberater von dir? Ich meine, hat er eine Ahnung, was mit eurer Ehe los ist? Nicht den persönlichen Teil, sondern die Abmachung.«

»Das bezweifle ich. Michel hat seine verschiedenen Leben voneinander getrennt gelebt. Die Leute kannten ihn nur allein und auch nur in ihrer eigenen Umgebung.«

Innerlich atmete er tief durch, ehe er die nächste Frage stellte.

»Erbst du Geld, wenn er stirbt?«

Céleste erstarrte plötzlich vor Verlegenheit.

»Der miese Kerl hinterlässt ihr nur einen kleinen regelmäßigen Geldbetrag«, warf Leda dazwischen. »Einen Alibibetrag. Mehr als den Betrag, den sie jetzt bekommt, hat sie nicht. Das ist alles, was er ihr jemals zugestanden hat.«

»Nichts?« Er sah Céleste an. »Du bekommst praktisch … nichts?«

»Richtig«, antwortete Leda an ihrer Stelle.

»Wenn er stirbt, ist alles zu Ende?«, fragte er Céleste.

»Bloß ein Almosen«, sagte Leda empört. »Ein Nichts.«

Er wandte sich weiter an Céleste.

»Dann hast du finanziell durch seinen Tod nicht nur nichts zu gewinnen, sondern sogar alles zu verlieren.«

Céleste und Leda starrten ihn an. Sie begannen zu verstehen, worauf er hinauswollte.

»Wenn … wenn wir das tun«, sagte er, »dann … lassen wir einfach geschehen, was geschieht … und machen weiter, als ob nichts …«

Er hielt inne, während er weiter nachdachte.

»Céleste hat Recht mit dem Steuerberater«, fuhr er fort. »Er wird nicht bis in alle Ewigkeit Gelder zahlen – an die Häuser in Antibes und Straßburg, an dich und wohin sonst noch überall – ohne ab einem gewissen Zeitpunkt Kontakt zu Lacan aufzunehmen.«

»Ich bin sicher, dass Michel sich regelmäßig mit ihm trifft«, sagte Céleste. »Wenn Michel einer dieser Zusammenkünfte fern bleibt, wird der Steuerberater bestimmt anfangen, Fragen zu stellen.«

»Okay.« Er lehnte sich zurück, überkreuzte die Beine, stützte sich mit einem Ellbogen auf dem Küchentisch ab, während er nachdachte. Er sah Céleste an. »Was du tun musst, ist, einfach so weiterzumachen wie bisher. Wenn sie dich aufsuchen – wer immer ›sie‹ sein mögen, der Steuerberater, die Polizei, wer auch immer –, sagst du ihnen die Wahrheit. Du hast ihn seit eurem letzten Zusammensein nicht mehr gesehen … als ob diese Begegnung hier nie passiert wäre. Du hast ihn seit dem *letzten* Mal nicht gesehen. In Ordnung?«

Céleste nickte.

»Und du erklärst allen, wie unregelmäßig du ihn zu Gesicht bekommen hast. Sie müssen verstehen, dass die Unregelmäßigkeit bei diesem Kerl normal war. Und sogar … sogar der Missbrauch. Erwähne aber die Tatsache nicht, dass du aus Lacans Testament nichts zu erwarten hast. Es wird weniger verdächtig aussehen, wenn sie das selbst herausfinden. Du … du musst schockiert sein, wenn du erfährst, dass er vermisst wird und du vielleicht deinen Unterhalt verlieren wirst.«

Eine deutlich sichtbare Änderung ging in dem Verhalten der Schwestern vor sich, als ihnen langsam klar wurde, dass ihre Lage vielleicht doch nicht ganz so verzweifelt war.

»Nein, wenn ich mir das jetzt genau überlege«, sagte er zu Céleste, »dann erzähl ihnen lieber nichts von dem Missbrauch. Das wäre ein Fehler. Das wäre ein Motiv dafür, seinen Tod zu wünschen. Stattdessen solltest du ihnen nach und nach zu verstehen geben, wenn sie dich befragen, dass eure Ehe von deiner Seite aus nur ein finanzielles Arrangement ist. Lacan hat andere Frauen. Das ist dir so lange piepegal, wie er dir einen großzügigen Unterhalt zahlt.«

»Oh Gott …« Céleste wandte den Kopf ab. Es war demütigend. Ihm schien, dass sie in dieser ganzen kranken Unternehmung schon immer eine Rolle gespielt hatte, die demütigend war.

»Ja, so könnte es funktionieren.« Leda wurde plötzlich lebendig, und ihre Niedergeschlagenheit verflog. »Ja, so könnte man es schaffen, oder nicht?«

Er schaute Céleste an. »Ist alles in Ordnung?«

»Nein.«

»Es gibt noch viel zu tun«, sagte er.

Einen Moment lang sprach keiner von ihnen. Er sah sie beide an.

»Ihr wisst, dass wir dieses Haus reinigen müssen. Jeden … Zentimeter dieses Hauses. Es muss makellos sein.«

Céleste stellte ihr Glas auf dem Tresen ab und verschränkte die Arme wieder vor dem Magen. Niemand sprach, als sie alle an diese ungeheure Aufgabe dachten.

»Ist euch beiden eigentlich *klar*«, fragte Céleste ernst, »was wir hier vorhaben?«

Er musterte sie. »Möchtest du die Polizei anrufen? Das wäre die einzige Alternative.«

Ihr Gesicht war völlig ausdruckslos. Sie warf Leda einen Blick zu, ließ den Kopf sinken und schüttelte ihn.

»Also, dann müssen wir darüber sprechen. Das muss methodisch vonstatten gehen … das muss …«

»Was passiert denn … mit *ihm*?«, unterbrach Leda ihn. »Es ist alles andere als leicht, ihn loszuwerden …«

»Leda, halt den Mund!« Céleste starrte sie wütend an.

»Darum kümmere ich mich«, sagte er.

»Der Brennofen«, stieß Leda hervor. Das kam fast zu schnell, als hätte sie nur auf diesen Augenblick gewartet.

Er und Céleste sahen sie verblüfft an.

Schweigen.

»Wir sollten jetzt darüber sprechen, wie wir das Haus sauber machen werden«, sagte er.

KAPITEL 25

Céleste und Leda hoben alles auf, was auf dem Boden zwischen dem Bett und der Schlafzimmertür herumlag. Mit dem Rest konnten sie sich später befassen.

Er hatte sich gelbe Gummihandschuhe angezogen, die er sich aus der Küche geholt hatte, stand neben dem Bett und sah auf Lacan herab. Die beiden Schwestern befanden sich auf der anderen Seite des Bettes. Leda war völlig fasziniert von Lacans Körper und starrte ihn mit einer Neugierde an, die er unanständig fand, aus Gründen, die er nicht einmal selbst verstand. Céleste starrte auf das Bett, doch nicht auf den Körper, eine Reaktion, die er verständlicher fand und dezenter als Ledas unverfrorene Faszination.

Er holte ein Laken aus dem Wäscheschrank in Célestes Badezimmer und breitete es neben dem Bett auf dem Boden aus. Dann faltete er ein weiteres Laken auseinander und legte es über das erste.

Während Leda und Céleste dabeistanden und zusahen, griff er nach Lacans schwammigem Körper und begann ihn zur Bettkante zu ziehen, ein Vorgang, der gleichermaßen widerwärtig und lächerlich war. Seine gesamte Kleidung wurde mit Blut besudelt, und zwar so sehr, dass er sich fragte, warum er überhaupt die Handschuhe anbehielt. Aber er ließ sie, wo sie waren. Er wollte nicht versehentlich Lacans nackte Haut berühren.

Als der Körper schließlich vom Bett auf die Laken fiel, ließ sein Gewicht Gas aus dem Zwerchfell entweichen, und ein groteskes Zischen entfuhr Lacans Mund und drang durch den blutdurchtränkten Verband um seinen Kopf. Alle drei wichen schwankend vor dem Toten zurück.

Céleste drehte sich blitzartig um, rannte ins Bad und übergab sich dort.

»Himmel!« Rasch sammelte er sich und begann, den Körper in die Laken zu wickeln, auf die er herabgefallen war. Leda stand wie gelähmt dabei und sah ihm zu.

Mit einiger Mühe schaffte er es schließlich, den Körper in beide Laken zu hüllen. Er zog die Schnürsenkel aus einem Paar Schuhe in Célestes Schrank heraus und band die Laken damit oben und unten zusammen. Dann nahm er den Gürtel von Lacans Hose, der über einen Stuhl geworfen worden war, und schnallte ihn um die Mitte des Körpers, um zu verhindern, dass das Bündel sich an dieser Stelle öffnete.

Célestes Anfall von Übelkeit dauerte nicht lange, doch sie kam erst aus dem Badezimmer, als er das unheimliche Bündel aus dem Schlafzimmer in die obere Diele zog.

Als er ins Schlafzimmer zurückkehrte, hatte Céleste einen der umgeworfenen Sessel aufgerichtet und sich darauf gesetzt. Leda saß auf einem Stuhl in der Nähe des Fensters am anderen Ende des Raumes. Auch sie war jetzt blass, und von ihrer Faszination war nichts mehr übrig geblieben.

Beide Frauen sahen ihn an. Ihm war heiß, und er schwitzte.

»Hast du noch mehr Laken dort drin?«, fragte er Céleste.

Sie ging ins Bad zurück und kam mit zwei weiteren zusammengelegten Laken zurück, die er ebenfalls auf dem Boden ausbreitete. Dann zerrte er alles aus dem Bett, die Kissen, das Laken, den Matratzenschoner und – zu seiner großen Erleichterung – auch die Plastikunterlage unter dem Matratzenschoner. Er hatte sich schon Sorgen darüber gemacht, was er mit der blutdurchtränkten Matratze machen sollte. Das musste er nun nicht mehr.

Er warf alle Sachen, die aus Stoff und blutbefleckt waren, auf die Laken. Das alte Haus hatte polierte Hartholzböden, auf denen überall einzelne Teppiche verteilt lagen. Mehrere lagen um Célestes Bett, die er nun ebenfalls auf den Stapel warf, der sich schon auf den Laken türmte.

Nachdem er alles zusammengesammelt hatte, was ihm eingefallen war, knotete er die vier Ecken der Laken zusammen und zerrte auch dieses Bündel hinaus in die Diele.

Dann kam er ins Schlafzimmer zurück.

»Leda, gehen Sie vor uns die Treppe hinunter und ziehen Sie unten alle Teppiche aus dem Weg. Wir gehen durch die Hintertür hinaus.«

Sie sah noch immer angeschlagen aus, doch sie kämpfte sich aus dem Sessel hoch und verließ wortlos den Raum.

Er sah Céleste an.

»Wie geht es dir?«

»Ganz gut. Ich werde das Bündel ziehen, ja?«

»Kannst du das?«

Sie nickte.

Sie gingen in die Diele hinaus. Er packte ein Ende von Lacans Leichentüchern und zog. Das kokonartige Gebilde ließ sich mühelos über das polierte Holz ziehen. Céleste folgte ihm mit dem Lakenbündel. Als er zum Treppenabsatz kam, ging er zum anderen Ende des Kokons und schob so lange, bis der größere Teil des Bündels über der obersten Stufe hing. Die Erdanziehung übernahm den Rest. Er musste nur noch festhalten und die Geschwindigkeit des Gefälles auf den beiden Treppenteilen regulieren.

Als er unten angekommen war und den Körper von der letzten Stufe zog, schaute er zurück. Céleste war auf dem Treppenabsatz stehen geblieben.

»Gib ihm einfach einen Schubs«, sagte er. »Es wird sich nicht auflösen, und es ist nicht schwer genug, um Schaden anzurichten.«

Sie folgte seiner Anweisung, und das Bündel voll blutiger Kleider, Laken und Teppiche rumpelte relativ leise die beiden Treppen hinab.

Leda hatte sämtliche Teppiche auf eine Seite der Diele geschoben, und Lacans Kokon glitt flüsternd über das polierte Holz zur Hintertür. Nun wurden die Dinge schwieriger.

Céleste fuhr den Mietwagen in die Garage, während er zur Haustür hinausging und den Jeep hinter dem Wagen parkte. Auch wenn der Mietwagen für den Transport des Körpers ein besseres Versteck als der Jeep bot, hätte die Gefahr bestanden, dass Blut auf die Polster gelangte. Er vermutete, dass Lacans Kokon bald undicht werden würde. Auch wenn es so aussah, als hätte Lacan jeden Blutstropfen im Bett verloren, als sein Herz aufgehört hatte zu schlagen und damit auch Blut durch seine Wunden herauszupumpen. Doch es war anzunehmen, dass er noch immer genug Blut in sich hatte, das herauslaufen konnte, und der Jeep konnte problemlos ausgespritzt werden.

Er parkte dicht neben dem Weg, der zur Hintertür führte, öffnete die Hecktür, und als er schließlich die Stufen zur Hintertür hochstieg, sah er, dass sich seine Angst wegen des Bluts bewahrheitet hatte. Auf dem Kopfende von Lacans Kokon hatte sich ein ausbreitender dunkler Fleck gebildet, der einen rostroten Streifen verschmiertes Blut hinterlassen hatte.

»Scheiße«, sagte er, als er vor dem Körper stehen blieb.

Leda sah ihn an. »Was ist los?«

»Dieser polierte Fußboden kann leicht geputzt werden«, sagte er, »aber wenn wir Blut auf den Dielen auf dieser alten Veranda verlieren, bekommen wir das nie mehr weg. Und das Gleiche gilt für den Weg. Sie werden es finden. Ich werde ihn zum Jeep tragen müssen.«

Er wusste, dass das schwierig werden würde, und ihm war auch klar, dass Lacan schwer sein würde. Es wäre viel leichter gewesen, wenn er ihn zu den Stufen der Veranda hätte ziehen können, wo er den Körper von einer niedrigen Stelle aus hätte aufheben können, doch er beschloss, dass das nicht in Frage kam.

Er musste all seine Kräfte aufbringen, um den schlaffen Kokon Stück für Stück anzuheben, bis er schließlich seine rechte Schulter unter den Körper schieben konnte. Der Leichnam war zum Verrücktwerden schlaff und daher schwierig zu handhaben. Doch schließlich schaffte er es, ihn sich über die Schulter zu ziehen und sich langsam und unter großer Anstrengung aufzurichten. Der schwer auszubalancierende Körper ließ sich kaum festhalten, doch es gelang ihm, das Gewicht zu verteilen, bis Leda ihm die Tür zur Veranda öffnete.

Die Verandastufen waren kaum zu bewältigen, und obwohl er an relativ schwere Arbeiten gewöhnt war, schien der Weg zur Auffahrt ewig zu dauern, und jeder Schritt war ein herkulischer Kraftakt. Schließlich ließ er den Körper mit einem widerwärtigen Geräusch auf die Hecktür des Jeeps fallen. Wie eine Wespe, die eine Spinne in ihr Nest zerrt, bugsierte er Lacan der Länge nach in den Jeep, von vorne nach hinten und zwischen die Sitze. Am Ende war er total verschwitzt und mit mehr Blut bedeckt, als er wahrhaben wollte.

Er setzte sich auf die Heckklappe, um wieder zu Atem zu kommen, während Leda und Céleste das Bündel mit den blutigen Sachen herausbrachten und es vor seinen Füßen fallen ließen. Keiner von ihnen sprach. Sein Herz pumpte wie ein Kolben. Die Nacht war heiß. Und in ganz San Rafael bewegte sich kein Blatt.

»Ihr müsst hier anfangen«, sagte er nach einem Augenblick, während er noch auf der Heckklappe saß. Seine Stimme klang verschwörerisch in der Dunkelheit. »Es kann etwas auf dem Weg ... heruntergetropft sein. Überprüft den Weg. Die Veranda. Sucht jeden Zentimeter unseres Weges vom Schlafzimmer ab.«

Sie erwiderten nichts.

»Und im Schlafzimmer macht ihr es folgendermaßen: Stellt euch das Zimmer wie eine Schachtel mit sechs Seiten vor. Die

Zimmerdecke könnt ihr außer Acht lassen. Sie ist zu hoch und spielt daher keine Rolle. Beginnt an der linken Wand, wenn ihr ins Zimmer kommt. Überprüft sie und reinigt sie. Verwendet ein leichtes Bleichmittel. Geht von einer Wand zur nächsten und reinigt jede vom Boden bis zur Decke, bis ihr alle vier Wände geputzt habt. Dann den Boden. Dann das Badezimmer. Ihr müsst es ganz methodisch machen, sonst funktioniert es nicht. Ihr überseht sonst zu viel.«

Stille. Ihm war ein wenig schlecht. Dann wurde ihm sehr schlecht. Von der Hitze und der ganzen Anspannung. Kopfschmerzen kündigten sich an. Er wagte nicht, innezuhalten und über das nachzudenken, was er tat und die Vorstellung, dass er den Körper eines Mannes wegschaffte, der ermordet worden war. Es war zu … es war mehr als bizarr … es war unbeschreiblich.

»Der Bettrahmen«, fuhr er fort. »Stellt euch das Blut vor, und macht alles sauber, wo es eurer Vorstellung nach noch sein könnte. Es ist verspritzt worden. Denkt daran und macht dort sauber, wo eure Vorstellung euch hinführt. Vergesst nicht …«

»Lieber Gott, Ross«, stieß Leda hervor. »Wir werden es machen. Wir werden dieses Haus sauber machen.«

Er betrachtete ihre Silhouetten. Mehr waren sie für ihn nicht, sprechende Silhouetten und Kleckse in der Dunkelheit.

»Was wirst du jetzt machen …« Céleste hielt inne.

»Mach dir darüber keine Gedanken«, sagte er. »Ich werde mich um alles kümmern.«

KAPITEL 26

Er warf das Lakenbündel auf Lacans Kokon und vergewisserte sich, dass es das blutige Ende verdeckte. Dann wickelte er ein paar Werkzeuge aus einem Stück Segeltuch, warf das Segeltuch über das noch sichtbare Ende des Leichentuchs und beschwerte es mit den Werkzeugen. Das Segeltuchdach des Jeeps bot einen gewissen Sichtschutz, auch wenn die Seiten und das Heck offen waren.

»Das war's dann«, sagte er zu den beiden dunklen Gestalten auf dem Weg. »Ich komme zurück, sobald ich kann.«

Er fuhr rückwärts aus der Ausfahrt heraus und hatte gerade begonnen, den Hang zur Straße hinunterzufahren, als er anhielt, einen niedrigen Gang einlegte und rückwärts wieder zur Garage hinauffuhr. Leda und Céleste hatten schon die Stufen der rückwärtigen Veranda erreicht. Er ließ den Jeep im Leerlauf laufen, ging in die Garage, holte das Rohr aus dem Spülstein und warf es auf der Beifahrerseite des Jeeps auf den Boden. Die Schwestern schwiegen, während sie ihn von der rückwärtigen Veranda aus beobachteten. Wieder fuhr er die Auffahrt hinunter und von dort auf die Straße.

Er fühlte sich benommen und angeekelt zugleich. Er war wie betäubt. Solange er mitten in der Situation gesteckt hatte, schien jeder Augenblick seine eigene Logik besessen zu haben, aufgrund derer jede kleine Entscheidung natürlicherweise zur nächsten geführt hatte. Doch je weiter er sich von den Entscheidungen entfernte und über das Ganze nachdachte … ja, sogar als Schlagzeile – SKANDAL – BILDHAUER ROSS MARTEAU IN MORDFALL VERWICKELT –, wurde ihm ganz schwindelig. Der Sinn dessen, was wirklich geschehen war, begann sich zu verflüchtigen, und die unheimliche Episode verschwamm zur Unwirklichkeit.

Andererseits war alles nur zu wirklich. Er wusste, wenn die Polizei ihn anhalten würde, wäre sein Leben verwirkt. Er war in San Rafael noch nie von der Polizei angehalten worden, zwanzig Jahre lang kein einziges Mal, doch als er die gewundene Straße durch den Wald von Palm Heights hinunterfuhr, dachte er, dass es fast unvermeidlich war, dass man ihn jetzt anhielt. Eine Wolke von Resignation hüllte ihn ein und dann eine große Traurigkeit darüber, dass es so enden musste, mit dem Gestank nach einem Skandal, was völlig untypisch für sein Leben war. Er würde das Ansehen von Ross Marteau beschmutzen, und er würde für alle Zeit der Bildhauer in dem Mordskandal sein statt einfach nur der Bildhauer. Seine Arbeit würde zu einer Fußnote seines Lebens werden und nicht mehr sein Inhalt sein.

Er war überrascht, als er sich unten auf dem Santa Elena Drive wiederfand und wieder um die Ecke bei *Rambach's Mill* fuhr. Von hier bis zur Los-Ciprés-Brücke stromaufwärts war der Fluss am tiefsten und blieb es so lange, bis er San Rafael hinter sich ließ.

Die alte Mühle stand auf einem kleinen Vorgebirge, wo der Encinal schmaler wurde, und das Wasser floss an dieser Stelle mit hoher Geschwindigkeit zwischen den beiden Steilufern hindurch. Vor langer Zeit war die Mühle zu einer kleinen Gastwirtschaft mit Restaurant umgebaut worden, deren Eingang von der Fahrbahn aus hinter Ahornbäumen versteckt lag.

Er hatte sich vorgestellt, dass er auf den Parkplatz der Gaststätte fahren und den Weg nehmen könnte, der unterhalb der Mühle und dem Restaurant entlangführte. Dort wäre er außer Sicht der Gäste im Restaurant gewesen, die von den Fenstern aus das schnell fließende Wasser und die Stadt am Hang auf dem gegenüberliegenden Flussufer sehen konnten. Und von dort aus wollte er das Rohr in den Fluss schleudern.

Als er jetzt auf der gegenüberliegenden Straßenseite von *Rambach's Mill* saß und zur Mühle hinüberschaute, kam er sich wie ein Idiot vor. Wollte er etwa den Toten einfach im Jeep zurücklassen, dass ihn jeder sehen konnte, während er sich des Rohres entledigte? Das war ein Gasthaus, verdammt noch mal, und der Blick vom Weg aus war so herrlich, dass dort oft Leute entlanggingen.

Daran hatte er überhaupt nicht gedacht. Oder nicht gründlich genug, was ihm jetzt schreckliche Angst einjagte. Himmel, er hatte eine Leiche auf dem Boden des Jeeps liegen, dessen blutiger Kopf jedes Mal gegen seinen Unterschenkel stieß, wenn er den Gang wechselte und Gas gab. Poch, poch, poch. Und er war über und über mit Blut besudelt, was jeder Mensch auf den ersten Blick erkennen konnte.

Sieh zu, dass du von diesen verdammten Straßen wegkommst.

Er fuhr auf den Riverside zurück und den schlangenlinienförmigen Weg hinauf. Ihm begegneten ein paar Autos, und er ließ einen Lieferwagen vorbeifahren. Zum Glück waren die wenigen Straßenlaternen in San Rafael alt und hatten Glühbirnen mit einer niedrigen Wattzahl. Außerdem standen sie nur an den belebtesten Straßen. Die Los-Ciprés-Brücke schien meilenweit entfernt zu sein.

Doch schließlich erreichte er sie. Er schaute stromabwärts zu *Rambach's Mill* hinunter, deren Lampen mit einem schmerzlich unschuldigen und einladenden Schimmer lockten. Zum ersten Mal fühlte er sich von all dem ausgeschlossen, von den behaglichen Freuden von San Rafael, die er schon so viele Jahre lang als selbstverständlich betrachtet hatte. Zu seiner Linken sahen die Zypressen, die den Fluss stromaufwärts beschatteten, wie drohende und anklagende Ungeheuer aus, dunkler als die Nacht. Unter ihnen befand sich die kleine Ansammlung von Restaurants und Bars, die flussabwärts von *Graber's* dort gebaut worden waren. Sie warfen ihre bunten Lichter über das Wasser und lockten mit einer Flucht vor dem Albtraum. Gott, wie sehr er wünschte, dass das heute ein weiterer Abend bei *Graber's* wäre.

Er überquerte den Fluss und fuhr stromabwärts auf der Buena Vista entlang, die sich jetzt in östlicher Richtung am Flussufer entlangzog. Die Hickory-Bäume des lang gezogenen und schmalen Denegre Parks trennten ihn von dem Wasser. Er konnte *Rambach's Mill* jetzt genau gegenüber sehen und dahinter die verstreuten schwachen Lichter, die sich an den Abhängen der Hügel bis nach Palm Heights hinaufzogen ... zu Palm Heights und den grausigen Vorgängen im Haus 1722 am Santa Elena Boulevard.

Er schwitzte heftig, wegen der Hitze und des Kampfes mit der Leiche, doch vor allem wegen des panischen Gedankens, dass er es vielleicht gerade nach Hause schaffen würde, ohne angehalten zu werden. Er behielt seinen Tacho im Auge. Er setzte den Blinker, wenn er die Fahrbahn wechselte, ein absurdes Verhalten auf diesen schmalen und kaum befahrenen Straßen. Er war ein Muster an Verantwortung und der korrekte Autofahrer schlechthin. Ein Unikum. Und was erregte mehr Aufmerksamkeit als ein Unikum. Er hörte auf zu blinken.

Er bog in Richtung Hügel ab. Während er am Fluss entlanggefahren war, hatten die Gerüche des Wassers alle anderen Gerüche in dieser warmen Nacht überdeckt, doch hier erfüllte sehr bald schon der Duft der Zedern die Luft, und einmal mehr konnte er, selbst über den Lärm des Jeepmotors hinweg, das pulsierende Zirpen der Zikaden und Grillen in der Dunkelheit hören. Schon bald erfassten die Scheinwerfer des Jeeps die Mauer seines Anwesens und dann die geöffneten schmiedeeisernen Tore.

Schwindelig vor Erleichterung fuhr er in die Einfahrt hinein und hielt unmittelbar hinter den Toren an. Normalerweise ließ er die Tore offen, doch jetzt griff er ins Handschuhfach und drückte auf die Fernsteuerung. Während sich die Tore langsam schlossen, sprang er aus dem Jeep und ging zu einem kleinen, mit einem Dach versehenen Kasten, der sich hinter einer der Steinsäulen des Tors befand. Er nahm eine Kette und ein Vorhängeschloss heraus und wickelte die Kette um die aneinander stoßenden Ränder der beiden Torflügel herum und versperrte sie mit dem Vorhängeschloss.

In langsamem Tempo fuhr er die Auffahrt halb hinauf und bog dann in einen kaum sichtbaren Waldweg ein. Die Scheinwerfer schwenkten über das dichte Buschwerk hinweg und schufen einen erleuchteten Tunnel, als er in Schlangenlinien ums Haus herum fuhr, bis die Scheinwerfer den Brennofenschuppen und das Studio in helles Licht tauchten. Hastig machte er die Scheinwerfer aus, schaltete in einen niedrigeren Gang herunter und fuhr im Schritt-Tempo, bis er schließlich vor dem Brennofenschuppen zum Stehen kam.

Er schaltete den Jeep auf Leerlauf, stieg aus und ging zu einem Leitungsmast hinüber, der sich an der vorderen linken Ecke des Schuppens befand. Er öffnete einen Stromkasten, legte einen Schalter um und schaltete damit ein schwaches Licht an, das einen leicht gelblichen Schimmer über die kleine Fläche vor dem Brennofen warf. Er benutzte den Brennofen oft nachts, weil er ihn nicht in der Tageshitze anschalten wollte, und er hatte ein Beleuchtungssystem entworfen, das jenseits der Mauern, die seinen Besitz umgaben, nicht sichtbar war.

Gleich unter dem Schuppen und fast angrenzend an die Vorderseite des Brennofens befand sich ein Butangastank und ein Bedienungsfeld für den Brennofen. Er hatte den Ofen ein Jahr lang nicht in Gang gesetzt, doch bevor er nach San Rafael zurückgekehrt war, hatte er den Tank befüllen lassen. Er sah auf die Analogskala, die zu einer Leitung gehörte, die vom Tank zum Brennofen führte, und drehte schnell an dem Ventilhahn aus Messing.

Sofort hörte er das vertraute schwirrende Geräusch, als das Butangas durch die Leitungen schoss, während die Nadel auf der Skala ruckartig ausschlug. Als er das Ventil öffnete, stieg sie so lange weiter an, bis sie den höchsten Druck auf der Skala erreichte.

Er ging zum Jeep und fuhr ihn rückwärts vor die Schienen, die aus der Vordertür des Brennofens herausschauten. Er stellte den Motor aus, kehrte zum Brennofen zurück und drehte dort das große Verschlussrad an der schweren Eisentür herum und öffnete sie. Dann drückte er auf einen roten Knopf unter dem Lichtschalter, und der schwere eiserne Rollwagen, der auf Schienen in den Bauch des Brennofens fuhr, begann zu ächzen. Als der Rollwagen ganz aus dem Brennofen herausgefahren war, ließ er den Knopf los und arretierte ihn fast genau vor der Rückseite des Jeeps.

Er ging zum Bedienungsfeld hinüber und prüfte die Instrumente. Er drückte ein paar Knöpfe, betätigte einen Kippschalter ... und wartete. *Wusch!* Die Brenner des Ofens entzündeten sich.

Er justierte ein paar Skalen und konnte die Brenner auf der anderen Seite der dicken Ziegelwände brausen hören. Ein paar Minuten lang prüfte er noch das Bedienungsfeld, und als er zufrieden war, ging er zur Vorderseite zurück und sah durch das hitzebeständige Sichtfenster, das sich neben der Tür befand. Die Flammen waren blau und gleichmäßig und kraftvoll, und er konnte sie zischen hören.

Ohne den Jeep anzuschauen, drehte er sich um und ging auf den Weg entlang zurück zum Haus. Es war nicht sehr hell, doch er war diesen Weg schon unzählige Male gegangen und brauchte nicht einmal mehr darüber nachzudenken. Er durchquerte den Innenhof und ging durch die Hintertür in die Küche und durch die Küche hindurch ins Wohnzimmer. Dort öffnete er den Getränkeschrank und nahm eine grüne Flasche mit Glenfiddich heraus.

Er brach das Siegel der Scotch-Flasche auf, während er auf dem dunklen Weg zum Brennofen zurückkehrte, und als er den Jeep wieder erreichte, nahm er seinen ersten Schluck. Das war ein armseliger Ersatz für echten Mut, und er schämte sich dafür, dass er sich Mut anzutrinken versuchte, doch an diesem Punkt war das das Geringste der Dinge, derer er sich schämte. Es kümmerte ihn einen Dreck. Das war die einzige Möglichkeit, das hinter sich bringen zu können, was er als Nächstes zu erledigen hatte.

KAPITEL 27

Eine Weile lang – er hatte keine Vorstellung, wie lange – lehnte er am Kotflügel des Jeeps und trank Whisky. Verträumt starrte er auf das Fenster aus Sicherheitsglas neben der Brennofentür, durch das er die blaue Flamme sehen konnte. Er wartete und beobachtete, wie sich ihre Farben entwickelten, während sich die Hitze im Brennofen langsam bis zu der Temperatur steigerte, die er wollte.

Als er den Whisky zu spüren begann, schraubte er die Flasche wieder zu, legte sie auf den Kotflügel des Jeeps und holte tief Luft. Nachdem er das Segeltuchverdeck des Jeeps geöffnet hatte, riss er es vom Rahmen ab und warf es zu Boden. Er entfernte den Rahmen und warf ihn auf das Segeltuch. Dann zog er sich sein Hemd aus und hängte es über das Steuerrad. Er stellte sich hinten in den Jeep, hob das Bündel mit den blutigen Laken von Lacans Körper hoch und warf es auf den Boden neben die Schiene und den Rollwagen. Dann machte er die widerliche Entdeckung, dass der Körper tatsächlich weiter Blut verloren hatte, und eine erstaunlich große Menge davon bedeckte den Boden des Jeeps wie eine Glasur. Wie viel verdammtes Blut konnte dieser Kerl denn haben? Er packte das durchweichte Bündel und wuchtete es vom Boden hoch, rutschte auf der Soße aus Lacans Leiche aus, atmete seinen muffigen Geruch ein, als er den Körper umfasste und um sein Gleichgewicht kämpfte, während er sich bemühte, diesen madenförmigen Sack festzuhalten.

Als er den Kokon endlich auf den Rollwagen legte und ihn zurechtrückte, schwitzte er wieder heftig. Er sprang herab, nahm das Lakenbündel und legte es vorne in den Rollwagen, der so gebaut worden war, dass er eine lebensgroße Skulptur aufnehmen konnte und er daher gerade genug Platz bot für den Körper und das Bündel.

Wieder ging er zum Kotflügel des Jeeps hinüber und nahm ein paar weitere Schlucke Whisky. Der Brennofen brüllte jetzt, ein dumpfes Rumpeln, das nach Kraft und nach der Hölle klang.

Plötzlich erinnerte er sich an seine Kleidung. Er holte das Hemd vom Steuerrad, zog sich die Hose aus und die Unterwäsche. Schließlich schlüpfte er aus seinen Socken und den Schuhen. Alles wanderte hinauf auf das Bündel, zusammen mit dem Rohr, das er auf dem Boden des Jeeps vergessen hatte. Er trank noch einen Schluck Whisky und ermutigte sich selbst damit, dass er das tun konnte, was zu tun war. Er versicherte sich selbst, dass er das Richtige tat. Und er sagte sich selbst, dass er logisch denken konnte.

Er ging um den Jeep herum und in den Schuppen, wo er eine lange Lederschürze von einem Nagel nahm und ein Paar Lederhandschuhe von einem Brett, die er beide anzog, während er zum Brennofen zurückging. Er drehte den Radverschluss auf und zog die schwere Eisentür auf. Dabei wich er zurück und benutzte die Tür als Schutzschild gegen die Brennofenöffnung. Dann ging er zum Leitungspfahl hinüber, betätigte einen Kippschalter und drückte wieder auf den roten Knopf. Der Rollwagen setzte sich mit einem Ruck in Bewegung und fuhr dann mit dem Bündel blutiger Laken und Lacans Kokon auf der Schiene davon und in den Brennofen hinein.

Am Ende des Ofens stieß der Rollwagen gegen eine Haltevorrichtung. Er schlug die Tür zu und drehte das Radschloss so lange herum, bis sie fest verschlossen war.

Er stieg über die Schienen und sah durch das Glasfenster links von der Brennofentür.

Das Bündel hatte bereits Feuer gefangen und brannte mit einer hellen orangefarbenen Flamme, die es wie ein Hof umgab. Das Leichentuch um Lacans Körper war ebenfalls verschwunden. Ascheflocken schossen tanzend von seinem geschwärzten Körper hoch, der schon wie ein Marshmallow überkrustet war.

Er wusste, was als Nächstes geschehen würde. Und es geschah auch. Der teerschwarze Lacan begann sich zu bewegen und erhob sich langsam aus der Taille heraus, bis er in Reitposition dasaß, mit ausgestreckten Armen, als hielten sie die Zügel eines Zaumzeugs, und mit ausgestreckten Beinen, als befänden sie sich in den Steigbügeln eines Sattels. Während er mit offenem Mund dasaß, explodierte er plötzlich in einer aufblitzenden Flamme und ritt wie ein Dämon in die Hölle, während Flammen aus seinem Kopf herausschossen.

Ross drehte sich schnell von dem Fenster weg, taumelte zum Rand des Waldstücks hinüber und übergab sich dort … und übergab sich … und übergab sich.

Als er endlich seinen Magen wieder unter Kontrolle hatte, fiel ihm auf, dass er noch immer die Lederhandschuhe und die schwere Lederschürze trug. Er zog sie aus und brachte sie in den Schuppen zurück. Dann ging er wieder hinaus und setzte sich auf den Mühlstein, der ungefähr kniehoch war und sich unter seinem nackten Hintern kalt anfühlte. Der Ofen brüllte so gewaltig, dass er den Nachhall spürte.

Doch er blieb nicht lange sitzen. Erneut machte er sich in der Dunkelheit auf den Weg zum Haus. Aus der Waschküche holte er sich eine Flasche mit Bleichmittel und eine langstielige Scheuerbürste. Er zog sich keine frische Kleidung an, weil sie bei der Reinigung ohnehin wieder schmutzig werden würde.

Er kehrte zum Brennofen zurück, stieg in den Jeep und fuhr ihn rückwärts zum Wald und in die Nähe des Mühlsteins. Dicht daneben befanden sich ein Hydrant und ein Gartenschlauch mit einer Spritzdüse. Er stellte sich in den Jeep und verteilte das gesamte Bleichmittel vorne und hinten auf dem Boden. Dann drehte er das Wasser voll auf und spritzte den Jeep aus. Dabei ging er nicht sehr ordentlich vor, weil es ihm darum ging, all das Blut loszuwerden.

Dass er die Arbeit in fast völliger Dunkelheit erledigen musste, war frustrierend. Die schwache Lampe vorn am Brennofen war ihm hier keine große Hilfe, und er hatte vergessen, sich eine Taschenlampe mitzubringen. Dennoch spritzte er weiter und weiter, bis er überzeugt davon war, dass er alles Blut entfernt hatte.

Er stieg auf den Mühlstein, um aus dem Schlamm herauszukommen, entfernte die Spritzdüse, hielt sich das Schlauchende über den Kopf und duschte sich selbst ab. Später würde er noch richtig baden, doch im Augenblick genügte ihm das Gefühl von Sauberkeit.

Schließlich stieg er vom Stein herab und ging zu dem Brennofenschuppen hinüber, in dem er mehrere Zeltplanen auf Brettern aufbewahrte. Er nahm eine davon, ging damit zum Rand des Hofes vor dem Studio und breitete sie auf dem Boden aus. Er ging zum Schuppen zurück, vor dem er die Flasche Glenfiddich fand, die er vom Jeep heruntergeworfen hatte, schaltete die schwache Glühbirne aus, nahm den Scotch zu der Persenning zurück und setzte sich darauf.

Erschöpft sah er auf die Uhr. Bei fast 1100 °C würde es vielleicht drei Stunden dauern, bis der Brennofen sein Werk vollbracht hatte. Dann wäre es kurz nach drei Uhr morgens. Dann erst würde er einen prüfenden Blick durch das Brennofenfenster werfen, aber auf keinen Fall vorher.

Scheiße. Er legte sich ausgestreckt auf die Seite, öffnete die Flasche und nahm einen weiteren Schluck. Er war erledigt. Was auch immer jetzt geschehen mochte, er würde mit drinstecken. Er konnte jetzt nicht mehr entkommen, so verzweifelt gern er das auch wollte. Dies war kein Traum, nicht einmal ein Albtraum. Dies war so wirklich wie es nur sein konnte.

Noch einen Schluck.

Er dachte an die beiden Schwestern, und daran, was sie durchmachten. Wenigstens musste er die endlose Putzerei nicht erledigen und nicht von einem Zimmer zum anderen gehen, um die Spuren dessen zu entfernen, was sie alle getan hatten. Sobald ihn ein Gefühl von Schwäche überfiel angesichts dessen, was er tat, zwang er sich, an Lacan und daran, was er getan hatte, zu denken. Wenn Ross das Gesetz gebrochen hatte, na schön, dann hatte er das eben getan, doch er glaubte nicht, dass er den Sinn des Gesetzes gebrochen hatte.

Leda hatte das Gesetz in die eigenen Hände genommen, und das war falsch gewesen. Und er hatte ihr geholfen, ihre Tat zu vertuschen, und das war auch falsch gewesen. Doch wenn sie die Polizei gerufen hätten und wenn das Rechtssystem davon hätte überzeugt werden können, dass Leda in ihrem Geisteszustand geglaubt hatte, dass das einzige Mittel, um sich von diesem Mann zu befreien, ihre Tat war ... *wenn* man sie davon hätte überzeugen können, hätte sich dann nicht letztendlich alles auf die gleiche Weise gelöst? Wenn er das nüchtern bedachte, hätte sie höchstwahrscheinlich eine Bewährungsstrafe bekommen. Doch der Schaden, der seinem Leben und auch ihrer beider Leben zugefügt worden wäre, wäre um ein Vielfaches größer gewesen. Die Medien hätten das getan, was sie am besten konnten: sie hätten die ganze Sache zu einer Sensation aufgebauscht.

Er nahm noch einen Schluck.

Ohne Zweifel hatte er gegen die Gesetze des Strafrechts verstoßen. Doch er wollte nicht zulassen, dass er sich nach dem Gesetz der Moral schuldig fühlte.

Er dachte weiter darüber nach. Und für den Augenblick fühlte er sich gerechtfertigt. Ja, damit konnte er leben. Er fühlte sich gerechtfertigt.

Doch schon im nächsten Moment wusste er tief in seinem Innern, dass das, was er getan hatte, nicht aus einer moralischen Empörung heraus geschehen war und auch nicht im moralischen Sinn der Gerechtigkeit, sondern aus dem tiefen Wunsch, seine Haut zu retten, sein Image und seine Karriere. Er hatte es getan, um sich vor Demütigungen und Verlegenheiten zu retten. Guter Gott, war er so seicht?

Ja, das war er.

Wieder spürte er langsam den Whisky. Er lag nackt auf dem steifen Segeltuch, stützte sich auf einem Ellbogen ab und sah, dass das Licht im Brennofenfenster einen pfirsichfarbenen Schimmer auf den Mühlstein und die Front des Jeeps warf. Das Licht flackerte. Das war nicht normal. Wenn er ein Modell oder eine Statue brannte, gab es nichts zu verzehren. Nun aber schon. Also flackerte es.

Diese Beobachtung rief einen neuerlichen Anfall von Übelkeit in ihm hervor. Er legte sich auf den Rücken und schaute zum Himmel hinauf. Sterne waren zu sehen, wenn auch nicht sehr viele. Doch er konnte noch immer genügend sehen, um weiter verwundert zu ihnen hinaufzustarren.

Es spielte keine Rolle, ob das alles in einem Gerichtssaal erledigt wurde oder nicht. Er wusste, dass sich ohnehin alles verändert hatte. Alles. Er war nicht mehr derselbe Mensch wie zuvor. Na ja, vielleicht war er ja noch derselbe Mensch, aber er war auch mehr als derselbe Mensch. Und weniger. Wenn man das machte, was er gerade getan hatte, ist man sowohl mehr als auch weniger. Ein größerer Feigling, ein größerer Ausgestoßener, ein größerer Außenseiter. Weniger wert, weniger charakterlich gefestigt, weniger begreiflich. Unberechenbarer. Weniger akzeptabel.

Er trank ein wenig Whisky.

Der Brennofen brüllte wie ein Drache, und ihm fiel auf, dass das Geräusch des Brandvorgangs niemals so unheimlich geklungen hatte. Zuvor hatte es immer den Höhepunkt eines kreativen Prozesses für ihn bedeutet, auf den er stolz gewesen war. Das Brennen des modellierten Tons war wie die Taufe eines kreativen Aktes gewesen.

Doch jetzt, verdammt noch mal, verbrannte er gerade einen Menschen zu Asche, und das Geräusch des Feuers war genauso entsetzlich für ihn wie das Geräusch seiner eigenen Gedanken, das Geräusch seiner hart arbeitenden Gedanken, die versuchten, das zu rechtfertigen, was er getan hatte und was aus ihm geworden war.

KAPITEL 28

Er schlief nicht, doch wirklich bei Bewusstsein war er auch nicht. Er schwebte eher durch ein Zwielicht von schrecklichen Bildern, die zu sehr den Szenen in Goyas Radierfolge *Caprichos* ähnelten: ›Er sieht Célestes ergriffenes Gesicht‹; ›Ein nackter Körper in blutigen Tüchern‹; ›Leda erklärt den Mord‹; ›Ein Leichnam ist schwer zu handhaben‹; ›Lacan reitet brennend in die Hölle‹.

Er erwachte in der Morgendämmerung, war steif und hatte einen dicken Kopf vom Whisky. Das einzige Geräusch, das er hörte, war das Poltern des Brennofens, das entfernte Donnern des Feuers. Die Oberfläche der Persenning glänzte vor Tau, und auch sein Haar war feucht. Ihm war eiskalt.

Unsicher setzte er sich auf, wartete einen Augenblick, bis er sein Gleichgewicht wiedergefunden hatte, und stand dann auf. Er ging zu dem kleinen Fenster im Brennofen hinüber, wo die Hitze so groß war, dass er sich dem Glas nur von der Seite nähern konnte. Der Rollwagen war leer, bis auf verstreute, weiße und flockenähnliche Krümel, die auf der Fläche lagen, wo Lacan gelegen hatte.

Er ging zu dem Steuerkasten vorne am Schuppen und stellte die Brenner aus. Das Brüllen verklang. Er faltete die Persenning zusammen und brachte sie auf ihren Platz im Regal zurück. Dann hob er die Whiskyflasche auf, verschloss sie und ging den Weg hinunter zum Haus.

In der ganzen Zeit, als er sich duschte, rasierte und anzog, dachte er an Céleste und Leda und daran, was sie wohl gerade machten. Ein Luftzug fuhr durch die Drahtfenster im Schlafzimmer, und die Trauertauben beklagten sich schon im Morgenschatten. Wie konnte alles so unverändert sein? Alles sollte sich doch verändert haben. Alles sollte doch … geringer sein.

Aus irgendeinem unerklärlichen Grund machte ihn die Tatsache traurig, dass sich nichts verändert hatte. Sie gab ihm das Gefühl, als sei er von all der Schönheit des Ortes abgeschnitten worden, getrennt, und dass alles auch ohne ihn weiterging. Ihm war, als wäre er gestorben und nichts hätte sich dadurch geändert.

Er machte sich Kaffee und zwei Scheiben Toast, die nach nichts schmeckten. Obwohl er keinen Appetit hatte, aß er einen Pfirsich. Er goss sich den Becher noch mal voll Kaffee, verließ das Haus und ging zum Brennofen zurück. Er hatte ihn erst eine Stunde lang verlassen, doch noch immer war er so heiß, als hätte er ihn nicht ausgeschaltet.

Er ging zum Jeep hinüber und nahm ihn in Augenschein. Er wusste nicht, was er zu sehen erwartet hatte, doch er sah überhaupt nichts, höchstens, dass das verdammte Ding seit Jahren nicht mehr so sauber gewesen war. Er stieg ein, machte den Motor an, fuhr wieder ums Haus herum zur Auffahrt und bis zum Tor. Er schloss es auf und fuhr davon, und wie immer ließ er die Torflügel offen.

Céleste öffnete die Tür. Sie sah erschöpft aus, doch sie hatte gebadet und trug ein frisches, schickes Sommerkleid. Sie drückte die Drahttür auf, und er trat ein. Voll Unbehagen blieben sie in der Diele stehen.

»Wo ist Leda?«

»Oben in ihrem Schlafzimmer. Sie schläft.«

»Seid ihr fertig?«, fragte er und schaute an ihr vorbei.

»Ja. Ungefähr um halb fünf.« Sie hielt inne. »Geh schon. Sieh dich um«, sagte sie müde.

Er konnte sich nicht zurückhalten. Er schaute sich um.

Er ging durchs ganze Haus oder zumindest den Teil, wo das Blut gewesen war, und alles sah glänzend und sauber aus. Er konnte das Bleichmittel riechen. Überall waren die Fenster offen, und das Morgenlicht strömte durch die dünnen Vorhänge herein, die sich hier und da in dem sanften Luftzug hoben. Das Haus sah unschuldig aus.

Als er zur Eingangstür zurückkehrte, saß Céleste auf einem Sofa im Wohnzimmer. Er ging hinein und setzte sich an das andere Ende.

»Was hast du mit ihm gemacht?«, fragte sie.

»In den Brennofen geschoben. Es ist nichts mehr übrig von ihm.«

Sie reagierte nicht. Sie saß in der Sofaecke, hatte ein Bein unter sich gezogen, den Ellbogen auf die Armlehne gestützt und den zur Seite geneigten Kopf in ihre Hand gestützt. Sie war so müde, dass sie ganz schwach wirkte. Er wollte die Arme um sie legen und sie festhalten, doch er wusste nicht, ob sie das jemals wieder tun könnten. Er wusste nicht, in welcher Weise sich das Ganze auf alles andere auswirken würde.

»Wir hatten die Möglichkeit, es anders zu machen«, sagte sie, als ob sie seine Gedanken geahnt hätte.

»Keiner von uns wollte den Preis bezahlen.«

»Nein, das wollten wir nicht.« Sie starrte zu Boden. »Glaubst du wirklich, dass wir damit durchkommen werden?«

»Hoffentlich.«

»Die Frage war: Glaubst du, dass wir damit durchkommen werden?«

»Ich weiß es nicht.« Aber auch das war nicht das, was sie hören wollte. Er wusste, dass er es besser machen musste. »Es kann funktionieren«, sagte er. »Ja, es kann gehen. Das Schwierigste ist jetzt, dass wir weitermachen müssen wie immer. Als hätte es die letzte Nacht gar nicht gegeben. Das müssen wir tun.«

»›Wie immer‹«, sagte sie zu sich selbst. »Nichts wird jemals mehr ›wie immer‹ sein … niemals.«

»Wir sollten auf jeden Fall so tun als ob. Ich werde heute Abend dort mit allem fertig sein. Lass uns noch einen Tag abwarten. Damit der Adrenalinspiegel wieder sinkt.«

»Und dann?«

»Dann geht alles wie gewohnt weiter. Leda kommt wieder ins Studio. Wir machen dort weiter, wo wir aufgehört haben.« Er machte eine Pause. »Wird sie das können?«

»Du wirst damit mehr Probleme haben als sie«, sagte Céleste schonungslos.

»Was meinst du damit?«

»Ich meine, dass du mehr Probleme damit haben wirst als sie.«

»Könntest du mir das etwas genauer erklären?«

»Sie ist kein Schwächling, Ross. Das dürfte dir doch mittlerweile auch schon aufgefallen sein, oder nicht?«

»Willst du damit irgendetwas andeuten?«

»Nein. Nur das, was ich gesagt habe.«

Aus irgendeinem Grund nahm er ihr das nicht ganz ab, doch er wusste nicht, warum.

»Meinst du, dass sie nicht so mitgenommen ist, wie es schien?«

»Nein, sie war mitgenommen. Doch sie war nicht verletzt.«

Langsam fand er die Unterhaltung merkwürdig, als müsse er besser zwischen den Zeilen lesen.

»Glaubst du denn, dass ich verletzt worden bin?«, fragte er.

Sie sah ihn an. »*Ich* bin verletzt worden, Ross. Und ich hoffe, du auch.«

Die trägen Geräusche, die die Palmwedel im Luftzug machten, wurden durch die geöffneten Fenster vom Santa Elena Boulevard vor dem Haus hereingetragen. Der Geruch des Bleichmittels, der durch die Räume wehte, war für ihn genauso Übelkeit erregend wie etwas Verdorbenes. Das große alte Haus schien schmerzlich einsam zu sein, und er hatte wie ein Teenager den Wunsch, mit Céleste irgendwo anders zu sein, fort von allem, was sie zusammengebracht hatte und auch fort von dem Grauen der letzten zwölf Stunden.

Sie sah ihn an, und ihm war, als sähe er in ihrem Gesicht, dass sie wusste, was er dachte. Vielleicht waren ja auch seine Gedanken von seinem Gesicht abzulesen. Als sie sich anschauten, schienen sie zu begreifen, dass der Abstand zwischen ihnen sich mit dem unmerklichen und unerbittlichen Weiterrücken des Stundenzeigers vergrößerte. Er sah keine Tränen in ihren Augen, aber er sah die Qual darin, und das machte ihm Angst. Dieses Mal fürchtete er sich nicht vor der Katastrophe, die über sie hereinbrechen würde, wenn sich das schwache Gespinst, das sie gewoben hatten, ausfaserte. Er fürchtete sich eher davor, dass sie das, was er und sie begonnen hatten, nicht mehr würden beenden dürfen.

Als er nach Hause zurückkam, ging er zum Brennofen und fuhr den Rollwagen heraus. Lediglich graue Krümel von Lacans Knochen, die von den Flammen nicht völlig zerstört worden waren, waren noch da. Er konnte sie leicht mit einem Ende eines kleinen Holzblocks vom Holzstapel zu Pulver zerstoßen. Mit einer flachen Schaufel hob er die graubraune Asche heraus und verteilte sie im Gebüsch hinter dem Brennofen. Lacan war fort.

Er lag in seinem Bett, hatte die Arme hinter dem Kopf verschränkt und schaute verträumt zur Decke hinauf. Das wilde Brummen der Zikaden draußen trieb ihn aus dem Bett, und die warme Nachmittagsluft umfächelte ihn.

Er hatte Céleste auf dem Sofa sitzend zurückgelassen. Der Tag war seltsam. So, wie er sich jetzt fühlte, hatte er sich noch nie zuvor gefühlt.

KAPITEL 29

»Was ist denn das? Etwas anderes?«

Sie stand in der offenen Tür des Studios. Zwei Tage waren vergangen.

»Ja, etwas anderes«, sagte er. Es war das erste Mal, dass sie seit der Nacht von Lacans Tod miteinander sprachen. Er stand an einem der Arbeitstische, auf dem er ein Modelliergestell aufgebaut hatte, und begann gerade, sich seine Werkzeuge parat zu legen, die er sonst in Schubladen und Fächern unter den Tischen aufbewahrte.

»Ein Modell?«, fragte sie, als sie ins Studio kam. »Ist es das? Machen Sie ein Modell aus Ton?«

Er drehte sich um und sah sie an. Er hatte zwei Tage lang kaum etwas Essbares bei sich behalten können, und obwohl er wusste, dass sie mit ihren Gewohnheiten weitermachen mussten, hatte er nicht erwartet, dass dazu auch eine forsche Haltung gehörte.

Sie kam näher, stützte die Unterarme auf das gegenüberliegende Ende des Tisches und sah ihm zu. Ihr Gesicht, ihr unglaubliches Gesicht, war so frisch, als sei ihr Leben bisher vollkommen sorgenfrei und glücklich verlaufen. Sie trug ein gelbes Sommerkleid, das vorn kurz gehalten war und ziemlich sexy aussah. Der Buckel auf ihrem Rücken war ein schockierender Störfaktor.

»Ein grobes Modell«, sagte er. »Ich will nur experimentieren.«

»Aber das machen Sie doch immer so, oder nicht?« Sie griff über den Tisch und nahm eines der Modellierwerkzeuge aus Rosenholz auf und begann damit zu spielen.

»Ja, meistens.«

Er beugte sich hinab und zog eine Kiste mit fünf Pfund rötlich braunem Colorado-Ton aus einem Fach heraus, wuchtete sie auf den Tisch und begann, Klumpen von Ton aus dem Plastikbeutel herauszuzerren, in dem der Ton verpackt war.

Während er das Gerüst auf dem Modelliergestell montierte, auf dem der Ton befestigt werden sollte, schlenderte Leda zu den offenen Fenstern hinüber. Sie stellte sich an eines und schaute nach draußen auf den Brennofenschuppen. Sie sagte nichts, trotzdem hatte er Angst, dass sie etwas sagen könnte. Sie starrte den Brennofen geraume Zeit an. Er arbeitete weiter.

»Wir sollten darüber sprechen«, sagte sie, während sie weiter aus dem Fenster starrte und mit dem glatten, runden Ende des Werkzeugs an ihre Lippen tippte.

»Nein, wir sollten nicht darüber sprechen.« Er arbeitete weiter, ohne sie anzusehen.

»Warum nicht?«

»Dumme Frage, Leda.«

Sie drehte sich um und sah ihn an. »Vielleicht dumm für Sie, aber ich muss damit fertig werden.«

Sie klang unangenehm unaufrichtig, als zitierte sie aus einer populärpsychologischen Ratgeberspalte zum Thema ›Abschluss‹.

»Sie scheinen damit ganz gut fertigzuwerden«, sagte er.

»Glauben Sie wirklich, dass die Dinge immer so sind, wie sie zu sein ›scheinen‹?«

»Sind Sie und Céleste das Reden nicht schon leid?«

»Was wissen Sie schon davon? Nichts. Wir haben keinen einzigen Satz darüber gesprochen.«

»Warum nicht?« Für ihn war das schwer verständlich.

»Sie wollte nicht. Ich habe es versucht. Aber sie wollte nicht.«

»Nun, ich will auch nicht, also scheinen Sie kein Glück zu haben.« Er sah sie an. »Sie sollten sich vielleicht besser ausziehen.«

»Ach ja. Céleste hat mir von unserem großen Plan berichtet – ›alles weiter wie gehabt‹. Das scheint mir ein cleverer Plan zu sein.«

Er überging ihren Sarkasmus, als sie zum Podium ging und sich auszuziehen begann.

»Machen Sie es sich bequem«, sagte er, »denn das wird jetzt länger als das Zeichnen dauern. Sie werden dort ein Weilchen bleiben müssen.«

Sie probierte mehrere Positionen aus, entschied sich für eine, und er begann zu arbeiten. Nachdem er einen Klumpen Ton für den Körper auf dem Modelliergestell angebracht hatte, glättete er eine Tonplatte für die Basis und rollte Tonstücke zwischen den Händen für stabile Beine.

Er arbeitete schweigend, und obwohl Leda das respektierte, konnte er ihrem Gesicht ansehen, dass sie intensiv nachdachte. Er kümmerte sich nicht darum. Er würde ihr nicht gestehen, dass er noch immer zu mitgenommen war, um zu zeichnen. Das Zeichnen erforderte ein gewisses Maß an Konzentration, das er nicht mehr aufbringen konnte. Er hatte keine Ahnung, wie er sich das erklären sollte, er wusste einfach nur, dass ihn der Gedanke an das Zeichnen nervte. Zumindest hatte das Modellieren mit Ton etwas Therapeutisches.

Die Zeit verging schnell. Leda war voller Gleichmut, doch nach einer Weile merkte er, dass sie leicht zitterte, und er wusste, dass er sie so weit gebracht hatte, wie sie ohne Pause durchhalten konnte.

»Rauchen Sie eine Zigarette«, sagte er und ging zum Waschbecken im hinteren Teil des Studios hinüber. Er wusch sich den Ton von den Händen, befeuchtete einen Lappen, kehrte mit ihm zurück und bedeckte das im Entstehen begriffene Modell.

»Was ist los?«, fragte sie, als sie sich eine Zigarette anzündete.

»Ich halte nur den Ton feucht. Möchten Sie es sehen?«

Sie zuckte die Achseln. »Klar.«

Sie stieg mit der Zigarette in der Hand vom Podium herab, genauso unbekümmert ohne ihre Kleidung, wie sie es immer gewesen war. Er konnte nicht sagen, warum ihn das durcheinander brachte, aber es war so. Sollte sie maßvoller sein, jetzt, da sie einen Mann totgeschlagen hatte? Wie waren die Verhaltensregeln nach solch einer Sache?

Er nahm den feuchten Lappen von dem Modell, und sie stellte sich neben ihn und betrachtete es, während sie rauchte. Sie ging auf die andere Seite des Arbeitstisches und sah es sich auch von dort aus an. Dann trat sie an das andere Ende des Tisches und schaute wieder, und schließlich kam sie zu ihm zurück und blieb dicht neben ihm stehen. Sie war ihm sehr nahe. Näher als nötig. Er trat einen Schritt zur Seite. Sie folgte ihm, beugte sich seitlich hinab und betrachtete das Modell aus diesem Blickwinkel. Trotz der Zigarette konnte er ihren Duft riechen.

Sie drückte die Zigarette auf der rauen Ecke des Arbeitstisches aus, drehte sich ihm zu und ließ die letzten Rauchfähnchen aus ihren geöffneten Lippen wehen.

Sie sahen sich an, dann griff sie nach unten und nahm seine Hand. Sie nahm den feuchten Lappen heraus und legte seine Hand auf eine ihrer Brüste. Er erkannte die Form wieder. Er kannte diese perfekte kegelförmige Form der Venus von Esquilin.

Sie starrte ihn so eindringlich an, dass er nichts als ihr Gesicht sah. Er musterte jeden Winkel davon, jede Erhöhung und Vertiefung seiner kleinen Flächen, jede zarte blaue Ader, die unter der Oberfläche ihrer jugendlichen Haut entlanglief.

Sie führte seine Hand über ihre Brust, leicht und sanft, damit er die veränderte Beschaffenheit der Haut fühlen konnte, als seine Hand über ihre Brustwarze glitt. Er konzentrierte sich auf die Flächen ihrer Wangenknochen, als sie mit seiner Hand tiefer wanderte und seine Finger um ihren Nabel herum dirigierte, damit er die glatten Abstufungen ihrer Bauchmuskeln spüren konnte, und ließ sie über die Linie hinweggleiten, die zu ihrem Schambein lief, damit er die Kontur ihrer Leiste spüren konnte, die von ihrer Hüfte hineinragte. Er studierte ihre Stirn, ihre Schläfen, ihren Haaransatz, als sie seine Hand zwischen ihre Beine schob.

Sie klemmte sie dort ein und hielt sie mit ihren Oberschenkeln fest, und dann legte sie ihre Hand auf seinen Schritt. Ihr Lächeln bestätigte das, was sie dort zu finden geglaubt hatte.

Es gab einen Augenblick, in dem er nicht wusste, was geschah und in dem er sich nicht erlaubte, zuzugeben, was er fühlte.

Plötzlich drehte sie sich um. Instinktiv hob er den Arm, und einen Moment später fühlte er, dass er den geschwollenen, knorpeligen Buckel umarmte, ein Gefühl, das so unnatürlich war, so weit entfernt von seinen Erfahrungen, dass er nicht reagieren konnte. Er blieb einfach stehen und hielt Leda in einer Umarmung fest, in der sein Gesicht gegen eine anatomische Form gepresst wurde, von der er sich nie in seinem Leben vorgestellt hatte, sie zu sehen, geschweige denn zu berühren und schon gar nicht zu umarmen.

Er wusste nicht, was ihn dazu veranlasste, oder eher nicht veranlasste, doch er schrak nicht zurück. In diesem Augenblick wurde ihm klar, dass es genau das war, was sie von ihm erwartet hatte. Er wusste, dass sie versucht hatte, ihn zu verführen, aber nur so, dass sie ihn schockieren und zurückweisen konnte und ihm all diese Gefühle innerhalb von ein paar Sekunden vermitteln konnte.

Doch er stand einfach da und hielt sie fest. Sie begann zu lachen, weil sie dachte, dass er überwältigt wäre, zu überwältigt, um sich zu bewegen. Noch immer hielt er sie fest. Ihr Lachen stieg an und verklang dann. Je länger er sie umarmt hielt, desto weniger sicher war sie sich dessen, was geschah. Sein Schock hätte schnell zu seinem Rückzug führen sollen, doch das war nicht passiert. Ihr Lachen starb in seiner stillen Weigerung, sie loszulassen.

Was machte er bloß? Er wusste es nicht. Sie standen in einer benommenen Stille da. Er weigerte sich, seine seltsame Umarmung zu beenden, und sie war plötzlich bestürzt darüber, dass ihre grausamen Absichten von seinem Unwillen vereitelt worden waren, sich ihren Erwartungen gemäß zu verhalten.

Plötzlich war er erstaunt über die Stärke und die Art seiner Gefühle, als seine Umarmung zu einem umhüllenden Akt der Leidenschaft wurde. Er hatte ihr höhnisches Lachen gehört, ihre unsichere Reaktion auf seine Reglosigkeit gespürt, ihre vernichtende Verwirrung verstanden. Und jetzt, in einer unglaublichen Umkehr von allem, was sie beide erwartet hatten, stellte er fest, dass er sie umarmte, weil er sie trösten wollte. Er wollte das verängstigte Kind trösten, das voller Entsetzen zusehen musste, wie sein Körper wie in einem grausamen Märchen zu einer unvorstellbaren Kreatur anzuschwellen begann. Er wollte die junge Frau trösten, die so große Angst hatte vor der Zurückweisung in den Augen der Männer, und die in einer Einsamkeit gelebt haben musste, die alles, was er verstehen konnte, weit übersteigen musste.

Sie begann zu weinen. Schweigend erst, dann leise, dann offen und schließlich völlig unbeherrscht.

Er hatte keine Ahnung, warum er sie so umarmt hielt, was ihn dazu brachte, Mitleid mit ihr zu haben, doch das hatte er. Das hatte er wirklich.

Sie schien bis in alle Ewigkeit zu weinen. Er stand da, hielt diese nackte, seltsame, schöne, unzweifelhaft unattraktive Frau umarmt, während sie weinte, wie er nie zuvor in seinem Leben eine andere Frau hatte weinen hören.

Plötzlich riss sie sich wild von ihm los. Sie rannte – taumelte – zum Podium, stolperte hinauf und riss mit abgewandtem Gesicht ihr Kleid vom Stuhl. Sie zog das Kleid an und kämpfte und fummelte erfolglos damit herum, während sie Geräusche von sich gab, die er nur mit einem Quieken vergleichen konnte. Sie kämpfte so sinnlos mit dem Kleid, dass er schon zu ihr hinaufgehen und ihr helfen wollte, als sie es endlich angezogen bekam. Dann verließ sie das Podium, indem sie die Stufen mied – ebenso wie ihn – und hinunterkrabbelte, sich auf die Kante setzte und ihre Füße den Boden fanden, während sie das Kleid mit Händen und Armen festhielt.

Sie gab unterdrückte Schluchzer von sich, hielt ihr Kleid fest und floh. Sie stieß gegen die Arbeitstische, weil sie ihren Körper so verdrehte, dass sie ihr Gesicht von ihm abgewandt halten konnte. Sie verschwand durch die Tür ins Sonnenlicht hinaus.

Er blieb allein neben dem Arbeitstisch stehen wie ein

schwachköpfiger Jüngling, der gerade die Begegnung mit einer Frau missverstanden hatte. Und doch hatte er alles nur zu gut verstanden, zu gründlich und tief in seinem Innern.

KAPITEL 30

An diesem Nachmittag konnte er sich auf rein gar nichts konzentrieren, und die leeren Gedanken türmten sich in ihm wie Treibgut.

Er starrte aus den Fenstern; er starrte die Wände an; er starrte an die Decke; doch am meisten starrte er Ledas unvollendetes Modell an. Er fragte sich, warum, zur Hölle, sie das getan hatte. War das eine Reaktion auf das Modell gewesen? Hatte sie es geplant, ehe sie gekommen war? Zu beiden Fragen: Warum? Wenn ja auf die erste Frage: Dann musste sie der Anblick des Modells durcheinander gebracht haben. Wenn ja auf die zweite Frage: Dann … dann was?

Seine Gedanken stießen immer wieder gegen diese Frage, wurden jedoch jedes Mal von seinem eigenen Mangel an Verständnis zurückgestoßen. Er war sich nicht einmal sicher, ob er überhaupt in das, was sie getan hatte, einbezogen worden war, außer vielleicht als ein bequemes Werkzeug für ihren Angriff auf ihren Abgrund an Enttäuschungen. Wollte sie wissen, ob sie ihn sexuell erregen konnte? Das hatte sie. Warum aber dann die folgende Grausamkeit? Vielleicht hatte sie gespürt, dass er nicht zulassen würde, dass die Dinge diesen Punkt überschritten. Oder war sie wütend auf sich selbst, dass sie nicht den Mut hatte, die Sache bis zum Ende durchzuziehen und es herauszufinden?

Vielleicht trafen ja all diese Gründe zu. Und in einem viel größeren Ausmaß, als er jemals erfahren würde oder verstehen könnte.

Er wartete den ganzen heißen Nachmittag lang auf Céleste. Der Sonnenuntergang verfärbte die Sommerwolken in ein Blutorange und verzierte ihre Ränder mit Gold. Dann kamen die Schatten langsam näher, und die Dämmerung sog die Farben auf, bis es schließlich dunkel war.

Das Klingeln des Telefons rüttelte ihn auf. Das zweite und dritte Klingeln wurde von der hohen Decke des Studios zurückgeworfen.

»Hallo.« Er wusste, dass es Céleste sein würde.

»Was hältst du von einem Pacífico bei *Graber's*?«

»Amado.«

»Ja.«

Er wollte nicht. Er wollte wirklich nicht. »Okay«, sagte er. »Wann?«

»Ich bin schon fast zur Tür hinaus.«

Im ersten Moment wollte er den Mercedes nehmen. Er hatte auch schon die passenden Schlüssel in der Hand, als er innehielt. Den Mercedes? Das würde er nicht tun. Warum mied er den Jeep? Scheiße. So leicht ging das. Einfach so. Er ging zurück, holte sich die Jeepschlüssel und fuhr davon.

Er hielt an der Bar an – was er nicht wollte, aber schon immer gemacht hatte – und nahm ein Pacífico von Nata entgegen, die ihm sagte, dass Amado schon im Innenhof wartete.

Der Innenhof war voll. Er schaute niemanden an, als er sich durch die Tische zu Amado schlängelte, der schon eine frische Zigarre rauchte. Er liebte den Geruch. Doch er freute sich nicht auf die Unterhaltung. Er fühlte sich dem einfach nicht gewachsen. Er wollte gar nicht reden.

»Du warst also beschäftigt?«, fragte Amado mit unverdächtiger Heiterkeit, als er sich setzte.

»Warum?«

»Es ist zwei Wochen her.«

»Oh, ja. Ja. Ich hatte zu tun.«

»Wie geht es mit dem Auftrag voran?«

Das war eine unschuldige Frage … und auch wieder nicht. Amado wusste verdammt genau, dass er mit Leda arbeitete. Warum tat er so, als hätte er das vergessen? Womit verriet sich jemand, wenn er sich unschuldig gab? War Amado zu beiläufig? Und wie sollte man ›zu beiläufig‹ beschreiben? Das lag doch alles in den winzigen Abstufungen der Subtilität. Wenn er einen Artikel darüber schreiben müsste und beschreiben sollte, was er in Amados Verhalten sah, könnte er das unmöglich in Worte fassen.

»Was glaubst du denn?«

Amado sah schuldbewusst aus. »Also wirklich. Du arbeitest noch immer mit Leda?«

»Denkst du denn, dass ich es nicht mehr mache?«

»Ich wusste es nicht.«

»Glaubst du, ich habe meine Meinung geändert?«

Amado erwiderte nichts.

»Hast du gedacht, dass ich meine Meinung ändern sollte?«

»Ross …«

»Warum hast du mich nicht einfach gefragt?«

»Ross, ich konnte doch sehen, dass dir das nicht recht war.«

»Oh. Wolltest du mich mit Samthandschuhen anfassen?«

»Nun ja, verdammt noch mal, ja«, sagte Amado und verlor fast seinen Gleichmut.

Er wand sich innerlich. Er verhielt sich falsch. Er fing schon an, sich ›anders‹ zu verhalten.

»Triffst du dich noch immer mit Céleste?«, fragte Amado.

»In letzter Zeit nicht.«

Amado nickte und zog an seiner Zigarre. Er ging nicht näher auf diese Sache ein, und Ross war froh darüber.

»Und was ist mit dem Zeichnen? Wie geht es damit?«

Er bemühte sich nach Kräften, über Ledas Zeichnungen genauso zu sprechen, wie er immer schon mit Amado über seine Arbeit gesprochen hatte. Das verlangte ihm eine unglaubliche

Disziplin ab. Wenn Amado zu locker war, dann konnte Ross nicht locker genug sein. Er wusste nicht, *wie* er sich verhalten sollte, und er hatte Angst, dass Amado seine Unsicherheit zu sehr auffiel. Und normalerweise würde Amado neugierig auf alles sein, was mit einem so ungewöhnlichen Projekt zusammenhing. Er würde vor Fragen nur so übersprudeln. Besondere Fragen, detaillierte Fragen über Ledas Aussehen. Und er hielt sich nie sehr zurück oder wischte seine Neugierde einfach beiseite.

Doch nun hörte er Ross mit einem Gesichtsausdruck zu, der Ross sagte, dass er keine einzige der Fragen stellen würde, die so typisch für ihn waren. Und das tat er auch nicht.

»Also, das klingt ja faszinierend«, sagte Amado, als er weiter schwieg. »Du scheinst Spaß daran zu haben.«

Das war eine glatte Lüge, und diesmal merkte er, dass Amado ihn aufmerksam musterte. Sie beide wussten, dass es eine Lüge war, und Amado wollte seine Reaktion darauf sehen. So wie er die Dinge einschätzte, die da abliefen, konnte er sich nicht dazu entschließen, überhaupt zu reagieren, nicht mit Ehrlichkeit, nicht mit einer lahmen Antwort, mit … überhaupt nichts.

Schweigen breitete sich zwischen ihnen aus. Sie sahen sich im Innenhof um. Er fühlte sich seltsam losgelöst von allem. Er konnte sich nicht einmal dazu durchringen, seinem alten Freund gegenüber irgendeine Aufmerksamkeit vorzugaukeln. Seine Gefühle waren abgestumpft, als hätte sich ein dicker Panzer um sein Herz gebildet.

»Ross.«

Er sah zu Amado hinüber.

»Ich fliege in ein paar Tagen nach London zurück«, sagte Amado. »Für ein paar Wochen, denke ich. Ich muss im Haus nach dem Rechten sehen und ein paar geschäftliche Dinge erledigen. Warum kommst du nicht mit mir? Nicht die ganze Zeit über, sondern für vier oder fünf Tage. Wir könnten alte Freunde besuchen und in unseren Lieblingsrestaurants essen …«

Ross schüttelte schon den Kopf. »Ich kann nicht.«

»Nicht einmal für ein paar Tage? Du hast doch noch gar nicht richtig angefangen. Und wir haben das schon lange nicht mehr gemacht.«

»Ich kann nicht, Amado.« Hatte er das jetzt zu abrupt gesagt? Klang er ungeduldig? »Hör mal«, fügte er schnell hinzu. »Ich habe gerade ... mit einer Serie von Modellen begonnen. Ich muss dranbleiben. Ich kann jetzt einfach nicht weg.«

Amado hob beide Hände und wandte mit einer beruhigenden Geste den Kopf. »*No problema*. Ich verstehe das«, sagte er. »Arbeit bleibt Arbeit. Es war nur so ein Gedanke.« Er nahm seinen Ton zurück, als sei er ein gut gelaunter Arzt, der versucht, mit einem unvernünftigen Patienten vernünftig zu sprechen. »Wenn du möchtest oder wenn sich herausstellen sollte, dass du für ein paar Tage nachkommen kannst, dann nur zu. Es wäre schön, dich dort zu haben.«

Ross trank schnell einen Schluck Bier, um sein Unbehagen zu verbergen. Er verdarb die ganze Sache. Amado wusste, dass irgendetwas Schreckliches los war, doch noch schlimmer war, dass er Ross keine Fragen darüber stellte. Etwas sagte ihm, dass er sich zurückziehen sollte.

Erneut senkte sich eine unbehagliche Stille herab. Ross drehte sich um und tat so, als schaute er sich im Innenhof um, doch er nahm nichts wahr. Sein Herz schlug heftig, und er konnte Amados Blicke auf sich fühlen. Verdammt noch mal. Er fühlte sich durchsichtig, als bestünden sein Herz und seine Gedanken aus Zellophan und als könnte Amado den Grund für seine Symptome sehen.

Scheiße. Er hatte einen Mann in seinem Brennofen abgefackelt. Wie, in Gottes Namen, hatte das geschehen können? Und wie, zur Hölle, hatte er das tun können?

»Tja ...«, sagte Amado.

Ross riss den Kopf herum und starrte Amado mit offenem Mund an.

»Ich meine, dass ich ehrlich dir gegenüber sein muss, mein Freund. Du scheinst unter einem gewaltigen Druck zu stehen.« Er paffte an seiner Zigarre. »Ich kenne dich gut genug, um zu wissen, dass jetzt nicht der Zeitpunkt ist, mich in deine privaten Angelegenheiten einzumischen, Ross, aber ich muss dich nicht daran erinnern, dass ich diskret bin. Ich kann Geheimnisse für mich behalten.«

Er machte eine Pause.

Ross starrte Amado überrascht an … und erwartete, dass er sagte, er wisse von dem Mord … von dem Brennofen … alles.

»Wenn du dich bei mir aussprechen möchtest, mein Freund, werde ich dir gern zuhören.« Er lächelte, ein ehrliches, warmes Amado-Lächeln, nicht angespannt und berechnend. »Und ich kann dir einen guten, kostenlosen mexikanischen Rat geben.«

Er nickte. Er konnte nicht sprechen. Er trank ein wenig Bier und nickte, während er schluckte.

»Es ist alles in Ordnung«, sagte er und versuchte, es dankbar klingen zu lassen, ehrlich dankbar, was er auch war. »Alles ist in bester Ordnung.«

Er wusste, dass Amado wusste, dass das eine Lüge war. Und er wusste auch, dass Amado verstand, dass im Moment nichts mehr dazu zu sagen war.

KAPITEL 31

Am nächsten Morgen kam Leda nicht.

Er zwang sich dazu, an dem Modell zu arbeiten, das er so weit fertig stellte, wie er es geplant hatte. Dann begann er mit einem anderen. Dies war keine Arbeit bis ins Detail, sondern entsprach eher den schnellen Zeichnungen in seinem Skizzenbuch. Die Idee dabei war, dass er den Umfang ihres Körpers erfasste, einschließlich der zusätzlichen Komplikation ihres verschobenen Beckens, dieser Dreingabe zu all den anderen Unregelmäßigkeiten ... die alle eng verbunden waren mit anderen Körperteilen, die von exemplarischer Schönheit waren.

Es war nicht leicht, all diese disharmonischen anatomischen Abweichungen zusammenzubringen, und diese Schwierigkeit fesselte ihn, trotz all der anderen Ablenkungen, die an ihm zerrten.

Nach einem Mittagessen, das aus kaltem Grillhähnchen, Oliven und Zwiebeln und einem Glas Barbaresco bestand, kehrte er ins Studio und zu einem weiteren groben Modell zurück.

Gegen vier Uhr lenkten ihn seine Gedanken an Céleste so sehr ab, dass ihm einige dumme Fehler unterliefen. Er hörte auf und hielt sich nicht einmal mehr damit auf, den Ton feucht zu halten. Er wusch sich am Spülbecken. Dann öffnete er eine Flasche Barbaresco aus dem kleinen Lager in der Wand hinten im Studio, spülte ein Glas am Spülbecken aus und nahm beides zum Podium mit. Dort setzte er sich auf den Sessel, goss sich Wein ein, stellte die Flasche auf den Boden neben sich und legte die Füße auf das Bett.

Von seinem Platz aus spiegelten sich die drei Modelle in einem der hohen offenen Fenster. Sie boten einen seltsamen Anblick, ihre Formen waren auf den ersten Blick fremd und benötigten mehr Aufmerksamkeit, um sie zu begreifen. Merkwürdigerweise waren sie mit einem schnellen Blick schwieriger zu erfassen als irgendwelche reine Fantasiegestalten. Eine völlig fremde Form wäre auch sofort als solche erkennbar gewesen. Der Verstand würde sofort die Abweichung von der Realität begreifen. Doch zu seiner großen Überraschung war hier eine teilweise Abweichung vom Normalen weit schwieriger zu erfassen als bei einem völligen Fantasiegebilde. Das hatte er nicht erwartet.

Seine Gedanken wanderten hierhin und dorthin. Als das Licht schließlich verlosch, wagten sich die Schatten, die in den Ecken des Studios lebten, wie ängstliche Tiere heraus, die mit der Zeit mutig geworden waren. Er hatte dieses Phänomen im Laufe der Jahre schon so oft gesehen, dass die Schatten für ihn fast schon zu Persönlichkeiten geworden waren. Er wusste, welche in den wechselnden Jahreszeiten und den verschiedenen Einfallswinkeln des Sonnenlichts am größten wurden; er kannte die dunkelsten, wusste, wo sie sich trafen, wenn sie in dem sterbenden Licht miteinander verschmolzen.

Er spürte, dass jemand in der offenen Tür stand. Er schaute sich um und erkannte Célestes Silhouette in dem blassen Licht.

»Ross?«

Sie sah ihn nicht in den Schatten des großen Raums. Aus einer Laune heraus antwortete er nicht. Sie stand in dem Rechteck aus blauem Licht, zögernd und wachsam.

»Ross?«

»Wo bist du gewesen?«, fragte er.

Sie schaute in seine Richtung, und er konnte an ihrer Haltung erkennen, dass sie langsam seine Gestalt auf dem Podium ausmachen konnte. Ohne ihm zu antworten, trat sie ins Studio und zum Podium. Als sie seinen Rand erreichte, blieb sie stehen, und sie schauten sich an, da sie sich nun in dem blauen Abendlicht sehen konnten. Keiner von ihnen sprach.

Sie drehte sich um, ging zu den Stufen, stieg auf das Podium und näherte sich ihm. Er stellte sein Glas auf den Boden, und als sie vor ihm stand, umarmte er ihre Hüften und legte seinen Kopf an ihren Bauch. Sie griff mit den Händen in sein Haar und streichelte ihn.

Gott, er wusste nicht, warum, er wusste einfach nicht, was diese Frau an sich hatte, dass er sie so sehr brauchte. Sie ließ sich von ihm umarmen, als verstehe sie ihn und gebe sich ihm hin, überließe ihm so viel von sich, wie er nehmen konnte. Sie konnte es ihm nicht erklären; und er wollte auch nicht, dass sie es ihm erklärte, doch ihr Verhalten sagte ihm, dass es wahr war und dass sie beide es wussten.

Seine Hände glitten an ihren Beinen bis zum Saum ihres Kleides herab, schoben sich darunter und tasteten sich über ihre nackten Oberschenkel bis zu ihren Hüften hinauf. Dort fand er die gerippte obere Kante ihres Slips und begann, ihn herunterzuziehen, während sie ihr Gewicht verlagerte, damit er sich lockerte und an ihren langen Beinen entlang zu Boden gleiten konnte.

Seine Hand kehrte zu ihrem Schritt zurück, und er spürte wieder die Bewegung ihrer Hüften, als sie ihre Beine leicht öffnete, um seinen Fingern Platz zu machen. Sie knöpfte das Oberteil ihres Kleides bis zur Taille auf und ließ es zu Boden fallen. Er stand auf, und sie half ihm langsam dabei, seine Kleider auszuziehen.

Das Licht, durch das er ihre Brüste sah, als er sie küsste, hatte sich zu einem kräftigen Amethystton verändert, zu einer damaszenischen Schattierung, die das Rot der Ecke auf dem Podiumsbett in ein gesättigtes Purpurrot verwandelte. Sein Mund glitt an ihrem Bauch hinab und über ihren Nabel, und er konnte fühlen, dass die Muskeln ihres Unterleibs unter seinen Lippen und seiner Zunge zuckten. Sie öffnete ihm ihre Beine, lehnte sich auf dem Bett zurück, und er spürte, dass sie nach der Sessellehne griff, um sich daran festzuhalten. Er schaute hoch. Sie beobachtete ihn.

»Alles hat sich verändert«, sagte sie.

Sie lagen auf dem Podiumsbett, und die Nacht strömte durch die hohen, offenen Fenster herein und schuf einen Hintergrund aus saphirblauen Säulen an den dunklen Wänden. Sie waren aufgewacht und schauten zu den Fenstern hin.

»Ich weiß.«

»Aber was wir getan haben, wird sich niemals ändern.«

»Nein.«

Stille. Nur das rhythmische Zirpen der Grillen.

»Ich bedauere es so sehr«, sagte sie. »Ich habe immer gesagt, dass ich es nicht tun würde, aber das stimmt nicht. Selbst schon vor diesem Ereignis, lange davor schon.«

Er sagte: »Bedauern … ich verstehe nicht …«

»Können wir … glaubst du, dass wir die Zukunft bedauern können?«

»Die Zukunft? Gott … ich glaube, jetzt ist einfach alles möglich.«

»Wir können das«, sagte sie. »Ich weiß, dass wir das können.«

Wieder Stille. Er konnte sie riechen, ihren schwachen Duft, von dem er immer noch mehr haben wollte und dessen Undefinierbarkeit zum großen Teil dafür verantwortlich war, dass er so verrückt danach war. Seine Hand lag auf ihrem Bauch, und er konnte ihre Schamhaare mit dem kleinen Finger fühlen.

Er sagte: »Ich dachte, du würdest nicht zurückkommen.«

Sie wartete ab und sagte dann: »Es wäre fast dazu gekommen.«

Ihre Worte taten ihm weh. Es wurde ihm schlagartig klar, dass es ihn umgebracht hätte, wenn sie nicht gekommen wäre.

»Aber ich musste dich sehen, Ross«, sagte sie. »Ich wusste nicht, was geschehen würde. Bitte glaub mir das.«

Das war eine seltsame Äußerung, als wollte sie sagen, dass sie nicht wusste, dass ein Blitz einschlagen oder ein Windstoß eine Kerze ausblasen würde. Solche Dinge konnte man nicht wissen.

Er sagte: »Nein, natürlich nicht. Wie hättest du das wissen können?«

Doch sie antwortete nicht. Dann sagte sie: »Wie, glaubst du, wird das alles enden?«

»Ich bin zu dem Schluss gekommen, dass ich den Verstand verlieren würde, wenn ich versuchte, das herausfinden zu wollen. Also mache ich es nicht mehr. Wie, zur Hölle, willst du versuchen, das herauszufinden?«

»Aber man muss es doch versuchen.«

»Wir können nicht einmal herausfinden, was morgen geschehen wird … oder in einer Stunde.«

»Aber das ist reine Philosophie … wir leben doch nicht so. Wir machen Pläne, wir stellen Vermutungen an …«

»Ich jedenfalls werde unsere Lage philosophisch behandeln … jedenfalls im Moment.«

»Warum?«

Er stützte sich auf dem Ellbogen ab und sah sie an.

»Weil ich die Antwort auf die Frage ›Wie werde ich damit leben können?‹ nicht herausfinden kann. Bisher habe ich nicht die leiseste Ahnung. Also werde ich heute Nacht leben … und morgen … und morgen Nacht … eins nach dem anderen, wie es gerade kommt. Im Augenblick weiß ich nicht, wie ich es anders anpacken könnte.«

Sie sah zu ihm auf, und er dachte, sie versuchte, etwas zu sehen, nach etwas zu suchen.

»Aber in der Zwischenzeit«, sagte sie, »werden wir nicht über … uns sprechen … oder?«

»Sollten wir das tun?«

Ein langes Schweigen trat ein, und er dachte – oder bildete er es sich nur ein? –, er könnte spüren, wie sich ihre Gefühle dort entlang bewegten, wo sich ihrer beider Körper berührten.

»Nein«, sagte sie. »Das sollten wir nicht tun.«

Sie drehte das Gesicht den blauen, säulenartig wirkenden Fenstern zu, und er schaute sie an. In dem saphirblauen Licht sah er sie ein paar Mal blinzeln, sah ein Glitzern in ihren Augen. Und dann schloss sie sie.

KAPITEL 32

Leda kam am nächsten Morgen, und sie verhielt sich so, als sei zwei Tage zuvor nichts geschehen. Und er auch. Sie zog sich aus, und er bat sie, eine spezielle Pose einzunehmen. Er half ihr dabei, es sich bequem zu machen, und dann fing er mit einem weiteren Modell an. Als sie Pause machten, zündete sie sich eine Zigarette an, und sie sprachen über das Modell. Er erklärte ihr, warum er diese Pose ausgewählt hatte, und zeigte ihr, was er zu tun versuchte. Nachdem sie ihre Zigarette geraucht hatte, fuhren sie mit der Arbeit fort. Als er bemerkte, dass sie wieder müde wurde, sagte er, er habe genug für diesen Tag gemacht. Sie zog sich an, warf noch einen Blick auf die Veränderungen, die er seit der Pause an dem Modell vorgenommen hatte, und sagte im Gehen, dass sie am nächsten Morgen wiederkommen würde.

Sie war die ganze Zeit über völlig entspannt und nicht ein einziges Mal gehemmt gewesen. Sie war wirklich entspannt gewesen, und es hatte wirklich so ausgesehen, als erinnerte sie sich an keines der unangenehmen Dinge, die während der letzten Sitzung vorgefallen waren.

Céleste kam an diesem Nachmittag nicht.

In den folgenden Tagen entwickelte sich eine eintönige Routine, deren zunehmende Bedrohlichkeit Ross als äußerst lähmend empfand. Leda war ein ideales Modell. Sie hatte keine Ausbrüche, arbeitete mit, war höflich und anpassungsfähig. Sie hielt ihren Hang zur Frevelhaftigkeit und ihren Wunsch zu schockieren im Zaum und half ihm einfach, das Beste bei den Modellen zu erreichen.

Céleste kam an diesem Nachmittag nicht.

Zwei Wochen vergingen auf diese Weise. Ross kämpfte gegen eine Depression an und gegen das Gefühl von Verlust, das mit jedem Abend ohne Céleste stärker wurde. Die allein verbrachten Nachmittage schienen endlos zu sein und die Nächte fast unerträglich.

»Wissen Sie, worüber wir überhaupt noch nicht gesprochen haben?«, fragte Leda eines Morgens, als sie die erste Zigarette in ihrer Pause halb geraucht hatte.

»Nein.« Er verwendete ein Modellierwerkzeug, um den Winkel einer Schulter besser herauszuarbeiten. Er hörte ihr nicht sehr genau zu.

»Sylvie.«

Er schaute hoch, als das Ende der Drahtschlinge gerade erst die Oberfläche des Tons berührt hatte.

Leda hatte sich auf dem Bett umgedreht und schaute ihn mit offenem und unschuldigem Gesicht an, obwohl sie verdammt genau wusste, dass sie ein Thema anschnitt, über das er nicht würde sprechen wollen. Er hob die Drahtschlinge wieder ab und glättete die Stelle im Ton, den er gerade hatte abschaben wollen.

»Wie ist sie damals gewesen?«, fragte sie. »Körperlich. Mehr wie Céleste oder mehr wie ich … Ich meine, ohne den Buckel natürlich.«

»Sie kennen doch die Antwort, Leda.«

»Ich wusste, dass sie kleiner war als Céleste, aber ich habe sie ja erst Jahre später kennen gelernt. Zu dem Zeitpunkt hatte sie schon ein hartes Leben hinter sich, und es war nicht mehr viel von der Sylvie übrig, die Sie gekannt haben.«

Sie änderte ihre Position, bereit, ihm zuzuhören. Er zögerte, obwohl er nicht wusste, warum. Es war so lange her. Und doch war Sylvie für ihn genauso wirklich wie Leda. Was sie betraf, hatte er nichts vergessen, Gutes oder Schlechtes.

»Sie hatte Augen wie Sie«, erinnerte er sich, als er sie ansah. »Und ihr Mund war Ihrem auch ähnlich. Die Brüste auch. Und der Hals ebenso. Sie sind größer als sie, doch die Proportionen sind gleich. Vielleicht war sie ein wenig breiter in den Hüften.«

»Sie war damals ungefähr so alt, wie ich jetzt bin, nicht wahr?«

»Ja«, sagte er, »ich glaube schon.«

»Worin bin ich ihr sonst noch ähnlich?«

Er musterte sie. Es war tatsächlich seltsam, dass sie nie über Sylvie gesprochen hatten. Man hätte eigentlich denken können, dass sie ein ganz natürliches Thema für eine Unterhaltung gewesen wäre, doch sie war nicht mehr erwähnt worden, seit Céleste ihre Verwandtschaft aufgedeckt hatte.

»Die Beschaffenheit Ihres Haars«, sagte er, während langsam

eine Erinnerung nach der anderen wieder in ihm erwachte. »Sylvie hatte wunderschönes Haar. Wenn Sie mich manchmal anschauen und an etwas denken, es aber nicht aussprechen, sind Sie ihr ähnlich, und zwar ziemlich.«

»Aber ich spreche mehr als sie.«

Er dachte an Sylvie in seinem Pariser Studio in jenen Tagen, und er war überrascht, wie deutlich er sie wieder in sich zum Leben erwecken konnte, nachdem er begonnen hatte, sich zu erinnern. Sie war das erste Modell gewesen, das in völliger Gleichgültigkeit für ihn posiert hatte. Selbst Modelle, die mit ihren Körpern vollständig zufrieden waren, hatten dennoch leichte Hemmungen gehabt. Sie machten sich Gedanken darüber, wie sie aussahen. Sie wollten hübsch aussehen, selbst wenn das gar nicht das war, was man von ihnen verlangte.

Doch Sylvie war es völlig egal, wenn sie unschmeichelhafte Posen einnehmen musste. Sobald sie die Pose eingenommen hatte, zog sie sich in ihre eigene Welt zurück. Und obwohl sie eine außerordentlich gut aussehende Frau war, besaß sie keinerlei Eitelkeit. Was andere Menschen von ihr dachten, war für sie unwichtig. Sie maß ihrer körperlichen Schönheit keinen Wert bei. Das war das Seltsamste an ihr.

»Stimmt das nicht?«

»Wie bitte?«

»Ich rede doch mehr als sie.«

»Ja«, sagte er. »Sylvie war eine Sphinx.«

»Erzählen Sie mir über den Streit, der schließlich zu Ihrer Trennung geführt hat.«

»Sie hat es Ihnen doch schon erzählt. Céleste hat es mir gesagt.«

»Sie hat mir nur ihre Seite der Geschichte erzählt.«

Er blieb stehen, nahm einen Lappen vom Arbeitstisch und tauchte ihn in eine Kanne voll Wasser. Er wrang ihn aus und legte ihn über das Modell.

»Sie beide waren ein Liebespaar«, trieb Leda ihn an.

»Wir waren es nicht. Mal waren wir es, und mal auch wieder nicht.«

»So hat sie es nicht erzählt.«

»Das kann ich mir vorstellen.«

»Sie sagte …«

»Leda, ich werde da nicht mitmachen. Sie wollten eine Beschreibung ihres Körpers haben. Und die habe ich Ihnen gegeben.«

»Ich verstehe nicht, warum wir nicht über diese Beziehung sprechen können.«

»Weil ich es nicht will.«

»Es ist dreiundzwanzig Jahre her.«

»Das stimmt. Und es kam zu einem hässlichen Ende. Ich möchte nicht darüber sprechen.«

»Ein hässliches Ende.«

»Ja.«

»Hässlichkeit. Wir haben auch noch nicht über die Hässlichkeit gesprochen«, sagte sie und drückte ihre Zigarette aus, als hätte sie eine Entscheidung getroffen. Sie stand schwerfällig auf und nahm ihr Kleid von dem Sessel, der neben dem Bett stand. Sie hatte keine Unterwäsche getragen. Sie stützte sich am Bett ab und stieg in ihr Kleid. Sie zog es sich über die Hüften hoch und glitt mit den Armen in die Ärmel, während sie immer wieder mit den Schultern zuckte, um es über den Buckel ziehen zu können. Er hatte sie schon x-mal dabei beobachtet.

Sie schaute nach unten, als sie das Kleid zuknöpfte.

»Als Kind«, sagte sie, »habe ich manchmal meine Mutter dabei ertappt, wie sie mir beim Anziehen zusah. Sie hat natürlich nie etwas gesagt, aber ich konnte ihren Abscheu sehen.«

Sie schloss den letzten Knopf und setzte sich auf die Bettkante.

»Nein, so stimmt das eigentlich gar nicht«, sagte sie. »Es mag nur ein Anflug von einem angewiderten Blick gewesen sein, aber für mich, ich meine, wenn dieser *Anflug* von einem angewiderten Blick einem selbst gilt ... dann spielt es keine Rolle, ob es nur ein *Anflug* ist.« Sie hielt inne und schaute zu Boden. »Sie hätte sich genauso gut auch übergeben können.«

Sie glättete die Decke auf dem Bett, indem sie mit beiden Händen mit langsamen, streichelnden Bewegungen darüberstrich.

»Ich kann mich an das erste Mal erinnern, als das passierte«, sagte sie, »an das allererste Mal. Ich war zwölf. Die Kyphose hatte schon eingesetzt. Man hatte uns gesagt, dass unmöglich vorherzusagen war, wie weit sie sich entwickeln würde. Also beobachteten wir ihr Fortschreiten mit geradezu besessener Aufmerksamkeit. Ich träumte, dass er riesig wurde, größer als ich und so groß, dass ich zu seinem Anhängsel wurde. Als ich aufwachte, war mir schlecht ... nein, eigentlich wachte ich davon auf, dass ich mich übergab. Ich machte das Licht an, ging zum Spiegel und schaute ihn mir an. Ein kleines zwölfjähriges Mädchen, das mitten in der Nacht diesen knorpligen Buckel auf seinem Rücken im Spiegel betrachtet.«

Sie schwieg und sah zu, wie ihre Hände den roten Stoff glätteten.

»Das verdammte Ding wuchs und wuchs«, sagte sie, »bis es wie ein riesiges Geschwür aussah, das kurz vor dem Platzen war. Es wurde so groß, dass keiner von uns es glauben wollte. Eine Gruselgeschichte.«

Wieder schwieg sie.

»Ich bekam in jenem Jahr gleichzeitig Schamhaare, Brüste und einen Buckel. Und dann begann ich zu menstruieren.«

Schweigen. Sie hörte auf, den Stoff zu glätten, und sah ihn an.

»Ich war schon ein hübsches Mädchen. Die Jungs mochten mich, und ich wusste, warum. Ich liebte schöne Kleider. Ich flirtete. Ich stellte mir ein wunderbares Leben vor und dass ich eine schöne Frau werden würde. Mit meinem schönen Körper und Gesicht würde ich mich in ein schönes Leben zaubern. Ich hatte Träume. Träume sind im Leben eines kleinen Mädchens sehr wichtig.«

Sie starrte ins Leere.

»Und dann kam mit der Pubertät die Hässlichkeit. Man machte mich mit der Hässlichkeit bekannt. Sie kam und blieb.«

Sie sah ihn an. »Glauben Sie nicht auch ... dass das, was Hässlichkeit verursacht, böse ist?«

Sie erwischte ihn in seiner Unachtsamkeit. Sie sah es ihm an und grinste.

»Das war nur ein Gedanke«, sagte sie. »Und es ist immer noch ein Gedanke.« Sie nahm die Hand vom Bett und legte sie neben die andere Hand in ihren Schoß. Lange, schöne Finger.

»Kennen Sie Tiresias?«, fragte sie und fuhr fort, ohne seine Antwort abzuwarten. »Den blinden Seher aus Theben. Eines Tages ging er eine Straße entlang und traf auf zwei Schlangen, die sich paarten. Er schlug dem Weibchen auf den Kopf und tötete es. Sofort wurde er in eine Frau verwandelt. Sieben Jahre später kam er, als Frau, wieder an zwei kopulierenden Schlangen vorbei, machte das Gleiche noch einmal und wurde in einen Mann zurückverwandelt. Weil er sowohl Mann als auch Frau gewesen war, wurde er von Zeus und Hera gerufen, um einen Streit zu schlichten, bei dem es darum ging, welches Geschlecht den Geschlechtsverkehr mehr genoss, der Mann oder die Frau. Er stimmte mit neun zu eins für die Frau.«

»Ich empfinde wie Tiresias«, fuhr sie fort. »Wenn die Götter mich um die Schlichtung eines Streits bitten würden: Was ist mächtiger, die Schönheit oder die Hässlichkeit?« Sie schwieg kurz und sah ihn mit einem mürrischen Lächeln an. »Dann müsste ich aufgrund meiner Weisheit, die ich erworben habe, weil ich beides gewesen bin, sagen: Neun zu eins für die Hässlichkeit.«

Es entstand ein langes Schweigen.

»Wenn das nicht stimmen würde, warum kann dann dies hier« ... sie hob die Hände und hielt sie mit etwas Abstand wie einen Rahmen seitlich neben ihr Gesicht … »nicht dies hier auslöschen?« Sie drehte den Buckel auf ihrem Rücken so, dass er ihn im Profil sah.

Er schien größer und praller zu sein als noch Augenblicke zuvor. Dann drehte sie ihm das Gesicht zu und lächelte ihm neckisch über die Schulter zu.

KAPITEL 33

Am Ende der dritten Woche bekam er nachts nur noch ein paar Stunden Schlaf, und er begann, die Belastung durch Célestes Abwesenheit zu spüren. Nachdem sie einen Monat lang ständig auf Armeslänge bei ihm hatte sein wollen, hatte sie sich unerklärlicherweise unsichtbar gemacht.

Leda dagegen begann, nach ihrer Ausgelassenheit in der ersten Sitzung nach ihrem brutalen Verführungsspiel, eine wachsende Hektik an den Tag zu legen. Ihre Stimmungsumschwünge waren immer weniger Ausdruck ihrer Überspanntheit, sondern eher Symptome einer Labilität.

»Sie sehen aus wie Insekten«, sagte Leda. »Wie Käfer.« Sie rauchte während ihrer Pause, saß auf dem Podiumsbett und hatte ein Bein über das andere geschlagen. Jetzt gab es schon fast ein Dutzend kleiner Tonmodelle von ihr, die alle auf dem Arbeitstisch aufgereiht standen, auf dem er auch die Halterung aufgebaut hatte, auf der er die Modelle baute.

»Für mich nicht.« Er saß auf seinem Hocker und besprühte eines der Modelle mit Wasser, um den Ton formbar zu halten.

»Wie sehen sie denn Ihrer Ansicht nach aus?«

»Wie Sie«, sagte er, stellte die Sprühflasche ab und sah sie an.

Schweigen. Ihr Blick wanderte von den Modellen zu ihm, und sie musterten sich gegenseitig eingehend.

Leda sagte: »Sie haben nicht versucht, sie anzurufen?«

»Ich kann verstehen, dass sie allein sein muss.«

»Was ist, wenn etwas nicht stimmen sollte? Haben Sie darüber mal nachgedacht?«

»Sie würden es mir erzählen.«

»Und wenn sie mir das untersagt hat?«

»Wollen Sie damit sagen, dass etwas nicht stimmt?«

Pause.

»Wir hätten darüber sprechen sollen, Ross«, sagte sie mit einem leichten Unbehagen in der Stimme. »Wir alle drei. Wir hätten eingehend darüber sprechen sollen.«

»Was ist denn los?«

Sie wippte mit ihrem herabhängenden Fuß und sah ihn ernst an.

»Sie hat sich in ihrem Zimmer eingeschlossen.« Sie rauchte. »Ich glaube, dass sie eine Art Nervenzusammenbruch hat.«

»Was?«

»Ja. Wir leben in diesem großen alten Haus wie zwei Schicksalsschwestern. Manchmal sehe ich sie mehrere Tage hintereinander überhaupt nicht. Wir essen nicht zusammen. Wir sprechen nicht miteinander.«

»Warum haben Sie denn nichts davon gesagt?«

»Weil Sie sich auch so seltsam verhalten haben. Ich weiß nicht, was Sie denken und was Sie wollen.«

Seltsam? Schicksalsschwestern? Leda war die Einzige, die von all dem, was sie getan hatten, überhaupt nicht betroffen zu sein schien. Wie seltsam war denn das?

Etwas änderte sich in Ledas Gesicht. Sie drückte die Zigarette aus, stand auf, nahm ihren Slip vom Sessel und zog ihn an, während sie sich am Bett abstützte. Dann nahm sie ihr Kleid vom Sessel, und er sah zu, wie sie sich wie üblich mit dem Anziehen abmühte. Sie kämpfte gegen die Tränen an. Während sie das Kleid zuknöpfte, kam sie vom Podium herunter, auf ihre typische vorsichtige Weise, in dem ständigen Bemühen, nicht das Gleichgewicht zu verlieren, diesem ergreifenden Bewegungsablauf, der für sie genauso zu ihrer Realität gehörte wie ihre Schönheit.

Sie kam zum Arbeitstisch, stellte sich auf die andere Seite und sah ihn über die winzigen Kopien ihrer selbst hinweg an. Ihr Blick war voll düsterer Geheimnisse.

»Ich habe Lacan nicht getötet«, sagte sie einfach.

Sofort spürte er, wie sein Gesicht erstarrte.

»Sie hat es getan. Céleste hat ihn getötet.«

Sein Herzschlag setzte aus. Er zweifelte nicht an ihren Worten, und es ärgerte ihn, dass er es nicht tat.

»Wie ...«

»Er hat geschlafen.« Die unterschiedlichsten Gefühle schienen in ihrem Inneren zu toben. »Sie ging hinaus und holte das Rohr ... und dann kam sie zurück und hat es getan. Ich hörte etwas. Ich ging hinein, als sie es gerade tat.«

Er legte Halt suchend seine Hände auf den Arbeitstisch. »Warum haben Sie ...«

»Weil sie dachte, dass Sie darauf bestehen würden, dass wir zur Polizei gehen. Sie dachte, dass Sie mir mehr Mitleid entgegenbringen würden ... dass eine geringere Gefahr bestand, dass *ich* verurteilt würde ... auf lange Sicht ... vielleicht nicht einmal angeklagt ... eine bessere Chance ...«

Er schluckte.

Sie drehte sich um, hielt inne und ging dann doch zu dem alten Sofa hinüber und setzte sich. Die Tränen waren jetzt da, und sie ließ sie über ihre hohen Wangenknochen laufen.

»Ich musste es Ihnen sagen«, sagte sie. »Es ist nicht recht, dass Sie mich für etwas hassen, das ich wirklich nicht getan habe. Ich weiß, dass sie Opfer für mich gebracht hat ... aber, lieber Gott, mich zu bitten, so etwas zu tun ...«

Er fühlte sich wie betäubt.

»Und noch etwas.« Sie kämpfte um Luft und um die Kontrolle über ihre Stimme. »Sie ... wir ... kamen hierher ... wir wollten Geld von Ihnen. Wir beide ... konnten es nicht länger aushalten. Wir konnten nicht … Wir wussten, dass Sie Geld haben.«

»Lieber Gott«, sagte er.

»Der ursprüngliche Plan war … dass sie Sie verführt … dass Sie schließlich Lacans Platz einnehmen. Man kann es ihr nicht übel nehmen. Was geschah, war entsetzlich. Keine Hoffnung und kein Ende in Sicht. Sie traf eine Wahl … eine unmögliche Wahl … sie wählte das Überleben.«

Er stand sprachlos da. Sein Verstand setzte aus. Wie in einem Nebel ging er zum Podium, setzte sich auf die Kante.

»Also darum … ging es alles?«, fragte er.

»So hat es begonnen«, sagte sie. »Ich weiß nicht … ich kann nicht wissen, was zwischen Ihnen geschah. Céleste und ich sprechen nicht darüber … das habe ich Ihnen ja schon gesagt.« Sie zögerte. »Wir kennen uns ja praktisch kaum.«

In seinem Kopf überschlugen sich die Fragen, doch er konnte sich nicht dazu aufraffen, sie auszusprechen. Sie saßen dort zusammen, und Leda schaute ihn mit Besorgnis an. Er starrte auf ein paar Tonkrümel, die auf dem Boden unter dem Hocker lagen, auf dem er gesessen hatte.

»Ihn töten«, sagte er, ohne den Blick von den Krümeln abzuwenden. »Also hätte sie es nicht tun müssen. Zu dem Zeitpunkt hat er sie nicht wirklich bedroht. Guter Gott, sie hat einfach beschlossen, es zu tun. Sie hat ihn ermordet.«

»Darüber weiß ich nichts.« Leda wand sich auf der Bettcouch, wobei sich ihr Buckel in lächerlicher Weise drohend über ihr erhob. »Ich glaube, dass sie so etwas gesagt hat. Ich kann mich an die Einzelheiten nicht erinnern. Ich bin sicher, dass sie das gesagt hat, aber … aber spielt das denn wirklich eine Rolle?«

»Was?«

»Ich meine, nur eine halbe Stunde vorher hatte er sie grün und blau geschlagen, verdammt noch mal.«

Schweigen.

»Ich muss nachdenken«, sagte er, während er weiter zu Boden starrte.

Leda wartete. Draußen in der Helligkeit zirpten die Grashüpfer und die Zikaden in der Mittagshitze. Schwerfällig erhob sie sich, nahm ihre Handtasche und verließ das Studio. Er sah nicht einmal auf.

Er wollte einen Drink, doch er holte sich keinen. Er war kurz vor dem Ersticken. Er ging nach draußen und zum Haus und zog sich in seinem Schlafzimmer seine Arbeitskleidung an. Dann kehrte er zum Studio und zum Brennofenschuppen zurück. Er zog sein Hemd aus, griff sich einen Vorschlaghammer aus der Ecke des Schuppens und begann, die Kalksteinblöcke zu zerkleinern, die er für seine kleineren Skulpturen verwenden wollte.

Er schlug nicht wild darauf ein. Er ging methodisch vor und achtete darauf, wo er die Blöcke traf. Er versuchte, sie gleichmäßig zu teilen und die ganze Sache aus einem unerklärlichen Grund heraus ordentlich zu erledigen. Er zerteilte die Blöcke in kleinere Blöcke, statt sie zu Staub zu zerschlagen.

Konnte er alles, was sich zwischen ihm und Céleste abgespielt hatte, glauben? Konnte sie wirklich so pervers sein? Und wenn ja, konnte er so leichtgläubig, so verblendet gewesen sein, dass er sie völlig verkennen konnte?

Er konnte das nicht glauben. Er musste mehr Selbstvertrauen aufbringen. Was immer Céleste auch vorgehabt haben mochte, sie musste sich anders besonnen haben, nachdem sie ihn kennen gelernt hatte. Wenn sie sich in ihn verliebt hatte, dann wusste er, dass sie nun von Schuld und Scham über ihre ursprünglichen Absichten heimgesucht wurde. Er konnte verstehen, dass sie jetzt deprimiert war.

Doch der Mord selbst war eine andere Sache. Warum hatte sie ihm nicht die Wahrheit gesagt? Und wie konnte sie – es schien so im Gegensatz zu ihrem sonstigen Charakter zu stehen –, wie konnte sie Leda bitten, die Verantwortung dafür zu übernehmen? Das war genauso schockierend, als hätte Leda Céleste gebeten, die Schläge von Lacan ihretwegen zu ertragen. Du lieber Gott. Diese Schwestern. Und Sylvie. Sie alle waren seltsame Frauen.

Er zerteilte die Kalksteine so lange, bis er den Vorschlaghammer nicht mehr schwingen, ja ihn nicht einmal mehr heben konnte. Als er sich auf die Steine setzte, zitterten seine Arme, sein Körper war mit Schweiß bedeckt, und seine Brust hob sich heftig, um genügend Sauerstoff aus der heißen Sommerluft herauszufiltern. Die Zikaden jammerten im Gebüsch und im wilden Gras, das von der Sonne braun geworden war. Der Sand und Staub der Kalksteine, die sich mit dem Schweiß in den Haaren auf seinen Armen und der Brust festgesetzt hatten, juckten.

Während er in das helle Julilicht starrte, beschloss er, nicht alles zu glauben, was Leda ihm erzählt hatte – zumindest nicht so, wie sie es erzählt hatte. Er würde mit Céleste sprechen. Er wollte das alles von ihr selbst hören.

Die Nacht war weit mehr als schlaflos. Fragen und Zweifel wirbelten wie Asche in einem heftigen Wind in seinem Kopf herum.

KAPITEL 34

Am nächsten Morgen verschlief er, und als er in der Küche an der Spüle stand und darauf wartete, dass der Kaffee fertig wurde, sah er Leda um die Hausecke biegen und den Weg zum Studio entlanggehen. Es war offen, und sie würde hineingehen und auf ihn warten. Er war sowieso so lange zu keiner Arbeit fähig, bis er nicht mit Céleste gesprochen und all die Fragen geklärt hatte, die ihm so zusetzten.

Er goss den Kaffee in die Thermoskanne und folgte ihr ins Studio.

»Eine miese Nacht gehabt?«, fragte sie, als er zur Studiotür hereinkam.

»Ja, hatte ich«, sagte er. Er ging an ihr vorbei zu der Spüle hinten im Studio, nahm zwei Tassen vom Regal und füllte sie mit Kaffee. Dann kehrte er zum Podium zurück, wo Leda auf der Kante saß, und gab ihr eine der Tassen.

Er blieb neben ihr stehen und nahm den ersten Schluck Kaffee. Er hatte das Gefühl, als hätte er eine Woche lang nicht geschlafen.

»Ich kann heute Morgen nicht arbeiten«, sagte er. »Ich kann nicht einmal denken, bis ich mit ihr gesprochen habe.« Er sah auf seine Uhr. »Ich werde nachher zu ihr gehen.«

Leda warf ihm einen entsetzten Blick zu. »Das wäre ein ... schrecklicher Fehler«, sagte sie.

»Dieser Meinung bin ich nicht.«

»Sie möchte Sie nicht sehen.«

»Das glaube ich erst, wenn sie es mir selber sagt.«

»Wenn sie Sie sehen wollte, Ross, würde sie doch nicht so lange fortbleiben, glauben Sie nicht auch?«

»Ich möchte es einfach nur von ihr hören.«

Leda starrte ihn schweigend an, setzte dann die Tasse auf dem Podium neben sich ab und rappelte sich auf. Sie ging ein paar Schritte von ihm weg, drehte sich um und sah ihn an. Das Affenskelett hing hinter ihr herab. Sie verschränkte die Arme.

»Wenn Sie das tun«, sagte sie, »werden Sie es bereuen.«

Sie maßen sich mit Blicken. Er wusste, dass sie noch mehr zu sagen hatte. »Sprechen Sie ruhig weiter«, sagte er.

»Céleste mag ja die vernünftigste von uns dreien sein«, sagte sie und meinte damit ihre beiden Schwestern, »aber das heißt ja nicht, dass es keine Grenze für ihre ... Zurechnungsfähigkeit gibt.« Sie schwieg und schien über das nachzudenken, was sie sagen wollte. Sie schien plötzlich reizbarer, und ihr Ton war von zunehmender Schärfe. »Sie hängt nur noch an einem Faden, Ross. Und es braucht nicht viel, um ihn zu kappen.« Sie sah aus, als stünde sie selbst auch kurz vor dem Überschnappen. »*Ich* möchte das nicht erleben. Sie … sie ist das Einzige, was ich noch habe, verdammt noch mal. Das Einzige … Ich möchte sie nicht verlieren.« Sie sah ihn an, und ihre verschränkten Arme zogen sich fester, als wollte sie sich körperlich buchstäblich zusammenhalten. »Das verstehen Sie doch, oder nicht?«

Er verstand das. Er dachte nach. Vielleicht war das ja alles, was er überhaupt verstand.

Es hatte eine seltsame Kehrtwende gegeben. Statt dass Céleste sich um Ledas Interessen kümmerte, kümmerte sich Leda jetzt um ihre. Es war fast so, als würden die beiden Schwestern sich vor seinen Augen neu erfinden. Und vielleicht taten sie das ja auch. Immer wieder hatte jede von ihnen gesagt, dass sie praktisch Fremde seien. Vielleicht war ja das, was er hier miterlebte, die Geburt einer Beziehung, die selbst diese beiden Frauen nie für möglich gehalten hatten. Nachdem sie so lange getrennt gewesen waren, hatten sie schließlich doch zusammengefunden, unwillkürlich und trotz eines Albtraums, der noch schlimmer war als alles, was sie schon durchlitten hatten.

Ihm war bewusst, dass auch sie sich langsam darüber klar werden mussten, dass sie in ein aussichtsloses Bündnis geworfen worden waren.

»Der ›ursprüngliche Plan‹«, sagte er.

»Was?«

»Als Sie mir gestern von Ihrer Verschwörung erzählt haben, dass Céleste mich wegen meines Geldes verführen sollte, haben Sie von Ihrem ›ursprünglichen Plan‹ gesprochen. Hat er sich geändert?«

Urplötzlich schien sie die Fassung verloren zu haben. Nachdem sie ohnehin schon fast gezittert hatte vor Anspannung, fand sie nun buchstäblich keine Worte. Was, zur Hölle, bedeutete das nun wieder? Was denn noch? Gab es noch etwas anderes?

»Leda!«

Sie zuckte zusammen und nahm all ihren Mut zusammen. Sie schien im Augenblick nicht allzu viel davon zu haben, was ungewöhnlich für sie war.

»Vor ein paar Tagen ...«, begann sie, dann verstummte sie. Mit ihren schönen Fingern betupfte sie leicht ihren Mund und berührte ihre Wangen mit einer sanften Geste, als ob sie dort den Schweiß wegwischen wollte. Sie nutzte die Zeit, um sich zu sammeln.

Jesus Christus, dachte er.

»Sie war draußen im Garten«, fuhr sie fort, »und saß einfach nur da. Sie geht manchmal hinaus. Der Garten ist die einzige Stelle außerhalb des Hauses, zu der sie geht. Ich wollte mir ihr Nähzeug ausleihen, weil ich mir einen Knopf annähen wollte, der sich gelockert hatte ... ach, unwichtig ... also ging ich in ihr Zimmer und an ihren Schrank.« Pause. »Ich entdeckte ... Videokameras und Stative ... drei Stück.«

Er erstarrte.

»Ich habe Kassetten gefunden. Ich dachte, Lacan, nun ja, hätte ... Ich habe eine Kassette genommen und in den Recorder in ihrem Zimmer geschoben.« Sie sah aus, als hätte sie aufgehört zu atmen. Ihre Stimme erstarb zu einem Flüstern. »Sie waren darauf ... wie Sie Lacans Körper vom Bett gezerrt und in die Laken gewickelt haben ... und uns gesagt haben, was alles zu tun ist.«

Ihm verschlug es die Sprache.

»Ich glaube, da sind noch andere«, sagte sie.

Er setzte sich an die Stelle auf der Kante des Podiums, an der sie zuvor gesessen hatte. Er konnte nichts denken, und seine Augen konnten nichts sehen. Oder jedenfalls merkte er nicht, dass er irgendetwas sah. Er setzte zum Sprechen an. Er schaffte es nicht. Er schluckte.

»Sie konnte doch ... ich hätte ... ihr und Ihnen ... geholfen.« Er hatte das Gefühl, ohnmächtig zu werden, seine Lungen schienen keinerlei Luft mehr zu besitzen. »Sie haben sich das Band *angesehen*?«

Sie nickte schnell. »Nur eine Minute …« Ihre Stimme zitterte. »Oder noch weniger.«

»Und da waren noch andere Kassetten?«

»Ich weiß es nicht«, sagte sie hastig. »Ich vermute es … bei drei Kameras.«

»Sie sagten, dass Kassetten da waren.«

»Ja, es waren noch weitere Kassetten da.«

»Ich muss mit ihr sprechen.«

»Nein!«, schrie sie fast. »Lieber Gott, nein. Sie ist … ich weiß nicht, wie ich das erklären soll … lassen Sie ihr noch einen Tag … zwei Tage … einfach drei Tage Zeit.«

»Was ist los? Was stimmt mit ihr nicht?«

»Ich weiß es nicht.« Sie kämpfte wieder mit Tränen. Sie drehte sich um und ging mit hölzernen Bewegungen zu einem der niedrigeren Hocker hinüber und setzte sich. »Sie ist … sie steht unter Stress, ist verwirrt … sie hat einen Mann *getötet*, verdammt noch mal. Sie …«

»Scheiße!«, explodierte er. »*Sie* steht unter Stress! Sie hat mich *gefilmt* … Was soll ich … was soll ich denn davon halten? Unter Stress! Was hat sie getan? Was geht hier eigentlich vor? …«

Leda weinte, atmete keuchend, ihr Gesicht spiegelte deutlich ihre Verzweiflung wider. »Bitte, lassen Sie ihr … sie braucht noch ein wenig Zeit … sich wieder in den Griff zu bekommen … ich glaube, dass sie mit Selbstmordgedanken spielt.«

»Verdammt noch mal, Leda. Was erwarten Sie denn von mir?«

»Geben Sie mir ein paar Tage«, flehte sie. »Eine Woche. Nein, drei Tage. Geben Sie mir vier Tage, um zu ihr vorzudringen … Ich werde das mit den Bändern herausfinden … und sie damit konfrontieren. Ich finde heraus, was wirklich los ist. Aber wenn ich das zu schnell mache … ich muss vorsichtig vorgehen.«

Er starrte sie ungläubig an. Er konnte es nicht glauben. Er konnte nicht glauben, wie schnell alles auseinander zu brechen begann. Und Leda schien nicht in dem Zustand zu sein, irgendjemandem zu helfen.

Als die Glühwürmchen in dieser Nacht herauskamen und im Gebüsch rund um das Haus alles glitzerte, nahm er ein Glas Scotch und ging mit nacktem Oberkörper und barfuß zum Brennofen. Er zündete den Ofen an, öffnete die Tür und setzte sich mit dem Rücken gegen den kühlen Mühlstein. Es gab keinen Grund dafür, er tat es einfach.

Während der Brennofen langsam zitternd zu dröhnen begann, starrte er in seinen offenen Bauch, der Lacan verschlungen hatte, und ließ im Geist die schmerzlichen Unterhaltungen mit Leda Revue passieren, als würde er den Schorf von einer Wunde reißen. Danach spielte er noch einmal sämtliche bedrückenden Gespräche durch, die er mit Céleste und Leda geführt hatte, und untersuchte jede Einzelheit und Andeutung wieder und wieder. Wenn es Antworten auf all das gab, dann glaubte er, sie in diesem Schmerz aufspüren zu können. Jeder Zuneigung ging er aus dem Weg. Er wollte an die süßen Gefühle der Liebe nicht erinnert werden, und vor allem wollte er sich von ihnen nicht täuschen lassen. Er bemühte sich um gedankliche Klarheit, während er in das zitternde Dröhnen des Feuers starrte.

Die folgenden Tage vergingen in völliger Unproduktivität. Er schlief nachts so wenig, dass er im Morgengrauen in einen komaähnlichen Schlummer fiel, von dem er sich bis zur Mittagszeit nicht erholte. Er aß, dann ging er sofort ins Studio und machte sich an ein weiteres Modell von Leda. In diesen Stunden der intensiven Konzentration flaute die Panik in ihm ab, und sein Gehirn arbeitete überwiegend nach logischen Kriterien. Dann konnte er an Céleste denken, doch nicht ohne Ärger und auch nicht ohne das schmerzhafte Verlangen, alle Lügen ungeschehen machen zu wollen, und den Wunsch, dass die Wahrheit anders war, als sie war. Er arbeitete, bis zur Dämmerung und bis in die Nacht und bis zur Erschöpfung.

Er konnte nicht aufhören, darüber nachzudenken, warum er Ledas wahnsinniger Forderung, sich von Céleste fern zu halten, gehorchen sollte. Er fragte sich nicht, wie feige es war, nicht auf dem schnellsten Weg zu ihr zu gehen und ihr zu helfen, das durchzustehen, was sie durchstehen musste. Er gestand sich selbst nicht ein, dass er nicht so viel Mumm hatte, die Fragen zu stellen, die er stellen musste, und sich die Antworten anzuhören, die er hören musste.

Vier Tage vergingen auf diese Weise, in einer wellenartigen und nahtlosen Aneinanderreihung von Nächten und Tagen. Alles begann zu verschwimmen.

Das Klingeln war Teil eines Traums, und dann löste sich der Traum auf, und er starrte zur Decke und fühlte sich, als bestünde er aus nichts als Blei. Das Klingeln kam von dem Telefon, das auf dem Nachttisch neben seinem Bett stand.

Er wälzte sich auf den verschwitzten Laken herum, nahm den Hörer ab, ließ ihn fallen und hob ihn wieder auf.

Seine Kehle weigerte sich, eine Stimme zu formen. Er flüsterte: »Ja.«

»Hast du geschlafen?« Es war Amado.

»Ja.«

»Lieber Himmel, es ist zwei Uhr nachmittags bei euch. Geht es dir gut?«

»Ja.«

»Du klingst nicht besonders gut.«

»Bist du wieder zurück?«

»Ich bin noch immer in London, aber hör mal, ich habe ein paar interessante Neuigkeiten für dich – über Céleste und Leda.«

Er hörte zu, weil er nicht sprechen konnte.

»Ich habe hier ein paar Nachforschungen angestellt«, sagte Amado.

Er wartete.

»Ross? Hörst du mich?«

»Ja.«

»Gut. Also Céleste hat so viele Jahre in London gelebt, dass ich mir dachte, dass ich vielleicht Menschen finden könnte, die sie gekannt haben, wenn ich an den richtigen Stellen Fragen stelle. Das habe ich getan. Und ich habe etwas herausgefunden.«

»Okay.« Er versuchte mit aller Macht, sich zu konzentrieren und zu begreifen, was Amado ihm erzählte.

»Mach dich auf eine Überraschung gefasst, mein Freund. Es ist nur eine Kleinigkeit, gleichzeitig aber auch etwas Großes.«

»Was ist es?«

»Nun, Céleste und Sylvie waren tatsächlich Schwestern, wie es scheint. Sie sind wirklich zur Hälfte Mexikanerinnen und zur Hälfte Schottinnen. Und ich habe sogar einen Mann kennen gelernt, der ihre Mutter Eva gekannt hat. Sie war eine erstaunliche Frau – aufregend, sagte er, und verdammt verrückt.«

»Okay.«

»Dieser Mann kannte Eva, als sie starb. Ja, es war ein Autounfall, ja, in der Schweiz, aber das ist ungefähr zehn Jahre her und nicht drei Jahre. Am wichtigsten allerdings ist – und der Typ schwört, dass er sie gut genug kannte, um das zu wissen –, dass Eva nur *zwei* Töchter hatte. Er hat noch nie von jemandem mit Namen Leda gehört.«

KAPITEL 35

Ross lag auf dem Rücken und schaute an seinem nackten Körper bis zu seinen Füßen hinab. Auf die Oberseite seiner Füße. Er dachte an die Sohlen von Lacans Füßen, die das Erste gewesen waren, was er gesehen hatte, als er in Célestes blutverschmiertes Schlafzimmer gegangen war. Die Sohlen von Lacans kalten, wächsernen Füßen.

Er hatte den Griff seiner Hand gelockert, und der Telefonhörer baumelte ein paar Zentimeter von seinem Ohr entfernt von seinen Fingern herab. Er konnte Amados Stimme hören, weit entfernt und blechern: »Ross! Ross … Ross!«

Abrupt setzte er sich auf und schleuderte das Telefon so heftig er konnte davon, und der ganze Apparat flog über das Fußende seines Bettes hinaus und riss das Kabel aus der Wand. Er blieb sitzen, dickköpfig, klar denkend und außer sich vor Wut.

Er rollte sich herum und stand mühsam auf. Sein Nacken war verkrampft, weil er zusammengekrümmt geschlafen hatte und weil er so viele Stunden lang an der endlosen Reihe von Modellen gearbeitet hatte. Er schleppte sich ins Bad und durch die Hintertür zur Außendusche. Er drehte das Wasser an und blieb dort unter dem Wasserstrahl mürrisch und voller Schmerzen stehen.

Mit dem Rasieren hielt er sich nicht auf. Er zog sich rasch an, ging mit nassem Haar hinaus, stieg in den Jeep und fuhr davon. Seine Wut machte seinen Kopf klarer, als ein Dutzend Tassen Kaffee es vermocht hätten. Er war wütend auf die beiden Frauen, weil sie ihn so bewusst hintergangen hatten. Und er war wütend auf seinen eigenen nutzlosen Selbstbetrug. Er hatte es ihnen leicht gemacht, und er war entsetzt über seine eigene Dummheit. Doch am meisten machte ihn wütend, dass er noch immer nicht wusste, worum es eigentlich ging. Warum hatte er das durchgestanden, was er gerade durchgestanden hatte?

Er hielt nicht vor dem Haus auf dem Santa Elena Boulevard an, sondern bog in die Einfahrt und fuhr die Schräge zur Rückseite des Hauses und zur Garage hinauf. Célestes Wagen stand nicht in der Einfahrt, und die Garage war geschlossen. Er sprang aus dem Jeep, ging zur Seitenwand der Garage und schaute durch das Fenster über der Werkbank. Kein Auto.

Er nahm zwei Stufen auf einmal zur rückwärtigen Veranda hinauf und hämmerte gegen die Hintertür. Er konnte durch die gesamte Diele bis zur Haustür und einen Teil der Küche zu seiner Linken sehen. Nichts.

Ohne darüber nachzudenken, zog er sein Hemd aus, wickelte es sich um die Faust und schlug das Glas in der oberen Hälfte der Tür ein. Dann griff er nach innen und drehte den Riegel um. Er zog sich das Hemd wieder über, ohne sich mit dem Zuknöpfen Mühe zu machen, und ging ins Haus.

Er rief nicht nach ihnen, sondern machte sich einfach auf die Suche nach ihnen. Während er die Diele durchquerte, sah er ins Wohnzimmer, dann wandte er sich nach rechts und stieg die Treppe hinauf. Als er am Ende der Treppe angekommen war, konnte er bis zu Célestes Zimmertür sehen. Sie stand offen. Das Bett war gemacht, und das ganze Zimmer war makellos sauber. Die Sonne schien durch die Fenster. Sein Herz sank.

Er fand nichts in den Schränken, nichts im Bad und auch nichts in den Schubladen der Kommoden.

Er blieb in der Mitte des sonnigen Raums stehen. Die Fenster waren geschlossen, und kein Lufthauch bauschte jetzt die dünnen Vorhänge. Das Haus hallte vor Stille wider. Man konnte es sofort spüren. Nichts. Er wartete. Im Haus knarrte es. Er konnte das alte Haus riechen. Als er durch die Zimmertür hinausschaute, konnte er sehen, wie sehr die obere Diele glänzte und wie der Schimmer der Helligkeit, in der er stand, sich bis zu der Stelle ausbreitete, von der aus die Treppe ins Erdgeschoss hinunterführte. Die Leere im Haus und die Leere in ihm selbst passten perfekt zueinander, schlossen sich zu einem harmonischen Echo zusammen.

Er blieb einige Zeit stehen.

Auf dem Weg zu seinem Jeep sah er noch einmal in die Garage. Das Schild eines Immobilienmaklers lehnte verkehrt herum an der Wand.

Er fuhr zu *Fielding's*, der Immobilienagentur in der Romera Canyon Road. Der Makler, mit dem er sprach, sagte, nein, er habe nicht gewusst, dass die Bewohner aus dem Haus im Santa Elena Boulevard ausgezogen seien, doch die Agentur vermiete dieses spezielle Sommerhaus immer für ein Vierteljahr, und die Kunden hätten den vollen Mietpreis im Voraus entrichtet. Es sei hilfreich, sagte er, zu wissen, dass sie fast zwei Wochen vor Ablauf ihrer Mietzeit ausziehen wollten – es sei sicherlich ungewöhnlich, dass sie ohne eine Mitteilung das Haus verlassen hätten –, doch er sei sicher, dass die gezahlte Miete sämtliche Endreinigungskosten, die der Agentur entstünden, abdecken würde.

Nein, er könne Ross ihre Heimatadresse nicht geben. Das sei vertraulich. Die Agentur würde mit all ihren Klienten so verfahren. Entschuldigung.

Er fuhr nach Hause und rief Amado in London an.

»Sie sind einfach ausgezogen, ohne *irgendetwas* zu sagen?« Amado war schockiert.

»Ja. Wir hatten … einen Streit«, log er. »Céleste und ich. Ich habe sie seit ein paar Wochen nicht mehr gesehen.«

»Eine ernste Auseinandersetzung«, sagte Amado vorsichtig. Er klang nicht sehr überzeugt.

»Ja.«

»Wie hat Leda darauf reagiert? Sie war doch ganz wild darauf, dass die Skulptur angefertigt wird? Ist sie verrückt geworden?«

»Ich weiß es nicht. Ich habe auch mit ihr in den letzten Wochen nicht gesprochen. Sie ist einfach nicht mehr gekommen.«

Himmel, klang das überhaupt vernünftig? Er musste darüber nachdenken. Ja, es könnte funktionieren. Er musste sicherstellen, dass seine Lügen zueinander passten. Doch warum sollte sie nicht mehr zu ihren Sitzungen kommen, nur weil Ross und Céleste einen Streit gehabt hatten? Hatte Céleste es ihr untersagt? Das wäre nie geschehen. Man konnte Leda nichts verbieten. Er geriet in Panik und versuchte, sich Gründe einfallen zu lassen, die die Lüge untermauern konnten. In London entstand ein vorübergehendes Schweigen. Amado würde diese Sache nicht weiter verfolgen. Vielleicht, weil die Lüge so durchsichtig war und er Ross nicht damit in Verlegenheit bringen wollte, dass er ihn auf diesen Punkt festnagelte. Er wusste es nicht. Doch er war dankbar für Amados Zurückhaltung.

»Na gut, mein Freund«, sagte Amado schließlich resigniert. »Ich werde sehen, was ich tun kann. Das ist ein ehrgeiziger Plan.«

»Das weiß ich natürlich.« Er war verzweifelt. »Aber ich möchte versuchen, sie zu finden. Ich muss es versuchen.«

»Ich verstehe.«

»Du brauchst mich nicht anzurufen, wenn sich nichts ergibt. Lass mich nur wissen, wenn du etwas herausfindest.«

Die Unterhaltung war rätselhaft. Als sie das Gespräch beendet hatten, ließ er sie in seinem Kopf noch einmal ablaufen. Er war zu abrupt gewesen. Amado hatte ihm nur die Wahrheit abgekauft: dass Céleste und Leda San Rafael verlassen hatten. Und der Rest, das wusste er, war einfach völliger Blödsinn.

Er setzte sich an den Küchentisch und starrte durch die Gittertür hinaus in den Innenhof. Die Bougainvillea leuchtete auf dem Lebensbaum so hell in der Mittagssonne, dass er die Augen zukneifen musste, um sie ansehen zu können.

Er wurde das Gefühl nicht los, dass Leda ihm nicht alles über Célestes Zustand erzählt hatte. Oder dass sie ihn vielleicht über ihren eigenen Zustand getäuscht hatte. Nach allem, was sich zwischen ihm und Céleste abgespielt hatte, konnte er sich nicht dazu entschließen zu glauben, dass sie Teil des abenteuerlichen Plans gewesen war, den Leda ihm beschrieben hatte. Und selbst wenn sie mitgemacht hatte, konnte er nicht glauben, dass sie freiwillig San Rafael verlassen hatte, ohne noch einmal mit ihm zu sprechen. Es sei denn natürlich, sie war so unglücklich, wie Leda behauptet hatte. Oder Leda war tatsächlich gezwungen gewesen, eine Entscheidung für Céleste zu treffen. Aber auch dann war ihm schleierhaft, warum sie fortgegangen waren, ohne noch einmal mit ihm Kontakt aufzunehmen. Eine von ihnen zumindest. Und was geschah nun mit der Skulptur?

Und die Videobänder ... was war mit ihnen, verdammt?

Er konnte nur vermuten, dass man ihn erpressen wollte. Wenn Leda es geschafft hatte, sie an sich zu bringen, hätte sie ihm das gesagt? Und selbst wenn sie das getan hätte, warum sollte er ihr glauben? Er wusste ja nicht einmal, wer sie wirklich war. Was, verdammt noch mal, hatte ihn dazu gebracht, ihr überhaupt zu glauben? Und ihr zu vertrauen?

Es hatte sich ja herausgestellt, dass er beiden Frauen geglaubt hatte, jeder von ihnen zu verschiedenen Zeiten, selbst als ihre Geschichten sich letztlich widersprachen, selbst als sie beide umschwenkten und sehr wahrscheinlich Lügen über die andere erzählten. Oder – was noch schlimmer war – wenn sie gemeinsame Sache gemacht hatten und keine Lügen über einander verbreiteten, sondern einen byzantinischen Plan gemeinsamen Betrugs ausführten, hätte er ihnen auch das noch geglaubt.

Warum hatte er sich nicht erlaubt, all diese Anzeichen in den letzten seltsamen Wochen als Warnung zu verstehen? Als er darüber nachdachte, fiel ihm eine Sache ein, die ihm Jahre zuvor passiert war.

Er hatte sich auf der Farm eines Freundes aufgehalten und war auf eine kleine Weide hinausgegangen, um ein altes Reitpferd hereinzuholen. Es war Frühling gewesen, und ein Gewitter war aufgezogen. Der Regen erwischte ihn, als er noch auf dem Weg nach draußen war. Als er bei dem Pferd am hinteren Ende der Weide ankam, war er bereits nass bis auf die Knochen. Über die nahen Hügel zogen wilde Blitze heran. Das Pferd wartete auf ihn, stand völlig reglos in dem Wolkenbruch und sah ihm entgegen. Das Pferd konnte das Klirren des Zaumzeugs in seiner Hand hören, doch es blieb trotzdem stehen.

Als Ross sich dem alten Pferd vorsichtig bis auf Armeslänge genähert hatte, hatte er ein unerklärliches Gefühl von Gefahr gespürt. Sein Körper hatte geprickelt, Aufregung hatte seine Brust erfüllt, und sein nasses Haar hatte gekribbelt. Das Pferd spürte es ebenfalls. Es warf den Kopf hoch und rollte die Augen in verwirrtem Staunen. Doch es brach nicht aus und lief auch nicht weg. Sie sahen sich abwartend an. Dann gab es eine entsetzliche Explosion.

Als Ross wieder zu sich kam, lag er im Schlamm. Seine Kleider rauchten, und er war bedeckt von schwarzen schwelenden Pferdefleischstücken.

Sie beide hatten es kommen gefühlt, er und das Pferd, dieses unglaubliche Rauschgefühl, das dem Blitz vorausging, doch sie hatten sich beide nicht von der Stelle gerührt. Als er nun darüber nachdachte, wurde ihm klar, dass sie von einer verwirrenden Verlockung aufgehalten worden waren, die sie in den wilden Gefühlen dieses seltsamen Augenblicks vor dem Blitzschlag gespürt hatten. Ihre eigene entsetzliche Neugierde hatte sie wie angewurzelt stehen bleiben lassen.

Und so verhielt es sich auch mit diesen ungewöhnlichen Tagen mit Céleste und Leda. Vielleicht hätte er sich von allem abwenden können, doch aus irgendeinem Grund hatte er es nicht getan. Vielleicht aufgrund einer düsteren Neugier. Er konnte sich wirklich nicht erklären, warum er es nicht getan hatte. Noch konnte er sich erklären, was überhaupt geschehen war.

KAPITEL 36

Die folgenden Tage eigneten sich nicht zur Arbeit. Die Modelle blieben, wo sie waren. Er fasste sie nicht an. Er arbeitete auch nicht an dem Beach-Auftrag. Er arbeitete überhaupt nicht.

Er irrte im Studio herum und konnte an nichts anderes denken als an Céleste und Leda und die Ereignisse der vergangenen beiden Monate. Was, verdammt noch mal, hatten diese beiden Frauen zu tun versucht? Oder hatten sie es schon getan? Wenn sie wirklich auf sein Geld aus gewesen waren, warum hatte Leda ihm dann davon erzählt? Warum hatten sie die Sache nicht einfach durchgezogen? Oder hatte Leda ihn diesbezüglich belogen? Und wenn sie gelogen hatte, warum eigentlich? Und warum behaupteten sie, Schwestern zu sein? Was steckte dahinter? Und wer, zur Hölle, war Leda?

Diese Fragen quälten ihn zusätzlich zu der schmerzvollen Möglichkeit, dass Célestes Zuneigung nicht echt gewesen sein könnte. Das war die Frage, über die er am heftigsten nachgrübelte und die ihm die größten Höllenqualen bereitete.

Doch was ihm wirklich Angst machte, war die Existenz der Videokassette. Solange Céleste und Leda im Besitz dieser Kassette waren, entschieden sie, ob er eine Zukunft hatte oder nicht. Und er konnte sich vorstellen, dass die Videokassette bis in alle Ewigkeit existieren würde; dann würde er nie davon freikommen. Sie hatten ihn in der Hand, besaßen ihn regelrecht. Doch er hatte nicht die geringste Ahnung, warum sie das wollten.

Eine Woche verging auf diese Weise, dann eine zweite und schließlich noch eine dritte.

Als das Telefon klingelte, saß er auf einer Werkbank aus Holz im Brennofenschuppen und arbeitete an einer Zikade, die er aus einem kleinen Kalkstein herausarbeitete. Er konnte sich auf nichts Wesentliches konzentrieren, doch es machte ihn unruhig, wenn er seine Hände längere Zeit nicht beschäftigen konnte. Jeden Tag musste er etwas mit seinen Händen tun, auch wenn es nur eine Stunde lang war. Irgendetwas musste er tun. Das gab ihm ein Gefühl von Beständigkeit und schuf eine Verbindung zwischen seinen Gedanken und der Wirklichkeit, die ihn umgab.

Erst wollte er das Klingeln ignorieren, doch dann beschloss er, das Gespräch anzunehmen. Er nahm seine Lederschürze ab, warf sie beiseite, nahm einen feuchten Lappen von der Bank, eilte zur Eingangstür des Studios und wischte sich auf dem Weg dorthin die Hände ab.

Der Anrufbeantworter hatte den Anruf schon angenommen,

als er den Apparat erreichte. Er nahm den Hörer genau in dem Moment ab, als der Anrufer zu sprechen begann.

»Hallo, hier ist Ross.«

»Mr. Marteau?«

»Ja.«

»Ich bin Cecil Reisner von der Community Bank in San Rafael.«

»Ja.«

»Mr. Marteau, Sie kennen doch Ms. Leda Verret?«

Er zögerte. Was sollte das nun wieder bedeuten? Scheiße, er hätte nicht zögern sollen.

»Verzeihen Sie«, sagte er und räusperte sich, als ob etwas in seinem Hals der Grund für sein Zögern gewesen wäre. »Ja, ich kenne sie.«

»Nun, vor ein paar Monaten hat Ms. Verret mit uns vereinbart, dass wir Sie am heutigen Tag anrufen und Ihnen mitteilen sollen, dass sie etwas für Sie in einem Tresorfach hinterlegt hat. Wenn Sie sich ausweisen können, werde ich Ihnen gern jederzeit Zugang zu dem Tresorfach verschaffen.«

Er schwieg wieder. Er konnte nicht anders. Die Videokassetten? Hatte sie ihm die Videokassetten hinterlassen?

»Sie sagten, dass das vor ein paar Monaten vereinbart wurde?«

»Ja, hmm …« Er schien auf etwas zu sehen, das vor ihm lag. »Tatsächlich ist es auf den Tag genau zwei Monate her.«

Er war sich nicht ganz sicher, doch er glaubte, dass sie diese Vereinbarung getroffen hatte, bevor sie ihm überhaupt von der Existenz der Videokassetten erzählt hatte. Dann konnte es nicht um die Videokassetten gehen. Es sei denn … Lieber Himmel …

»Vielen Dank«, sagte er und versuchte, so sachlich zu klingen wie Mr. Reisner. »Ich werde Sie wahrscheinlich heute im Laufe des Tages aufsuchen.«

»Wann immer Sie wollen, Mr. Marteau.«

Er legte den Hörer auf. Das Licht, das ins Studio schien, war so grell geworden, dass die Konturen der Schatten sich scharf abzuzeichnen schienen. Er schaute zu der roten Decke auf der Bettcouch hinüber. Sein Blick glitt über den Arbeitstisch. Ledas letztes Modell befand sich noch immer auf dem Modellierhalter, und die anderen standen noch immer aufgereiht an der hinteren Kante des Tisches. Sie hatte gesagt, dass sie für sie wie Insekten aussähen, wie Käfer. Für mich nicht, hatte er erwidert. Wie sehen sie denn für Sie aus?, hatte sie gefragt. Wie Sie, hatte er geantwortet.

Cecil Reisner trug einen geschniegelten Anzug aus marineblauem Sommerwollstoff mit schwachen Nadelstreifen, ein weißes Hemd und eine pudrig-blaue Seidenkrawatte mit eingewebtem Pyramidenmuster. Er war ungefähr Anfang fünfzig, onkelhaft, mit hoher Stirn, dünnem braunem Haar, einer spitzen Nase und schmalen Lippen. Er war ein netter Kerl.

»Ms. Verret war eine ungewöhnliche Frau«, sagte er fröhlich, während er Formulare und Stempel aus den Schubladen seines Schreibtischs nahm. Mehr sagte er darüber nicht, und er sprach es auf angenehme Art und ohne die Absicht aus, etwas herausfinden oder andeuten zu wollen. Er vermerkte die Nummer von Ross' Führerschein auf dem Formular, ließ ihn etwas unterschreiben, dann noch etwas anderes.

Er nahm einen Schlüssel aus einer Sammlung heraus, die sich in der oberen linken Schublade seines Schreibtischs befand, und übergab ihn Ross.

»In Ordnung«, sagte er im Aufstehen, und Ross folgte ihm in den hinteren Bereich der Bank und durch mehrere gesicherte Türen hindurch zu einem kleinen Raum, in dem die Wände mit mahagonifurnierten Fächern bedeckt waren. »In Ordnung«, sagte er wieder. »Zwei, null, sieben …« Er ging an der rechten Wand des Raums entlang. »Zwei, null, sieben … hier ist es.«

Er schob seinen Schlüssel in das obere Schlüsselloch und drehte ihn herum.

»Sie können den Kasten dort drüben abstellen«, sagte er und deutete auf ein paar Tische, die in dem Raum standen. Dann machte er kehrt, ging hinaus und schloss die Tür hinter sich.

Ross öffnete das Mahagonitürchen des Tresorfachs, indem er das untere Schlüsselloch mit seinem Schlüssel aufschloss. Er zog den schwarzen Metallkasten heraus. Er war leicht. Er fühlte sich sogar leer an. Er stellte ihn auf den nächsten Tisch und betrachtete ihn. Er hätte das Gewicht der Videokassetten spüren müssen. Er betrachtete den Kasten noch einen Moment lang, ehe er den Deckel öffnete, der hinten mit einem Scharnier an der Unterseite befestigt war.

Er war verblüfft, als er sah, dass der Kasten leer war. Auf den ersten Blick. Doch dann entdeckte er einen einzigen Zettel, der auf dem Boden des Kastens lag, als sei er vergessen worden. Er sah die Schrift darauf. Er nahm den Zettel heraus und glättete ihn. Er erkannte Ledas Handschrift, in blauer Tinte.

> *Er war nicht tot! Und Sie haben das nicht einmal überprüft. Sie haben ihn selbst getötet. Sie haben ihn bei lebendigem Leib verbrannt.*

Er war niedergeschmettert über seine Dummheit. Er hatte sich nicht vergewissert, ob Lacan noch lebte, nein, lieber Gott, er hatte es wirklich nicht getan. Wie konnte er das *nicht* geprüft haben? Aber der Mann hatte tot sein müssen. Er erinnerte sich an das sich verdunkelnde und gerinnende Blut. An den eingewickelten Kopf. Und er hatte keine Bewegungen bemerkt, absolut keine Reaktion, als er ihn herumgezerrt, eingewickelt und herumgeschleppt hatte, kein Grunzen oder Gurgeln, kein Röcheln oder Stöhnen. Betäubt? War es das gewesen? War der Mann bis zum Koma betäubt gewesen?

Aber er könnte gestorben sein. Wie hätte Leda das feststellen können? Sie mochte gewusst haben, dass er noch lebte, bevor er gekommen war, doch es war viel Zeit vergangen, ehe er Lacan schließlich in den Brennofen geschoben hatte. Und Leda war zu keiner Zeit in seine Nähe gekommen. Wenn er in dieser Zeitspanne gestorben war, hätte sie es nicht gewusst.

Und es gab noch eine zweite Sache, die ihn erschütterte: Weder Leda noch Céleste hatten ihn darauf aufmerksam gemacht, dass Lacan noch am Leben sein könnte. Sie hatten ihn weitermachen und Lacan in den Brennofen schieben lassen! Und Leda hatte – war Céleste auch darin verwickelt gewesen? – schon vor zwei Monaten beschlossen, ihm das auf diese spezielle Weise zu offenbaren, zwei Monate später von diesem Zeitpunkt an. Die Wahl dieses Zeitpunkts konnte nur eine ganz bewusste Grausamkeit ihm gegenüber sein.

Warum?

Ihm fiel nichts dazu ein. *Gar nichts.*

Hatte Céleste gewusst, dass diese Mitteilung im Tresorfach der Bank auf ihn wartete? Das wollte er nicht glauben. Ja, er begann nun zu glauben, dass Leda ihn sogar über Céleste und die Videokassetten belogen hatte. Ledas unterschwelliger Hang zur Grausamkeit, die er von Zeit zu Zeit im Studio hatte auflodern sehen – und nun diese wohlüberlegte Notiz – ließ ihn so etwas Perverses wie das heimliche Filmen eher Ledas Charakter zuschreiben als Célestes.

Lieber Gott, warum hatte er sie denn nicht besser verstanden? Die Art und Weise, wie er die beiden Schwestern behandelt hatte – diese beiden Frauen –, konnte nicht anders als dumm bezeichnet werden. Aus welchen Gründen auch immer hatten sie beschlossen, ihre Zeit nicht gemeinsam mit ihm zu verbringen. Er war entweder mit Céleste zusammen oder mit Leda, aber niemals mit beiden gleichzeitig. Zumindest nicht bis zu dieser Todesnacht, und dann war alles zu spät gewesen. Und selbst nach Lacans Tod – er brachte es noch immer nicht über sich, an Mord zu denken –, als sie es am dringendsten nötig gehabt hatten, miteinander zu sprechen, kehrten sie zu ihrem vorherigen Verhaltensmuster zurück. Und er ließ es nicht nur geschehen, sondern förderte es auch noch. Weil auch er nicht darüber sprechen wollte.

Kein Trinken. Er hatte Angst zu trinken. Doch wieder nagten die schlaflosen Nächte an den Tagen, und die Tage gingen in die Nächte über, bis er erschöpft war, und die verschiedenen Zeiten verschmolzen zu einem grenzenlosen Ineinander aus Dunkelheit und Licht.

Als Amado aus London zurückkehrte, brachte er Ross auf den neuesten Stand der Dinge über die Leute, die er kennen gelernt und die Eva und Sylvie und Céleste gekannt hatten. Fast alle hatten nach Evas Tod den Kontakt zu den beiden Schwestern verloren.

Im Gegenzug tischte er Amado eine zusammengeschusterte und auf Lügen aufgebaute Geschichte über seine letzten paar Wochen mit Céleste und Leda auf, wobei er natürlich den jüngsten bizarren Umschwung in Ledas krankem Sinn für Ironie vollständig unterschlug. Wie schon bei dem Telefongespräch aus London durchschaute Amado die Unstimmigkeiten, doch er war Gentleman genug, um an der Geschichte nicht zu rütteln. Der Ausdruck vorgetäuschter Billigung auf seinem Gesicht war schmerzlich anzusehen.

Die Wahrheit war, dass Ross verrückt vor Angst war und mit jemandem sprechen wollte, auch wenn er nicht die Unterhaltung führen konnte, die er gebraucht hätte. Wenn es hart auf hart kam, wollte er sich Amado gegenüber offenbaren, was einer selbstsüchtigen Entgleisung gleichgekommen wäre. Amado zu erzählen, was wirklich geschehen war, würde ihn in diese ganze Affäre hineinziehen, in die er sich sicherlich freiwillig nicht verwickeln lassen wollte.

Es war ein sehr warmer Abend in *Graber's* Garten. Amado saß ihm gegenüber in einem luftigen weißen Leinenhemd, musterte ihn mit ernster Miene, während er an seiner dunklen Zigarre zog und langsam sein Pacífico trank. Er wusste, dass Ross in irgendwelchen Schwierigkeiten steckte, und Ross fühlte sich miserabel, weil er sich ihm gegenüber so spröde und rätselhaft gab. Dennoch wusste er, dass Amado an seinem Verhalten ablesen konnte, dass die Schwierigkeiten ernster Natur waren.

»Kannst du das Ende dieser Sache schon absehen?«, fragte Amado sanft, als arbeitete er sich durch die Lagen von vagen Erklärungen, die Ross in den letzten paar Wochen immer mehr angehäuft hatte.

»Von welcher Sache sprichst du?«

»Ich weiß es nicht. Was immer es auch sein mag.«

Er nahm einen Schluck von seinem Bier, um sein Zögern zu kaschieren. Doch er musste antworten.

»Nein.«

»Gütiger Himmel, Mann!« Amado starrte ihn mit einer Mischung aus Trauer und Unglauben an. »Wie schlimm kann es denn sein?«

Ross zögerte. »Schrecklich schlimm«, sagte er.

»Und was ich vor mir sehe« – Amado nickte in seine Richtung – »ist der neue Ross Marteau? Dieser mürrische, vor sich hinbrütende Mann?«

»Komm schon, Amado«, sagte er, »was soll ich denn auf eine solche Frage antworten?«

»Ich weiß es nicht. Ich weiß ja nicht einmal, welche Fragen ich stellen soll. Was ist richtig? Was ist nicht richtig? Was ist angemessen?« Er rauchte und betrachtete Ross mit zusammengezogenen Augenbrauen. »Ich sag dir was, mein Freund, wenn du nichts dagegen unternimmst – ich weiß nicht, was du unternehmen musst, weil ich nicht weiß, was, zur Hölle, überhaupt los ist –, aber wenn du nichts unternimmst, wirst du irgendwann verrückt werden. Oder was? Das stimmt doch. Ein Mann kann nicht sehr lange so leben, wie du es tust. Irgendetwas in ihm zerbricht. Und wenn dir das passiert, *hat* sich dein Leben für alle Zeit verändert.«

»Ich habe dir gesagt, dass ich über solche Warnungen längst hinaus bin.«

»Was soll denn dieser Fatalismus?«, fragte Amado und lehnte sich auf seinem Stuhl zurück. »Ich verstehe dieses Gerede von dir nicht.«

»Das ist kein Fatalismus, Amado. Ich habe nicht gesagt, dass ich ruiniert bin. Ich habe nur gesagt … dass sich die Dinge für mich verändert haben. Und dass nichts mehr so sein wird, wie es war.«

»Ist dein Leben vorbei?«

»Es hat sich verändert«, antwortete er steif. »Mehr nicht. Ich weiß nicht, was ich noch dazu sagen soll. Es gibt nichts, was ich dazu sagen kann.«

»Arbeitest du wieder?«

»Ja, ich arbeite wieder. Es gibt nichts, was ich gegen das, was schon geschehen ist, unternehmen könnte. Ich muss zu dem zurückkehren … was übrig geblieben ist.«

Amado heftete seinen Blick auf ihn. Ross konnte den kräftigen dunklen Tabak seiner Zigarre riechen. Als er Amado ansah, konnte er aus dem Augenwinkel heraus erkennen, dass sich die Lichtinseln der gelben Laternen im Innenhof auflösten. In den nahen Schatten bildeten die Palmwedel, tief grün am Rande der Dunkelheit, mit ihren fedrigen Mustern einen beschaulichen Hintergrund zu Amados verwirrter Melancholie.

»Ich habe schon immer gesagt, dass du mit Frauen nie Glück gehabt hast«, bemerkte Amado. »Aber es gibt Pech, und es gibt Tragödien.«

KAPITEL 37

Der Sommer ging in seine härteste Zeit über. Die üppige, hellgrüne Vegetation, die sich nach den Regengüssen im Frühling entwickelt hatte, war in den Sommerschatten längst dunkler geworden, war dann getrocknet und wurde langsam in der sengenden Augusthitze braun. Im Hügelland war der September nur ein verlängerter August und der Herbst ein entfernter Wunsch. Grashüpfer sprangen in dem trockenen Gras herum, und die Hitze war so groß, dass sie das Harz aus den Zedern zog, und sein Duft erfüllte die Luft in der drückenden Hitze und im grellen Licht der wolkenlosen Nachmittage.

Er kehrte vom Briefkasten zurück, der draußen vor der Mauer neben dem Torpfosten stand, und blätterte flüchtig durch die Kataloge und Zeitschriften und Briefe, die er alle nicht mehr las. Die gesamte Post stapelte sich in einem Sessel in seinem Wohnzimmer, wo er sie jeden Tag hinwarf, wenn er vom Briefkasten zurückkam. Auch Rechnungen und Schecks lagen dazwischen, genauso ungeöffnet.

Er überblätterte ihn erst und registrierte die Worte erst einen Augenblick später. Dann blieb er mitten auf der Auffahrt stehen, und sein Daumen machte kehrt. Das war es. Mit der Schreibmaschine geschrieben. Adressiert an ihn. Eine Absenderadresse in Paris.

Alles außer diesem Umschlag flatterte wild zu Boden, während er dastand und die Absenderadresse mit einem zitternden Gefühl betrachtete, das zwischen Angst und Hoffnung wechselte. Er riss den Umschlag auf.

Er enthielt ein einziges Blatt Papier, ein fotokopiertes Dokument in Französisch. Er konnte Französisch nicht sehr gut lesen, doch er durchsuchte den Text nach erkennbaren Worten, nach etwas, das ihm die Bedeutung der Worte und des Inhalts vermittelte:

> *Sterbeurkunde … Städtisches Leichenschauhaus von Paris, 16. Bezirk … Madame Célestine Denise Lacan … Selbstmord …*

Die Tage stolperten dahin. Er wusste nicht, wie viele. Er gab sich nicht mehr damit ab, sich anzuziehen, zu baden oder sich zu rasieren; er wanderte zwischen Haus und Studio in seiner Unterwäsche hin und her, ließ die Türen der beiden Gebäude offen und kam und ging wie ein Tier, das zwischen verschiedenen Höhlen hin und her wechselt. Er ging in den Schatten, um der Sonne zu entgehen, doch das war schon fast alles, woran er dachte. Er aß sehr wenig, und wenn er aß, trug er das Essen mit sich herum und ließ Teile davon dort zu Boden fallen, wann immer und wo immer er das Interesse daran verlor. Er ließ auch Whiskyflaschen irgendwo stehen, und wenn er manchmal eine nur teilweise geleerte Flasche entdeckte, trug er sie so lange mit sich herum, bis er sie wieder abwesend irgendwo abstellte.

Eines Nachmittags wachte er unter dem Wasserstrahl der Außendusche auf. Er musste versucht haben, aufzuwachen und war wieder weggesackt. Eines Morgens weckte ihn die Sonne auf. Er lag im hohen Gras neben dem Tor, und sein Kopf lag auf den Kieseln. Eines Tages floh er bei Einbruch der Dämmerung vor Lacans verkohltem und Flammen sprühendem Körper und fiel gegen eine Schaufel im Brennofenschuppen, die ihm eine klaffende Wunde in die Stirn schlug. Er wurde ohnmächtig. Als er wieder zu sich kam, waren sein Haar und seine Kleider vollgesogen mit getrocknetem Blut. Er schaffte es, zur Dusche zu gelangen, und hielt sich selber eine Standpauke, während er sich in dem herabprasselnden Wasser an die gekachelte Bank lehnte.

Er saß an einem einzelnen Tisch weit hinten im Innenhof von *Graber's*. Es war spät und schon fast Sperrstunde. Die anderen Menschen waren schon gegangen. Er bemerkte nicht, dass die Bedienungen ihn von der Hintertür aus beobachteten. Nata kam heraus, betrachtete ihn eine Weile, ging dann wieder hinein und rief jemanden an.

Er war ein nüchterner Betrunkener. Seine Sprache wurde nicht schleppend, und er fuchtelte auch nicht herum, aber seine Reaktionen waren langsam, und manchmal wurde er sarkastisch.

Amado wurde nicht sarkastisch. Amado wurde auch nicht betrunken. Und er sah immer nett aus. Immer gut angezogen. Hatte immer tadellose Manieren. Amado lächelte viel, weil das ein Gesichtsausdruck war, der ihm stand und der seinem Naturell entsprach.

»Bist du betrunken?«

»Ich glaube schon«, sagte er. Amado lächelte ihn traurig an. »Setz dich.«

Amado zog einen Stuhl unter der anderen Seite des Tischs heraus und setzte sich. Er rauchte eine Zigarre.

»Es ist ja ein Glücksfall, dass du zufällig hergekommen bist«, sagte er.

»Nata hat mich angerufen.«

»Oh. Gut.«

»Es sieht ganz so aus, als seist du schon lange in diesem Zustand.«

»Nicht lange genug, verdammt noch mal.«

»Mmmm.« Amado nickte bei dieser Mitteilung und sah ihn weiter an. »Du stinkst, mein Freund. Wer hat dir diese dreckigen Klamotten angezogen?«

»Himmel, ich.«

»Mmmm.« Amado schien intensiv über etwas nachzudenken.

»Ich kann nicht darüber sprechen«, sagte er.

»Worüber denn?«

»Ich werde nicht schlau daraus.«

»Woraus?«

»Ich warte darauf, dass der Groschen endlich fällt.«

»Ach, wirklich?«

»Aber es sind so verdammt viele … ich weiß nicht, wie viele Groschen …« Der Gedanke driftete davon.

»Was erwartest du als Nächstes?« Amado war geduldig und entspannt.

»Sie wird mich ruinieren … daraus werde ich auch nicht schlau.«

»Leda?«

»Leda.«

»Möchtest du mit mir darüber sprechen?«

»Ja.«

Amado zog abwartend an seiner Zigarre.

»Aber ich kann nicht. Unter keinen Umständen.«

Amado musterte ihn durch den Rauch hindurch.

»Was macht der Beach-Auftrag?«, fragte Amado.

»Was?«

»Jack Brewer hat mich angerufen.«

»*Dich?*«

»Ja. Er wollte wissen, wo zur Hölle du bist. Die Beaches haben versucht, dich zu erreichen. Offenbar nimmst du keine Anrufe entgegen, beantwortest weder E-Mails noch andere schriftliche Mitteilungen.«

»Nein. Hatte dazu keine Zeit.«

»Brewer ist in Panik. Ich an deiner Stelle würde meinem Agenten mitteilen, was ich gerade tue.«

»Ich bin mit der Beach-Sache in Verzug. Sehr weit im Verzug. Brewer wird stinksauer sein.«

»Er ist schon stinksauer. Er sagt, dass du kurz davor bist, den Auftrag zu verlieren.«

»Wirklich?«

»Ja. Und er sagt, dass du auch schon den Abgabetermin für einen Wettbewerb um einen großen Vertrag aus Chicago verpasst hast. Du hast den Abgabetermin für die Bewerbungszeichnungen verpasst.«

»Muss wohl so sein. Ja, habe ich. Ich habe ihn verpasst.«

Amado rauchte. Der Innenhof war jetzt leer. Die Mädchen räumten auf und kippten die Lehnen der Stühle gegen die Tische, während sie sich durch den Garten arbeiteten.

»Das sieht nicht gut aus, Ross«, sagte Amado sanft. »Verstehst du? Du musst dich darum kümmern. Deine Karriere gerät in Gefahr. Das wird dich umbringen.«

»Das ist eine seltsame Wortwahl.«

»Du musst das geradebiegen«, sagte Amado. »Es sieht ganz so aus, als würdest du die ganze Sache bewusst in Rauch aufgehen lassen.«

»Das ist auch eine seltsame Wortwahl.« Er setzte sich mit misstrauischem Blick auf seinem Stuhl auf. Was machte Amado da?

»Was ist los? Bist du ausgebrannt?«, fragte Amado.

»Was ... weißt du nur?«

»Du schlägst dich hier blutig«, sagte Amado, »und ruinierst deine Karriere. Du verbrennst sie und äscherst sie ein. Nichts als Asche bleibt zurück.«

»Du Mistkerl.«

»Da kannst du ja gleich in diesen Brennofen kriechen und das Gas anstellen«, sagte Amado. »Du weißt, wie wirkungsvoll das sein kann, nicht wahr? Es geht doch sowieso alles in Rauch auf. Das ist eine verdammte Schande.«

Entsetzt versuchte er aufzustehen. Der Garten neigte sich, und die Laternen flogen zu einer Seite davon und blieben dort umgedreht hängen.

Amado rauchte und der Rauch zog waagerecht davon.

»Wie Lacan«, keuchte Amado, »erschlagen, blutig und zur Hölle geschickt auf einem feurigen Pferd, mit flammenden Haaren und galoppierend wie ein Straßenräuber, und geradewegs zur Hölle. Und jemand muss dafür bezahlen. Man kann nicht Menschen lebendig verbrennen und mit seinem Leben weitermachen wie zuvor. So funktioniert das nicht ... so ging es nie und wird es auch nie gehen. Jemand muss dafür bezahlen. Einen Mann zu Asche zu verbrennen ... das ist unverzeihlich.«

Er stützte sich mit seinem gesamten Gewicht auf seine Hände, die auf dem Tisch auflagen, bis er das Gefühl hatte, dass seine Handgelenke brechen würden. Er beugte sich Amado zu, starrte ihm in die dunklen Augen, in denen sich der Rauch mit der Farbe vermischt hatte, bis die Farbe verschwunden war. Das Weiß in seinen Augen, die rauchige Iris, der schwarze Punkt einer Pupille. Und während er starrte, verblasste die Iris in den Augen ebenfalls. Die Pupille begann zu rauchen, und dann wurde auch die Pupille zu weißer Asche. Lieber Gott, was für ein entsetzlicher Anblick das war, als Amado sich in einen Leichen fressenden Dämon verwandelte.

Amado lachte über seinen Gesichtsausdruck. Er warf den Kopf zurück und lachte. Seine Zähne waren schwarz, mein Gott, und er konnte Rauch in Amados Kehle erkennen, und tief unten in diesem Rauch waren Flammen. Wenn er lachte, loderten die Flammen auf und züngelten an den Rändern seines Mundes entlang, und in seiner Kehle rumpelte es wie im Brennofen, heulend und heiß.

Er erinnerte sich daran, dass der Arzt ins Haus kam. Dr. Henry Schein, groß, dünn, hakennasig und scharfzüngig. Er praktizierte in San Rafael schon seit einem Dutzend Jahren, und er hatte schon viele reiche Leute gesehen, die sich mit exotischen Leidenschaften zerstörten. Er hatte eine Menge Anwohner alt werden sehen und andere, die Kinder bekommen hatten. Ross erinnerte sich an einen langen, heiteren Schlaf, an einen Morgen, einen Abend, eine Dämmerung, eine Nacht. Schreckliche Träume. Und dann einen weiteren, heiteren Schlaf.

Mehrere Tage lang war Amado da und ging im Schlafzimmer ein und aus. Und eine mexikanische Frau war auch da, die er nicht kannte und die ihm kleine Schüsseln mit milder Tortilla-Suppe zusammen mit einer Bougainvillea-Blüte auf einem Tablett servierte. Er hörte Amado in einem anderen Raum telefonieren.

Die Zeit verging. Nicht viel Zeit, aber eine intensive Zeit. Eines Tages kehrte sein Appetit zurück. Und ein paar Tage später war die mexikanische Frau verschwunden. Amado blieb noch ein oder zwei weitere Tage, bereitete einfache Mahlzeiten zu, und sie sprachen miteinander. Doch er fragte nie, was geschehen war. Sie sprachen so, wie sie vor der Zeit mit Céleste und Leda miteinander gesprochen hatten, als wäre die Existenz der beiden Schwestern eine Art zeitlicher Einschnitt gewesen, der sie nicht länger voneinander trennte.

Amado sprach nie von dem Saufgelage. Es wurde niemals erwähnt. Manchmal erwischte er Amado dabei, wie er ihn von der anderen Seite des Raums betrachtete, doch gesprochen wurde dabei nichts. Das war schlimmer, als hätte er ihm täglich eine stundenlange Gardinenpredigt gehalten. Der schweigende Tadel traf ihn schwer.

Als sie dann eines späten Nachmittags auf der vorderen Veranda saßen und zusahen, wie ein Fasan an den Rändern aus trockenem Gras und Steinen nach Eidechsen jagte, erzählte er Amado von Céleste. Er war viel zu sehr von seinem Kummer erfüllt, um Amados Reaktion zu bemerken. Er erzählte Amado zweimal von der Fotokopie. Er sagte es zweimal, als könnte er es noch immer nicht glauben, und Amado hörte ihm schweigend zu. Er sprach fast zwei Stunden lang über Céleste, bis es längst dunkel war und sie ihre Gesichter nicht mehr erkennen konnten. Er hatte sich niemals zuvor so ehrlich über eine Frau geäußert. Und es erfüllte ihn mit Bitterkeit über sich selbst, dass erst ihr Tod ihn in die Lage versetzte, seine Gefühle so tief zu verstehen und schließlich das auszusprechen, was er ihr selber hätte sagen sollen.

Zwei Tage später zog Amado aus, und er war allein und begann langsam, sein Gleichgewicht für das Alleinsein wiederzufinden. Sobald er wieder normal denken konnte, setzte er sich mit seinem Agenten in Verbindung. Brewer hatte schon bei den Beaches gerettet, was zu retten war und ihnen mitgeteilt, dass Ross krank geworden sei, was niemand gewusst habe. Doch jetzt sei er völlig wiederhergestellt und bereit, wieder an die Arbeit zu gehen.

Und so wäre es unter normalen Umständen auch gekommen. Doch die Umstände waren nicht normal. Zu Brewers Entsetzen zog Ross sich aus dem Beach-Projekt völlig zurück. Er sprach selbst mit Gerald Beach und teilte ihm mit, dass er sich ein Jahr freinehmen wolle, da er so viele Jahre lang ein extremes Arbeitstempo an den Tag gelegt habe, was schließlich zu seiner totalen Erschöpfung geführt habe. Er entschuldigte sich dafür und sagte ihm, dass er in einem Jahr wieder verfügbar sein werde, falls Beach ihn dann immer noch für das Projekt haben wolle. Beach war verständnisvoller, als er erwartet hatte, und ihre Verabschiedung vollzog sich in aller Freundschaft.

KAPITEL 38

Aus Gründen, die er ganz bewusst nicht analysierte, fühlte er sich gezwungen, zu Ledas Skulptur zurückzukehren. Obwohl es ihm damals nicht klar war, hatte ihn die Arbeit an dieser Serie von Modellen, die er nacheinander in rascher Folge angefertigt hatte, mit neuer Begeisterung für die Herausforderungen erfüllt, die ihn von Anfang an für dieses Projekt eingenommen hatte. Trotz der entsetzlichen Gefühle, die unlösbar eng verknüpft waren mit Leda selbst, war es ihm unmöglich, sich des künstlerischen Rätsels zu entziehen, das ihr Körper ihm aufgab. Er konnte es nicht vergessen, und nun beschloss er, es auch nicht länger zu versuchen. Er würde mit der Skulptur beginnen.

Er stürzte sich auf das Projekt, überdachte noch einmal sein ursprüngliches Konzept, auf dem er das Modell aufgebaut hatte, und trieb sich vom frühen Morgen bis in die Nacht hinein voran. Er arbeitete fieberhaft, teils, weil ihm schnell neue, spannende Ideen für die Skulptur einfielen, teils, weil er an nichts anderes denken wollte. Dennoch waren die stillen Entdeckungen, die in Paris gemacht werden würden und die sein Leben aus dem Gleichgewicht zu bringen drohten, ständig in seinem Hinterkopf.

Und noch schwieriger war es für ihn, mit dem Schuldgefühl umzugehen, dass er zu Célestes verzweifeltem Geisteszustand beigetragen haben könnte. Nicht einmal die Ablenkung durch einen selbst auferlegten, mörderischen Zeitplan oder die Erschöpfung konnten ihn davon befreien. Es war keine Last, eher ein Fehlen von etwas, eine rastlose Leere, die verhinderte, dass er nicht einmal ein wenig Freude an seiner Begeisterung für das neue Projekt entwickelte.

Die Temperaturen blieben bei über dreißig Grad, und der Septemberregen hatte noch nicht eingesetzt. Zwei Monate mit rekordverdächtig hohen Temperaturen ohne einen Tropfen Regen hatten das Land in eine harte Landschaft verwandelt. Gras- und Buschfeuer flammten hier und da auf den Hügelland-Farmen auf, und die Bedrohung eines großen Brandes machte alle nervös.

Das Gras, das sich von den Rändern der Hauptstraßen zu den Feldern und Weiden hinabzog, war zu einem staubigen Braun verdorrt. Selbst einige der knorrigen Zedern sahen ausgedörrt aus, und die Abhänge der Hügel waren mit Bäumen bewachsen, die einfach nicht genügend Durchhaltevermögen besaßen, um den harten Bedingungen einer texanischen Dürre zu widerstehen und daher die Blätter fallen ließen, als ob es schon Winter wäre. Das Land verbrannte.

Er erzählte niemandem, was er tat. Amado wusste, dass er an etwas arbeitete, doch da er Ross' Zurückhaltung, darüber zu sprechen, spürte, stellte er keine Fragen. Er hatte sogar aufgehört, ihn im Studio zu besuchen.

Ross trieb sich rücksichtslos voran. Es gab keine Abende bei *Graber's* mehr, und er hörte mit seiner Arbeit erst nachts auf, wenn er zu erschöpft war, um sich zu konzentrieren oder seine Hände zum Gehorsam zu zwingen. Die Zeit spulte sich wie ein endloses Band hinter ihm ab. Es gab kein Morgen, nur den gegenwärtigen Moment, nur die Idee und den Ton.

Eines späten Abends kam er aus der Außendusche in sein Schlafzimmer und schaute zu dem kleinen Schreibtisch an der Kante einer der Drahtpaneelen hinüber, auf dem sein Computer und ein Faxgerät standen. Er konnte das Blatt Papier sehen, das im Eingangsfach des Faxgeräts lag. Als Erstes überprüfte er seine E-Mails. Nichts. Dann nahm er das Blatt aus dem Faxgerät heraus.

Es war nur ein einziges Blatt. Es trug als Absender nur die Adresse eines Kopierladens … in Paris.

Die Polizei hat sich bei mir gemeldet. Wir müssen sprechen. Friedhof Père Lachaise, 8. Bezirk, Avenue Feuillant 68.

Zwei Termine für das Treffen waren angegeben, einer in vier Tagen und ein zweiter in einer Woche. Und beide sollten jeweils um zwei Uhr nachmittags stattfinden. Es ging los.

»Du wirst dich mit ihr treffen, ja?« Amado warf ihm einen ungeduldigen Blick über den Tisch bei *Graber's* zu. Die Laternen hingen reglos in der nächtlichen Hitze. Um diese Jahreszeit schien der Sommer endlos zu sein, als befände sich San Rafael am Äquator und würde von einer unaufhörlichen Hitzewelle durchdrungen. Eiskaltes, schwitzendes Bier wurde zu den Tischen gebracht und rasch getrunken. Die Gäste, die ungeachtet der Hitze den Innenhof bevorzugten, trugen dünne Kleidung oder so wenig Kleidung wie möglich. Gegen Ende September wurden die Nächte bei *Graber's* sehr bohèmehaft.

»Vielleicht treffe ich mich mit ihr.«

»Komm schon, Ross. Mit wem sprichst du denn hier?«

Amado schüttete sein Pacífico hinunter. Sein weißes Leinenhemd hing schlaff an ihm herab, er hatte die Ärmel bis zu den Ellbogen aufgerollt und die Vorderfront ein Stück weit geöffnet.

»Erpressung«, sagte Amado. »Sie erpresst dich.«

»Lieber Himmel.«

»Ja, wirklich.«

»Spielt das eine Rolle?«

»Geht es um etwas, von dem du dich niemals wirst befreien können?«

»Ja.«

»Niemals?«

»Ja.«

»Was kann denn so unangenehm sein?«

»Wenn es nur unangenehm wäre, würde ich mich damit gar nicht abgeben. Ich bin schon früher mit unangenehmen Dingen fertig geworden.«

Ein dunkler Blick erneuten Verstehens tauchte unter Amados ungeduldiger Miene auf.

»Oh nein. Was willst du damit sagen?«

»Ich werde es dir nie erzählen, Amado. Niemals.« Um seine Worte zu unterstreichen, schwieg er einen Moment lang. »Und ich erwarte von dir, dass du das bisschen, was ich dir eben erzählt haben, mit ins Grab nimmst.«

Amado lehnte sich ihm über den Tisch hinweg zu. »Ross«, sagte er mit heiserem Flüstern, »geht es um etwas *Kriminelles*?«

»Erpressung ist kriminell.«

»Nein, nein. Die Sache, wegen der sie dich erpresst ... ist das etwas Kriminelles?«

Er trank sein Bier und starrte Amado so lange an, bis dessen Gesichtsausdruck erkennen ließ, dass er ihn verstanden hatte und sich bestürzt auf seinem Stuhl zurückfallen ließ.

»Was, in Gottes Namen ...«

»Es ist viel zu kompliziert, um überhaupt damit zu beginnen«, sagte er.

»Und du gehst nach Paris, um mit ihr darüber zu reden?«

Er nippte an seinem Bier.

»Wird sie dich ruinieren?«

»Ich weiß es nicht, aber ich bezweifle es. Sie würde sich sonst ihren Lebensunterhalt zerstören.«

»Ihren Lebensunterhalt? Was ist denn mit Lacan? Hat er sie nach Célestes Selbstmord rausgeschmissen?«

»So etwas Ähnliches, denke ich. Noch weiß ich nichts Genaues.«

Amado hielt seine Flut von Fragen zurück.

»Diese ... Sache ...«, stammelte er, »hat sich ereignet ... während sie hier waren?«

»Natürlich.« Er war ärgerlich.

»Und Céleste war auch darin verwickelt?«

»Ich weiß es nicht.«

Amado schüttelte ungläubig den Kopf. »Verdammt noch mal ... ich wusste es ... ich wusste es ...«

»Hör auf damit, Amado«, sagte er. »Du verstehst das alles falsch, und ich bin nicht in der Lage, dir genügend zu erzählen, damit du es richtig verstehst. Bestimmt nicht.«

»Ich habe mich noch nie in deinem Haus aufgehalten, wenn du fort warst ... warum soll ich das jetzt tun?«

»Also ... willst du es nun tun oder nicht?«

»Natürlich werde ich es tun, aber warum?«

»Weil ich nicht möchte, dass das Haus leer steht.«

Amado nickte resigniert.

»Und ich möchte, dass das Studio verschlossen bleibt. Ich möchte ... dass vorläufig niemand es betritt.« Er machte eine kleine Pause. »Niemand.«

»Lieber Himmel. Ich werde nicht ins Studio schauen«, sagte Amado ungeduldig. »Wann fährst du?«

»Morgen vielleicht. Oder übermorgen.«

Wieder nickte Amado. »Das ist bizarr«, sagte er.

»Ich weiß.«

»Also, wie ... wie soll das hier auf lange Sicht weitergehen?«

»Ich habe noch keine Ahnung.«

»Du machst Witze.«

»Nein.«

»Aber du musst es doch wissen. Lieber Gott, Ross, wenn sie dich erpresst wegen irgendetwas Kriminellem … ich meine, du musst doch wissen, wie *schwerwiegend* eine … kriminelle Sache ist.«

»Du hast mich missverstanden«, sagte er ruhig. Er starrte über den Tisch hinweg. »Du weißt doch, dass du mich missverstanden und alles in den falschen Hals bekommen hast.«

Amado war verwirrt.

»Du musst das vergessen, Amado. Es wäre ein Fehler, darüber zu spekulieren.«

Sie schwiegen eine Weile. Amado zog mit seiner Bierflasche Kreise auf dem Tisch und sah sich im Innenhof um. Niemand aß heute Abend, alle tranken und versuchten, sich in einer Hitzewelle abzukühlen, die sich wie ein Kalmengürtel über das Hügelland gelegt hatte. Ross dachte an die Vögel, die sich stumm in dem dunklen Grün der Palmen aufhielten, wo sie schliefen oder schläfrig in den Lichtkreis der Laternen unter ihnen hinabschauten. Es war schon einige Zeit her, seit er zuletzt nachmittags hier gewesen war und sie in all ihrem grellen Glanz gesehen hatte. In diesem Augenblick vermisste er das ungeheuer, als wäre dies eine Freude, die von zentraler Wichtigkeit in seinem Leben war.

Er wünschte, dass es jetzt Nachmittag wäre und dass alles, was in den vergangenen drei Monaten geschehen war, nie geschehen wäre. Fast alles. Céleste wollte er nicht missen, nicht einmal für den Segen, dass der ganze Horror verschwände. Er wollte die Erinnerung an Céleste nicht verlieren, auch wenn er sich damit vielleicht vor dem Entsetzlichen retten könnte, das ihn in Paris erwartete. Gott, wie sehr hatte er sie geliebt. Und wie töricht hatte er alles angepackt. Es war sein Fehler, wenn die Erinnerung an sie alles sein sollte, was er von ihr zurückbehalten würde. Er konnte niemandem sonst die Schuld dafür geben, nicht einmal dem Schicksal oder dem Zufall.

KAPITEL 39

Nachdem er Amados feste Zusage hatte, dass dieser sich während seiner Abwesenheit im Haus aufhalten würde, konzentrierte er sich darauf, seine Gedanken zu klären. Er musste die Möglichkeit in Betracht ziehen, dass Ledas und Célestes Reise nach San Rafael schließlich doch Misstrauen bei den polizeilichen Ermittlungen im Zusammenhang mit Lacans Verschwinden erregen könnte. Er wusste zwar nicht, wie das geschehen könnte, doch in Erwägung ziehen musste er es dennoch. Und wenn ihr Aufenthalt in San Rafael Teil der Ermittlungen wurde, würde seine Beziehung zu den beiden Frauen sofort ebenfalls entdeckt werden. Wenn Ermittlungsbeamte zu seinem Anwesen kamen, wollte er das wissen. Und er wollte auch wissen, wenn sie sich auf seinem Besitz umsahen. Natürlich konnten sie das ohne eine offizielle Befugnis nicht tun, aber sie konnten auf dem Anwesen herumspazieren, um ›aus reiner Neugierde‹ einen Blick auf den Arbeitsplatz des berühmten Bildhauers zu werfen. Wenn sie das taten, wollte er das erfahren. Amado würde ihn sofort davon unterrichten, und zwar sehr diskret.

Er hoffte, dass die Ermittlungen im Zusammenhang mit Lacans Verschwinden nicht so ausufern würden, dass sie ihn mit einschlossen. Doch wenn es dazu kam, würde es kein gutes Licht auf ihn werfen, dass seine Unfähigkeit, an dem Beach-Auftrag zu arbeiten, mit dem Zeitraum übereinstimmte, in dem Lacan verschwunden war. Das würde angesichts seiner Beziehung zu Céleste mehr als merkwürdig aussehen. Verdächtig.

Er buchte einen Flug vom *Bergstrom International* in Austin und verbrachte die nächsten beiden Tage damit, sich ganz bewusst auf Ledas neues Modell zu konzentrieren. Während er seine Gedanken daran hinderte, sich mit dem Treffen in Paris zu beschäftigen, bearbeitete er die Zeichnungen über das notwendige Maß hinaus. Er verlor sich selbst in ihren Schatten und

Aufhellungen, und die Tage und Nächte vergingen wie im Zeitraffer. Am Abend vor seiner Abreise kam Amado zu ihm, und sie unterhielten sich, während er packte.

Amado räkelte sich in einem Ledersessel, hatte die Füße auf ein Sofa gelegt und genoss eine langsam brennende Zigarre. Eine warme Brise zog ziellos durch das Schlafzimmer, bewegte sich durch die Gitterfenster hinein und hinaus und vermischte sich mit dem Rauch von Amados Zigarre.

Ein großer Hartschalenkoffer lag geöffnet auf dem Bett, und er warf alle möglichen Dinge hinein. Er konnte sich weder auf das Packen konzentrieren noch auf die Unterhaltung, die ohnehin nicht der Rede wert war.

Er spürte, dass Amado ihn beobachtete, während er vom Schrank zur Kommode, dann zum Badezimmer und zum Bett ging und dabei wahllos nach Kleidungsstücken und anderen Dingen griff. Er war ein achtloser Kofferpacker, was häufig bedeutete, dass er sofort nach seiner Ankunft eine Drogerie finden musste, um dort die Zahnpasta oder Zahnbürste oder die Rasiercreme zu kaufen, die er zu Hause vergessen hatte.

»Wie wird es deiner Meinung nach werden«, fragte Amado und blies blauen Dunst in das Zwielicht im Schlafzimmer, »wenn du sie wieder siehst? Wie wirst du dich verhalten … jetzt?«

»Jetzt?« Er starrte, die Hände in die Hüften gestemmt, in den Koffer.

»Überlegst du … was sie macht?«

Er schaute weiter in den Koffer hinein, ohne das zu erfassen, was er sah.

»Weißt du« – er drehte sich um und setzte sich auf die Bettkante – »ich vermute nur, dass sie mich erpressen will. Das ist logisch. Aber sie ist keine logisch denkende Frau, also könnte ich überrascht werden. Zumindest hat sie mich bisher meist überrascht. Ich weiß eigentlich nicht, warum ich glaube, ich könnte vorhersagen, was sie im Sinn hat.« Er schaute auf seine nackten Füße hinab, die auf dem gefliesten Boden standen. »Und die meiste Zeit über hat sie mich sowieso angelogen.«

Amado schaute ihn an. »Wie fühlst du dich?«, fragte er. »Ich meine, bist du besorgt … resigniert … wütend?«

Ross sah zu ihm auf. Amado war ruhig, und seine Augenlider waren schwer, wie sie es immer waren, wenn er über seine Fragen hinaus dachte.

»Ja«, sagte er, »und noch fünf oder sechs weitere Adjektive. Weißt du, ich werde das Gefühl nicht los, dass dies alles … na ja, dass es vorbeigehen wird, dass das irgendetwas ist, das ich durchstehen muss, um am anderen Ende unversehrt herauszukommen und dann alles im Rückblick zu überdenken … mit welcher Einstellung dann auch immer. Aber zur gleichen Zeit denke ich, dass das nicht realistisch ist.«

Amado hielt treu zu ihm, doch Ross konnte seine eigene Sorge darüber spüren, dass er vielleicht den Punkt überschritten hatte, an dem ein Freund noch treu sein sollte. Es gab eine Grenze, die man einfach nicht überschreiten durfte. Das war keine Grenze, die einem von irgendjemandem vorgeschrieben wurde, es war eine Grenze im Herzen. Man konnte sie erkennen, wenn man sie sah. Doch da Amado seine Einstellung zu dieser Grenze kannte, wusste er mehr über die Situation, als gut für ihn war. Um sich seines Wissens sicher zu sein, müsste er Teil dieser Situation werden. Und dazu war es zu spät. Es war eine verdammt kitzlige Lage, in die er seinen Freund brachte. Er wusste das, und es tat ihm Leid.

»Das ist eine dieser Situationen mit mildernden Umständen«, sagte er. »Aber ich vermute, dass das für alle derartigen Situationen gilt.«

Amado wartete.

»Sie ist nicht eindeutig.« Er schüttelte den Kopf. »Sobald man drinsteckt, stellt man fest, dass sie nicht wirklich zufrieden stellend bewältigt werden kann.«

Er stand auf und ging zu der Kommode hinüber, nahm ein

paar Socken heraus, machte kehrt und ließ sie in den Koffer fallen.

»Tatsache ist«, sagte er und drehte sich wieder zu Amado um, schaute jedoch in die Dunkelheit hinter ihm. »Céleste … sie war wie Saleh. Sobald ich mit ihr einen gewissen Punkt erreicht hatte, war ich an einem Leben ohne sie kaum noch interessiert. Die anderen Frauen hatten im Laufe der Jahre alle etwas an sich oder ich etwas an mir, das mir sagte, dass ich niemals mit ihnen Ruhe finden würde. Ich wusste das bei jeder Einzelnen nach einer gewissen Zeit. Marian ist ein gutes Beispiel. Sie war wie ein Sturm, und ich wusste die ganze Zeit über, dass wir die Turbulenzen niemals zusammen überleben würden. Es gab da eine Unterströmung von etwas Wildem, von dem ich einfach wusste, dass es uns schließlich auseinander reißen würde. Und so ist es ja auch gekommen. Mit Saleh und dann mit Céleste – es stimmt, dass unsere Beziehungen zum Scheitern verurteilt waren, doch nicht wegen etwas, das mit ihnen selbst zu tun hatte. Oder mit mir, schätze ich. Saleh hatte einen Ehemann. Dass sie ertrank, war tragisch, doch ihr Tod trennte uns nicht mehr, als die Wirklichkeit das schon getan hatte.

Und Céleste … sie besaß so viel Rätselhaftigkeit und Vergangenheit. Viel zu viel. Damals fiel mir das gar nicht auf, aber ich denke, dass es so war. Ihre Familie, ihr Leben. All das hatte nichts mit ihr selbst zu tun. Das war alles das Gepäck des Lebens, das sie mit sich herumschleppen musste. Lacan. Ihre Mutter. Ihre Schwester. Leda, wer immer sie auch ist und welche Ansprüche sie auch an Céleste hatte.«

Er hielt inne und ließ seinen Blick zu Amado gleiten, der in einer Wolke blauen Rauches saß, den er gerade ausgestoßen hatte.

»Ich vergaß, wohin mich das geführt hat«, sagte er.

»Ich glaube nicht, dass das eine Rolle spielt.« Amado nahm die Füße vom Sofa, lehnte sich nach vorn, stützte die Unterarme auf seine Knie und hielt die Zigarre in seiner rechten Hand. Er hatte die Bauchbinde der Zigarre entfernt und faltete sie mit den Fingern abwechselnd zusammen und auseinander.

»Ich verstehe, warum du so … rätselhaft bist, Ross«, sagte Amado, »und ich erkenne auch an, dass du mich auf Abstand halten willst. Aber bist du sicher, dass du die Dinge klar siehst? Bist du so zuversichtlich …«

»Ich bin alles andere als zuversichtlich.«

»Was ist, wenn du hier einen wirklich großen Fehler begehst?«, beharrte Amado. »Was ist, wenn du anschließend sagst: ›Wenn ich doch Amado bloß etwas davon erzählt hätte‹ …«

»Ich weiß. Ich habe darüber nachgedacht.«

»Und?«

»Du weißt gar nicht, worum du mich bittest.«

»Ist es wirklich *so* schlimm?«

Er ging zum Schrank hinüber und nahm ein paar Anzüge heraus. »Ja.«

Ross sah ihn nicht an, doch während er packte, wusste er, was Amado beschäftigte. Sollte er darauf bestehen, dass Ross ihm erzählte, was los war? Sollte er freiwillig Teil einer Verschwörung werden, die mit einem Risiko solchen Ausmaßes verbunden war, dass sein bester Freund ihm lieber nichts davon erzählte? Plötzlich wollte er nicht, dass Amado diese Frage beantworten musste.

»Amado …« Mit einem Anzug in der Hand wandte er sich ihm zu. »Ich brauche dich hier, und ich brauche dich unwissend.« Sie sahen sich an. »Das ist das, was ich am meisten brauche. Und das ist die reine Wahrheit. Du bist der einzige Mensch, der das für mich tun kann. Ich brauche es einfach so.« Er wandte sich ab und faltete den Anzug zusammen. »Wenn du es anders machst, wird es mir überhaupt nichts nützen.«

Mehr war dazu nicht mehr zu sagen. Die heiße Brise durchdrang den Raum wieder und drängte sich flüsternd durch die

Gitter. Die beiden Männer machten schweigend weiter. Der eine rauchte und behielt seine Meinung für sich, und der andere fühlte eine Verzweiflung in sich, als wäre dieser warme, gesellige Abend der letzte seines Lebens, den er auf genau diese Art verbringen konnte. Die Ungewissheit war ihm niemals so widerlich erschienen wie jetzt.

KAPITEL 40

Am nächsten Morgen stand er kurz vor Tagesanbruch auf, warf seinen Koffer auf den Rücksitz des Jeeps und fuhr die Lomitas hinunter in die Stadt. Es war noch immer dunkel, als er vor *Kirchner's* parkte, deren hell erleuchtete Schaufensterscheibe der einzig wache Fleck in der Straße war. Er saß an einem Fenstertisch mit einem Mandelcroissant und einer Tasse Kaffee und sah zu, wie sich das graue Licht hob. In der blassen Morgendämmerung vor dem Sonnenaufgang kam der Río Encinal wie auf einer trüben schwarzweißen Fotografie in Sicht, und eine dünne Nebelschicht hing über der Wasseroberfläche wie sichtbar gewordene Atemluft. Als es heller wurde und das Grau langsam in Bewegung geriet und blasse Pastellfarben entstehen ließ, wurde der Nebel über dem Fluss weiß, und er konnte eine sachte Bewegung sehen, wo der träge Fluss die Unterseite des Nebels mit sich nahm.

Als das erste honigfarbene Licht des Sonnenaufgangs die Hügelkuppen über Palm Heights berührte, trank er noch einen Schluck Kaffee und ging.

Er fuhr zu der Rollbahn im Süden der Stadt, wo er seinen Jeep in einer Ecke des Hangars parkte, in dem der Charterpilot sein Flugzeug stehen hatte. Das war ein Arrangement, das er häufig nutzte. Dann bestieg er das kleine Flugzeug, das ihn nach Austin bringen sollte. Ungefähr eine Stunde später landete er dort auf dem Flughafen und wartete eine weitere Stunde, bis sein Flug nach Paris startete.

Paris Er erreichte das verschwiegene Hotel Relais Geneviève in St.-Germain-des-Prés am Abend und nahm sich eine Suite. Er packte seinen Koffer aus und wusste schon im Voraus, dass seine Anzüge katastrophal aussehen würden, was auch der Fall war. Er hängte sie im Badezimmer auf. Wenn er später zurückkehrte, würde er das heiße Wasser andrehen, das Badezimmer mit heißem Dampf füllen und die zerknitterten Anzüge aushängen lassen. Doch jetzt wollte er die Steifheit und Benommenheit nach dem langen Flug durch einen Spaziergang loswerden. Und er wollte die Seine sehen und die Stadt, bevor sie sich veränderte, weil sich alles ändern würde nach den unvorstellbaren Ereignissen des nächsten Tages.

Der Abend war entschieden herbstlich. Es war mindestens zehn Grad kühler als in den Nächten von San Rafael, und die Feuchtigkeit in der Luft, die von der Seine her kam, trug die Gerüche einer sich ändernden Jahreszeit mit heran. Als er durch die kleinen Straßen ging und sich den Weg zum Kai suchte, ließ er die seltsamen Gefühle zu, die Paris in ihm hervorrief.

Da schwang immer eine gewisse Nostalgie über eine Zeit mit, die er nicht noch einmal durchleben wollte, selbst wenn ihm die Möglichkeit dazu gegeben werden würde. Es waren die beunruhigenden Erinnerungen an seine egozentrische Jugend, jene Erinnerungen, die sich mit den gegensätzlichen Gefühlen des Bedauerns und den unbestreitbaren Freuden eines achtlosen Lebens vermischten.

Und immer war da auch eine sanfte Traurigkeit über die für immer verlorenen Empfindungen, etwas Losgelöstes, unerklärlich und erfreulich auf eine eigene paradoxe Art; eine Traurigkeit über das Vergehen der Zeit und vergangene Zeiten, über Gesichter und Stimmen und Momente, die nie mehr zurückgeholt werden konnten.

Er hatte die Absicht gehabt, vom Pont Neuf zum Pont de l'Archeveché zu gehen, doch er machte am Petit Pont kehrt. Seine Träumerei in dieser frostigen Nacht war fehl am Platz. Er war nicht mit dem Herzen dabei. Zu vieles war zu erneuern. In den vergangenen Jahren waren melancholische Träumereien ein netter Zeitvertreib am Abend gewesen. Auch wenn er noch so mutlos gewesen war, hatte er gewusst, dass er den traurigen Nachgeschmack immer dadurch loswerden konnte, dass er der stets hoffnungsvollen Zukunft entgegensah, in der ohne jeden Zweifel neue Erinnerungen darauf warteten, gelebt zu werden.

Doch heute war alles aus dem Gleichgewicht. Die Vergangenheit wog schwer, und die Zukunft war so leicht, dass sie kaum spürbar war. Und was für eine Zukunft war das überhaupt, in der Leda ihn erpresste und in der Célestes Tod ihn mit der Frage konfrontierte, ob es sich überhaupt lohnte, sich loszukaufen.

In der Rue Christine aß er in einer Brasserie zu Abend. Er war der einzige Gast, der allein aß, und er merkte kaum, was er zu sich nahm. Er war einsam. Er war zum letzten Mal nach Paris gekommen. Er konnte nicht mehr hierher zurückkehren. Wenn er diese Nacht und das morgige Treffen überstand, würde er niemals mehr hierher kommen.

Er ging ins Relais Geneviève zurück und betrat sein dunkles Zimmer. Er ging zu den Fenstern und schaute hinaus. Die Bürgersteige wurden von Bäumen gesäumt, und ein kleines Café befand sich auf der gegenüberliegenden Straßenseite. Er konnte ein paar Tische sehen und ein paar Gäste. Es war feuchter geworden, und die Straßen glänzten.

Er wandte sich ab, ging ins Bad und drehte das heiße Wasser an. Dann ging er ins Zimmer zurück und packte in aller Ruhe seine restlichen Sachen aus. Danach ging er wieder ins Bad, das inzwischen mit wallenden Dampfwolken gefüllt war. Er überprüfte die Anzüge, zog die Taschenklappen aus den Taschen heraus und glättete die Kniffe in den Jacketts. Er stellte das Wasser ab und ließ die Anzüge, wo sie waren.

Später, als er schon im Bett lag, beobachtete er die breiten Schatten auf den Fensterscheiben. Es war eine ruhige Straße, in der ihn nicht einmal das zischende Geräusch vorbeifahrender Autos oder eine gelegentliche Stimme auf seinem Weg in die Bewusstlosigkeit begleiteten. Das Bettzeug roch leicht nach Geneviève. Ihr Zimmer, ihr Bett, ihr Bettzeug. Er stellte sie sich vor. Er drehte sich mit dem Gesicht zu den Fenstern um. Hinter sich konnte er hören, wie sie sich im Zimmer bewegte, sich um ihre kleinen persönlichen Dinge kümmerte, sich das Haar mit ein paar Strichen kämmte, eine Lotion auftrug, eine wohlriechende Creme. Bald danach konnte er spüren, dass sich das Bett leicht bewegte, als sie unter die Decke kroch und sich an ihn schmiegte. Sie konnte trösten, sie konnte beruhigen, und sie gab all das großzügig, was sie zu bieten hatte.

Bis zum Morgengrauen schlief er so gut wie nicht, dann fiel er endlich in eine dunkle Bewusstlosigkeit. Er schlief lange.

Es war ein heller, klarer Morgen. Nach einem Croissant und Kaffee in einem kleinen Café, das sich in einer Seitenstraße befand, die von der Rue de Buci abzweigte, ging er zu den Antiquitätenläden in der Rue Jacob. Er bemühte sich verzweifelt, nicht über das Treffen mit Leda nachzudenken. Wenn er in ein Museum ging, würde er die Zeit vergessen. Außerdem wollte er sich nicht konzentrieren, sondern sich ablenken. Daher entschied er sich für die Rue Jacob, weil er dort seine Gedanken mit genau dem richtigen Maß an Ablenkung beschäftigen konnte, um die langen Minuten der nächsten paar Stunden zu überstehen.

Die Zeit verging schnell. Um ein Uhr winkte er sich ein Taxi herbei und ließ sich über die Seine hinweg zum Friedhof Père Lachaise bringen.

Er verließ das Taxi am Eingang zum Friedhof im Boulevard de Ménilmontant und durchschritt die imposanten Tore der Avenue Principale. Er kannte sich auf diesem berühmten und wunderschönen Friedhof aus, auf dem seit zweihundert Jahren die Berühmten und Schönen, die Großen und die Undurchsichtigen beerdigt worden waren. Die verständnisvolle Hand des Todes hatte eine seltsame Mischung geschaffen aus Balzac und Chopin, Jim Morrison und Edith Piaf, Proust, Bernhardt, Oscar Wilde, Simone Signoret und Yves Montand. Viele der Wege waren vollständig überdacht von dem goldenen Blattwerk der Ahorne und Kastanien und Linden, die alle in herbstlicher Pracht dastanden.

Er war früh dran. Er dachte, er könnte den Treffpunkt ausmachen und sich dann ein wenig zurückziehen, um Ledas Ankunft zu beobachten. Die Vorstellung, sie aus der Entfernung kommen zu sehen, dass sie auf ihn wartete und wütend über seine Verspätung wurde, gefiel ihm.

Doch etwas anderes zog ihn stärker an. Da er Leda kannte, wusste er, dass sie den Treffpunkt nicht zufällig gewählt hatte. Er wollte Célestes Grab sehen.

Er ging kreuz und quer die Wege entlang und vorbei an Gruften und Mausoleen, Grabmalen und Grabsteinen. Manche waren gut gepflegt, manche hingegen waren der Hartnäckigkeit der Brombeersträucher erlegen. Manche waren frisch gesäubert, doch die meisten hatten Flecken von Mehltau und vom Alter.

Er bog um eine Ecke und betrat einen schmaleren Pfad. Er fand die Nummern und zählte. Während er langsam weiterging, spürte er, dass sein Herz zu rasen begann, als er die Nummer erreichte, die in Ledas Mitteilung erwähnt worden war. Und dann war er da. Seine Gedanken überschlugen sich, um mit dem Schritt zu halten, was seine Augen suchten. Ein Grab, über dem eine nackte, gramgebeugte Frau weinte. Eine Inschrift, die ›Sylvie Verret‹ lautete. Du lieber Gott. Er hatte gar nicht daran gedacht … er … Und daneben ein neuerer Stein und eine einfache Gedenktafel. ›Leda Verret‹.

Sein Herz blieb stehen.

»Es tut mir Leid«, sagte sie hinter ihm.

Er fuhr herum.

»Jesus Christus! ... Oh Gott!« Er geriet ins Wanken und hielt sich an dem Eisengeländer fest, das die Gräber umgab.

»Es tut mir Leid«, wiederholte sie.

Er hatte das Gefühl, gleich ohnmächtig zu werden. Himmel, er würde gleich umfallen. Aber er tat es nicht. Er kämpfte dagegen an und zwang sich mit aller Kraft, diesen Moment nicht zu verpassen. Sein Blick hing mit der Verzweiflung eines sterbenden Mannes an ihrem Gesicht, der glaubte, wenn er nur seine Augen offen halten könnte für diesen letzten wundervollen Anblick, den er vor sich hatte, dann könnte er auch diesen letzten einsamen Zustand in der Schwebe halten, der von ihm gefordert wurde.

»Gott«, sagte er.

KAPITEL 41

Céleste war umgeben von einem honigfarbenen Licht, das durch die Kastanienallee hinter ihr fiel, die bis in die Unendlichkeit zu führen schien. Das Sonnenlicht fiel in gebrochenen Strahlen durch sie hindurch, während in weiterer Ferne bernsteinfarbene Blätter glitzernd durch das Licht herabfielen. Das machte es leichter, Céleste für eine Illusion zu halten.

Er konnte nicht sprechen. Seine Kehle schnürte sich immer weiter zu. Er schluckte, schluchzte fast und schluckte wieder. Sie war wirklicher als wirklich, als existierte sie ganz allein in einer anderen, höheren Dimension, eine atmende Halluzination, eine Wiedergeburt, die noch nicht ihre himmlischen Spuren verloren hatte. Alles, was an ihr schön gewesen war, war nun noch schöner. Er konnte es kaum ertragen.

»Ross«, sagte sie, und der Klang ihrer Stimme bestürzte ihn, als hätte er ihre Entschuldigungen vor ein paar Minuten gar nicht gehört, »bitte.«

»Was, in Gottes Namen, soll das bedeuten?«, fragte er. Keiner von ihnen bewegte sich.

»Ich musste es so machen«, sagte sie. »Oder zumindest glaubte ich, dass ich es so machen müsste.«

»Was denn?«

»Es beenden.«

»*Was* beenden?« Plötzlich war er wütend. Er bebte vor Adrenalin und Dankbarkeit und Wut. »*Was,* verdammt noch mal?«

Sie regte sich nicht.

»Als Sylvie mit dir in Paris zusammen war«, sagte sie, »war ich in London. Das alles hier … geht auf Paris zurück.«

»Himmel.« Er schluckte wieder, um seine Stimme zu festigen. »Was bedeutet ›das alles hier‹?«

»Können wir … uns setzen« – sie sah sich um – »dort drüben?« Sie deutete auf eine Bank auf der anderen Seite des Pfads.

Sie bewegte sich auf sie zu, und er folgte ihr. Er war sich der Wackligkeit seiner Beine bewusst und des flauen Gefühls in seinem Magen.

Sie setzten sich, jeder an einem Ende der Bank. Er bemerkte erst jetzt, dass sie ein großes Kastanienblatt in der Hand hielt, das Einzige, was sie bei sich hatte. Sie betrachtete es, während sie es auf ihrem Oberschenkel mit ihren Fingern glättete.

»Es … all das hier begann, als du dich von ihr getrennt hast.«

»Von Sylvie?«

Sie nickte.

»Zwanzig … das alles hat schon vor fünfundzwanzig Jahren begonnen?«

»Ja, Ross.«

Er war wie betäubt. Sie war nervös, aber entschlossen.

»Als du dich von ihr getrennt hast, hast du sie weiter bei dir behalten, damit sie an den Brennöfen mit dir arbeitete …«

»Ich habe ›sie nicht behalten‹«, fauchte er. »Ich hatte einen Auftrag fertig zu stellen, und sie drohte mir damit, dem Kunden

Schwierigkeiten zu machen, wenn ich sie nicht dableiben ließ. Ich *brauchte* diesen Auftrag. *Deshalb blieb* sie.«

»Weißt du, warum sie dich schließlich verlassen hat?«

»Nein, aber ich war ungeheuer erleichtert.«

»Sie war im vierten Monat schwanger … und das war langsam zu sehen.«

Er sah sie kühl an. »Nein, das habe ich nicht gewusst.« Himmel, Sylvie. Sie war ein Rätsel gewesen, ein Abgrund.

»Fünf Monate, nachdem sie dich verlassen hatte, bekam sie Leda.«

»Verdammt.«

»Ja, es stimmt, Ross. Leda war deine Tochter.«

»Was? Warte!« Er sprang von der Bank hoch, kaum fähig, die Worte auszusprechen. »Wie konntest du das glauben? Warum solltest du das glauben?«

Céleste sah ihn mit hartnäckiger Miene an und wartete.

»Sie hat dir das erzählt«, sagte er mit tonloser Stimme. Er war wie gelähmt. »Sylvie hat dir erzählt, dass ich Ledas Vater bin.«

»Sie hat dir immer die Schuld an Ledas Verunstaltung gegeben … weil du sie in den Abgasen der Brennöfen hast arbeiten lassen, als sie schwanger war.«

»Ich habe sie dort ›arbeiten lassen‹? Ich habe dir gerade gesagt, dass sie gedroht hat, das Projekt platzen zu lassen, wenn ich sie *nicht* bleiben ließ. Und woher hätte ich wissen sollen, dass sie schwanger war?«

Céleste quittierte seine lahme Bemerkung mit einem kalten Blick.

»Himmel«, sagte er, »ist das alles ein entsetzlicher Betrug.« Langsam dämmerte ihm, was Sylvie getan hatte und wie groß ihr Lügengebäude gewesen war.

»Hör mir zu. Céleste, hör mir einfach nur zu. Sylvie und ich hatten sechs Monate lang schon keinen sexuellen Kontakt mehr gehabt – Himmel, sogar *noch länger* nicht. Céleste, ich habe sie dabei erwischt, dass sie eine Affäre mit einem anderen Bildhauer hatte. Und sie hat ihre Affäre nicht einmal besonders … diskret behandelt. Eine Menge Leute wussten davon. Ich war dumm genug, sie erst zu bemerken, als ich tatsächlich mit der Nase darauf stieß. Ich wurde fuchsteufelswild. Und habe den Typ vermöbelt. Ich habe ihn … fast getötet. Und danach habe ich sie nicht mehr angerührt.«

»Sie sagte …«

»Moment mal! Ich werde dir sagen, was geschehen ist. Es interessiert mich einen Dreck, was Sylvie gesagt hat. Danach drohte sie mir … mit Selbstmord, wenn ich sie rausschmeißen würde. Ich ließ sie noch zwei Monate lang bleiben. Da ich nicht im Studio wohnte, zog sie dort ein. Das ging für ein oder zwei Monate schon in Ordnung. Doch als ihr klar wurde, dass ich nichts mehr mit ihr zu tun haben wollte, flippte sie völlig aus. Sie zerstörte ein paar Modelle. Ich warf sie raus. Sie drohte mir, eine Szene vor dem Kunden zu machen … und alles zu ruinieren. Wir schlossen einen Kompromiss. Ich würde mir von ihr bis zur Fertigstellung des Projekts helfen lassen. Sie dachte, wenn sie bei mir blieb, könnte sie meine Meinung über sie ändern. Es war dumm von ihr, darauf zu hoffen, und zeigte nur, wie unrealistisch sie war. Sie bewegte sich immer … am Rande der Realität.«

»Wenn das wahr ist …«

»Es ist wahr«, sagte er. »Es ist die Wahrheit. Leda ist nicht meine Tochter. Es ist nicht möglich. Es ist nicht wahr.«

»Sylvie … als Leda … als diese Verunstaltung sich zu entwickeln begann«, sagte sie, »war Sylvie völlig außer sich. Sie war besessen davon, den ›Grund‹ dafür zu finden. Du … sie sagte, du hättest sie gezwungen, mit dir an den Brennöfen zu arbeiten. Dass es deine Schuld sei.«

»Céleste, selbst wenn das wahr gewesen wäre, dann hätte sich das auf den Fötus ausgewirkt, um Gottes willen. Leda wäre mit irgendeiner Verunstaltung geboren worden, es hätte sich nicht erst in ihrer Jugend entwickelt.«

»Immer«, sagte sie, »habe ich nur von ihr zu hören bekommen, wie selbstsüchtig du gewesen bist, wie grausam. Du hast sie geschwängert, ihr Versprechungen gemacht und sie rausgeworfen. Du hast sie und Leda im Stich gelassen. Du …«

Sie hielt inne und legte sich die Hand auf die Stirn, als wollte sie prüfen, ob sie Fieber hatte.

»Leda war dreizehn. Und sie wollte auch den Grund dafür wissen. Sie wollte jemanden haben, dem sie die Schuld geben konnte. Sie glaubte ihrer Mutter. Sie war leicht zu überzeugen. Und ich … ich hatte diese Erzählungen in all diesen Jahren gehört. Ich habe ihr auch geglaubt, ich musste es tun, ich musste dich hassen, um das zu rechtfertigen, was wir auf Ledas Wunsch hin tun wollten.«

Er war entsetzt. Keiner von ihnen, er eingeschlossen, hatte lange überzeugt werden müssen, um das zu tun, was sie getan hatten. Er war nicht klüger gewesen als sie. Trotzdem war er noch immer schockiert darüber, was sie bereit gewesen war zu tun.

»Man muss mich sehr hassen«, sagte er, »um mir einen Mord anzuhängen.«

Céleste wandte sich ihm zu. »Was?«

»Was hast du mit den Videokassetten gemacht?« Er fühlte sich unbehaglich bei dieser Frage, doch er musste es wissen.

»Von welchen Videokassetten sprichst du?«

»Sie hat mir gesagt, dass du Videoaufnahmen gemacht hast, als ich Lacans Leichnam beseitigt habe. Dass du mich deswegen erpressen würdest. Darum geht es.«

»Oh … Gott …« Sie starrte ihn mit offenem Mund an. »Oh … Ross. Es gibt keine Videokassetten. Wirklich nicht.«

»Sie sagte, du hättest das alles geplant.«

»Nein! Sie kam zu *mir.* Ich wollte mich um jeden Preis von Michel trennen … Ich *musste* mich von ihm trennen. Sie wusste das. Sie wusste, wie ich mich fühlte und dass ich nicht so weitermachen konnte, nicht für sie und auch für nichts anderes. Gott sei mir gnädig, ich habe zugestimmt, es zu tun. Ich schäme mich dafür, Ross, aber ich habe es getan. Ich wollte mit aller Macht von ihm loskommen. Und ich … ich nahm all das, was Sylvie in all diesen Jahren gesagt hatte … ich habe all das benutzt, um das zu rechtfertigen, was ich tun wollte.«

Er war skeptisch.

»Wie wollte sie mich denn erpressen? Was wollte Leda gegen mich verwenden?«

»Das wollte sie mir nicht sagen. Sie sagte, sie wisse etwas aus deiner Vergangenheit, für das du ein ›Vermögen‹ bezahlen würdest, damit es geheim bleibt. Ich vermutete, sie wusste etwas von Sylvie.«

»Nein«, sagte er. »Da gab es nichts. Nichts in dieser Art. Das Einzige, was ich jemals in meinem Leben getan habe und für das man mich hätte erpressen können … war das, was ich für dich getan habe.«

Céleste wandte sich wieder ab und verbarg einen Augenblick lang das Gesicht in ihren Händen.

»Gott«, sagte sie, als sie wieder aufsah, »was geschieht denn hier eigentlich? Was haben wir getan?«

»Sie hat mir erzählt … sie sagte, dass du Lacan getötet hast.«

Sie wirbelte zu ihm herum. »*Du* weißt, wie es passiert ist. Es ist so abgelaufen, wie ich es dir erzählt habe. Wie hätte ich es denn tun können?«

»Sie sagte, er hätte geschlafen.«

»Nein … nein, nein, nein! Ich habe Michel Lacan *nicht* getötet.«

Sie starrten sich an, während ihnen beiden das gewaltige Ausmaß von Ledas Manipulation und Betrug aufging. Sie waren entsetzt über ihre eigene Dummheit und Leichtgläubigkeit.

Er sah ihre Verwirrung. Sie war erschüttert und voller Angst. Abrupt stand sie auf und begann verwirrt vor ihm auf und ab zu gehen. Er zögerte erst, dann ging er zu ihr, nahm ihren Arm und drehte sie zu sich herum. Sie zu berühren, fühlte sich seltsam an. Ein Gefühl, von dem er geglaubt hatte, dass er es niemals wieder würde erleben können, das Gefühl ihrer Haut und ihre lebendige Wärme.

Sie war noch immer so verwirrt, als hätte er sie aus einem Tagtraum geweckt.

»Erzähl weiter«, sagte er. »Ich muss auch noch den Rest hören.«

KAPITEL 42

Sie stand sprachlos vor ihm. Er konnte sich nichts vorstellen, was sie noch sagen könnte. Die ganze Sache entwickelte sich zu einem Albtraum ganz anderer Art, trotzdem glaubte er, dass sie eine Chance haben würden, in einer weniger beängstigenden Welt aufzuwachen, wenn sie weiter miteinander sprachen.

»Es ist unverzeihlich«, sagte sie.

»Hör schon auf damit.«

Sie nickte, doch sie wich seinem Blick aus.

»Ich konnte es nicht über mich bringen«, fuhr sie fort. »Ich meine die Erpressung. Ich … ich brachte es einfach nicht übers Herz.«

Sie zerriss das Kastanienblatt.

»Du … warst nicht so, wie ich es erwartet hatte. Überhaupt nicht. Ich hatte nicht erwartet … dass sich etwas ändern könnte. Was ich selbst herausgefunden habe … was ich für dich zu fühlen begann … nichts davon hatte ich erwartet. Es war ungeheuerlich. Unbegreiflich. Alles brach praktisch auseinander.«

»Und du hast es ihr gesagt.«

»Das brauchte ich gar nicht. Sie sah, dass es geschah. Aber ja, schließlich sagte ich es, aber nicht mehr. Ich bin ausgestiegen.«

»Und dann tauchte Lacan auf.«

Sie nickte.

»Wusstest du, dass er kommen würde?«

»Nein. Ich ging zur Tür, und er stand da. Ich habe dir erzählt, dass ich nie wusste, wann er kommen würde. Ich musste ihm ständig sagen, wo ich mich gerade aufhielt. Er wusste immer, wo er mich finden konnte.«

»Also … Ledas Angriff …«

»Er musste spontan erfolgen. Ich weiß nicht, was sie sich dabei gedacht hat. Sie hatte nichts dabei zu gewinnen. Meine Abmachung mit Lacan war genauso, wie sie es dir erzählt hat.«

»Sie hat eine Möglichkeit gesehen, ihren Plan zu retten«, sagte er, »und die Einsätze zu erhöhen. Wusstest du von der Mitteilung, die sie im Schließfach der Bank hinterlassen hat?«

Er sah, wie sie die Arme um sich schlang, was seine Frage beantwortete.

»Nein …«

Er erzählte ihr, was geschehen war. Sie schüttelte verneinend den Kopf.

»Nein, das ist nicht wahr«, sagte sie. »Nein, er war tot. Ich weiß, dass er tot war.« Sie schwieg einen Moment und sammelte sich. Dann sprach sie langsam weiter.

»Als Leda … in den Raum hereinplatzte, versetzte sie … ihm einen Schlag mit dem Rohr. Das Blut spritzte überall hin … Der Schlag tötete ihn nicht … seine Augen klappten auf und schlossen sich dann wieder halb. Er stützte sich mit ausgestreckten Armen auf dem Bett ab … und schien zu versuchen aufzuwachen … doch er … doch er griff nach mir, als ob … als ob er versuchte, sich an sein Bewusstsein zu klammern. Ich schrie … schrie und kämpfte, um von ihm fortzukommen, und Leda schwang das Rohr wieder und … der Schlag streifte ihn nur und … er sackte über mir zusammen …und überall war Blut, und ich konnte mich von ihm befreien, und sie schlug ein drittes Mal auf ihn ein … und wieder …«

Sie wandte den Blick ab, und ihre Stimme wurde noch leiser, als sie fortfuhr.

»Irgendwie gelang es mir, über das Bett zu kommen und sie

aufzuhalten. Wir beide standen dort ... wie betäubt. Leda gab ... ich weiß nicht ... Geräusche von sich ... völlig hysterische Geräusche. Ich riss ihr das Rohr aus den Händen. Ich dachte: Wenn er nicht tot ist, ist es kein Mord, wenn er nicht tot ist, ist es kein Mord ... immer wieder. Ich brachte sie dazu, sich hinzusetzen, und ging zum Bett und sah nach.«

Sie sah ihn an.

»Er lebte noch. Und dann starb er. Ich sah ihn sterben.«

Sie vergrub das Gesicht wieder in den Händen. Sie standen zusammen in dem Herbstlicht, ganz allein. Er war ihr so nahe, dass er die silbernen Strähnen in ihrem Haar sehen konnte und auch die Vertiefung an ihrem Hals an der Stelle, wo er ins Schlüsselbein überging und wo er sie so oft geküsst hatte, doch nie genug.

Er streckte die Hände aus, zog sie an sich und hielt sie fest. Er zog ihr die Hände vom Gesicht, doch sie drehte den Kopf weg, dann umarmte sie ihn und verbarg ihr Gesicht an seiner Schulter. Er dachte, dass er die Farbe des Lichts, das durch die Allee der Herbstbäume strömte, und das Gefühl ihres Körpers, als sie weinte, nicht ertragen konnte. Er würde sich noch daran erinnern, wenn das Alter ihm alles andere genommen und ihn stumm und leer zurückgelassen hatte. Er würde nicht zulassen, dass irgendetwas – und nicht einmal die verrinnende Zeit – ihm diese Erinnerung nahm.

Er brachte sie zur Bank zurück, gab ihr ein Taschentuch und hielt sie lange umarmt. Nichts anderes interessierte ihn in diesem Moment. Nach einer Weile fand sie ihre Fassung wieder.

»Es tut mir Leid«, sagte sie. »Es ist einfach ... unglaublich.«

»Warum bist du fortgegangen, ohne es mir wenigstens zu sagen?«, fragte er.

»Leda sagte, du hättest herausgefunden, was wir getan haben und warum wir nach San Rafael gekommen waren. Du seist schockiert gewesen, wütend. Du wolltest nichts mehr mit mir zu tun haben.«

»Mir hat sie so ziemlich das Gleiche gesagt«, sagte er, »nur sagte sie mir, dass du das geplant hättest, weil vor allem du wolltest, dass ich Lacan als dein Wohltäter ersetze.«

Immer mehr Enthüllungen tauchten auf. Sie waren beide völlig entsetzt. Während sie Schicht um Schicht dieser Geschichte abtrugen, wurden ihm die Dimensionen von Ledas Plan immer deutlicher. Nicht die Vielschichtigkeit des Plans schockierte ihn, sondern das Ausmaß der Gefühle, die hinter ihrem Plan standen. Hass hatte sie angetrieben, Hass auf ihn. So viel Abscheu war an sich schon atemberaubend, doch das Objekt dieser Abscheu zu sein, war entsetzlich.

Céleste setzte sich wieder in die Bankecke, knüllte sein Taschentuch zusammen, dann sah sie ihn an.

»Ich habe ihr gesagt«, sagte sie, »nachdem ich dich an diesem letzten Abend gesehen habe – ich habe ihr gesagt, dass dieses Thema für mich erledigt sei. Dass ich gehen würde. Wir haben uns gestritten. Mehrere Tage lang. Schließlich sagte sie, lass uns nach Paris zurückkehren. Wir konnten nicht klar denken. Mir war alles egal. Ich wollte nur fort aus San Rafael. Paris war der einzige Ort, an den ich gehen konnte. Natürlich wusste ich nichts von der Mitteilung, die sie in dem Bankschließfach hinterlassen hat. Ich hätte dich nicht so zurückgelassen, Ross. Aber ... ich wusste das alles ja nicht ... und weil ich dachte, dass du nichts mehr von mir wissen wolltest ... kam ich zu der Überzeugung, es wäre besser für dich, wenn wir beide einfach verschwinden.«

»Trotzdem hättest du versuchen sollen, mit mir zu sprechen.«

»Ich habe mich so geschämt für das, was wir getan haben. Ich konnte gut nachvollziehen, dass du nichts mehr mit mir zu tun haben wolltest. Ich konnte mir vorstellen, wie sehr du dich betrogen gefühlt haben musstest. Und du hast auch keinen Versuch unternommen, mich zu sehen. Ich konnte nur glauben, dass das, was sie mir gesagt hat, der Wahrheit entsprach.«

Er fühlte sich grauenhaft. All diese Missverständnisse. Leda hatte sie beide betrügen wollen, das stimmte, doch sie hätte damit keinen Erfolg gehabt, wenn sie beide sich nicht so sehr vor ihren Gefühlen gefürchtet hätten, vor den Gefühlen, die sie sich entgegenbrachten. Warum waren sie nicht mit der Sprache herausgerückt? Warum hatten sie sich gefürchtet, sich gegenseitig einfach zu sagen, was sie empfanden? Warum waren zwei verhältnismäßig intelligente Erwachsene, die schon so viel erlebt hatten und so viele Fehler begangen hatten, so bereit gewesen, sie noch einmal zu begehen?

»Es ist unglaublich«, sagte er, »wie wir das alles geschehen lassen konnten. Wir haben ihr praktisch unsere Leben vor die Füße geworfen. Ich werde nie verstehen, wie das passieren konnte.«

Céleste gab einen Seufzer von sich und richtete sich ein wenig weiter auf.

»Nichts hatte sich für mich verändert, als wir hier waren«, fuhr sie fort. Es war, als wollte sie alles aussprechen, um es ein für alle Mal loszuwerden.

»Ich konnte noch immer nicht damit leben. Mit ihr. Eines Nachts sagte ich ihr nach einem weiteren hasserfüllten Streit, dass ich sie verlassen würde. Ich konnte es einfach nicht mehr ertragen, mit ihr zusammen zu sein. Ich sagte ihr, dass sie immer finanziell versorgt sein würde, aber dass ich nicht mehr mit ihr leben könnte. Sie wurde fuchsteufelswild, wie von Sinnen … sie benahm sich wie eine Wahnsinnige.«

Sie hielt inne und schluckte. »Irgendwann in den frühen Morgenstunden dieser Nacht stieg sie in ihre Badewanne und schnitt sich … die Innenseiten ihrer Oberschenkel auf … und ihre Handgelenke.«

»Oh Gott.« Ledas Bild brannte sich in sein Gehirn, wie sie sich mühsam zurücklehnte, ihren Buckel in eine Position zwang, aus der sie zusehen musste, wie sich ihr Blut zwischen ihren Beinen über das weiße Porzellan ergoss. Wenn sie nicht die Augen geschlossen hatte. Aber er wusste, dass sie das nicht getan hatte. Er wusste, dass sie so lange zugesehen hatte, bis sie nichts mehr sehen konnte.

»Der Totenschein«, sagte er.

Sie nickte. »Ich habe den Namen geändert, den Schein fotokopiert und dir geschickt. Meiner Meinung nach existierten wir nicht mehr für dich. Es war alles vorbei.«

»Aber ich hätte doch gedacht, dass Leda noch immer lebte.«

»Ich weiß. Aber ich wusste auch, dass du nichts mehr von ihr hören würdest.«

»Bist du denn nicht auf die Idee gekommen, dass ich vielleicht abwarten wollte, bis ich zwei und zwei zusammenzählen konnte? Früher oder später hätte es garantiert irgendeine Untersuchung geben müssen. Ich hätte mir Sorgen gemacht, wie Leda damit umgehen würde. Zu diesem Zeitpunkt wusste ich, dass sie mich zu zerstören versuchte, wenn auch nicht, warum.«

»Ich weiß, ich weiß«, sagte sie. »Ich wollte es einfach hinter mich bringen. Erst als ich dir den Brief geschickt hatte … begann ich damit, das alles zu sortieren. Je mehr ich darüber nachgrübelte … wusste ich, dass ich das Falsche getan hatte. Aber ich konnte mich nicht dazu überwinden, mit dir in Kontakt zu treten. Anfangs … dachte ich, dass ich hart gegen mich selbst sei. Ich dachte, wenn ich dich glauben ließe, dass ich tot sei, würde ich mich besonders diszipliniert verhalten.«

»Aber … warum …«

»Warum?« Sie schüttelte den Kopf. »Es stellte sich heraus, dass ich nicht die Kraft hatte, auch damit zu leben. Die Lügen, dieser ganze monströse Berg von Lügen, mit denen wir dich gequält haben, haben mich verfolgt. Ich konnte nicht so weiterleben. Ich konnte nicht schlafen. Ich konnte nichts denken … und ich konnte auch nicht damit *aufhören* … an dich zu denken. Also habe ich dir den Brief geschickt, in dem ich um das Treffen bat. Ich musste dir einfach alles erzählen, egal, wie beschämend sich das für mich entwickeln würde. Nach einer Weile war es nur noch wichtig für mich, dass du die Wahrheit erfährst, und zwar von mir.«

Sie senkte ihren Blick wieder, ebenso wie er. Sie zog sein Taschentuch so fest um ihre Hand, dass die Sehnen auf ihrem Handrücken deutlich hervortraten.

»Es tut mir Leid«, sagte sie, »so Leid … ich kann unmöglich ausdrücken, wie Leid es mir tut … was wir dir angetan haben.«

Als das helle goldene Nachmittagslicht bernsteinfarben wurde, schlenderten sie durch die Alleen und Straßen des Friedhofs und redeten. Mitunter war der Boden so dicht mit herabgefallenen Blättern bedeckt, dass ihre Schuhe nicht einmal mehr mit dem Schotter darunter in Berührung kamen. Sie hatten keine Ahnung, wohin sie gingen oder wohin sie gegangen waren, und wenn ihnen andere Menschen auf den stillen Wegen begegneten, bemerkten sie sie nicht. Ein ganzes Leben war vergangen, seit sie zuletzt miteinander gesprochen hatten. Sie hatten das zurückbekommen, was sie für immer verloren geglaubt hatten. Die Welt veränderte sich. Das Leben veränderte sich. Zum zweiten Mal, seit sie sich kennen gelernt hatten, wussten sie, dass nichts jemals mehr wie zuvor sein würde.

KAPITEL 43

Sie verließen den Friedhof Père Lachaise und nahmen ein Taxi ins Marais. Nach Ledas Selbstmord hatte Céleste Lacans großes Haus im ruhigen Chaillot-Viertel aufgegeben und sich eine Wohnung im Marais genommen, eine Umgebung, an die sie fröhliche Erinnerungen aus ihren frühen Jahren in Paris hatte, nachdem sie die Schule in London verlassen hatte.

Céleste ließ das Taxi in der Nähe ihrer Wohnung halten, und sie gingen in mehrere Geschäfte und kauften kaltes Fleisch, Wein, Käse und Brot zum Abendessen ein. In der frühen Dunkelheit trugen sie das Essen zu ihrem Haus und fuhren mit dem Lift in die dritte Etage. Ihre Wohnung war geräumig und befand sich an der Ecke des Gebäudes, sodass man vom größten Zimmer aus auf eine belebte Straßenkreuzung sehen konnte. Die eine Seite des Raums ging auf eine Straße hinaus, die andere Seite des Raums auf die Kreuzung. An den Straßen gab es Läden und ein paar Cafés.

»Der Ausblick hat sie teurer gemacht«, sagte sie, während sie die Lebensmittel auspackte, »aber das ist es auch wert. An den Abenden kann man hören, wie sich alles in der Gegend verändert. Für manche Leute mag das zu laut sein, aber ich fühle mich dann nicht allein.«

Sie legten das Essen auf den Küchentisch und setzten sich. Ross goss für sie beide Wein ein, und dann schnitt er dünne Scheiben von dem kleinen Schinken ab.

Nachdem er einen ersten Schluck Wein getrunken hatte, sagte er: »Also, was war nun mit der Polizei?«

Sie saß ihm an dem kleinen Tisch gegenüber. Sie nickte.

»Das war an dem Tag, als ich das Fax an dich geschickt habe. Obwohl ich schon beschlossen hatte, mit dir zu sprechen, habe ich die Sache aufgeschoben. Das hat sich durch den Besuch der Polizei geändert.«

»Besuch? Sie sind hierher gekommen?«

»Ja. Ich bin sicher, dass sie meine Adresse von Lacans Steuerberater bekommen haben. Als ich hier nach Ledas Tod eingezogen bin, musste ich Lacans Steuerberater davon unterrichten. Meine Post kommt jetzt hierher. Sein Büro musste das wissen.«

»Gab es irgendwelche Reaktionen von dem Steuerberater?«

Sie zuckte die Achseln und schnitt sich eine Scheibe Käse ab. »Ich habe einen Brief von ihm bekommen, der aus zwei Sätzen bestand: einem Beileidssatz und einem, der bestätigte, dass sie meine neue Adresse erhalten hatten.«

»Erzähl mir von der Polizei. Das war … vor vier Tagen?«

Sie nickte. »Er kam hierher.« Sie seufzte tief, biss ein Stückchen Käse ab und kaute einen Moment lang gedankenverloren darauf herum.

»Ein Inspektor der Kriminalpolizei«, fuhr sie fort, »sein Name war Raymond Vautrin. Anfangs sagte er mir nicht, dass Michel vermisst wurde. Er sagte, sie wollten mit ihm sprechen und versuchten ihn ausfindig zu machen, und wann ich ihn zuletzt gesehen hätte. Wie wir es abgesprochen haben, gab ich … das vorletzte Mal an, was … im Mai war.

Er fragte, ob es nicht ungewöhnlich sei, dass das schon vier Monate her sei. Ich sagte ja. Er fragte, ob ich irgendetwas unternommen hätte? Ob ich nicht besorgt wäre? Ob ich es gemeldet hätte?

Ich beschloss, gleich zur Sache zu kommen, weil ich keine Lust hatte, dass er es aus mir herausquetschte. Ich erzählte ihm, wie unsere Beziehung gewesen war. Ich erzählte ihm auch, warum ich bei Michel geblieben war. Ich sagte ihm, dass mein Leben besser war, je länger er wegblieb. Meinetwegen könne er fünf Jahre lang wegbleiben. Ich würde nicht versuchen, ihn ausfindig zu machen, weil ich nur Schlechtes von ihm zu erwarten hätte, und dass ich nicht gerade versessen darauf sei. Er sagte, dass Leda jetzt über einen Monat lang tot sei. Also bestünde ja keine Notwendigkeit mehr für mich, bei Lacan zu bleiben. Warum ich mich nicht von ihm getrennt hätte? Ich sagte, dass ich das getan hätte, denn ich sei ja aus seinem Haus ausgezogen. Er sagte, ja, aber Sie nehmen doch noch immer die Schecks von ihm an. Ich sagte, ja, und das würde ich auch so lange weiter tun, wie man sie mir schickte, und selbst wenn sie mir bis zum Ende meines Lebens geschickt würden, könnten sie mich nicht für das entschädigen, was dieser Mann mir angetan habe. Aber ich wollte nichts mehr mit Lacan zu tun haben. Wenn keine Schecks mehr kommen würden, würden sie eben ausbleiben.«

Sie schwiegen beide eine Weile. Das gelegentliche Geräusch des Verkehrs, der unter den Bäumen vorbeirauschte, drang durch die offenen Fenster herein. Nach ein paar Minuten stand Céleste auf und schloss die Fenster. Sie rieb sich über die kalten

Oberarme, während sie zum Tisch zurückkehrte. Sie trank einen Schluck Wein, riss sich ein Stück vom Brot ab und aß es.

»Und was geschah dann?«

»Dann sagte er mir, dass Lacan offenbar vermisst wurde. Vermisst von wo?, habe ich ihn gefragt. Der Mann reist so viel, wer könnte schon wissen, dass er vermisst wurde? Vautrin sagte, dass er zu drei Treffen mit seinem Steuerberater nicht erschienen sei und auch nicht zu einer Vorstandssitzung der Firma, die er sonst nie verpasste. Ich wusste nicht, was ich dazu sagen sollte.«

Sie schnitt sich eine weitere Käsescheibe ab, biss ein winziges Stück davon ab, fixierte irgendeinen Punkt auf dem Tisch. Sie wich seinem Blick aus und goss sich noch einen Spritzer Wein ein, obwohl sie genügend in ihrem Glas hatte. Zögernd fuhr sie fort.

»Dann fragte er mich, ob ich von den anderen Frauen wüsste. Nein, sagte ich. Ja, andere Frauen wie mich, die auch von Lacan Geld bekamen. In Lyon. Antibes. Straßburg. Und … sogar noch eine Frau hier in Paris. Von Lyon wusste ich nichts.«

»Hat er das alles vom Steuerberater erfahren?«

»Offensichtlich. Sie alle hatten das gleiche Arrangement mit ihm wie ich.«

»Du meinst finanzielle Zuwendungen.«

Sie nickte.

»Und hatten sie auch ähnliche Geschichten … über ihre Beziehungen zu Lacan zu erzählen?«

Wieder nickte sie und trank einen Schluck Wein. »Aber ich war die Einzige, die seinen richtigen Namen kannte. Und ich war auch die Einzige, die ihn geheiratet hatte.«

Schweigen.

»Und da war noch etwas anderes«, sagte sie. »Ich glaube … nun ja, zumindest schien es mir nach Vautrins Fragen, als verdächtigten sie Lacan, in Drogengeschäfte verwickelt zu sein.«

Ross, der sich gerade ein Stück Schinken abschneiden wollte, hielt inne. »Was? Was hat er genau gesagt?«

»Er hat einige Zeit damit verbracht, mich über Michels Namen auszufragen. Ob ich von irgendwelchen anderen Namen wüsste, die er benutzt haben könnte? Ob ich jemals Pässe gesehen hätte, die auf andere Namen lauteten als die, die Vautrin erwähnt hatte? Ich wusste nicht einmal, dass Michel Pässe mit anderen Namen besaß. Ob ich jemals Päckchen gesehen hätte, die an andere Namen adressiert gewesen und an unsere Anschrift in Chaillot geschickt worden seien? Ob ich jemals Briefe, Päckchen und andere Lieferungen aus Südamerika oder Asien oder Sizilien gesehen habe? Ob Lacan mich jemals gebeten hätte, Päckchen zu diesen Orten zu bringen oder diese Orte aufzusuchen, um dort Päckchen in Empfang zu nehmen?«

Sie hielt inne. »Was hältst du denn davon?«

Er lehnte sich auf seinem Stuhl zurück und sah sie an. »Du weißt ja wohl, dass das gute Nachrichten sind.«

»Natürlich weiß ich das. Aber das hilft mir wenig.«

Er verstand, wie sie sich fühlen musste, doch gleichzeitig war er enorm erleichtert. Die Ermittlungen über das Verschwinden von Michel Lacan würden sich sehr kompliziert und ausgedehnt gestalten, doch weit wichtiger war, dass Céleste nur eine von vielen Menschen sein würde, die ein Motiv dafür hatte, Lacan zu töten. Ja, sie hatte tatsächlich nur den Missbrauch als Motiv.

»Wie sieht es mit Lacans Testament aus? Wurde das erwähnt?«

»Nein.«

»Er wusste es schon.«

»Davon gehe ich aus. Der Steuerberater wird ihn mit Sicherheit mit Michels Anwälten in Kontakt gebracht haben. Das wird leicht zu überprüfen sein.«

Céleste riss sich noch ein Stück Brot ab und aß es ohne jedes Interesse. Zum ersten Mal bekam Ross' Hoffnung, dass sie vielleicht bei den Ermittlungen außer Acht gelassen würden, eine reale Basis. Die Drogengeschäfte stellten einen unglaublichen Schritt in diese Richtung dar.

»Ich frage mich«, sagte er und schaute auf die Fenster auf der gegenüberliegenden Straßenseite, auf andere Fenster, andere Leben, andere schwach beleuchtete Räume, »ich frage mich, wie schwierig es für sie sein wird, seine Reisen in der Zeit zu verfolgen, in der er nach San Rafael kam? Hat er seinen richtigen Namen benutzt? Oder einen der falschen? Oder einen Namen, von dem die Polizei noch gar nichts weiß?« Er sah Céleste an. »Hat Vautrin dich über deinen Aufenthalt in San Rafael ausgefragt?«

»Nein.«

»Aber er muss davon wissen. Es ist doch kein Geheimnis, dass du dort gewesen bist. Wenn er es jetzt noch nicht weiß, wird er es schon noch erfahren. Er wird mit dem Computer sämtliche Flüge von Frankreich nach Austin überprüfen, die in die Zeit fallen, als du dich dort aufgehalten hast. Er wird Lacans Flugticket finden. Es sei denn, Lacan ist von einem anderen Land als Frankreich dorthin geflogen.«

»Ross, bitte. Lass uns sofort damit aufhören. Wir dürfen uns davon nicht auffressen lassen. Wenn wir uns nur noch damit beschäftigen und nichts anderes mehr im Kopf haben, und wenn das all unsere Zeit und unsere Gedanken beansprucht, haben wir kein Stückchen Leben mehr übrig. Und wir haben schon zu viel durchgemacht, um das zuzulassen.«

Sie griff über den Tisch hinweg und legte ihre Hände auf seine.

»Wir haben eine unglaubliche zweite – oder sogar dritte Chance bekommen. Lass sie uns nicht ... an diese Art Besessenheit vergeuden.«

Sie hatte natürlich Recht. In dieser Nacht, als sie zusammen in ihrem Bett lagen, hallten ihre Worte nur noch deutlicher in seinen Gedanken wider. Alles, was mit ihrem Kennen- und Liebenlernen zusammenhing, war höchst unwahrscheinlich. Was sie durchgestanden hatten und was sie getan hatten, war unvorstellbar. Es war unfassbar.

Und doch war es geschehen. Und sie hatten überlebt. Eigentlich hätte es ihnen nicht geschehen sollen, doch sie waren genauso ahnungslos durch das feine Netz der Aussichtslosigkeit geschlüpft, wie sie zu Anfang in diese ganze Sache hineingezogen worden waren. Sie waren unbesonnen gewesen. Sie waren blind gewesen. Sie waren selbstsüchtig gewesen. Sie waren all das gewesen, was Menschen sind, die überflüssigerweise ihr Leben vergeudet haben. Aber sie waren nicht zerstört worden. Noch nicht jedenfalls, und vielleicht würden sie es auch nicht werden. Jetzt hatten sie eine Chance.

Sicherlich würden sie nun mit dieser auch noch so kleinen Chance überleben können, nachdem sie überlebt hatten, als sie überhaupt keine Chance gehabt hatten.

KAPITEL 44

»Es kann ... Monate oder sogar Jahre dauern«, sagte er. Er und Céleste saßen im Sonnenschein in einem kleinen Café gegenüber ihrer Wohnung. Sie hatten lange geschlafen und waren zum Frühstück, das aus Kaffee und Gebäck bestand, hinuntergegangen.

Sie hatten bis spät in die Nacht hinein über ihre Zukunft gesprochen. Was würden sie nun tun? Würde es die Ermittlungen beeinflussen – das heißt, würde die Aufmerksamkeit auf Céleste gelenkt werden, die sie sonst nicht erhalten würde –, wenn sie mit ihm nach San Rafael zurückkehrte? Wenn sie eine von Lacans anderen Frauen wäre, wahrscheinlich nicht. Doch Céleste war seine Ehefrau, auch wenn er sie nicht mit mehr Respekt behandelt hatte als die anderen Frauen. Dennoch würde es sich in den Medien nicht gut machen.

»Es ist kein Leben, wenn wir nicht zusammen sein können«, sagte sie. »Selbst wenn wir uns heimlich treffen, werden sie es schließlich doch herausfinden. Und das würde noch verdächtiger aussehen, als wenn wir offen damit umgehen. Ich werde nicht warten, bis diese Ermittlungen beendet sind.«

»Was ist mit Vautrin?«

»Was soll mit ihm sein?«

»Wirst du einfach mit dem Scheidungsverfahren weitermachen, ohne ihm das mitzuteilen?«

»Ich wüsste nicht, warum ich das nicht tun sollte. Eine Scheidung würde den Anschein erwecken, als würde ich annehmen, dass Lacan irgendwann wieder zu mir zurückkehrt. Ich könnte sogar sagen: Es ist mir egal, ob er zurückkehrt oder nicht. Ich möchte mich von ihm befreien. Ich hätte keinen Grund, das zu tun, wenn ich glaubte, ich wäre Witwe. Ich bin nicht in Lacans Testament bedacht, und ich werde mich auch um nichts bemühen. Ich möchte mich nur von ihm befreien.«

»Wie lange wird das dauern?«

»Ich habe keine Ahnung.«

»Ich muss bald zurück.«

»Wie bald?«

»In ein paar Tagen.«

»Warum?«

»Wir sollten bis zur Scheidung nicht zusammen sein.«

Sie bewegte sich zu ihm hinüber. »Ross, wir haben Zeit. Was immer wir auch tun, lass uns nicht auseinander driften. Ich könnte das nicht ertragen. Nicht nach all dem, was wir durchgestanden haben.«

Er kehrte ohne sie nach San Rafael zurück.

Amado war natürlich verblüfft und zum ersten Mal wirklich sprachlos. Ross erzählte mehr oder weniger die Wahrheit über das, was Céleste mit Ledas Totenschein getan hatte, und erklärte die Frage nach dem Warum mit Missverständnissen und Stress. Er erwähnte Lacan nur insoweit, dass er sagte, dass Céleste sich von ihm scheiden lassen würde.

Sie saßen mitten am Nachmittag in Ross' Küche, tranken Bier und aßen frische gefüllte Maisrouladen, die er in Rincón besorgt hatte. Auf der anderen Seite der Gittertür lag der Innenhof im hellen Sonnenlicht, doch es war nicht mehr so heiß wie zuvor. Während er in Paris gewesen war, war der kalte Nordwind über die Staaten im Mittelwesten hinweggefegt, hatte sich über West Virginia verlangsamt, sich nach und nach über Texas festgesetzt und der Hitzewelle das Rückgrat gebrochen. Die höchsten Temperaturen lagen jetzt um dreißig Grad herum, und in der Nacht kühlte es herrlich ab. Aber noch immer gab es keinen Regen.

Amado schüttelte den Kopf über diese neuesten Nachrichten und nippte an seinem Bier. Er stellte ein paar Fragen, die Ross mit unterschiedlichen Ausflüchten beantwortete.

»Und was wird nach der Scheidung sein?«, fragte Amado.

»Das werden wir dann sehen.«

»Wird sie hierher kommen?« Amado wickelte eine fettige Maishülle ab, nahm die Hackfleischfüllung heraus und ließ die Hülle auf den wachsenden Berg fallen, der sich schon auf einer Zeitung mitten auf dem Tisch türmte.

»Vielleicht.«

»Du lieber Gott«, sagte Amado und schob sich die Hälfte der Füllung in den Mund. »Ross, jedes Mal, wenn ich mit dir spreche, hast du mir irgendetwas Ungeheuerliches zu berichten. Wann wird dieser ...« Er suchte nach dem passenden Wort.

»Irrsinn?«

»Ja, warum nicht. Wann wird dieser Irrsinn aufhören?« Amado wischte sich die Hände an einer Papierserviette ab, nahm seine Flasche Pacífico und vertrieb den pfeffrigen Nachgeschmack der Füllung mit einem Schluck des kalten mexikanischen Biers.

Draußen saß die Spottdrossel allein auf der Bougainvillea, und ihr Gesang war ein leises, dreinotiges Flöten, das sie ständig wiederholte, fast als würde sie sich gedanklich mit etwas anderem beschäftigen.

»Vielleicht hört es ja nie auf«, sagte er. »Vielleicht gehört es ja zu ihrer Art Leben.«

Amado sah ihn an. »Ängstigt es dich nicht ein wenig … dass du all das zum Teil deines Lebens machst?«

»Ja.«

»Aber …«

»Ich habe weit weniger Angst vor dem ›Irrsinn‹ als vor einem Leben ohne sie.«

Amado nickte und betrachtete ihn nachdenklich. »Und was ist mit dieser … kriminellen Sache, Ross? Was wird damit sein?«

»Das vergeht nicht.«

»Und wird auch nicht vergehen?«

»Ich glaube nicht.«

Amado zögerte. »Und ich bin der Einzige, der davon weiß?«

»Nur wir drei wissen davon.«

»Dann ist es eine ernste Sache.«

»Ja, genau. Eine ernste Sache.«

Er machte sich erneut mit Schwung an die Arbeit an Ledas Skulptur, was jetzt, nach den unglaublichen Enthüllungen in Paris, noch viel komplizierter war. Doch die Komplikationen verstärkten nur seine Faszination für die Herausforderung, die er jetzt wie eine Art Berufung anzusehen begann. Er und Céleste tauschten fast täglich E-Mails aus und telefonierten mehrmals in der Woche miteinander. Die Scheidung würde Zeit brauchen. Vier Monate oder so.

Den November und fast den ganzen Dezember über machte er gute Fortschritte an der Skulptur. Zu Weihnachten flog Céleste für eine Woche nach Austin. Er holte sie ab, und sie fuhren nach San Rafael. Es war klar und warm, was ihm normalerweise nicht gefiel. Er hatte es gern, wenn es zu Weihnachten kalt, bedeckt und feucht war. Doch es war kalt genug, dass man tagsüber einen Pullover vertragen konnte, und nachts ging die

Temperatur so weit herunter, dass man ein langsam brennendes Feuer aus Mesquite-Holz im Kamin anzünden konnte.

Tagsüber bastelte er an den kleinen Zikaden-Skulpturen herum, während Céleste las oder sich mit ihm während seiner Arbeit unterhielt. Er hatte die unvollendete Skulptur von Leda versteckt. Er wollte nicht, dass Céleste etwas davon erfuhr. Nicht jetzt, obwohl sie praktisch fertig war. Stillschweigend kamen sie überein, nicht über die Gefahren der Ermittlungen zu sprechen, die in aller Stille und fernab von ihnen angestellt wurden. Es war ein seltsames Gefühl, dass die eigene Zukunft von Fremden in einem anderen Land bestimmt wurde, während man einfach darauf wartete, informiert zu werden. Doch gerade wegen dieser sonderbaren Lage, in der sie sich befanden, bestärkten sie sich gegenseitig, dass es unnötig sei, sich Sorgen zu machen. Es gab nichts, was sie hätten tun können.

In gewisser Weise war das eine Befreiung. Doch als die Ferien voranschritten, wurde er das Gefühl nicht los, dass mit ihrer entspannten Freude das Bewusstsein einherging, dass ihr Glück nur vorübergehend war. Sie hatten so viel Unglück überstanden und waren so großer Tragik entgangen, was sie für immer hätte trennen können, dass ihnen alles andere als diese stille Dankbarkeit für ihr gegenwärtiges Glück profan erschienen wäre.

Céleste kehrte zwei Tage nach Weihnachten nach Paris zurück, und am Tag darauf traf der Regen, den das Hügelland schon so lange nötig gehabt hatte, mit einer arktischen Kältefront endlich ein. Es regnete zwei Tage, dann sank die Temperatur unter Null, und wegen des Glatteises verbrachte er Silvester zu Hause. Am Neujahrstag ließen Graupelschauer die Straßen weiß werden, und San Rafael war von der Außenwelt abgeschnitten, weil die Hügelstraßen unpassierbar waren. Der Duft der Eichen- und Mesquite-Feuer versüßte die Luft und vermischte sich mit dem Nebel und Sprühregen, die über der Stadt hingen.

Nach dem vierten Tag verkündete die Wetterstation, dass

noch für mindestens eine Woche eisiger Nieselregen erwartet wurde. Niemand beklagte sich.

Er zog Schneeketten auf den Jeep und fuhr die Lomitas in die Stadt hinunter. Er kaufte Lebensmittel ein, holte sich im Kaffeeladen Kaffeebohnen und machte dann bei *Kirchner's* auf eine Tasse Kaffee und ein Mandelcroissant Halt. Von seinem Fensterplatz aus konnte er nur die untere Hälfte von San Rafael sehen, da die höher gelegenen Teile der Stadt von einer blassen Wolke eingehüllt waren, aus der es herausrieselte.

Nachdem er nach Hause zurückgekehrt war und die Lebensmittel fortgeräumt hatte, ging er in sein Schlafzimmer, um seine Mailbox und das Faxgerät zu überprüfen. Céleste hatte eine E-Mail geschickt, in der sie ihn bat, sie anzurufen. Etwas war passiert.

»Vautrin möchte noch einmal mit mir sprechen«, sagte sie. Aus ihrer Stimme klang keine Anspannung, sondern gezwungene Ruhe. »Er hat mich gefragt, ob du in der Stadt bist. Er möchte sich auch mit dir unterhalten.«

»Wann?«

»Er sagte, es sei nicht dringend, aber bald.«

»Ist das alles? Hat er nichts weiter gesagt?«

»Er hat nicht gesagt, worüber er mit uns sprechen möchte, wenn du das meinst. Er sagte, wenn es dir lieber wäre, würde er dich auch von einem Polizeibeamten in San Rafael befragen lassen. Ich dachte mir, dass du das nicht willst.«

»Nein, bestimmt nicht. Aber wenn das auch von jemandem hier erledigt werden kann, scheint mir das eine routinemäßige Befragung zu sein. Ich meine, wenn es etwas Ernstes wäre, würde man doch davon ausgehen können, dass er es selbst machen möchte.«

»Ja.«

»Okay. Ich werde kommen. Versuch, einen Termin in drei Tagen auszumachen. Ich lasse dich wissen, wann du mich erwarten kannst.«

KAPITEL 45

Er buchte einen Flug für den frühen nächsten Morgen und einen Charterflug von San Rafael nach Austin für denselben Nachmittag. Angesichts der Wetterlage wäre es besser für ihn, die Nacht in einem Motel in der Nähe des Flughafens zu verbringen, statt zu riskieren, dass er am nächsten Tag seinen Flug verpasste. Er packte einen kleinen Koffer, warf ihn in den Jeep und fuhr zur Landebahn südlich der Stadt. Dieses Mal kümmerte er sich nicht mehr darum, dass jemand in seinem Haus blieb. Die wichtigen Dinge würden sich in Paris ereignen.

Der Januar war der kälteste Monat in Paris und – nach dem August – auch der feuchteste. Céleste hatte zugestimmt, sich mit Raymond Vautrin um drei Uhr in einer Brasserie in unmittelbarer Nähe ihrer Wohnung im Marais zu treffen. Als sie in der Brasserie Dupuis eintrafen, saß Vautrin bereits an einem Tisch in der Nähe des vorderen Fensters.

Während Céleste sie miteinander bekannt machte, musterte er den Kriminalinspektor. Er war Ende vierzig, trug einen doppelreihigen dunklen Anzug, ein weißes Hemd und eine dunkelrote Krawatte. Sein Haar war ziemlich lang, doch trotzdem wirkte er wie ein Geschäftsmann ohne hervorstechende Merkmale. Er sprach ein exzellentes Englisch und hatte eine entspannte, lockere Art. Er lächelte freundlich, doch Ross hatte den Eindruck, dass er ein nüchterner Mensch war.

»Es tut mir Leid«, sagte Vautrin und lud sie mit einer Geste ein, sich ihm gegenüber an den Tisch zu setzen, »dass Sie extra für dieses Gespräch nach Paris kommen mussten, Mr. Marteau.« Sie setzten sich. »Marteau. Ein hübscher französischer Name.«

Vor Vautrin stand schmutziges Geschirr. Er hatte hier zu Mittag gegessen.

»Ich bin immer auf der Suche nach einer Ausrede, um nach Paris zu kommen«, sagte er. »Mein Urgroßvater war Franzose, wie man mir erzählt hat.«

»Haben Sie ihn gekannt?«

»Nein.«

Der Ober kam, räumte das schmutzige Geschirr ab und nahm ihre Bestellung von drei Tassen Kaffee entgegen.

»Also«, sagte Vautrin, verschränkte die Arme und stützte sich mit den Ellbogen auf den Tisch auf. »Ich möchte Sie auf den neuesten Stand dessen bringen, was die Ermittlungen über Monsieur Lacans Verschwinden bisher erbracht haben«, sagte er mit einem Blick auf Ross. »Doch erst einmal möchte ich wissen, ob er jemals nach San Rafael gekommen ist?«, fragte er und wandte sich Céleste zu.

»Nein«, sagte sie. »Zumindest nicht, soweit ich weiß.«

»Nein.« Er nickte. »Wir konnten auch nichts darüber herausfinden«, sagte Vautrin. »Das ist interessant.«

»Also gut«, fuhr er fort, »Sie werden ja schon vermutet haben, dass Monsieur Lacan in Drogengeschäfte verwickelt gewesen zu sein scheint. Im Vertrieb. In kleinem Umfang, jedoch mit sehr großen Leuten. Er investierte von Zeit zu Zeit Geld in Kokainlieferungen, doch meist hat er einfach nur ein paar Geschäfte gemacht. Er gehörte offenbar zu den Männern, die gern am Rande eines gefährlichen Lebens leben und sich trotzdem nicht ganz davon vereinnahmen lassen. Wenn es um Gewalt ging, hat er sie lieber in einem anderen Zusammenhang ausgelebt.«

Der Ober kam mit ihrem Kaffee, und Vautrin wartete, bis er serviert war, ehe er fortfuhr.

»Wir wissen nicht, was mit ihm geschehen ist«, sagte Vautrin, trank vorsichtig von seinem Kaffee und stellte die Tasse auf die Untertasse zurück. »Ich persönlich glaube, dass er tot ist. Es tut mir Leid, Madame.«

Das war keine echte Entschuldigung, sondern eher eine höfliche und respektvolle Bemerkung.

»Wir haben keine Beweise dafür gefunden«, sagte er, weiter an sie gerichtet, »dass sein Verschwinden mit einem Verbrechen in Zusammenhang steht. Doch ich bin mir ziemlich sicher, dass dem sehr wohl so war.«

»Wie meinen Sie das?«, fragte Céleste.

»Ich denke, dass er vielleicht ermordet wurde.«

Ross sah sie nicht an, doch er wusste, dass Céleste reagiert hatte. Wie? Er konnte es sich nicht vorstellen. Hatte sie einen Schock vorgetäuscht? Überraschung? Er betrachtete Vautrins Gesicht mit forschendem Blick, um zu sehen, ob sie ihn überzeugt hatte, doch der Inspektor war viel zu erfahren.

»Warum?«, fragte Céleste. »Wenn es doch keine Beweise gibt ...«

»Beweise. Ach ja.« Vautrin lächelte. »Nun, es gibt juristische Beweise, die für einen Prozess zugelassen werden können, und dann gibt es noch andere Beweise. Indizien. Intuition. Subjektiv geäußerte Beweise.«

»Also, was wird nun geschehen?«, fragte Céleste.

»Nun, natürlich werden wir weiter ermitteln, doch je mehr Zeit ohne neue Spuren verstreicht, desto mehr werden meine Vorgesetzten das Interesse verlieren. Bald werden sie mir andere Fälle geben, deren Ermittlungen meine Zeit in Anspruch nehmen. Nach einer Weile wird sich niemand mehr übermäßig um diesen Fall kümmern. Praktisch überhaupt nicht mehr.«

»Und das war es dann? Es ist alles vorbei?«

»Noch nicht, nein. Wie gesagt, habe ich meine ›Intuition‹, und ich habe mich noch nie wohl gefühlt mit ungelösten Fällen.«

Vautrin nahm einen weiteren Schluck Kaffee. Draußen begann der Regen auf die Markisen zu trommeln, und Vautrin schaute hinaus. Er beobachtete den Regen, und seine Augenwinkel glitzerten in dem grauen Licht.

Er wandte sich ihnen wieder zu.

»Ich fürchte«, sagte er, »dass es lange dauern wird, bis die Vermögensfrage geregelt ist.«

»Das betrifft mich nicht«, sagte Céleste. »Ich lasse mich gerade von ihm scheiden.«

»Ja«, sagte Vautrin. »Das weiß ich. Warum eigentlich?«

»Weil ich nichts mehr mit ihm zu tun haben will«, sagte sie. »Egal, ob er lebt oder nicht.«

»Ich verstehe. Trotzdem bekommen Sie ja etwas von ihm. Durch eine Scheidung wird das hinfällig.«

»Das ist es nicht wert.«

Er musterte sie. »Das verstehe ich«, sagte er nickend. »Sie möchten ein neues Leben beginnen.« Er schaute zu Ross hinüber. »Ich kann das verstehen.«

Zu seiner Überraschung wurde Céleste plötzlich wütend.

»Ich benötige keine Zustimmung, Monsieur Vautrin. Ich muss mich auch nicht rechtfertigen. Ich habe mir das Recht verdient, mir etwas Besseres zu wünschen als das, was ich gehabt habe.«

»Ich wollte das nicht bewerten, Madame.« Vautrin war bestürzt darüber, dass er sie provoziert hatte. »Keineswegs. Nur … nur habe ich noch ein paar Fragen.«

Céleste nahm einen Schluck Kaffee, und ihre Hand zitterte vor Aufregung. Nun sah Vautrin ihn an.

»Sie waren sehr geduldig, Mr. Marteau«, sagte er. »Vielen Dank.« Er runzelte die Stirn, starrte einen Moment lang in seine Kaffeetasse und sammelte seine Gedanken. Als er wieder aufschaute, ließ er seinen Blick zwischen ihnen hin und her schweifen.

»Wenn ein Mann, so wie in diesem Fall, verschwindet und wir annehmen, dass er ermordet wurde, dann – die Statistiken bestätigen das – hat erfahrungsgemäß meist die Ehefrau einen Teil der Schuld. Und oft – ja meist – hat die Ehefrau einen Liebhaber, der ebenfalls in die Tat verstrickt ist.« Er zuckte die Achseln. »Das ist eine Tatsache. Das ist nichts Persönliches. Ich bewerte auch nichts. Ich tue nur meine Pflicht.«

»Das verstehe ich«, sagte Ross. »Sie müssen das nicht erklären.«

»Doch bei Monsieur Lacan gestaltet sich die Situation weit komplizierter als üblich. Es gibt komplizierende Faktoren. Doch trotzdem schließen diese Faktoren nicht das aus, was ich gerade gesagt habe. Natürlich standen Sie unter Verdacht, Madame. Das muss Ihnen klar gewesen sein.«

»Ja, ich habe es vermutet«, sagte Céleste.

Vautrin schaute Ross an. »Haben Sie Michel Lacan jemals kennen gelernt?«

»Nein, nie.«

»Haben Sie ihn jemals gesehen?«

»Nein.«

»Die letzte Person, die wir ausfindig machen konnten und die Lacan zuletzt lebend gesehen hat, war die Frau, die er in Straßburg aushielt«, sagte Vautrin. »Das war zwei Wochen, nachdem Sie ihn zuletzt gesehen haben«, sagte er zu Céleste. »Das war lange her. Drei Wochen, bevor Sie nach San Rafael gingen, um den Sommer dort zu verbringen. Wir sind der Ansicht, dass er den überwiegenden Teil dieser Zeit außerhalb Frankreichs verbracht hat. Wir überprüfen das mit Hilfe unserer Kollegen in Sizilien, Kolumbien, Mexiko, Osteuropa und einigen Orten in Asien. Er könnte leicht an einem dieser Orte verschwunden sein.«

Er hielt inne, um wieder von seinem Kaffee zu trinken.

»Ich will ehrlich zu Ihnen sein, Madame. Ich glaube, dass wir diesen Fall nie lösen werden. Er ist zu viel gereist. Er hatte zu viele Identitäten. Er war zu verschwiegen. Und zu seltsam. Solche Menschen finden leicht an irgendeinem seltsamen Ort ein schlimmes Ende – für immer verschwunden. Ich denke, dass Michel Lacan in diese Kategorie fällt.«

»Ich verstehe nicht, warum Sie mir das alles erzählen«, sagte Céleste.

»Sie sind seine Frau, Madame, seine Alleinerbin, zumindest noch einen Monat lang.«

»Hatte er keine Familie?«

»Nein, keine direkte Familie.«

»Wirklich?«

»Keine. Nur Cousins zweiten Grades.«

»Dann werden sie sein Vermögen erben?«

»Theoretisch ja. Man wird sie unterrichten müssen, und dann werden sie ihre Forderungen geltend machen. Der Richter wird diese Forderungen auf ihre Berechtigung hin überprüfen müssen. Das wird viel Zeit erfordern. Und da außerdem so viel Geld im Spiel ist, vermute ich, dass es einen Kampf zwischen den Cousins darüber geben wird, wer was bekommt und wie alles geteilt werden soll. Ein Mensch kann alt werden in der Erwartung, dass dieser Fall abgeschlossen wird.«

»Ist das denn jetzt nicht alles unwichtig?«, fragte Ross.

»Bis vor einer Woche«, sagte Vautrin, »haben wir das auch angenommen.«

Ross wappnete sich innerlich, und er konnte fast spüren, dass Céleste das ebenfalls tat, doch keiner von ihnen reagierte. Sie warteten einfach ab.

»Nach dem Selbstmord Ihrer Nichte«, sagte Vautrin, »haben Sie all ihre Sachen aus Lacans Haus geschafft. Sie haben ihre Kleider verkauft und die persönlichen Gegenstände weggeworfen, die Sie nicht behalten wollten. Was man normalerweise nach einem Todesfall auch so macht.«

»Ja.«

»Die Räumung des restlichen Hauses haben Sie auf später verschoben.«

»Ich wollte nichts als raus«, sagte Céleste. »Ich habe all meine Sachen mitgenommen und auch Ledas Sachen. Das war kein Problem. Es war ein großes Haus, das ich jedoch nur teilweise bewohnt hatte.«

»Wie haben sich denn Monsieur Lacan und Ihre Nichte Leda verstanden?«

»Gar nicht«, sagte Céleste. »Sie sprachen nie miteinander. Sie mochten sich nicht. Sie konnten sich gegenseitig nicht ertragen.«

Vautrin nickte. Seine Miene war die eines Arztes, der einem Patienten bei der Beschreibung seiner Symptome zuhört. Er stellte Überlegungen an und Beurteilungen, die er nicht mit ihnen teilte … noch nicht.

Vautrin beugte sich hinab und nahm eine Aktentasche hoch, die neben dem Tischbein gestanden hatte. Er legte sie auf den Tisch, öffnete sie und entnahm ihr ein Bündel Dokumente, die er Ross aushändigte.

»Diese Sachen fanden wir in einem anderen Teil des Hauses«, sagte Vautrin, »in einem Raum, den sie oft benutzt zu haben scheint. Dort gab es einen Schreibtisch mit Scheren, Klebeband und Aktendeckeln. Die Artikel befassen sich mit Ihnen. Die Anmerkungen sind in Ledas Handschrift gemacht worden.«

Ross ging die Ausschnitte durch. Es waren alles Artikel aus Kunstjournalen, aus *Le Monde, Paris Match,* Boulevardblättern und verschiedenen Zeitungen. Er spürte, wie eine Kältewelle langsam seinen Körper durchdrang, der reagierte wie eine Stimmgabel auf ein tiefes inneres Summen.

»Ich bin sicher, dass Sie diese Artikel längst kennen«, sagte Vautrin. »Aber lesen Sie die Bemerkungen.«

Leda hatte auf alle Ränder verstreut Bemerkungen in verschiedenen Winkeln und mit verschiedenen Farben geschrieben:

ML sagt, dass Rs Lieblingsgebäck ein Mandelcroissant ist.
Laut ML hasst R diese Art von Bekanntheit …
er hört niemals Musik bei der Arbeit – ML.
er mag es nicht, wenn die Modelle mit ihm sprechen, während er arbeitet
Rs Arbeitstag wird von dem Angelusläuten in der Kapelle von San Rafael bestimmt – ML
trifft sich mit Amado ungefähr dreimal in der Woche bei Graber's – ML

»›ML‹. Michel Lacan?«, fragte Ross. »Denken Sie das?«

Vautrin nickte.

»Woher sollte er all diese persönlichen Dinge wissen?«, fragte er, als Céleste die Artikel entgegennahm.

»Ich weiß es nicht«, sagte Vautrin. »Wie würden Sie denn diese Notizen erklären?«

»Wenn Sie Leda gekannt hätten, müssten Sie diese Frage nicht stellen«, sagte er.

»Wie meinen Sie das?«

»Die Tatsache, dass sie diese Artikel gelesen hat ... und auf den Rändern Notizen über mich gemacht hat ...«

»Das ist typisch Leda«, sagte Céleste und schaute von den Artikeln auf. »Sobald wir uns für einen Bildhauer entschieden hatten, unternahm sie große Anstrengungen, alles über ihn zu erfahren, was sie bekommen konnte. Die Artikel gehörten mir. Ich habe sie ihr gezeigt. Haben Sie die Artikel über die anderen Bildhauer auch gefunden?«

»Nein.«

»Wir hatten drei Bildhauer in die engere Wahl gezogen, bevor wir uns für Ross entschieden haben. Wir haben alle drei in dieser Weise ausrecherchiert. Wir haben uns Artikel über sie besorgt und Biografien von Agenten. Alles, was wir bekommen konnten. Artikel und vor allem Interviews, die Einzelheiten über das persönliche Leben der Bildhauer enthielten, hatte sie am liebsten. Das verschaffte ihr Einblick in deren Charakter, den sie von den eher trockenen Kunstmagazin-Artikeln nicht bekommen hätte, bei denen es vor allem um die Arbeitstechniken der Künstler ging.«

»Aber warum verwendet sie denn die Initialen *ml.*?«

Céleste schaute auf die Notizen hinab und zuckte die Achseln. »Ich weiß nicht, was sie damit gemeint hat. Wer weiß schon, was sie gemacht hat.«

Vautrin sah Ross an. Ross schüttelte den Kopf.

Vautrin überdachte ihre Reaktionen, während er sie abwechselnd ansah. Er schien ihnen nicht glauben zu wollen, doch gleichzeitig schien er sich eingestehen zu müssen, dass ihre Aussagen recht vernünftig klangen.

»Worum geht es eigentlich?«, fragte Ross. »Was ist Ihrer Meinung nach vor sich gegangen?«

»Ich weiß es nicht«, sagte Vautrin wenig überzeugend. »Ich dachte, Sie hätten vielleicht eine Ahnung.«

Wieder schüttelte er den Kopf, und Céleste schob die Artikel über den Tisch hinweg wieder Vautrin zu.

»Tja«, sagte Vautrin mit einem matten Lächeln, als er die Papiere zusammenraffte, »dies ist einer der Fälle, bei denen wir niemals alle Antworten erfahren werden.« Er schob die Papiere in seine Aktentasche zurück. »Ich denke, ich kann schon von Glück sagen, wenn mir alle richtigen Fragen einfallen.«

KAPITEL 46

Ross und Céleste verließen die Brasserie und gingen zurück zu ihrer Wohnung. Eine Weile lang sprach keiner von ihnen, während sie auf dem nassen Bürgersteig entlanggingen und sich unter einem einzigen Schirm aneinander schmiegten. Es nieselte nur ein wenig.

»Was, zum Teufel, war denn das?«, fragte Céleste schließlich. Sie war zornig. »Hat er das Haus in Chaillot durchsucht?«

»Klingt ganz so.«

»Das heißt, er hat ziemliche Bedenken.«

»Ich fürchte ja.«

»›ML‹? Was hat sie gemacht? Sie *konnte* nicht mit Lacan gesprochen haben. Wie denn? Und worüber, verdammt noch mal? Was konnte er schon wissen?«

Ross erwiderte erst einmal nichts. In seinem Kopf wirbelten verschiedene Möglichkeiten herum. Vautrins Fragen waren nicht besonders bedrohlich gewesen, doch er war zweifellos irgendetwas auf der Spur. Dennoch gab er zu leicht auf. Er setzte sie nicht unter Druck. Er hatte nur ihre Reaktion sehen wollen. Und die hatte er bekommen. Die Frage war, was er davon hielt?

Die Notizen waren wirklich interessant. Die Tatsache, dass Leda und Céleste einen Plan gegen Ross entwickelt hatten, war Ross und Céleste gleichermaßen unangenehm. Ungeachtet ihrer jetzigen Beziehung war es peinlich, dass es eine Zeit gegeben hatte, da sie ihn in die Falle locken wollte, mit Sex, mit Erpressung, mit allem, was ihr möglich war. Ross vermutete, dass ein Teil ihrer momentanen Wut von ihrem Ärger darüber herrührte, dass sie das so nüchtern hatte aufdecken müssen.

Natürlich hatte Vautrin das nicht wissen können. Doch mit Sicherheit vermutete er, dass Leda vorgehabt hatte, Ross zu erpressen, was jedoch für ihn eine seltsame Kehrtwende in diesem Fall dargestellt haben musste. Dennoch ergab das aus Vautrins Blickwinkel einen Sinn. Leda war doch tot, oder? Und Lacan wurde ›vermisst‹ ... und war vermutlich tot? Wenn sie also gemeinsam einen Erpressungsplan gegen Ross geschmiedet hatten, deuteten denn dann der Tod und das Verschwinden direkt auf Ross? Und was war mit Céleste? Steckte sie mit Ross unter einer Decke? Oder hatte er es ihr gegenüber geheim gehalten? Obwohl Vautrin es nicht ausgesprochen hatte, hatte er Ross dennoch wissen lassen, was er dachte.

Ross nahm Célestes Arm. »Komm«, sagte er, »lass uns hier für ein paar Minuten hineingehen.«

»Wir sind nur noch ein paar Schritte von der Wohnung entfernt«, sagte sie.

»Bitte.«

Sie betraten ein kleines Café in der Nachbarschaft und wählten einen Tisch an der Wand, an den sie sich beide so setzten, dass sie aus dem Fenster schauen konnten, von dem sie nur ein paar Tische trennten.

»Was ist los?«, fragte sie. Sie spürte, dass sein Verhalten sich verändert hatte.

»Lacan war eine Menge Geld wert«, sagte er. »Jemand muss das Vautrin gesteckt haben. Ich denke, wir sollten darüber in deiner Wohnung nicht mehr sprechen.«

Sie sah ihn stirnrunzelnd an, dennoch verstand sie, was er meinte.

»Gott«, sagte sie, »glaubst du, dass er mit seinen Vermutungen so weit gegangen ist?«

»Ich weiß es nicht, aber ich mache mir Sorgen darüber.«

»Er möchte, dass du dir Gedanken darüber machst. Während der gesamten Unterhaltung hat er dir das doch suggeriert, oder nicht?«

Ross nickte. Sie bestellten sich noch einmal Kaffee, doch nachdem der Ober ihn gebracht hatte, ließen sie ihn unberührt stehen.

»Du sagtest eben, dass jemand Vautrin die Information hat zukommen lassen. Ich weiß gar nicht, wie das möglich sein kann. Dafür muss es eine andere Erklärung geben.«

»Ich jedenfalls sehe im Moment keine andere.«

»Es sieht ganz so aus, als versuchte Leda, dich noch aus dem Grab heraus zu zerstören«, sagte Céleste. »Als ob sie etwas in Gang gesetzt hätte, das jetzt ein Eigenleben entwickelt hat.«

»Da war doch aber nichts … Ungewöhnliches an ihrem Selbstmord, oder?«

»Oh Ross. Wirklich.«

»Hör mal, ich hinterfrage im Moment einfach alles. Das hätte ich schon vor langer Zeit tun sollen. Ich stecke jetzt in diesem Durcheinander, weil ich bisher alles habe schleifen lassen.«

»Niemand hätte voraussehen können, dass so etwas geschieht, Ross. Kein Mensch erwartet, dass sein Leben mit solch bewusster Böswilligkeit angegriffen wird. Niemand lebt sein Leben so, dass er sich vor solchen Dingen zu schützen versucht.«

»Worauf war Leda, deiner Ansicht nach, aus?«, fragte er.

»Worauf sie aus war? Du weißt doch, worauf sie aus war.«

»›ML‹. Was hat das zu bedeuten?«

»Keine Ahnung. Ich habe dir die Wahrheit gesagt. Ich weiß es wirklich nicht.«

»Glaubst du, sie hat mit ihm gesprochen?«

»Ehrlich gesagt, nein. Das kann ich mir nicht vorstellen. Sie haben sich gehasst und nicht einmal versucht, das voreinander zu verheimlichen.«

Er schaute hinaus auf die Leute, die an dem grauen Nachmittag an der Brasserie vorbeieilten. Draußen wurde es immer düsterer. Der Regen kam und ging. Mitunter erhob sich ein Sturm und trieb die herabgefallenen Blätter in dem schwächer werdenden Licht vor sich her. Die Autos und Lastwagen und Taxis schalteten die Scheinwerfer an, und irgendwann gingen auch Straßenlaternen in dem Zwielicht an.

»Erzähl mir, wie sie zum ersten Mal mit diesem Vorschlag herausgerückt ist«, sagte Ross. »Wie hat Leda dieses Thema angeschnitten?«

Céleste tippte mit den Fingernägeln leicht gegen ihre Kaffeetasse. Sie wollte sich damit nicht befassen. Er verstand das, doch er tat nichts dazu, dass sie sich besser fühlte. Ja, es gab auch gar nichts, um sich besser zu fühlen, bis sie nicht herausgefunden hatten, was auf sie zukam.

»Sie kam zu mir und sagte, dass …«

»Wann war das?«

»Was?«

»Wann hat sie das zum ersten Mal dir gegenüber erwähnt? Du bist Anfang Mai nach San Rafael gekommen, einen ganzen Monat, bevor ich aus Paris zurückkehrte. Wie lange vor deiner Ankunft in San Rafael hattet ihr das geplant?«

»Gott.« Céleste hielt sich die Stirn mit der Hand und dachte nach. »Einen Monat vielleicht. Wir haben darüber gesprochen … ungefähr einen Monat lang. Sie kam zu mir, kurz nachdem ich … kurz nachdem ich in einer sehr ernsten … Lage mit Michel war.«

Sein Magen fühlte sich jedes Mal völlig leer an, wenn sie Lacans Vornamen aussprach. Er konnte die Dinge, die zwischen ihnen geschehen waren, fast vergessen, wenn sie seinen Nachnamen benutzte, doch wenn sie den vertrauteren Vornamen verwendete, wurde Ross an ihre Intimitäten erinnert und an die ›Schneckenspur‹ von Lacans Körperberührung auf Célestes Körper, wie Leda das so grausam genannt hatte.

»Sie sagte, du kannst nicht mehr so weitermachen. Ich kann es nicht ertragen. Ich habe nachgedacht. Mir sind ein paar Sachen eingefallen, die du dir anhören musst.«

»Und sie hatte die ganze Sache schon ausgearbeitet?«

»Nein, das glaube ich nicht.«

»Wie viel davon dann also?«

Seine Ungeduld überraschte sie. »Ich weiß es nicht. Das grobe Konzept. Keine Einzelheiten. Die Einzelheiten kamen später, nach und nach.«

»Wie nach und nach?«

»Wohin soll das jetzt führen?«

»Ich weiß es nicht.«

Sie schüttelte den Kopf und starrte auf ihren Kaffee herab. »Wochen. Im Laufe von ein paar Wochen.«

»Du hast gesagt, dass ihr einen Monat, bevor du nach San Rafael gekommen bist, darüber gesprochen habt.«

»Das stimmt. Der Grund, warum es einen Monat gedauert hat, bevor wir etwas unternommen haben, war, dass sie mich dazu überreden musste. Und selbst dann noch hätte sie es nicht tun können … wenn Michel nicht wieder zu Besuch gekommen wäre und mich so übel zugerichtet hätte. Dieser letzte Besuch von ihm … versetzte mich in große Panik.« Sie hielt einen Moment lang inne. »Ich war verängstigt und wütend. Sein letzter Besuch überzeugte mich davon, dass wir den Plan in die Tat umsetzen sollten.«

»Woher wusste sie, was zu tun war?«

»Wie meinst du das?«

»Woher wusste sie, welcher Immobilienmakler anzurufen war, um ein Haus für drei Monate zu mieten?« Schlagartig fiel ihm Natas Bemerkung ein: ›*Sie kommt schon seit einem Monat vier- oder fünfmal in der Woche hierher. Immer zu der Zeit, zu der Sie auch kommen.*‹ »Woher wusstest du von *Graber's?*«

»Denk doch mal nach, Ross. Sie hatte tonnenweise Informationen. Sie hat alles über dich gelesen. Sie hat sogar die kleine Zeitungsredaktion in San Rafael – und auch in Austin – angerufen und sich von ihnen Kopien von jedem Artikel schicken lassen, den sie über dich gedruckt hatten. Diese Artikel enthielten alle möglichen Informationen, du kennst doch diese persönlichen Berichte. Interviews. Was du magst und nicht magst. Ein Tag im Leben von … In einem dieser Artikel gab es sogar ein Foto von dir und Amado, als ihr, von Papageien umgeben, an einem Tisch bei *Graber's* gesessen habt. Und ein anderes Foto, auf dem du nachts vor dem Haus unter dem kleinen hellgrünen Neonschild stehst.«

»Gütiger Himmel.«

»Sie hat alles unternommen, was ihr nur einfiel, um jede Einzelheit über dich zu erfahren. Sie schrieb an die Handelskammer von San Rafael und ließ sich alles über die Stadt schicken, Karten, Artikel und Broschüren über die Galerien und Läden und Restaurants. Als ich hierher kam, wusste ich schon alles über die Stadt.«

»Hast du mitbekommen, dass sie all das getan hat?«

»Vieles davon. Sie ging immer in dieses Zimmer hinauf, von dem Vautrin gesprochen hat – es liegt im dritten Stock – und dort saß sie über diesen Artikeln, unterstrich und markierte alles Mögliche und trug die ganzen Sachen zusammen. Dieser Raum war Ledas Kommandozentrale in Sachen Ross Marteau.«

Er konnte es nicht glauben. Wenn er jedoch darüber nachdachte, ergab das Ganze wirklich einen Sinn. Sein Leben war überall ausgebreitet worden. Berühmtsein. Das war eine Nebenerscheinung seines Erfolgs und seines gierigen Hangs, reiche und bekannte Kunden zu bedienen. Er war gutes Medienfutter. Jeder konnte sich seinem Leben nähern, sofern er das richtige Maß an Motivation und Arglist besaß.

Céleste verzog das Gesicht und schüttelte wieder den Kopf. »Aber, lieber Gott, ich habe an das alles nicht einmal mehr gedacht, als ich dort ausgezogen bin. Wenn ich daran gedacht hätte, hätte ich den ganzen Kram weggeworfen, Ross. Es tut mir Leid.«

»Nein«, sagte er, »es ist nicht deine Schuld. Ich glaube, es läuft nicht darauf hinaus, dass Vautrins Misstrauen ihn nicht zu mir geführt hätte, wenn er Ledas Notizen nicht gefunden hätte. Ich weiß nicht, warum, aber ich habe das Gefühl, dass er auf mich gestoßen wäre, selbst wenn er diese Artikel nie gesehen hätte.«

»Womit wir bei den eigentlichen Fragen angekommen sind, nicht wahr?«

»Ja. Und vor allem, warum hat er das Haus durchsucht?«

Daran hatte er schon während ihrer Unterhaltung mit Vautrin herumgerätselt. Soweit es Ross und Céleste betraf, sollten die Fragen, die Lacans Verschwinden aufgeworfen hatte, bereits zu den Akten gelegt worden sein. Selbst Ledas Selbstmord sollte nur noch als eine zusätzliche Tragödie in Célestes Leben angesehen werden. Man hörte immer wieder von solchen Geschichten, dass mehrere Menschen, die sich nahe standen, kurz nacheinander starben. Jeder kannte jemanden, dem so etwas schon einmal passiert war. Normalerweise bedauerte man solch einen Menschen und war dankbar, dass einem selbst das nicht zugestoßen war. Und so hätte es mit Célestes Leben ebenfalls sein sollen. Zwei Tragödien kurz nacheinander. Und das war schon alles … das Ende der Geschichte.

Doch es war noch nicht das Ende. Etwas war nach Ledas Tod geschehen, das die beiden Todesfälle miteinander anderweitig zusammengebracht und Ross gleich mit hineingezogen hatte. Ross hatte gerade ausreichend engen Kontakt zu den beiden Toten gehabt, um es – aus dem richtigen Zusammenhang heraus – erscheinen zu lassen, als sei seine Beziehung zu ihnen wirklich der rote Faden, der die beiden Todesfälle miteinander verband.

Der Trick bei diesem Trugbild war, dass es teilweise *kein* Trugbild war. Sein Leben war tatsächlich mit diesen beiden Todesfällen verbunden, doch er war nicht ihr *Auslöser,* wie das Trugbild vermuten ließ.

Und dann wusste er es – in einer lähmenden und atemberaubenden Erkenntnis. Er *wusste,* was geschehen war.

»Was ist los?«, fragte Céleste plötzlich.

Er wusste nicht, was er getan hatte, dass sie so schnell reagiert hatte. Hatte er aufgestöhnt, als hätte man ihm einen Schlag in den Magen verpasst? So zumindest fühlte er sich. Hatte er auf seinem Stuhl geschwankt, gezittert? Er wusste es nicht.

»Entschuldige«, sagte er, darum bemüht, sich wieder unter Kontrolle zu bekommen. Wenn er in diesem Moment verwirrt erschienen war, musste er nun dafür sorgen, dass dieser Eindruck wieder verschwand. »Ich muss mich bewegen«, sagte er. »Wir sollten gehen.«

Er zahlte, und sie traten aus der Tür des Cafés und blieben unter der langen Markise stehen. Die kleinen runden Tische auf dem Bürgersteig vor dem Café waren verwaist. Kastanienblätter klebten in einem zufälligen, vom Wind geschaffenen Muster darauf. Regenpfützen glitzerten auf den Sitzen der Stühle. Sie konnten die dunklen Fenster von Célestes Wohnung auf der gegenüberliegenden Straßenseite sehen.

»Ich muss mich bewegen«, wiederholte er. »Ich muss nachdenken.«

»Schön«, sagte sie. »Ich habe nichts dagegen.«

»Allein«, sagte er.

Ihr Kopf fuhr ruckartig zu ihm herum.

»Ich möchte in meinem eigenen Tempo laufen. Ich möchte nachdenken.«

Sie starrte ihn an, und er sah in ihren Augen eine schmerzliche Mischung aus Verwirrung, Angst und Mitleid. Sie streckte den Arm aus und legte ihm eine Hand flach ans Gesicht. Dann beugte sie sich vor und küsste ihn.

»Ich werde auf dich warten«, sagte sie.

KAPITEL 47

Er sah sie davongehen. Gerade als sie an der Straßenkreuzung vom Bordstein hinuntertreten wollte, erfasste ein feuchter Windstoß eine Ecke ihres Regenmantels und hob ihn, sodass ihr Rock mit einem Ruck hochgerissen wurde und den Blick auf die Rückseite ihres Beins freigab. In der nächsten Sekunde gingen Fußgänger zwischen ihnen hin und her, und er verlor sie aus dem Blick, als sie auf die andere Straßenseite wechselte.

Dieses Hochflattern ihres Kleides kennzeichnete exakt die Dauer ihrer Beziehung. Gemessen an seiner Lebenszeit kannte er sie nur einen Moment lang, doch dieser Moment war durchdrungen von Leidenschaft und Aufruhr. Die Intensität ihres gemeinsamen Augenblicks war völlig unerwartet gewesen. Er hatte gedacht, dass so etwas längst hinter ihm lag. Er hatte es vorgehabt. Doch dieses Mal hatte es ihn aufgespürt und war wieder aufgetaucht wie eine beunruhigende Erinnerung, die durch den Tonfall einer fremden Stimme oder das Spiel des grauen Lichts auf einem verregneten Fenster verursacht wurde.

In dem Augenblick, als sie das Gebäude betrat, trat er hastig zum Bordstein und winkte sich ein Taxi herbei.

Während er in den trübseligen Abend hinausschaute und das Taxi in Richtung Montmartre fuhr, dachte er an die arme, elende Leda. Sie hätte ihn jetzt noch immer hassen, in ihren Zeitungsausschnitten herumstochern und in ihren Spiegeln ihren nackten Büffelkörper und ihre unvergleichliche Schönheit betrachten können, wenn es nicht das Ereignis gegeben hätte, dessen Bestätigung er sich nun holen wollte. Er war sich ziemlich sicher über das, was geschehen war, doch er wusste nicht, wie es zustande gekommen war. Er hatte eine abenteuerliche Theorie, die ihm jedoch gleichzeitig zu einfach und zu kompliziert erschien. Was auch immer der Anstoß gewesen sein mochte, die Begegnung hatte zu erschütternden Ereignissen und zu einer Tragödie geführt.

Wer konnte sich schon vorstellen, wie Ledas Leben verlaufen wäre, wenn es nicht auf diesen Vorfall hin gelebt worden wäre? Wäre die Zeit vorbeigegangen in der entsetzlichen Monotonie ihres inneren brüllenden Kummers, bis die Jahre ihr erst die Schönheit und schließlich auch das Leben genommen hätten? Oder würde sie sich letztendlich doch für den einsamen Trost des Selbstmords entschieden haben? Leda. Trotz all ihrer Verrücktheit war sie von der Schönheit in all ihren Ausprägungen verlassen worden, und er brachte es nicht über sich, sie für das zu hassen, was diese Tatsache ihr angetan hatte.

Er verließ das Taxi am Anfang einer kleinen Straße und ging los. Er hatte eine vergessene Zeitung vom Rücksitz des Taxis mitgenommen und hielt sie sich mit einer Hand über den Kopf, während er mit der anderen Hand den Kragen seines Regenmantels gegen den Nieselregen hochklappte. Alles war eng und schmal hier. Gebeugt ging er den ansteigenden Bürgersteig hinauf und stapfte an niedrigen Mauern mit schmiedeeisernen Gittern und Kletterpflanzen vorbei. Er kam am Eingang einer Apotheke vorbei, deren hell erleuchtetes Inneres einen blassen Lichtstreifen über den nassen Bürgersteig warf, und bog an der Ecke ab. Er stieg weiter hinauf.

Die Straße machte eine enge Kurve. Die Steinhäuser waren hintereinander in aufsteigenden Reihen zwischen den Bäumen angeordnet. Es gab nur wenige Lampen, und die, die trübe an einer Haustür oder von hohen Fenstern herab brannten, warfen einen sprühenden Schein auf die nassen Oberflächen in den Schatten und der Dunkelheit.

Schließlich erreichte er die Adresse, die er suchte. Er blieb auf der Straßenseite gegenüber stehen und schaute zu den dunklen Fenstern hinauf. Lieber Gott, er hatte keine Ahnung, wie lange er würde warten müssen. Er trat von dem schrägen Bürgersteig hinab und in den Eingang einer geschlossenen Nähstube. Er zog die Schultern gegen die Kälte hoch. Er konnte sehen, wie das glitzernde Regenwasser über den Bürgersteig den Hang hinabfloss.

Eine halbe Stunde verging. Seine nassen Füße wurden kalt. Das Kältegefühl in seinem Nacken begann gerade unangenehm zu werden, als er eine einzelne Person auf der anderen Seite der Straße um die Ecke unter ihm biegen sah. Der nach vorne gewandte Schirm verdeckte das Gesicht. Die Person ging langsam, fast zögernd an ihm vorbei und bog in den Eingang ein, den er beobachtet hatte. Sein Atem wurde flach. Er wartete und beobachtete die Fenster im zweiten Stock. Als die Lampen dort angingen, beschleunigte sich sein Herzschlag abrupt. Er verließ den Hauseingang und ging über das Kopfsteinpflaster hinweg zur anderen Straßenseite hinüber.

In dem engen Flur des Hauses überprüfte er mühsam die Briefkästen in der dürftigen Beleuchtung. Er fand den Namen: Leigh.

Er verzichtete auf den Lift und stieg langsam die Marmorstufen hinauf, die um den mit Draht gesicherten Liftschacht bis zum zweiten Stock hinaufführten.

An der Tür zog er den Mantel aus und schüttelte die Regentropfen von ihm ab. Er warf ihn sich über den Arm und klopfte an die Tür. Nichts. Er klopfte wieder. Er hörte, dass sich auf der anderen Seite der Tür Schritte näherten. Pause. Nichts. Er klopfte wieder.

Er hörte das Klappern des Riegels. Wahrscheinlich eine Sicherheitskette. Vorsichtig wurde die Tür geöffnet.

Er warf sich mit der Schulter so kräftig gegen die Tür, dass die Kette mit einem explosionsartigen Schlag aus dem Türrahmen gerissen wurde, sodass die Frau rückwärts stolperte und mit wilden Armbewegungen versuchte, ihr Gleichgewicht zu halten, bis sie über einen Sessel fiel und ausgestreckt auf der anderen Seite auf dem Boden liegen blieb.

Doch sie rappelte sich sofort wieder auf, und nach einem Moment standen sie sich mitten im Raum gegenüber.

»Du lieber Gott!« Sie starrte ihn mit offenem Mund und aufgerissenen Augen überrascht an, und ihr kastanienbraunes Haar hing ihr wie eine hennafarbene Wolke um das cremefarbene Gesicht.

»Hallo, Marian«, sagte er.

Das Wohnzimmer war gemütlich und unzweifelhaft der Wohnraum eines Künstlers. Die Wände waren übersät mit Gemälden und Zeichnungen, und handgefertigte Tonwaren standen verstreut auf Regalen und Tischen herum. Auf der Oberfläche einer langen, schmalen Kommode stapelten sich Skizzenbücher, und etliche ungerahmte Leinwände lehnten in den Ecken nebeneinander. Der Raum wurde von nur einer einzigen Lampe erleuchtet. Marians Regenmantel hing an einem Haken neben der Tür und tropfte über Zeitungspapier ab, das unter ihm auf dem Fußboden ausgebreitet worden war.

Ross griff hinter sich und schloss die Tür, ohne Marian aus den Augen zu lassen. Die Wut auf seinem Gesicht hatte sie erstarren lassen, doch das kümmerte ihn nicht. Sie dachte fieberhaft nach. Langsam wurde die Angst von einer vorsichtigen Neugierde abgelöst. Allmählich fand sie ihre Fassung wieder.

»Es hat länger gedauert, als ich gedacht habe.«

»Länger?«

»Wie lange ist es denn her, ein Jahr?«

»Zehn Monate.«

»Oh. Es kam mir länger vor.«

»Wie konnte das geschehen?«

Anfangs dachte er, sie würde sich dumm stellen, doch dann sah er, dass sie ihre Meinung änderte und aufgab.

»Ich brauche jetzt dringend einen Drink«, sagte sie und wandte sich einem kleinen Tisch zu, auf dem Flaschen und Gläser standen. Sie nahm ein niedriges Becherglas mit einem schweren Boden. »Und du?«, fragte sie mit dem Rücken zu ihm.

Er antwortete ihr nicht. Es war, als sei nur ein Tag vergangen. Sie hatte sich nicht verändert. Die Rückseite ihrer straffen Oberschenkel saß stramm unter der engen schwarzen Hose, die ihre herrlichen Beine bis hinunter zu den Knöcheln wie eine zweite Haut umgab. Sie war barfuß. Ihre teerosenfarbene Bluse, die perfekt zu ihrem Teint passte, war eng um ihre Taille gezogen, und die Enden waren über ihrem entblößten Nabel zusammengeknotet. Sie stand mit einem angewinkelten Bein da … *déhanchement*.

Sie trank einen Schluck aus ihrem Glas.

»Du wirst das jetzt gleich in Ordnung bringen, ja?«, fragte sie. »Wie ein Mann.«

»Wie hast du sie ausfindig gemacht?«

»Wie ich sie gefunden habe?«, fragte sie und drehte sich zu ihm um, während sich ein amüsiertes Lächeln langsam auf ihrem Gesicht breit machte. Sie trug noch immer einen Hauch von Lippenstift. »Wieso nimmst du an, dass *ich sie* gefunden habe?«

»Wie ist es dann passiert?«

»Sie hat mich angerufen. Ist das nicht süß?«

»Die Zeitungsartikel.«

»Die Journale. Genauer gesagt, war es die *Paris Match*, die sie auf die Idee brachte, mich ausfindig zu machen. Du wirst dich ja an den demütigenden Artikel erinnern, der mit dem Foto von mir, wie ich gerade einen verdammten Teller nach dir in der Brasserie Femme werfe. Und auch an diesen Klatschbericht, der die ›Trennung‹ in widerlichen Einzelheiten verfolgt hat.«

Sie nippte wieder an ihrem Scotch.

»Leda vermutete, dass ich eine Animosität dir gegenüber haben könnte. *Animosité,* sagte sie. Weißt du, sie dachte, dass wir das miteinander teilen könnten, sie und ich.«

Noch ein Drink.

»Sie hat mir in unserer allerersten Unterhaltung erzählt, sie sei deine Tochter.« Sie verzog das Gesicht in gespielter Schockiertheit. »Und sie wollte sich *wirklich* eingehend über Daddy unterhalten.«

»Und du hast mit nichts zurückgehalten, hoffe ich.«

»Ich habe mir den Mund fusselig geredet. Hör mal, dieses aufregende kleine Buckelchen – das ja wirklich eine reichlich ulkige Mischung zu bieten hatte – hatte einen unersättlichen Hunger auf Alles und Jedes über dich. Keine Einzelheit war zu klein für sie und kein Klatsch zu ekelhaft.«

»Und du hast natürlich darauf geachtet, dass du die Wahrheit sagst.«

»Oh, ich habe schon dafür gesorgt, dass sie erfuhr, wie ihr Daddy wirklich war. Vielleicht habe ich alles ein wenig ausgeschmückt … ich kann mich nicht erinnern. Scheißegal, manchmal schleichen sich Missverständnisse ein … so geht das eben bei Berühmtheiten.«

Sie lächelte, während sie ihn mit scharfem Blick ansah. Die zehn Monate, in denen er sie nicht gesehen hatte, hatten ihre Bitterkeit noch größer werden lassen.

»Nur der Vollständigkeit halber«, sagte er, »sie *war* nicht meine Tochter. Aber sie dachte, dass sie es sei. Es ist mir egal, ob du das glaubst oder nicht. Ich wollte nur, dass du es dir anhörst.«

Marian zuckte gleichgültig mit den Schultern. Sie war mehr daran interessiert, worauf er damit hinauswollte, als an den Missverständnissen, die Leda über das Leben gehabt hatte oder nicht.

»Sie war ein Glücksfall für dich, nicht wahr?«, fragte er. »Das perfekte naive Dummchen.«

Marian stand noch immer in Modelpose vor dem Bartisch. Sie hatte den linken Arm über ihren nackten Bauch gelegt, das Glas neben ihr Technicolor-Gesicht gehoben und den Ellbogen auf den anderen Arm abgestützt.

»Weißt du«, sagte sie nachdenklich. »Das war sie wirklich. Es war wirklich erstaunlich. Ich hatte all diese aufgestaute Bosheit in mir, die kurz vor dem Überkochen war und sich nirgendwohin ergießen konnte. Dann klingelte eines Tages das Telefon … hallo? … sie war es. Du musst diese Symmetrie doch würdigen.«

»Du wusstest doch aber, dass es mehr war bei ihr als nur bloße Neugierde, oder nicht?

Sie nahm einen Schluck und grinste in ihr Glas. Genüsslich schluckte sie die bernsteinfarbene Flüssigkeit.

»Oh ja, sie hatte mehr im Sinn, doch in Wirklichkeit wusste sie nicht genau, was. Wir trafen uns über einen Zeitraum von fünf bis sechs Wochen acht- oder zehnmal. Als ich sah, wie gerissen sie war – und wie dämlich gleichzeitig –, habe ich die Ärmel aufgerollt und wurde ihre Beraterin.«

KAPITEL 48

»Deshalb wusste sie auch so viele persönliche Dinge über mich«, sagte Ross. »Die Artikel haben schon das meiste erklärt, aber nicht, wie sie von den Mandelcroissants hatte erfahren können oder wieso Céleste ›instinktiv‹ so viel über Saleh wusste. Und sie erklärten auch nicht Anita Beaton.«

»Der Teufel steckt bekanntlich im Detail.«

»Du hast dich zu sehr hinreißen lassen, Marian.«

»Ja, vielleicht war das mit Anita übertrieben, aber Céleste musste sie kennen lernen, weil Anita der beste Zugang zu den Kreisen von San Rafael war, in denen sie dir unweigerlich über den Weg laufen würde. Ich hatte gehört, wie Anita über eine

Freundin hier in Paris gesprochen hat. Ich rief eine Freundin von mir an, die wiederum rief eine Freundin von sich an, die Anitas Freundin anrief und ihr die Geschichte der alten-Freundin-einer-Freundin übermittelte. Das war nicht sehr geschickt, doch es hielt mich aus der ganzen Sache raus … und es hat ja auch funktioniert, oder nicht?«

Ein eisiger Gedanke schoss durch Ross' Kopf, etwas, das ihm erst in diesem Moment aufgegangen war.

»Und wie hast du Céleste kennen gelernt?«

Die Frage überraschte sie, und sie starrte ihn an. In diesem Moment wurde ihm klar, dass sie nicht wusste, dass er nicht wusste, dass sie Céleste niemals persönlich kennen gelernt hatte. Sie beide begriffen im gleichen Moment, was geschehen war.

»Scheiße«, sagte Marian mit einem langsamen Grinsen, während ihr aufging, welche hervorragende Gelegenheit sie verpasst hatte. »Ich wünschte, ich hätte das gewusst. Ich hätte dich ganz schön hochnehmen können, oh, das hätte ich wirklich gekonnt.«

Er war ungeheuer erleichtert und dankbarer für diese Sache als für alles andere, für das er in seinem Leben jemals dankbar gewesen war.

»Du hast Leda nicht gesprochen, nachdem sie nach Paris zurückgekehrt war, oder?«

Marian dachte darüber nach, konnte jedoch keinen Nachteil für sich erkennen, wenn sie zugab, dass sie sie nicht gesprochen hatte. Dennoch sagte sie nicht nein, doch er konnte es ihr ansehen.

»Weißt du, was schließlich geschehen ist?«

»Allerdings.«

Er war sich nicht sicher, was sie damit meinte, doch er wollte nicht derjenige sein, der ihr erzählte, was tatsächlich passiert war. Ganz sicher nicht Marian.

»Es hat sich nicht so entwickelt, wie du es geplant hattest«, sagte er.

»Das überrascht mich nicht. Leda war mit Sicherheit fähig,

einiges zu vermasseln. Wenn sie es vermasselt hat – was immer es auch gewesen sein mag –, dann gehörte das nicht zum Plan.«

»Aber du weißt doch, dass etwas schief gelaufen ist, oder nicht? Deshalb hast du dich ja mit der Kriminalpolizei in Verbindung gesetzt.«

Langsam wurde es richtig interessant. Ross warf seinen Regenmantel auf den Sessel, über den Marian gefallen war, ging zum Bartisch hinüber und goss sich einen Drink ein, dann wandte er sich um.

»Mit einem anonymen Anruf«, sagte er.

»Ich habe überhaupt nichts mehr gehört«, sagte sie achselzuckend. »Als die dumme Bucklige sich in ihrer Badewanne aufschlitzte, war das das Ende. Ich hatte nichts mehr von ihr gehört und wollte wissen, wie weit sie mit unserem Plan gekommen war, ehe sie sich umgebracht hat.«

Ross nippte an seinem Scotch und sah sie an. »Dann weißt du also nicht, was passiert ist?«

Er konnte sehen, dass sie das wütend machte.

»Ich weiß, was hätte passieren sollen«, sagte sie, »und dich hier stehen zu sehen, bedeutet, dass die Sache noch nicht erledigt ist.«

»Du hast ihr das alles in den Kopf gesetzt, nicht wahr? Alles.«

»Oh nein. Sie hatte ein paar vage Rachepläne, als sie zu mir kam. Ich habe ihr vielleicht ein wenig dabei geholfen, ihre Vorstellungen zu konkretisieren.«

Sie ging zu einer Couch, die vor den Fenstern stand, die auf die Straße hinausgingen und setzte sich. Sie saß mit geöffneten Knien auf der Kante. Ihre Hände, mit denen sie ihr Glas festhielt, hingen zwischen ihren Beinen hinab. Er hatte das Gefühl, als spüre er trotz ihres herausfordernden Verhaltens ein wachsendes Unbehagen in ihr.

»Ich bin mir nicht sicher, wo die Grenze zwischen dem verläuft, was du geplant hast, und dem, was schief gegangen ist«, sagte er. »Ich denke, wir sollten das klären.«

Er konnte sehen, dass ihre Neugierde wuchs.

»Hör mal«, sagte sie. »Ich weiß, dass Lacan verschwunden ist ...«

»Wie hast du denn das erfahren?«

Sie grinste. »Ich vermute, dass er nicht Ferien macht, und ich vermute, dass er nicht von dem Ort zurückkehren wird, an dem auch immer er sich momentan befindet.«

Draußen regnete es inzwischen heftig. Er konnte den Regen auf die Blätter der Bäume und die Straße herabprasseln hören.

»Wie konntest du sicher sein, dass er in San Rafael auftauchen würde?«

Sie nickte. »Tja, nach ungefähr einem Monat war er sicher auf ein bisschen hartes Bumsen aus, oder nicht? Ich denke, dass das auf seinem Terminkalender stand. Die Chancen standen also gut.«

Sie grinste wieder. Sie wusste, dass es ihn quälte, wenn sie so über Céleste sprach. Er sah sie an. Einer von ihnen musste einen größeren Schritt tun, als sie beide wollten, damit die Unterhaltung vorankam. Doch er wusste, dass sie beide nicht zugeben würden, dass allgemein angenommen wurde, dass Lacan umgebracht worden war. Er wusste nun, dass Marian es nicht sicher gewusst hätte, ob das geschehen wäre. Sie wusste nur, dass er verschwunden war.

»Irgendetwas ging auf Ledas Seite schief«, sagte er, ging mit seinem Drink in der Hand zu einem Bild, das an der Wand lehnte, und betrachtete es. Dann kehrte er zu ihr zurück. »Aber sie war jung, und ich vermute, du hast vergessen, sie darauf aufmerksam zu machen, dass es den perfekten Plan nicht gibt.«

Marian schürzte ihre schönen Lippen und beobachtete ihn. Sie bot einen wunderschönen Anblick. Ein Widerspruch zwischen Inhalt und Verpackung.

»Du hast erwähnt«, sagte er, »dass Leda gleichzeitig gerissen und dämlich war. Am Ende aber war sie doch gerissen.«

»In Ordnung.«

»Sie hat alle Türen hinter sich zugeschlagen, Marian. Selbst die, durch die du gegangen bist. Sie war einfach so. Besessen. Das muss dir doch aufgefallen sein.«

Marians Blick war inzwischen auf ihn geheftet und folgte ihm, während er vor ihr hin und her ging.

»Vielleicht wusstest du ja nicht genau, was sie tun würde«, fuhr er fort, »aber du hast ihr eine Menge Dinge in den Kopf gesetzt, und du wusstest, dass das, was sie schließlich tun würde, nicht gut für mich sein würde.«

Marian lächelte. »Dieses Gefühl hatte ich tatsächlich. Es erregte mich, einfach nur zu wissen, wie viel Glück ich hatte, an dem teilhaben zu können ... was immer es auch sein würde.«

Er ging ein paar Schritte zu einer Vitrine, deren Fächer mit Marians glasierten Tonwaren gefüllt waren. Er nahm ein Stück herunter und betrachtete es. Plötzlich sah er die Explosion des türkisfarbenen Feuerwerks vor sich und den Schauer von Tonscherben, die wie grüner Hagel um ihn herum gefallen waren.

»Leider«, sagte er und drehte sich wieder zu ihr um, »kanntest du mich besser, als du sie gekannt hast.«

Marian starrte ihn mit leerem Gesichtsausdruck an.

»Die Wahrheit ist«, sagte er, »dass Leda ihre Türen von *beiden* Seiten verschlossen hat – und dass sie die Schlüssel behalten hat. Sie war bei weitem nicht so dämlich, wie du gedacht hast. Ihr Plan erforderte die Hilfe mehrerer Menschen, und sie war gerissen genug, Vorkehrungen zu treffen, um sicherzustellen, dass niemand von ihnen – niemand – darüber sprechen konnte, ohne sich selbst zu belasten. Selbst wenn sie nicht voraussehen konnte, was schließlich passierte.« Er hielt inne. »Jeder wurde zu einem Komplizen.«

»Komplizen?«

»Sie hat eure Unterhaltungen aufgezeichnet, Marian. Nicht alle, sondern nur die entscheidenden.«

Sie versuchte zu lächeln, doch es misslang ihr. »Das glaube ich dir nicht.«

Er trank den restlichen Scotch in seinem Glas aus, ging zum Bartisch hinüber und stellte das Glas ab.

»Du hast all diese Arbeit auf dich genommen, Leda voranzubringen und ihr zu helfen, dieses kunstvolle Lügengespinst zu entwickeln, und dann verschwindet sie in die Staaten … und das war's dann. Du hast kein Wort mehr von ihr gehört. Du hast nichts in den Nachrichten gehört. Du hast auch keinen Telefonanruf bekommen. Keinen Brief. Stille. Du wirst ungeduldig und kannst es nicht mehr aushalten. Das Beste, was du tun kannst, ist, die Kriminalpolizei anonym anzurufen.«

Er ging zu dem Sessel und nahm seinen Regenmantel.

»Das war dein erster großer Fehler.«

Er hielt den Mantel in den Armen und schaute auf sie herab.

»Aber du wusstest nie mit wirklicher Sicherheit, was schließlich geschehen ist … oder nicht geschehen ist. Das war ein weiterer großer Fehler.«

Pause.

»Ich habe die Bänder, Marian.«

»Blödsinn!« Sie sprang auf, ihr Gesicht war vor Wut verzerrt. »*Blödsinn!*«

»Du brauchst mir nicht zu glauben«, sagte er. »Das wäre dann dein letzter Fehler.«

Er sah, dass sie zitterte, wie sie den Unterkiefer anspannte. Er sah, wie ihre Augen blind wurden.

Sie stürzte sich auf ihn, und noch ehe er seinen Arm heben konnte, schlug sie ihm ihr Glas mit dem Scotch seitlich gegen den Kopf. Er nahm den Aufprall in sich auf, spürte, dass der obere Teil des Glases zersprang und sich in seine Haut schnitt. Er blinzelte gegen den Scotch in seinen Augen an. Sie schlug wieder nach ihm, den schweren Boden des zerbrochenen Glases noch immer in der Hand. Er wich dem Schlag aus, der an seinem Gesicht vorbeisauste. Statt ihren Arm wieder zu heben, fuchtelte sie wild damit herum und schlug mit der Rückhand wieder zu. Er war nicht abwehrbereit. Sie fuhr ihm mit der messerscharfen Glasscherbe über die Kehle. Er fühlte, wie das Gewebe glatt durchschnitten wurde, spürte den Druckabfall in seiner Halsschlagader, als hätte ein unter Druck stehender Wasserschlauch ein Loch bekommen. Er hörte das Rauschen des Blutstroms in seinem Kopf.

Sie wich zurück. Ihre Augen quollen hervor, und ihre Zunge lag erstarrt mitten in ihrem weit offen stehenden Mund.

Er konnte das Blut herausspritzen fühlen. Mit dem Regenmantel, der noch immer über seinem Unterarm hing, fasste er nach oben und spürte, wie der warme Strahl seine Hand traf. Er griff sich an den Hals, fühlte es durch seine Finger strömen.

Er stand dort, erstarrt durch diesen nicht wieder gutzumachenden Augenblick, und beschloss dennoch, nicht in einen Schockzustand zu fallen. Er hielt den Atem an, weil er nicht erleben wollte, dass er nicht atmen konnte. Während er seinen Hals umfasste, fühlte er, dass etwas Schweres an ihm zu ziehen begann, und er sank auf ein Knie herab. Marian taumelte zurück und ließ das Glas fallen. Er hörte, wie es auf dem Holzfußboden aufkam, und schaute zu ihr auf. Sie starrte ihn an, ungläubig, als ob er sich unter ihren Augen in etwas Unkenntliches veränderte.

Er war überrascht über das Geräusch, über dieses ungeheure Rauschen in seinen Ohren. Er war entsetzt über diese Menge von Blut und über diesen Schwall, mit dem es ihn verließ. Da er sich ein wenig schwach fühlte, ließ er sich auch auf das andere Knie nieder, neigte sich zu einer Seite und stützte sich auf einem Ellbogen ab, während er noch immer seinen Hals und den Regenmantel hielt. Das Blut, das zuerst herausgeschossen war, erkaltete schon, und er konnte diese Kälte an der einen Hand spüren, während das frische Blut noch immer durch die Finger der anderen Hand strömte. Er war sehr müde. Er musste sich nur eine Sekunde lang ausruhen. Er sackte seitlich zusammen.

Seltsam, dass er nicht spürte, dass er atmen musste. Es war kein Problem, den Atem anzuhalten. Nicht im Geringsten.

Aber er war so müde. Er rollte herum, weil er nicht mehr die Kraft hatte, weiter auf der Seite zu liegen. Sie trat neben ihn und schaute auf ihn herab. Er starrte sie an. Marians wundervoller langer Körper war perspektivisch verkürzt. In ihrem Gesicht stand kein Bedauern. Keine Angst. Aber eine gewisse Unsicherheit. Sein Blick konzentrierte sich auf ihren Nabel, diesen rauchfarbenen Punkt in ihrer Magengrube. Als sich die Dunkelheit von dort aus ausbreitete und langsam alles zu erfassen begann, sah er, dass sie sich die Bluse aufriss und an ihrem Trikot herumzerrte.

Sie wartete auf ihn am Fenster und schaute auf die verregnete Straße hinab. Jeden Augenblick würde sie überrascht entdecken, dass er unter den kahlen und tropfenden Zweigen der Linden näher kam und seine Schritte von dem Teppich der herabgefallenen und nassen Blätter gedämpft wurden.

Es war noch früh. Sie würden zum Essen in eine Brasserie gehen, und sie würden reden. Sie hatten noch über so vieles zu reden.